U0789595

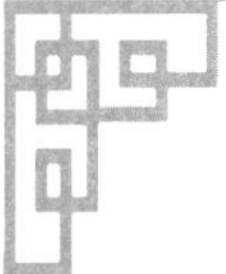

宾步程集 肆

宾步程 著

宾睦新　宾恩信　宾睦胜　整理

报刊文汇（下）

南方出版传媒
广东人民出版社
·广州·

图书在版编目（CIP）数据

宾步程集 / 宾步程著；宾睦新，宾恩信，宾睦胜整理. —广州：广东人民出版社，2019.12
ISBN 978-7-218-13858-9

Ⅰ. ①宾⋯ Ⅱ. ①宾⋯ ②宾⋯ ③宾⋯ ④宾⋯ Ⅲ. ①中国文学 – 现代文学 – 作品综合集 – 民国 Ⅳ. I216.1

中国版本图书馆 CIP 数据核字（2019）第 198808 号

BIN BUCHENG JI

宾步程集

宾步程　著　宾睦新、宾恩信、宾睦胜　整理　　　版权所有　翻印必究

出 版 人：肖风华

责任编辑：张贤明　周惊涛　柏　峰
装帧设计：瀚文文化
责任技编：周　杰　易志华　吴彦斌

出版发行：广东人民出版社
地　　址：广州市海珠区新港西路 204 号 2 号楼（邮政编码：510300）
电　　话：（020）85716809（总编室）
传　　真：（020）85716872
网　　址：http：//www. gdpph. com
印　　刷：广东鹏腾宇文化创新有限公司
开　　本：787mm×1092mm　1/16
印　　张：187.5　　插　页：8　　字　数：2600 千
版　　次：2019 年 12 月第 1 版
印　　次：2019 年 12 月第 1 次印刷
定　　价：980.00 元（全 6 册）

如发现印装质量问题，影响阅读，请与出版社（020 – 85716808）联系调换。
售书热线：（020）85716826

三　《矿业杂志》

说　铁[①]

　　五金之属，金银为贵，而应用之广，则莫如铁。宁可无金银，而不可无铁。间尝考我国历史，古人亦曾汲汲于铁政矣。齐桓公问地数于管仲，管仲对曰："地之东西二万八千里，南北二万六千里。其出铜之山四百六十有七，出铁之山三千六百有九。铜铁之产相较，其数倍蓰。"管子霸佐才也，盖深知夫铁政之要，故悉心考察特详。汉制幅员之内，东渡辽，西逾秦，北至燕代，南达桂阳，皆置铁官。唐宋以后，设场置监，铁政之设施由来备矣。

　　今之谋国者，对于铁政一途视为无足轻重。汉阳虽设局制炼，而太阿倒持，主权他属，将来吾国受铁政之痛苦，必有不堪思议之一日。螯恤杞忧，中心耿耿，今特作说铁一篇，就最粗浅之处，说明铁之用途，使当世之人知所以振兴之、补救之惟恐不至也。语曰："亡羊补牢，其计未晚。"当道者诚于此时维持实业，励精以培养求铁之人，教练冶铁之术，讲求用铁之事，如德国每人每年用铁一百四十启罗格兰姆之数，则中国工业发达不言而喻矣。

　　铁也者，人民不可须臾离也。即如妇女所用之针，铁造成也；缝衣之机，铁制成也；裁衣，则有铁质之剪；烹煮，则用铁质之锅；

---

① 艺庐：《说铁》，《矿业杂志》1917 年 3 月 31 日第 1 卷第 1 期。《安徽实业杂志》《博物学报》亦曾发表此文。见《安徽实业杂志》1918 年第 10 期。

温室，则有铁炉；熨衣，则用铁斗；劈木断肉，不可无铁质之刀斧；扃户闭箧，不可无铁质之锁钥。其他供吾人日用之必需者，何可胜数。此言居家之不可缺铁也。

试进观工厂之设置，举目皆铁也。工匠手所持者，如错炉，如刀钻，如锤凿，皆铁质也；而为全厂之原动力者，则有马力机，纯系铁造成者也。此言公家之不可缺铁也。

陆地则有火车，如轨，如轮，皆铁质也；而行于铁轨之上，以牵引全车者，则有火车头，其全部则铁制成者也；又与铁路并行者，则有电线，亦铁为之也。此言陆地交通之不可缺铁也。

水地则有轮船。轮船者，所以输送人与货于他处者也，虽有少数为木质构成，而各种安稳轮船皆用铁为之。若其机器，尤非纯用铁质不可。至铁舰则无论矣。此言水路交通之不可缺铁也。

以言军器，则多属铁质枪也。炮也，军刀也，子弹也，皆系铁制造者也。而近日所用之炮弹，能及于数里以外者，亦铁为之。此言军事家之不可缺铁也。

欧洲当十四世纪以前，用铁甚少，故化铁之法，亦不甚精。至十五世纪以后，仅知制化煅铁（Schmiedbare Eisen），将铁砂置于木炭之上，溶化为流质，以取之。如中国现行之土法，德文谓之为跑法（Rennarbelt）。此后发明用高炉法（Hochofenprozess），取铁砂置于炉内，亦用木炭将砂熔成流质，变为生铁；既得生铁之后，用新法（Frischprozess），再炼成煅铁。此种法式，实较跑法为优。其后改用水力熔铁，如风筒铁锤，均用水力以动之。惟当时煤炭未经寻获，而所恃以生热力者，仅惟木炭。

迨后煤铁发现于地，其曩日所用之熔铁法，全局为之一变，于是采得仑（Puddeln）之新法，而用煤炭之明火。再后，世人知将煤炭化为焦炭，而冶铁者又为之进步，取多数之生铁，置之高炉内，杂以焦炭，至是出铁乃更多矣。

时至今日，冶铁之术改用伯色墨（Bessemerprozess）法，经用生铁化成流质，以得煅铁，其法更捷。数百年冶铁家之心力，至此始获结果。若穷厥来由，则物理学之功也。

但铁之冶功虽著，而铁之性质不一。同一铁也，有时以此铁磋彼铁，而彼铁受其磋者，亦有以彼铁变此铁，而彼能听其变者。此非纯托空言也，其实际与功效，今日冶铁家已标示于人矣。

冶铁之术无他，第一须讲求化学，次则物理，再次则地质。既有此三者为之根底，进而研究铁砂与烧料，并一切冶炼之法，循序以进，断未有不观厥成功者。

查世界产铁砂之表，其总数约为八千五百万吨。就此数，每年练成之生铁，其总数约为四千一百万吨。世界各大国产数均分载详明，中国则未记入。夫以中国之大，每年所产之铁不列入数目者，非无铁也，用铁之人少也。用铁之人少，则冶铁之人必改图他业。冶铁之人改图他业，则求铁之人可想而知矣。夫用铁之权属诸工业家，而冶铁求铁则全恃矿业。中国如不欲富强则已，如欲富强也，则求铁、冶铁、用铁之人，三者不可缺一。作说铁篇。

矿井起重机[1]

我国开矿，向用人力，匍匐于矿井之中负砂而出。但人力有限，对于斜井则可，若系垂直井，则用力多而见功寡，发展为难。自机械发明以来，凡讲求工业之国，所有各矿井，无不施以机力，以穷究矿藏之极境，不为一切障碍物所阻，资本既不损失，成效于以大著。即我国之大冶、安源、水口山等处，是其先例。故与其开采数十处无结果之小矿；不如群策群力，集数十小矿之资金，购备机器，共开一极大佳矿之为愈也。虽然矿山使用机器，实与人民工业知识成正比例。我国人民从未考究工业，即有人从而解释之、指导之、言之者，粗袭皮毛，听之者终难深信。职是之故，而求人民信用机器以扩充矿业，难矣哉！是篇专发明矿山起重机（又云"升降机"）之原理，不涉空言，盖欲征诸实用也，从事斯业者当乐为之研究焉。

矿山起重机，有直接附于蒸汽机者，有间接附于蒸汽机者。直接附于蒸汽机者，即起重机之绳，直接附于蒸汽机而为之上下者，如第一图，谓之起重机。间接附于蒸汽机者，即起重之绳，用传渡齿轮，间接附于蒸汽机而为之上下者，如第二图，谓之绞重机，统名之为蒸汽起重机。

---

[1] 《矿井起重机》在《矿业杂志》第 1 卷第 2、3 期连载，具见：艺庐：《矿井起重机》，《矿业杂志》1917 年 6 月 30 日第 1 卷第 2 期；艺庐：《矿井起重机（续）》，《矿业杂志》1917 年 9 月 30 日第 1 卷第 3 期。

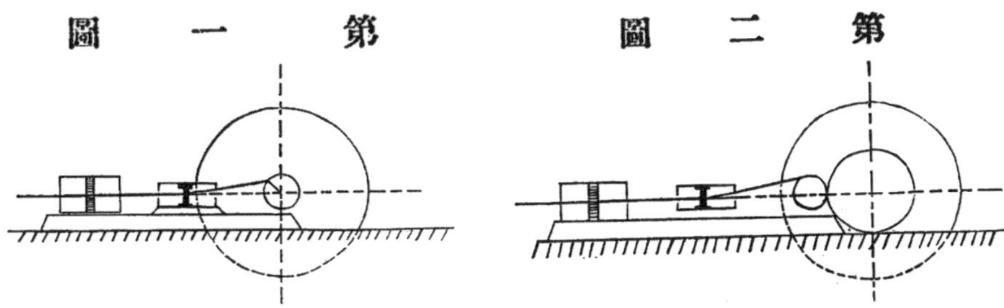

　　蒸汽起重机，英国用立形式，德国则用卧形式，近来各国大矿山多用姊妹式之联合汽机。总之，形式虽不一致，而作用则一也。矿井既深，起重机之起重盘下入亦深，管机者立于井外，相距有数百尺至数千尺不等，目力既不能及，危险于以发生。今欲防除此弊，惟有将矿井深浅暨起重机升降情形，用几何之比例，制造一最小仿佛之起重机绳鼓，用齿轮附于蒸汽机之轮上，使管机者视此小比例机器之行动，以定矿井内大机器行动之情形。此外，又备有响号，即于蒸汽机轴上，附以螺杆，有一定之凹口，配以可移动之螺母，安以响铃，每当起重盘至一定地点，铃为之响，管机者即可知起重机在矿井内之地位。

　　起重盘之行止，据以上各法，虽可得其大概情形，今欲令该盘至矿井内某地段，即停于某地段，如稍有上下之差，即不便于装载，须制一至强至准之制轮器，以节制其行止。此制轮器，或直接归管机者用人力管理之，或间接用蒸汽制住之，或用对重以抵抗之，在乎用者善择焉。如第三、第四、第五、第六图是。起重盘每入矿井，一切装载，需停留之时甚久，则用对重制法，较用蒸气制轮法为佳。

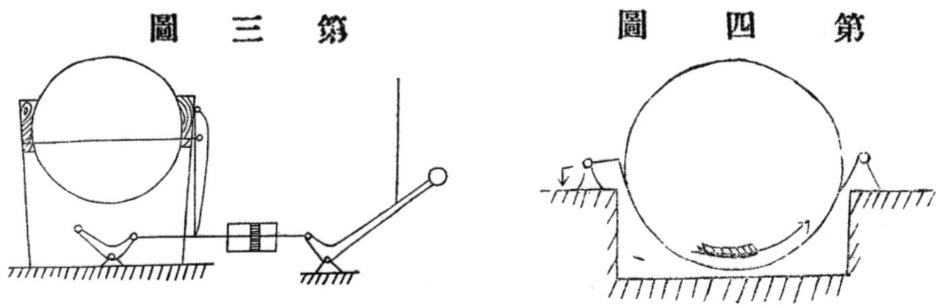

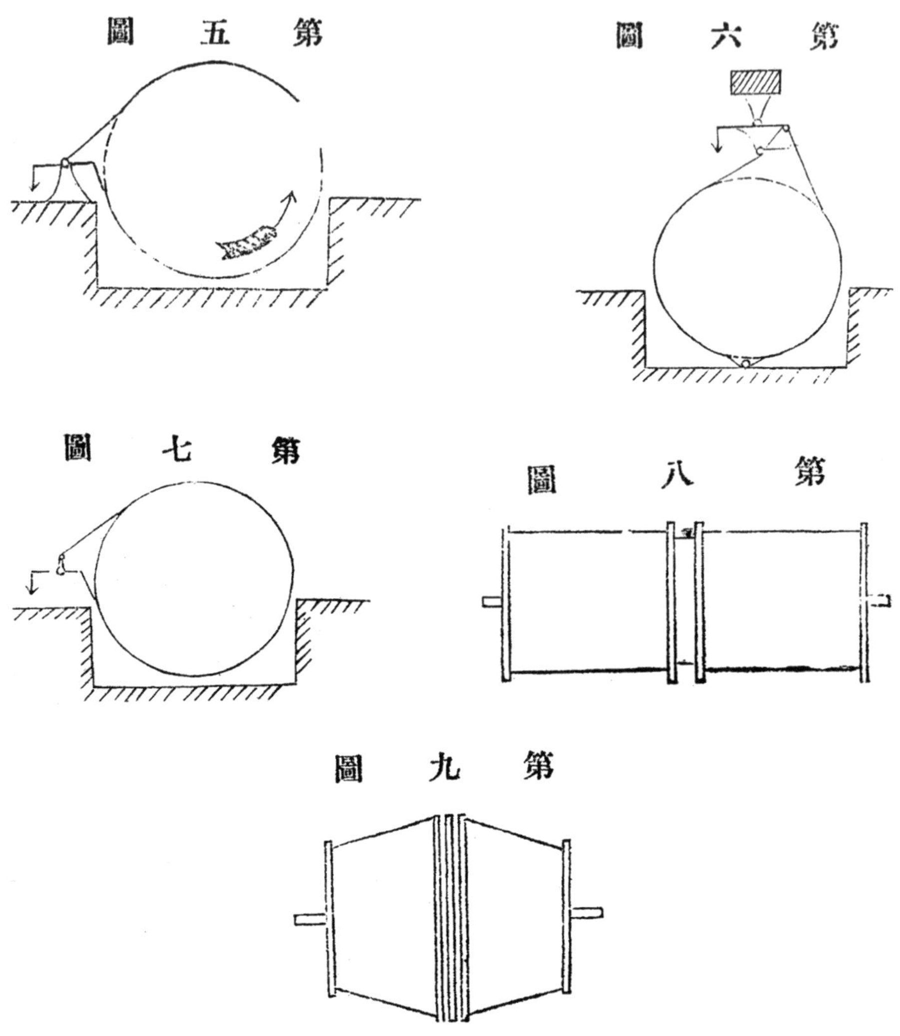

起重机所用之绳，多用钢丝，其名称视乎绳之横剖式而定，圆者谓之圆绳，匾者谓之为匾绳。但矿井甚深，各矿山多用细致之钢丝绳，至牢固之强梗钢丝绳不适于用。

起重机之卷绳鼓，如系圆绳，则用圆筒式，如第八图。或圆尖锥筒式，如第九图（其尖斜不得过三十度）。亦有用螺旋式，其筒为螺旋状，将绳缠旋其中。如系匾绳，则卷绳鼓之式两旁，作成圆盘或圆圈，用时令绳旋转其上，可参第十三图。

　　钢丝绳之对于卷绳鼓，既受屈力，对于起重盘，又受阻力，阻力可照公式计得。至屈力因绳丝编成螺旋之形，若照普通屈力法计算，实稍有不符之处，然亦无妨。但绳之圆盘与绳之通径，须有一定之比例方为适用。若据以上所列之比例，其绳之保险数，可用五倍之值如：

第一表

钢丝小绳	其圆盘径较绳径至小大八十倍
钢丝大绳	其圆盘径较绳径至小大百倍
麻绳	其圆盘径较绳径至小大六十倍

K 为绳受断折力（指全绳横剖面而言）

k 为钢丝受阻折力（用启罗每生的平方）则：

$$m = k : k \cdots\cdots 启罗格兰姆每米达长 \cdots\cdots\cdots\cdots\cdots\cdots\cdots\cdots 1$$

用于铁丝 $k = 5500$

用于铸钢丝 $k = 12000$ 至 18000 ⎫启罗格兰姆生的米达平方 $\cdots$ 2

又，t 为矿井深（即起重之高），用米达计。

G 为绳任之重（即起重盘与装载），用启罗格兰姆。

Z 为绳之保险度。与坚性有关系者，则：

$$绳之支持性 K = Z (G + tm) = km，用启罗格兰姆 \cdots\cdots\cdots\cdots 3$$

$$重量 m = \frac{ZG}{k - (z : t)} = \frac{G}{(b : z) - t} 启罗格兰姆，每米达长 \cdots\cdots 4$$

据以上各式则：

$$保险度 Z = \frac{K}{G + tm} \cdots\cdots\cdots\cdots\cdots\cdots\cdots\cdots\cdots\cdots\cdots\cdots 5$$

$$绳之重量 s = mt 启罗格兰姆 \cdots\cdots\cdots\cdots\cdots\cdots\cdots\cdots\cdots\cdots 6$$

既知以上各数，可如下表配用之：

第二表

圆绳			
绳径	绳之自重 每米达长	铁 k = s500kg	铸钢 = 12000kg
		断折之任负 K =	
13	0.55	3000	6500
14	0.65	3500	7600
15	0.70	4000	8700
16	0.80	4500	9800
18	1.00	5500	12000
20	1.20	6500	14000
22	1.40	7700	16000
44	1.70	9300	20000
26	2.00	11000	24000
28	2.40	14000	27500
30	2.80	16500	36000

第三表

匾绳			
厚乘宽	绳之自重 每米达长	铁 k = 5500kg	铸钢 = 12000kg
		断折之任负 K =	
9 × 38	1.0	5200	11200
10 × 44	1.2	6200	13500
11 × 46	1.3	6700	14600
12 × 51	1.6	8300	18000

（续表）

匾绳			
厚乘宽	绳之自重 每米达长	铁 k = 5500kg	铸钢 = 12000kg
		断折之任负 K =	
13 × 55	1. 9	10000	22000
14 × 60	2. 2	11500	25000
15 × 64	2. 6	13500	29000
16 × 68	3. 0	15600	34000
17 × 72	3. 4	17500	38000
18 × 78	3. 8	19800	43000
20 × 82	4. 4	22000	48000

圆筒式卷绳鼓之计算法如：

t 为矿井深（即起重之高）用米达；

r 为圆筒之半径（用米达）；

G 起重盘已装载之重量（用启罗格兰姆）；

g 起重盘未装载之重量（用启罗格兰姆）；

s 绳之自重（用启罗格兰姆，已见上）。

再参观第十图，可以得其力率：

对于起重盘两端等高之力率 $M_o = Gr - gr = （G - g） r$ ········· 7

对于起重盘已装载而在井下者 $M_r = （GtS） r - gr = （Gts - g） r$

·· 8

对于起重盘已装载而在井上者 $M_2 = Gr - （g + S） r = （G - g - S） r$ ··· 9

对于起重盘未装载而在井底坐置者 $M_3 = Gr - sr = （G - s） r$ ··· ·· 10

以上均用启罗格兰姆米达计绳之自重及其平均法。

矿井愈深，绳入愈长；绳愈长，则自重愈大。自重既大，则有用之起重力多半被绳自重所消耗。今欲将最大任重之力率为之减少，俾与汽机之任重，彼此相等而后可。

除上文已将所用之代字分别解释外，兹再补注如下。

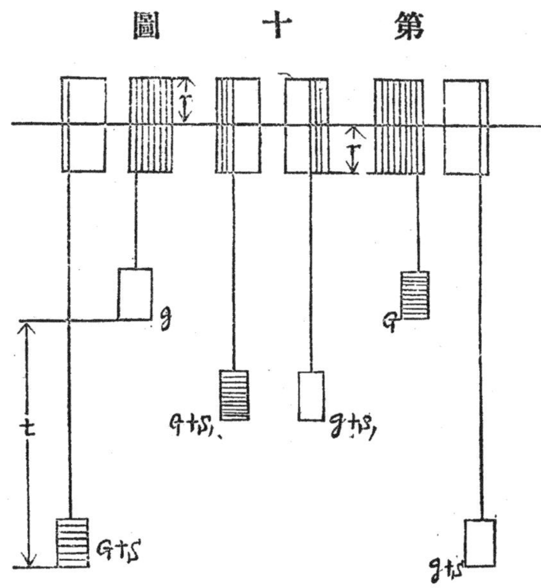

R 为卷绳鼓大径之半径；r 为卷绳鼓小径之半径；

H 为卷绳中鼓径之半径；

均用米达计；

求斜圆尖锥圆筒式卷绳鼓之斜度法。

上文公式，一至十所言之力率，并可于证明之：

$$M_0 = GH - gH = （G - g）H \quad\cdots\cdots\cdots 11$$

$$M_1 = （G + S）r - gR \quad\cdots\cdots\cdots 12$$

$$M_2 = GR - （g + S）r \quad\cdots\cdots\cdots 13$$

均用启罗格兰姆；

所用之代字，可参观十一图。

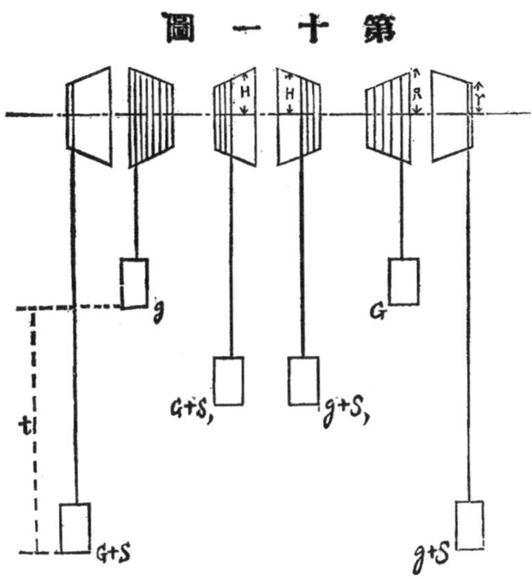

M_1 与 M_2，无论如何，务相等，所以：

$$(G+S)\,r - gR = GR - (g+S)\,r \quad \cdots\cdots\cdots\cdots 14$$

因此而得：

$$\frac{R}{r} = \left(1 + \frac{2S}{G+g}\right) \quad 则：$$

$$R = r\left(1 + \frac{2S}{G+g}\right) \quad \cdots\cdots\cdots\cdots 15$$

此外因：

$$M_0 = M_1 = M_2 \quad 而：$$

$$2M_0 = M_1 = M_2 \quad 所以：$$

$$2\,(G-g)\,H = (G-g)\,(R+r) \quad \cdots\cdots\cdots\cdots 16$$

$$2H = R + r \quad \cdots\cdots\cdots\cdots 17$$

兹照上第一公式与第二表求得绳之大（用铸钢质），其 r 数可于第一表知之。若照第十五公式，可得 R 值。

又，H 值可于第十七公式求之。

至卷绳鼓之缠转数，可照第十八公式计得之，并参观第十二图。

$$U = t : 2\pi H \quad \cdots\cdots\cdots\cdots\cdots\cdots\cdots\cdots\cdots\cdots\cdots\cdots\cdots\cdots 18$$

卷绳鼓之鼓长 $I = U$ 乘绳径 $\cdots\cdots\cdots\cdots\cdots\cdots\cdots\cdots\cdots 19$

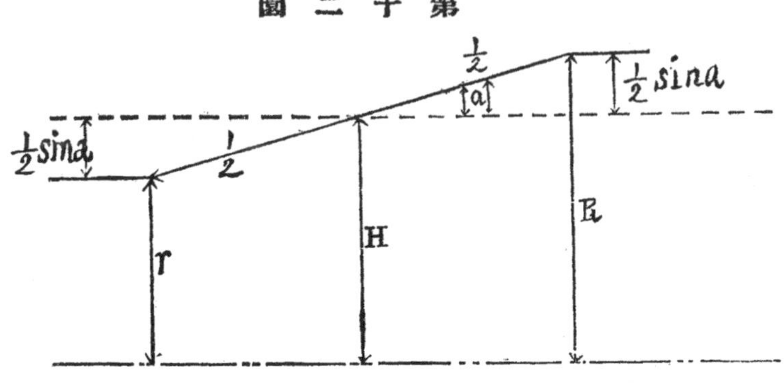

第 十 二 圖

斜角：

$$Sina = （R - R）: 1 \quad \cdots\cdots\cdots\cdots\cdots\cdots\cdots\cdots\cdots 20$$

若 H 为已知之数，则：

$$r = H - \frac{1}{2}\text{sina}; \ R = H + \frac{1}{2}\text{sina} \quad \cdots\cdots\cdots\cdots 21$$

卷绳鼓之斜角°多数用：

$$a \leqslant 30° \quad \cdots\cdots\cdots\cdots\cdots 22$$

若卷绳鼓系螺旋状，其斜角可至六十度。

若匾绳用夹盘式，如第十三图，其绳厚为 B，则：

$$R - r = UB = \frac{t}{2\pi H}B \quad \cdots\cdots 23$$

R 与 r 值照上式计入之 $\cdots$ 24

$$H = 0.282 \frac{\sqrt{G + g + s}}{S}tB \quad \cdots 25$$

蒸汽机计算时，有须注意者，当起重机未装载，且在井底坐置之

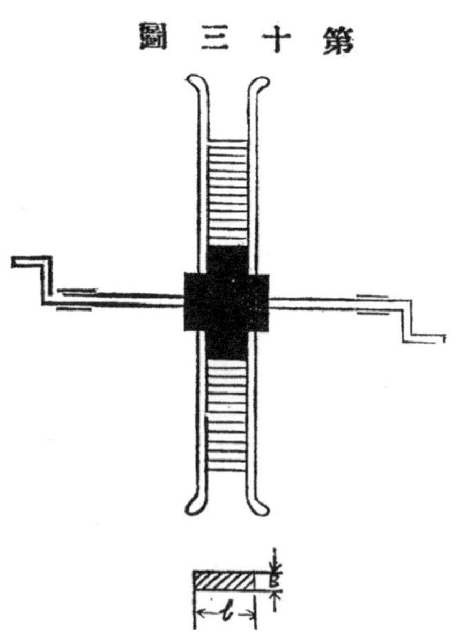

第 十 三 圖

时，与夫当最高之力率之时，必成为：

$$M_3 = GR - Sr \quad \cdots\cdots\cdots\cdots\cdots\cdots\cdots\cdots\cdots\cdots\cdots\cdots\cdots \quad 26$$

之值。又，蒸汽机静时之力率，应较其抵抗力为大而后可。

矿井内所生抵抗折中力率为：

$$M_4 = 0.04\ (G + g + s)\ H + 0.122A\,r^2H \quad \cdots\cdots\cdots\cdots\cdots\cdots \quad 27$$

若用于斜窿矿井，则：

$$M_4 = H0.05(G + g + S)\sin a + 0.05S.\ \cos a + 0.012g\cos a + 0.122\ A$$

$$r^2 \quad \cdots\cdots\cdots\cdots\cdots\cdots\cdots\cdots\cdots\cdots\cdots\cdots\cdots\cdots\cdots\cdots\cdots \quad 28$$

若对于最大之起重速率，则：

$$M_4 = 0.05(G + g + S)H + 0.6A\,r^2H \quad \cdots\cdots\cdots\cdots\cdots\cdots\cdots \quad 29$$

上文之 A 为行动方向对面之平面，用米达平方；r 为起动之速率，用米达秒钟。对于圆筒式之卷绳鼓，可用上第二十七至二十八公式，以 r 字代 H 字，则力率：

$$起重抵抗力 = M_0 + M_4 \quad \cdots\cdots\cdots\cdots\cdots\cdots\cdots\cdots\cdots\cdots\cdots \quad 30$$

至蒸汽机实在马力之能力（又云"操作"），可照下第三十五至三十七公式计出之，斜窿之矿井，可用：

$$\left.\begin{array}{l} G\ 代入\ G_0 = G\sin a \\ g\ 代入\ g_0 = g\sin a \\ S\ 代入\ S_0 = S\sin a \end{array}\right\} \quad \cdots\cdots\cdots\cdots\cdots\cdots\cdots\cdots \quad 31$$

因此而得：

$$M_0, M_1 M_2 M_3$$

之力率。

蒸汽机之计算：

本以上静时之力率 M，可计出工作之量，因：

$$\frac{P2R\pi n}{60} = \frac{2M\pi n}{60}\ 则\ N = \frac{2M\pi n}{60 \cdot 75} \quad \cdots\cdots\cdots\cdots\cdots\cdots \quad 32$$

又，蒸汽机之能力为：

$$e = \frac{Qn2h}{75 \cdot 60} - pm = e\frac{D^2 p}{4} \cdot \frac{2nh}{75 \cdot 60} - pm \qquad \cdots\cdots\cdots\cdots 33$$

再，以 $M = M_0 + M_4$ 代入，则 $h = \frac{tD}{100}$，因 h 用米达之故：

$$\frac{2}{4}e\frac{cD^3}{100} = （M_0 + M_4）$$

汽缸径 $d = \sqrt[3]{\frac{（M_0 + M_4）^2}{epmc}}100$ 用于姊妹式汽机 $\qquad \cdots\cdots\cdots 34$

C 即 h：D 之比例

亦可选用。

比例 c = h：D = 1.7 至 2.2，兹折中 = 2 $\qquad \cdots\cdots\cdots\cdots 35$

汽鼓之适中压力 pm

用 p = 4　　5　6　　7　8　9　10 真空气磅

pm = 1.75　2　2.2　2.5　2.7　2.8　3 气磅 $\qquad \cdots\cdots\cdots 36$

对于起重蒸汽机可用：

实质效度 c = 0.75 $\qquad \cdots\cdots\cdots\cdots\cdots 37$

吾人须注意，蒸汽机当起重之时，既有相对之压力，又有损失，则：

pa = p − 1.6 气磅 $\qquad \cdots\cdots\cdots\cdots\cdots 38$

p 为始压，用真空气磅。

蒸汽机必有极大之力率，以胜其静力。

最大之旋转力率 $M_1 + M_4$，用启罗格兰姆 $\qquad \cdots\cdots\cdots 39$

若汽鼓至死点，则：

急需之汽鼓提举 $E = \dfrac{（M_1 + M_4）^2}{\frac{\pi}{4}D^2 pae}$ 用米达 $\qquad \cdots\cdots\cdots 40$

蒸汽机之转数，可定为如为斜圆尖锥式卷绳鼓，则：

n = 60r：2Hπ 用分钟 $\qquad \cdots\cdots\cdots\cdots 41$

如为圆筒式卷绳鼓，则：

$n = 60r : 2r\pi$ 用分钟 ························· 42

起重机之速率，r 可选用，若：

起重盘悬空无依赖者 $v = 1 - 1.5$ 用米达秒钟

起重盘悬空有引架者 $v = 13$ 米达

今折中 $v = 5 - 10$ 米达秒钟 ··············· 43

若装载人口，其速率切不可过 $r = 4$ 米达秒钟

蒸汽起重机所用之蒸汽，起重机所用去之蒸汽，因时上时下，忽停忽行，并所用系长管，较普通工场所用之蒸汽机为多，所以：

应用蒸汽 $= 2 \cdot 5 \left(1 \cdot 5 + \dfrac{Z_0}{Z} + S_1 \right)$ 用启罗格兰姆小时名称马力

··························· 44

S_1 即相等汽机所需之蒸汽，

Z 即升上所需之时候，

Z_0 即降下之停顿，

普通所用者为：

$Z_0 : Z = 2.5$ 至 5 ················· 45

若系姊妹式汽机，约需三十至五十启罗格兰姆小时实在马力。

矿井吸水机[1]

吾国倡言开矿，已数十年矣，而实行开采者，以全国而论，亦不下数十百处；而求其支持到底，不为水所阻挠者，除一二著名大矿购用吸水机外，鲜有观厥成功。是岂水之性也哉？当洪水横流之天下，以禹王一人治之，而使之就范。岂区区一矿井之水，既不能如大江之澎湃，复未能如混混之源泉，纵有潮湿，亦为势不大？苟设计得法，海尚可枯，何况窿水。吾国自昔至今，盛行一种孔明车，此种吸具，用于井浅而水小之矿井，尚可勉强应用。若遇垂直之矿窿，则此法即不适用，否则窿多曲折，更难着手。且人力有限，渗水无穷，待之水势日增，人力不继，当此之时，虽满井黄白，亦无所措手足。历年资本因此而耗，全厂工人因此失业，股东于是责经理之不得其法，而经理遂于是委之于水。此矿如是，彼矿亦如是，举而推之全国各矿井，亦莫不如是。非开矿也，殆掘井耳，以后纵明知有极佳之矿，人人脑袋中有一水字存于内，再不敢轻于下手，而矿界前途于是退化。水哉！水哉！殆一矿界之强敌耳！今欲驱此强敌于矿界以外，其法为何？曰"吸水机"。

考矿山所用之吸水机，种类甚多，在用者察度矿井情形，审择用之。但多数用者，为鞲鞴之唧筒（又云"汽鼓吸水机"）。此外，

---

[1] 《矿井吸水机》在《矿业杂志》第 2 卷第 1、2 期连载，具见：艺庐：《矿井吸水机》，《矿业杂志》1918 年 3 月 31 日第 2 卷第 1 期；艺庐：《矿井吸水机（续）》，《矿业杂志》1918 年 3 月 31 日第 2 卷第 2 期。亦见《农商公报》1918 年 9 月 15 日第 5 卷第 2 册第 50 期。

矿井内亦有用高压离心力唧筒。自近年来，此种唧筒业已风行矿界，较用鞲鞴唧筒为多。其余少数用者，如抽水筒射水机（Mammut）马奴特唧筒，以及（Pulsometer）甫勒所吸水器。

鞲鞴唧筒，其构造大概系于筒内用一鞲鞴，受外界力之影响，使之一来一往，即水被其所吸引而成一呼一吐情形，与鞲鞴蒸汽马力机组织法相仿佛。至所谓外界力，即发动原力，如蒸汽力、压汽力、压水力或电汽力是，但吸引之高度，若按照理论仅十〇．三米达；如机器动作甚缓，可加多四或五米达；如动作甚速，则照理论上所列之数，并可减少。此种唧筒，必须位置于矿井之内，若发动机或在矿井内或在外均可。

一、鞲鞴唧筒带发动机在矿井之外者，谓之为窿外吸水机；

二、鞲鞴唧筒带发动机在矿井之内者，谓之为窿内吸水机。

如第一条之唧筒鞲鞴，与发动机用杆相间接，而令杆入于窿内，一升一降，而吸出其水者也。若第二条则唧筒与发动机相直接，而安置于窿内。

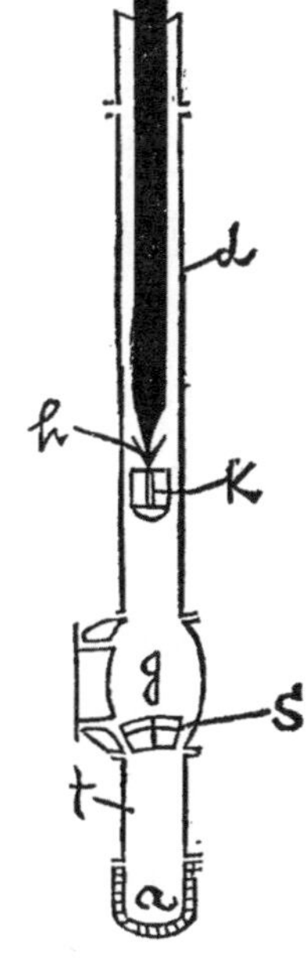

一、提举吸水机

如第一图升管之 d，又为唧筒之筒，而唧筒内之鞲鞴 k，即在此筒内上下动作者也。其筒内置有关盖 h，而鞲鞴所到之下端。又置有吸水抽门 s，于抽门之壳内 g。自吸水管以下，又附有吸水笼头 a。此笼头之作用，专为防止沙泥入管，免坏唧筒而设。

至提举吸水机，其鞲鞴动作，全恃杆 i，而 i 即在吸管之内，所占容积亦甚少。笼头 a 可置于矿井之底上，或于与底不即不离之间，悬置亦可。但此种吸水机，在矿井内无一定之位置，随时随地可以移动，或左或右，或上或下，均无不宜。

提举吸水机亦有不适宜之处，因所吸之水有一定之分量，且高度约六十至八十米达，最高度亦不过一百至一百二十米达。再鞲鞴之周围与筒之周围，既不能使之密合，且不能当工作之时更改其能力；至压力，最大不能过六个至八个空气镑。设窿内之水不甚干净，则速动又在禁止之列。

二、双动吸水机

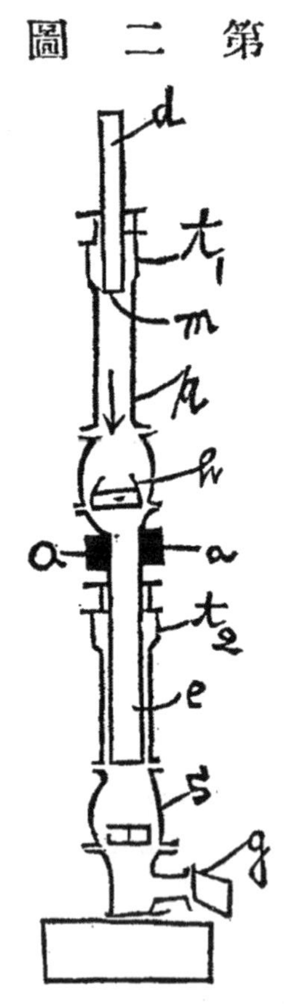

如第二图，此种吸水机一半之吸管，即作为吸水机之鞲鞴，其吸管即附于 aa 处，而与杆相直接，当上下动作之时，有包塞筒t_1，t_2 在 d 之下 c 之上，以生密合之关系。其上端盖门（或抽门）h，附于动管之内，而上下者也。

双动吸水机，其优点所在，无论杆或上或下动作之时，而出水总不断绝。因为上动之时，其升管口 m 与盖门 h 中之余地，并下动之时，其升管口 m 与盖门 s 中之公共余地，合而缩小其容积，迫令水从升管内继续流出。但每一次吸水，惟当升管上升之时，方能生吸引之效力。其所吸之水，视鞲鞴行动之方向，其上下管，各得其半量。

如遇大工程之矿井，可采用此种吸水机两个排列之，并取用公共之吸管，与夫公共之动力。

双动吸水机亦有不便利之处，因一唧筒而装有两包塞筒，密合一事，处处留心。且装置之时，又费心力，因吸管与升管虽在一方向，而又须两不相贴，方可动作。加之在矿井之内，须有特别之引轨以支持之，方可使用。

三、压力吸水机

压力吸水机与提举吸水机、双动吸水机，其组织法实成反比，例如第三图。其上下动时，有特别之筒如 c，而吸管 g 之上有 s 盖门，升管 d 之下又有盖门 h，而 s 与 h，其位置仅有上下之分。普通所用之韝鞴 k，谓之为溺沉韝鞴，因安置距动杆既不远，且日溺沉于水中。当韝鞴入 c 筒之时，置有包塞筒 t 以密合之。此种吸水机，可压水至二百七十米达之高，但装置时，需用引轨，并动杆须有特别之引条，以引入窿内方可。

压力吸水机亦可用一动杆而双动之，则此管韝鞴为吸水之时，则彼水管已压至上端，而成双动压力吸水机。

总之，在矿井内吸水机，无论用何种形式，总不外取用压力之原理。盖吸力甚小，而压力则甚大也。

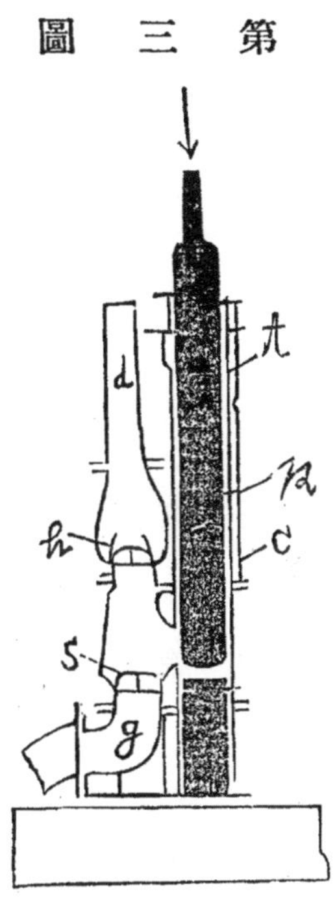

四、矿井外杆动吸水机

杆动吸水机曩日多用木质之为，未始不可，但每当转向之时，恐木质杆易于折断。加之窿内湿气太重，则木受湿气，必增加重量。后知木质杆不便应用，改用薄铁板钉成之铁轨，今日又多改用圆铁条矣。

如动杆与机器之韝鞴杆直接，则如第四图，即可位置于窿口之上。设机器在窿口之旁，与动杆连接，如第五图，则取用对重之量。设机器距窿口甚远，如第六图，可安置多数十字形关节，以达传其力。

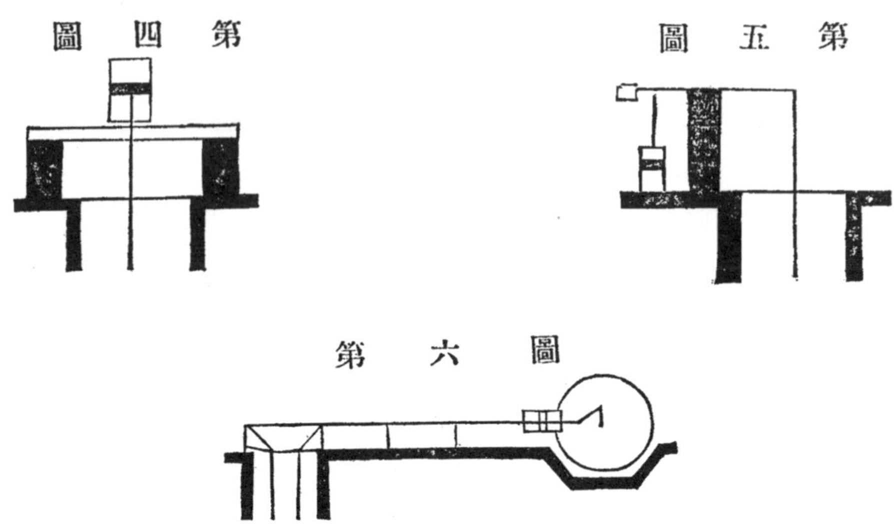

五、微分唧筒

如第七图，微分唧筒所吸出之水，毫无断绝情形，因鞲鞴之动作向右，则水自吸门 s 处向上吸进，而入于左筒，同时有一部分之水在右边筒内者，因压而入于升管 D 之内。若鞲鞴向左动，而已吸入之水迫向盖门 d 而入于右筒内，及于升管 D。所以，鞲鞴之动作，无论向左向右，而升管内必有水陆续流出。今欲升管内流出之水量，不因鞲鞴往复减少度数，则 $k_1 k_2$ 之径不可不切实计明耳。

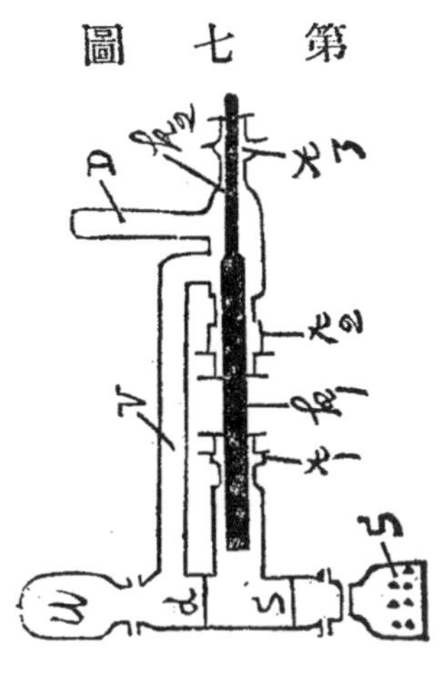

微分唧筒占地甚广，若矿井内水势不甚大者，可用之。

六、吸水机原动力之种类

矿井内吸水机所用之原动力，曰蒸汽力，曰压气力，曰压水

力，曰电气力。但寻常所用者，蒸汽力居多数。至于用压气力，因
窟内之关系，有时不能适用蒸汽力，且安置变汽为液器，尤属困
难。若压水力在一千八百九十至一千九百之间，颇为矿界所欢迎，
购用者亦甚多。近年来已不多睹，改用电气力。如遇多曲折且极深
之矿井，为蒸汽力所不适用者，更不得不改用电气力。

七、矿井汲水机带调制轮者又云飞轮或大轮

如遇极大之窟，吸水所用之机器，须带有调制轮。其汽机当选
用前后汽缸式，取其形之长也。至变汽为液器，永远附属之。

例如第八图为左右汽缸蒸汽机，带有四唧筒，每分钟可吸出二
个立方米达水，其吸高度为四百二十五米达，a 为高压汽缸，b 为两
汽缸中之收容管，c 为低压汽缸，d 为变汽为液器，e 为调制轮，f

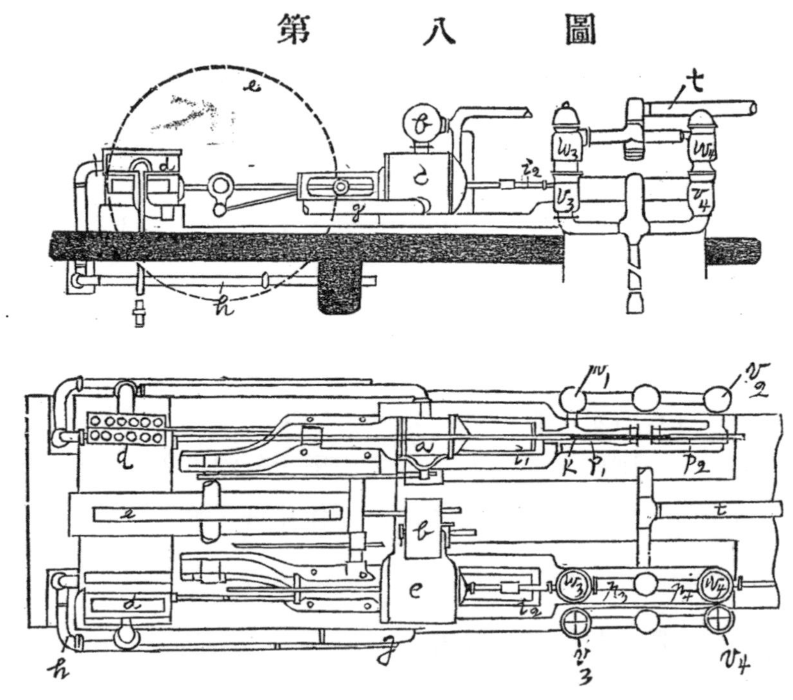

为新汽进管，g 为出汽管。至变汽为液器，每两唧筒汽缸，如 $P_1 P_2$ 与 $P_3 P_4$，用公共之鞲鞴，如 k，而唧筒鞲鞴之杆 $i_1 i_2$，与汽机之鞲鞴杆直接相连。至吸水门之壳如 $v_1 v_2 v_3 v_4$，压水门之壳如 $w_3 w_4$（图中 $w_1 w_2$ 已剖去）均注载分明，可按图而知，若 t 为唧筒上之升管。

此种吸水机，每一分钟可旋转四十至八十次，较之每一分钟旋转八至十二次之提举杆动吸水机，疾徐颇有分别。至于开办经费，约每一匹马力，需洋百七十元至二百元之谱。至每马力小时所用之蒸汽，若日夜不息，约八至十二启罗格兰姆。若每日开工有一定时间，则不能照此数平均计算，须增加之，因从锅炉至吸水管并汽管内，停工时有所损失也。

八、吸水机之马力小时价值

每一马力小时吸出之水之价值

每日若干小时之工作	开办费息金并机器使用之损失	养机费	蒸汽费	总值
小时	文	文	文	文
24	0.5	0.3	2.0	2.8
12	1.0	0.5	3.2	4.7
4	3.0	4.2	4.2	8.5

观上表，可知每一匹马力小时操工二百七十米达吨，或百分之二点七米达吨；若系用百分之米达吨，约得一至三文之价值；今折取中数为二文，则矿窿如深五百米达，每一分钟可吸出一个立方米达水，每全年约费五万元（此系以每元作兑钱千文计算，若以现在钱价论，仅约二万余元）。

九、矿井吸水机无调制轮者

有一种矿井内之水不甚大者，无须需用大机器以吸水，而又不能不需用机器以吸水，是不得不制造一种单筒之吸水机，以应矿界之用，而 Duplex（甫勒司）唧筒尚焉。此种唧筒，所需之蒸汽比较为多，但管理上则极简，所占之地面甚小，主于装置既易又速（若系小工作并不需设用地座）。

甫勒司唧筒系姊妹式唧筒，每机器之半边，其汽缸附有唧筒，而汽缸之鞲鞴与唧筒之鞲鞴用直杆相连接，其组织之法如第九图，此为理论之图，阅者最易明了。

当鞲鞴 II 依箭形向动时，则进汽沟 e_3 有新汽以入，而出汽沟 a_4 有余汽出焉。鞲鞴 I 不

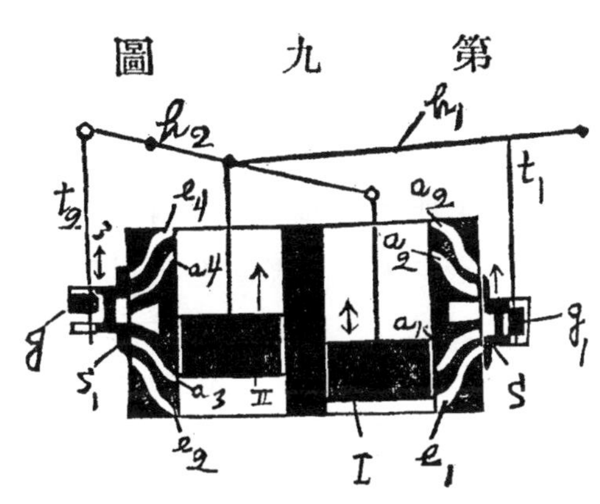

动时，新汽已至鞲鞴之上，而余汽同时又不能出。至于汽罐（又云汽厢），抽钣 s_1 用双肘杆，抽钣 s 用单肘杆，与换边的鞲鞴杆相连接，而引钣 g_2 与 g_2 管辖一切，以至于一定之死点。若鞲鞴 II 继续动作，则提举尽头之时，因抽钣 g_1 之关系，进汽沟 e_1 出汽沟 a_2 于焉开放，而鞲鞴 I 动焉。当鞲鞴 II 刚动至尽头之时，而满缸蒸汽瞬息间未能放出，以至不动。此系理论之图，若据今日各大工厂所实行制造，则所用之双肘杆、单肘杆以及一切不方便之处，尽行改良，以求简当而便应用。

普通所用之甫勒司唧筒，每一马力小时所用之蒸汽，约二十七至五十启罗格兰姆；若构造适合法，用高压、低压汽缸各一，则每马力小时所用之蒸汽，可减至十七至二十四启罗格兰姆；若再取用前后连接三汽缸式，则更减少蒸汽矣。

十、矿井用汽机吸水之不宜

矿井内用汽机吸水，非但不便之处甚多，且又危险已极。所谓

危险者，即隐伏于不便之中。盖蒸汽之管，无论如何，或全部分，或大部分，总安置于窿内，既生障碍，复不免为风流所接荡，且汽管接引愈长，则蒸汽又不免不损失愈大。不但此也，因蒸汽在窿内损失之故，则热度加高，又须设法排除，方可工作。且窿内本系潮湿之地，火险无虞，兹因蒸汽在内损失，变湿为燥，而火险最易发生，又不能不设法杜防者也。加之窿愈深，则汽机内所需用之水亦不易储注。

以上所述，皆系矿井内用汽机吸水之不宜，若改用压汽力机，则开办费甚大，于经济上又不合算，所以压水力机与电气力机实为今日矿界最有价值问题之研究。

十一、压水力机

矿井吸水机，若采用压水机，一切危险情形虽属可免，但安置事甚繁杂，且成本亦甚贵。今欲窿外装置蒸汽机以作压力唧筒之原动力，令其水力以作动作之压力，其空气磅由二百个升至三百个。以言乎打气机之构造（Akkumulator），普通用最大之压气轊轆，以及于最小之压水轊轆，而吸引其水，并收纳水势上升之冲击力而平均之，复令窿内所设之降落水管，其在窿底之半端，自此吸水而入。统观此部分之构造，系水柱机与唧筒，如第十图。

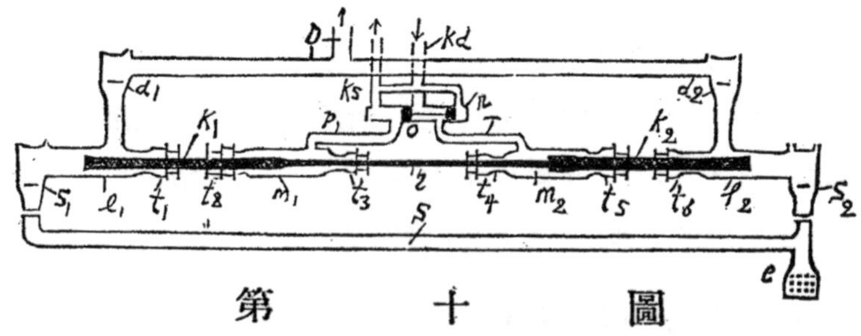

第 十 圖

在一平行线上安置四个圆筒，其中间两个 $m_1 m_2$ 系共同一舵杆，如 n_0，而附属于水柱机者也。其外端之两个 $l_1\ l_2$，即为筒唧之圆筒。至每水柱机之圆筒，与夫唧筒之圆筒，置有共用之轆轤，如 $k_1 k_2$，而此种共用之轆轤，复用轆轤杆 z 以连带之。又因舵杆之关系，而水柱机压管内 kd 所引来之力，水既及于此圆筒，复及于彼圆筒，而令轆轤为之一往一复，当每次力水轆轤退转之时，即成一体动动作，而压挤于力水升管 ks。

压水力机之优点，因为水柱机与唧筒彼此形式相仿佛，且同一管理与同一体动之机，而彼此提举之数目又均相等，而对于水又不因体动力之传渡，故而生极大之损失。至于窿内，非但无危险之热度发生，且为之凉冷，较之用电气所生之危险情形，更不必虑。

但安置此种机器，其成本甚昂。窿内既需装置三管，窿外又须装置压水等机。若系极大规模，每马力一匹约需洋三百元。且窿愈深，则将来加增压力问题，亦属困难。不但此也，因机器时常工作，而所需最密合之包塞筒，虽然如法炮制，且所费亦甚大。至压力唧筒之压力抽门箱，因所受之力极大，最易破裂。此外，当寒冷之时，管中恐有结冰情形发生，防杜尤属为难。此即压水力机用于矿窿之劣点也。

观于以上压水力机之劣点，近今各矿山已不多睹，即或有之，已属特别之举。

十二、电动之轆轤唧筒

电气吸水机，系用电气之马达（Motor），以牵动唧筒，其电流系由窿外用电线引入，其法有二：

一、用马达接引中央不断绝大电厂之电气（所谓中央大电厂，即本矿山总电厂，或附近市镇之大电厂）。

二、自发电机（Dynamo），以动唧筒之马达。

若如第一条用中央大电厂之电流，较之第二条自设发电机成本当轻，因既借用电流，则发电机当然可省。

如第一条，每一匹马力之吸水力约需洋二百至二百五十元；如第二条，必需三百元方可济事。

若系最小之吸水机，更无须自设发电机，尽可共用电流，但马达与唧筒之旋转速率，必须与中央发电机切实计合，不可有随时更改之弊。

若系极大之吸水机，而所需之电流甚多，则中央大电厂，其规画必须强大方可以资接济，不可令其常有不敷之事。

设矿井之吸水机甚小，则自设发电机亦觉合法，因汽机与发电机设在窿外，水势之大小既可目见，自然所省之汽力甚多。

电气马达之旋转数如果过大，不合韡[illegible]END唧筒之用，夫人而知之矣。自里特式（Riedlers）发明速转唧筒以来，虽每分钟可转二百至三百次之多，亦不适用现在矿界所用唧筒，仍返乎古，以缓为贵，每分钟约旋转一百至一百四十次，无有再逾此数者。

矿窿内用电力吸水，其力之传渡物所占之地位甚小，因窿内仅须安置电线数根，而电线之安置又属甚易。所以，最深或多曲折之矿窿，至适宜者莫过于用电力。

最大之电力吸水机，比较发电机之名称工作数目，其实效度总数约五分之六十五至七十。

十三、压水力吸水机与电力吸水机价值之比较

今试以压水力吸水机与电力吸水，以每日十二小时之工作计算，列表于下：

每日十二小时一马力小时所吸出之水之价值

机名	开办费息金并机器之消损	养机费	发动力费	数总（均以文计）
压水力吸水坑	2.2	1.0	2.8	6.0
电力吸水坑	2.0	1.0	3.0	6.0

再将此表与本篇上期所列蒸汽吸水机表相比较，可知工作小时愈短者，需费愈大。

锑　考[1]

锑之命名甚多，曰 Antimon（安体莫），曰 Spiessglanz（司必司格伦之），曰 Spiessglaz（司必司格腊之），曰 Spiessglanzkoenig（司必司格伦之捆宜希），曰 Antimonium（安体莫宜乌吾），曰 Stibium（司体毕乌吾），曰 Regulus Antimonii（里克鲁司安体莫宜）等名。

考其命名之历史，Dioskorides 的可司可里得司与 Plinius 惟里乌司氏，谓锑所制成之物，称之曰司必司格伦之，系作治病药品之用，证以 Hebraisehen（黑布阿）与 Arabisshen（亚剌）两种文字，始称之曰 Spiessglanz–kohl（司必司格伦之可伦），即锑炭。继为别图，借用其名，因语言文字之关系，始变为 Alcool（阿勒哥），复变为 Alkohol（阿勒哥贺勒），即酒精。

至纪元十六年，Gebers（格伯司）译成拉丁文，而司必司格伦之始取名为安体莫宜乌吾。查司必司格伦之之名，始用者为 Basilins Balentinus（巴西里司巴伦体奴司），见于一千四百六十年所著之 *Triumphwagendes Antimons* 书，其书名译曰《锑之侥幸》。该书对于锑虽多方剖解分析，并未见有何等新法以启后人。又考锑质所含之性甚烈，若制成酒壶，盛酒愈时，人食之必呕，因此之故，今日医药家多用锑以作发呕之药，而丸药中亦有配用者。除此以外，并可作为分解金银之药料。

再考曩时不规则之僧人，常使用锑制之丸药，以助强情之兴，

---

① 艺庐：《锑考》，《矿业杂志》1918 年 3 月 31 日第 2 卷第 1 期。

后为 Franz Ⅱ 福郎之第二所悉，反对僧人之所为，并发令禁止。查僧字为 Monachon（莫宜松），反对为 Anti（安体。又云"革命"），合之为 Anti–monachon（安体莫宜松），译之为僧人革命（又云"反对僧人"），即今之锑名是也。

一千五百六十六年至一千六百六十六年，法国医药家会议，凡药品中含有锑质者概行禁止。现亦有 $sb_2 s_3$ 锑二硫三以治喉症者，但不能多用。

世界产锑之区除 Andreseberg（安得司堡）、Pribram（甫里阿吾）、Allemont（阿勒莫）、Sehwedem、瑞典、匈牙利、法国以外，向不多见，用途亦狭。德国商务最盛，每年仅销二千一百四十九吨。次则法国，每年一千四百九十九吨。次则匈牙利，每年九百四十吨。次则意大利，每年五百八十一吨。次则锡南华，每年三百三十二吨。次则奥国，每年二百七十一吨。再次则日本，每年二百二十九吨。

考锑之用途，在昔则制造颜料、调配药品，或加以锌以成黑粉（即铁黑），而作金属之用；或于铜器与夫镀铜之器，饰以铁黑，以防生锈。至于普通盛用者，冶金术最居多数，即于各种金属铸器，亦均含有百分之七锑质。此外，并无他种用途。

统计以上所述，其每年所用之数，尚不甚巨。迨至欧战发生，需锑甚广，冶铁术虽用锑拌合，然所需亦有限。近闻各国兵工厂，对于炮弹内多装锑丸，是否属实，现在不能详考，俟诸异日专篇研究可也。

湖南矿业历史[①]

　　本会会员王君宠佑曾著《中国矿业历史》一篇（见本杂志第二卷第三期），其搜罗之宏富，参考之精，详毋任钦佩。鄙人楚产也，今欲继王君之后，撰《湖南矿业历史》一篇，以资研究，但恐孤陋寡闻，贻笑博雅，希阅者谅之。

　　世人仅知中国矿产之富甲于全球，而不知湖南矿产之富有非他省所可及者。不但今日为然，即证之往史，已屈指可数。只因我湖南人不能继前人之事，为历史大放光明，诚为可恨。试举今日之情形，追稽前代之历史，已属退化。即比较民国五年以前，尤觉伤心。世界各国，无论何种历史，悉由野蛮进于文明，由门径升于堂奥，若我湖南之矿业历史则反是。岂矿产之过欤？实人谋之不臧也，恶可以不述。

一、金

（一）位置

洞庭之山，其上多黄金，其下多银铁。

荆湖南北路，有金铁之利。

益阳县，有金井数百。

平江县，有土灶一金场。

常德府武陵、桃源、汉寿，皆出金，府城南有淘金场。

---

① 艺庐：《湖南矿业历史》，《矿业杂志》1918 年 12 月 30 日第 2 卷第 4 期。此文应该参考了清鄢蕾的《广湖南考古略》。

宝庆府武冈州，淘金场凡十处，明永乐间，开五处淘之。

辰州府沅陵、辰溪、溆浦三县，沅州黔阳县，皆出麸金。

靖州县城东北宝溪山下，溪中产金。

（二）采冶

宋仁宗时，朱寿昌使湖南，或言邵州可置冶采金，有诏兴作。

绍圣二年，江淮荆湖等坑冶司言：新发坑冶，漕司虑给本钱，往往停闭不置，请令本司同遣官详度。从之。湖南漕司言：潭州益阳县近发金苗，以碎矿淘金，赋权入官，请修立私出禁地之制。从之。

崇宁四年，置旺溪（在会同县）金场监官。

政和元年，张商英言：湖广产金，非止辰、沅、靖溪峒，其峡州夷陵、宜都县，荆州府枝江、江陵县赤湖城至鼎州，皆商人淘采之地。

绍兴三十二年，湖南、广东、江东西，金冶二百六十七。

元至元十九年，以蒙古人李罗领湖北辰、沅等州淘金事。

至元二十年，拨常德澧、辰、沅、靖、民万户，付金场转运司淘焉。

明永乐间，遣官湖广、贵州采办金银课，复遣中官御史往核之。

洪武中，会同县漠滨金矿始有人开采。

成化中，湖广金场、武陵等十二县，凡二十一场，岁役民夫五十五万。

清雍正六年，题准靖州会同县墓坪山产有金砂，听山主之开采。

道光年间，沅陵金牛山金矿发现，采取甚多，时有斗杀之事，清政府设外委把总、千总各司事，驻扎其地，以资弹压。

光绪二十一年，湖南官矿局开办平江黄金洞之金矿。

宣统三年，以二千四百串购买会同县漠滨金矿，委道员左某为总办，经营采冶。

民国二年，富国公司开采桃源萧家湾之金矿。

（三）成效

荆州厥贡惟金三品。

江南道厥贡金银。

衡阳郡贡麸金十四两。

元天历元年，岁课湖广省金八十锭二十两一钱。

清光绪三十三年，平江黄金洞金矿每年产金三千八百十八两。

会同县漠滨金矿至民国每月可出纯金四十四两一钱八分。

（四）停工

宋仁宗开采邵州之金矿，朱寿昌言："州近蛮金冶，若大发，蛮必争，自此边境可多事，且废去田亩数百顷。"诏亟罢之。

元至元十九年，罢湖广行省金银铁冶提举司。

明成化中，采冶武陵等十二县金场，得金仅五十三两，遂复闭。

宣德中，辰州、沅陵等县开矿采金，民以为苦，监矿御史薛瑄奏罢之。嘉靖二十六年，仍行采取，参政游震得复奏免。

清乾隆年间，平江黄金洞金矿因采民辗轕，时生经邑令封禁。

雍正间，题准会同县金矿听民采取，抽课后，因开挖甚艰，不敷工本，题准封禁。

二、银

（一）位置

桂阳邵有银井。

平阳银坑在县南，取出银，至精美。

道州永明、郴州义章皆有银。

郴州水土之所生白金。

浏阳有永兴、焦溪二银场，衡山有黄鞡银场。

常宁有荬源银场，宁远有上下槽银场，郴有新塘、浦溪二银坑，桂阳县有延寿银坑，平阳县有大凑山、大板源、龙冈、毛寿、九鼎、小白竹、水头、石笋、大富坑等九银坑。

桂阳州西有大凑山，南有晋岭山，北有潭流岭，皆产银、铅砂矿。

（二）采冶

唐贞元九年，敕：五岭以白银坑，依前令百姓开采；银场五十一，有道州之黄富；银冶八十四，有郴、衡、桂阳监。

宋开宝三年，减桂阳岁贡白金额，诏曰："古者不贵难得之货，后代赋及山泽，上加浸削，下益抗敝，每念兹事，深疾于怀。未能损金于山，岂忍夺人之利？自今桂阳监岁办理课银，宜减三分之一。"

绍兴三十二年，湖南、广东、福建、浙东、广西、江东西，银冶一百七十四。

清雍正四年，覆准郴州九架夹地方所出矿砂，黑白夹杂，准其黑白兼采。

（三）成效

邵阳郡岁贡银二十四两。

桂阳监土贡银五十两，邵州土贡银十两。

元丰间，圣节荆湖南路，进奉银九千三百两。

南郊荆湖南路，进奉银一千三百两。

淳熙中，桂阳岁贡银二万九千两，而平阳当三分之二。汪纲为平阳令，力请蠲免之。

元天历元年，岁课湖广省银二百三十六锭九两。

（四）停工

唐元和二年，诏："天下有银之山必有铜矿铜者，可以资鼓铸。其天下自五岭以北，见采银坑，并宜禁断。"

真宗时，烹丁愈困，监判章侁代民作《烹丁歌》。上闻恻然，遂罢炉铸。

景定中，朝廷议开银场于郴州之葛藤坪，时王櫹知郴州，上疏力陈利害，议遂寝。

明嘉靖间，徐兆先知桂阳县，尝辨砂矿之妄，禁止采冶。

三、铜

（一）位置

铜山在长沙县北楚铸钱处。

郴州义章县有铜。

郴州平阳县出铜矿，供桂阳监鼓铸。

唐元和三年，李巽上言："郴州平阳、高亭两县界有平阳冶及马迹、曲木等古铜坑，约二百八十余井。辰州府辰溪、郴州本州、宜章皆出铜。"

澧州铜山在州西南。

郴州铜坑泉在州北。

（二）采冶

宋崇宁五年，诏苏庄提举九路铜事。先是，游经言有胆水可浸铁为铜者，韶、岑水、潭、浏阳及铅山、德兴等凡十一所，唯岑水、铅山、德兴已经理，余未也。

靖国元年，命游经提举措置铜事。

绍兴三十二年，潼州、湖南、利州、广东、浙东、广西、江东西、福建，铜冶一百九。

淳祐八年，监察御史陈鲁奏内言："姑以长沙一郡言之，乌山铜炉之所六十有四，麻潭鹅羊山铜户数百余家。"

元至正十年十二月，立诸路铜冶所。

明永乐曾于澧州置冶炼之不成。

天启四年，开采桂阳县铜矿。

明崇祯三年，御史饶京言："铸钱开局，本通行天下，今乃苦于无息，旋开旋罢，自南北两局外，仅存湖广、陕西、四川、云南及宣、密二镇。而所铸之息，不尽归朝廷，复苦无铸本，盖以买铜而非采铜也。迄遵洪武初及永乐九年、嘉靖六年例，遣官各省铸钱，采铜于采铜之地，置官吏驻兵，仿银矿法，十取其三，铜山之利，朝廷擅之，小民所采，仍予直以市。"帝从之。

清康熙中，覆准衡、永等府属产铜、铁、锡、铅处招民开采输税。

雍正间，开采郴、桂二州铜铅矿。

土民陶旺等于雍正年间呈请靖州杨知府，通详奉委试探绥宁铜矿。

乾隆三年，议奏："衡州府常宁县之铜盆岭、桂阳州之石壁下、靖州绥宁县之抱冲现出铜砂，抱冲砂矿尤旺。此外，尚有永顺府桑植县之水獭铺、郴州桂东县之东茫江等处，亦属产铜之所，俟开有成效，另议办理。"

乾隆四年，招商开采绥宁铜矿，公民易文徵、黄三奇愿集资试采。

乾隆八年，题明复采郴、桂二州铜矿，召商承办。

乾隆九年，开采桂阳县之绿紫铜坳铜矿。

乾隆九年，广西巡抚鄂檄委署陆安府同知岳都，试采绥宁铜矿。

乾隆十二年，湖南巡抚杨奉旨，饬委靖州同知朱燕，会同绥宁知事明英齐，试办绥宁铜矿。

乾隆十七年，吴怀易等呈请巡抚范，饬绥宁知县程济泰，试办绥宁铜矿。

光绪二十九年，西路公司收买辰溪铜冲门铜矿开采。

光绪三十年，西路公司又收买辰溪和尚洞铜矿开采。

光绪三十二年，黄忠浩派管带刘帮汉，督办绥宁铜矿。

民国四年，郭人漳组织福利公司，开采绥宁铜矿。

民国五年，郭人漳将绥宁铜矿售与湖南矿务局，价银四十万元。

（三）成效

唐代郴州土贡赤钱。赤钱者，铜质所造也。

郴州桂阳监在城内每年铸钱五百贯。

天宝间，郴州曾置五炉，每炉岁铸钱三千三百缗。

元和三年，监铁使以郴州平阳铜坑二百八十余，复置桂阳监，以两炉日铸钱二十万。

宋景祐二年，置提点坑冶铸钱官。

熙宁初，诏京西、淮南、两浙、江西、荆湖五监，各置铸钱监，江西、湖南十五万缗，余路十万缗。

元丰间，诸路铜钱十七监，内有衡州熙宁监，岁铸钱二十万贯；行使铜钱一十三路，内有荆湖南路。

乾道二年，工部侍郎苏良朋措置诸路坑冶，上言："岁铸钱一百六十一万七千九百三十五贯，用铜五百五万六千余斤。以铜少，权以五十五缗为额。潭之永兴五百斤，今增为十五万。"

元至元十一年，湖南产铜之处甚多，置宝泉提举司一所。

清乾隆二十四年，诏定桂阳县绿紫坳铜矿，每年额解精铜四万四千四十八斤于湖南政府，凑铸制钱。

民国四年，财政部附设采金局，筹办金银铜各矿，将湖南桂阳县绿紫坳铜矿一处、万发窿铜矿一处，又常宁县棕树镇铜矿一处，收为国有，设法筹议开采，以供铸币之用。

（四）停工

唐元和五年，李铁使奏："衡道诸州，连接岭南，山洞深邃，百姓私铸，请委本道官禁绝。"

明嘉靖间，湖南缺铜给事中殷正茂言："宜采云南铜，运至岳州鼓铸，费工本银三十九万，可得钱六万五千万文，值银九十三万余两，足以佐国家之急。"

清乾隆三十二年，绥宁知县陈于宣以耙冲为该处四里发脉之所，未便采矿，通详到部，永远封禁。四处苗民建碑于耙冲，播扬德意，而绥宁铜矿于是无有敢再议办者。

四、铁

（一）位置

桂阳郡出铁，汉元狩四年置铁官。

耒阳有铁。

永州祁阳、道州、延唐、江华、永顺，岳州巴陵，澧州石门，皆有铁。

江华有黄富铁场，宁远有上下槽铁场。

澧州产铁。

东安县有铁矿。

祁阳香炉、乌塘、韩家等山，皆产铁砂。

衡州清泉县属铁冈铺出铁，唐宋铁矿在此，又名七里山。又城西亦有七里山产铁。

沅陵、辰溪、溆浦三县皆有铁矿。

浏阳、攸、安仁、茶陵、宁乡、醴陵、安化七州县皆出铁。

产铁之所，桂阳、沅、潭、衡、武冈、宝庆、永、常宁、道州，宝庆府新宁，郴州本州、宜章、永兴、桂阳、靖州、绥宁，皆出铁。

永顺府保靖县沙塘腊洞出铁，龙山县旧有铁矿八处。

（二）采冶

汉元狩四年，置铁官，凡四十郡，有桂阳。

建武中，卫飒为桂阳太守，耒阳县出铁石，他郡民庶，常因依聚会，私为冶铸，遂招来亡命，多致奸盗。飒乃上起铁官，罢斥私铸。

五代，楚王马殷据湖南八州地，置铁铸大钱。

明洪武六年，置铁冶所，凡十三所，湖广惟兴国、黄梅。十四年，益以茶陵。

浏阳初开铁冶炼造官。

清雍正十三年，议奏："长沙府安化等州县，地名小桥等六十八处产铁，均属内地，并无防碍，自应听其采取，以裕民用。"

是年，题准长沙府安化县，永州府东安县，宝庆府邵阳、武冈、新宁三州县，辰州府沅陵、辰溪、溆浦三县，澧州石门、慈利、安福、永定四县，桂阳州及所属之临武县，并有铁矿，准民人自行开采。

又，沅州府芷江县，永顺府桑植县，郴州兴宁县，均准开采。

（三）成效

汉建武中，卫飒为桂阳太守，上起铁官，罢斥私铸，岁所增入五百余万。

五代，楚王马殷于湖南建天策府，铸铁钱，以十当铜钱一。

元天历元年，岁课湖南省铁二十八万二千五百九十五斤。

宝庆府土贡铁。

（四）停工

明洪武间，浏阳初开铁冶炼造官，铁解京，不堪用，而解难敷额，邑人周干建言免之。

龙山县旧有铁矿八处，因地属苗疆，封禁。

五、锡

（一）位置

长沙出连锡。

长沙县有锡山。

产锡之所有潭州。

永州府江华县萌渚之峤，其山多锡，亦谓之锡方。

宜章县有锡矿，江华县有黄富锡场。

郴州府衡阳、耒阳、常宁出锡，旧有二坑。

桂阳州万景窝、石眼等处，皆有锡矿。

江华县锡矿公司所辖矿区曰春头源、茶塘源、母鸡地、大观塘、鲤鱼冲、草鞋塘、上狗坑、下狗坑、船岭脚、青石板、山口岩、上岩坪、下岩底、衣衿山、牛头山、羊坳、虾公肚、石烂冲、蘇子湾、尖山团、洪花源。

（二）采冶

宋绍兴三十二年，湖南、广东、江西，锡冶一百十六八。

明季，某太监奉旨开采桂阳州大有窿锡矿山。

清乾嘉年间，开采桂阳州之东边窿。

光绪年间，矿商周鹏南等组织镇湘公司，于临武香花岭开采锡矿，颇有盈余。

民国元年，湖南矿务总局于江华县设局采冶，更于上岩坪、春头源、尖山等处，次第分设支局，工人达二千人之多。总局设炼炉两座，昼夜提炼，除厚生、华昌两公司，由部核准，俾得独存外，其余各公司概行购并。

（三）成效

元至元八年，辰、沅、靖等处转运司印造锡引，每引计锡一百斤，官取钞三百文，客商买引，赴各冶支锡贩卖。无引者，比私盐减等，杖六十，其锡没官。

民国元年，江华县上五堡每年产纯锡，得七十吨有奇。

临武县罗坪每年约出锡砂八千斤。

（四）停工

民国二年，江华锡矿分局因办理不善，亏累巨万，废局停工。

民国三年，湖南独立，停办临武县香花坪锡矿。

六、铅

（一）位置

郴州宜章县有铅。

产铅之所桂阳潭州。

长沙府醴陵县出铅。

桂阳州西毛寿山，五代时出铅，宋以后绝。

兴宁县烟竹坪、黄泥坳地方皆有铅矿。

桂阳州大凑山、黄沙等处产铅。

常宁县松柏镇地方发现铅矿。

（二）采冶

五代，楚王马殷据有湖南，鼓铸铅钱。

宋绍兴三十二年，淮西、湖南、广东、福建、浙东、江西，铅冶五十二。

清康熙五十二年，覆准桂阳州大凑山、黄沙等处产铅，准其开采，并设铅厂。

乾隆八年，题明复采郴、桂二州铅厂，召商承办。

光绪二十二年，湖南巡抚陈宝箴饬廖树蘅，在常宁县水口山用土法开办铅矿。

光绪三十二年，于常宁水口山之锡寿场用西法采冶铅矿。

宣统二年，于湖南省城外设黑铅提炼厂，主持工程者系广东江顺德。

（三）成效

元天历元年，岁课湖广省铅一千七百九十八斤。

常宁水口山自开办以至民国五年止，共计产铅二十五万三千一百六十七吨。

（四）停工

乾隆四年，停止郴、桂二州铜铅各厂。

宣统三年，湖南黑铅提炼厂停办。

以上所述，皆系我湖南大宗矿产。此外，如磺矿、硝矿、煤矿，以及后起之锑、钨、锰等矿，或系试采，或系新进，既为时期不久，自无历史之可言，不得不暂付阙如，以俟将来。所愿者，吾湖南人对于矿业历史力求进步，毋令后人之痛骂，是所日夜馨香祷祝者也。

四 《南强旬刊》

创刊词[①]

自民国以来，各种事业之进步，远不及各种杂志文字进步之速，而其所以能造成此种地位者，又不得不归功于近年科学之进步。盖言者心之声，有诸内方能形诸外，若人内无科学根基，而欲写成有价值之文章，决无是理。惟能运动科学脑筋，发为科学化议论，不患不掷地金声，洛阳纸贵。所以，往者京、沪、平、津各大报社，常择其近日报中文章之尤美者，或汇集国内外大事，叙其始末；或搜罗日报所未及采之记载，编为杂志，附报以行。而天津《大公报》《国闻周刊》，尤为脍炙人口。本刊附于《湖南国民日报》以行，名曰《南强旬刊》，亦即此例。惟京、沪、平、津，为我国人文荟萃之区，取料易于从事。湖南为一隅之地，欲追美名志，诚不易得。顾自军兴以来，湖南较为安定，复兴民族，湖南人平日又以之自豪，奇恢瑰异之作，为日报所未及采者，必所在多有，而各人大地能文之士，转徙来湘者，又不知凡几。其忧郁劳苦之心，发为文章，较平日必可观。任其放失，宁非可惜，搜罗荟萃，蔚为大观，又未必远逊京、沪、平、津各大报之杂志也。或以为当此军事旁午之秋，百事仓皇，何暇及此不急之务？此竟不然。夫当

---

① 宾步程：《创刊词》，《南强旬刊》1938 年第 1 卷第 1 期。

纷扰之际，能有从容不迫之度者，方可与定大事、决大政。曾文正在军中，不辍学业；左文襄用兵婺源，方与夏炘讲明朱学，日不暇给，何尝以武备而废文事？风雨如晦，鸡鸣如已，本刊创于此时，又以"南强"名，此物此志耳。惟当此学术庞杂、世衰文敝之际，不得不先揭主旨，以告阅者。

一、搜集有益于民族之文字。近人以"文以载道"等名词为迂腐，于是少年执笔，淫词鄙句，连篇累牍。以能刻画时女、发人私阴及一切滑稽不经之词者，号为髦士。以为如是，方使民众易于了解。夫淫词鄙句，导人坠落，纵使人人了解，又何补于民族毫末。善夫顾亭林之言曰："文之不可绝于天地间者，曰明道也，纪政事也，察民隐也，乐道人之善也。若此者，有益于天下，有益于将来，多一篇，多一篇之益矣。若夫怪力乱神之事，无稽之言，剿袭之说，谀佞之文，若此者，有损于己，无益于人，多一篇，多一篇之损失。"且顾氏分亡国与亡天下者为二种，谓魏晋人清谈，足以亡天下。所谓亡天下者，犹今言亡种族之谓。夫清谈尚可以亡种族，况淫词鄙句，又下于清谈者乎？甚矣其可惧也！

二、采辑从广。本刊编录时论，固不限于《国民日报》；而采辑各种著述，亦不以湘人为限，亦即章实斋所谓："古人之言，所以为公也，未尝矜于文辞，而私据为己有也。志期于道，言以明志，文以足言。其道果明于天下，而所志无不申，不必其言之果为我有也。"昔吴南屏与杨性农书，谓性农在京师，有"名士经纪"之目，传为美谈。同人不文，不能为名士经纪。且名士为世人诟病，同人亦不愿为其经纪。至于爱国文学经纪，则同人之责也。

三、愿为救文敝之嚆引。凡当衰世，其文必敝，亦必有人焉，大声疾呼，以救其敝，而转其习尚。五代文敝极矣，至宋欧阳修出，以救其敝。明末文敝极矣，至顾亭林出，一洗其陋习。今日文敝，更甚于五代、明末，起而振之，为硕学通儒之任，同人非所敢望。

然树之风声，以为喤引，同人又何敢辞其责。近人以白话文为含有时代性，竞为之而不已，而不知文言亦何尝不有时代性。梅伯言有云："文章之事，莫大乎因时。……一时之朝野风俗好尚，皆可因吾言而见之，使为文于唐贞元、元和时，读者不知为贞元、元和人，不可也；为文于宋嘉祐元祐时，读者不知为嘉祐元祐人，不可也。"言文章之有时代性者，孰过于此？岂必限于白话文，然后可见时代性乎？

以上三事，同人以之自勉。创刊之日，聊书于此，以当叙例。

国防中之人口问题[1]

我国年年办统计，日日讲调查，连最大之本国人口数目，亦不能了解真相。即以内政部所调查者而论，始则曰全国人口总数共四万万七千四百八十二万人；至民国二十二年，又云四万万二千余万人，比上已少五千多万人。或者因"九一八"东北之失，故有此差数，亦未可知。姑无论所差若干，而四万万之总数则前后相同也。我国既有此人数，自可称雄于世界。无如晚近来邦家不造，天灾"匪祸"以及人事上种种关系，人口数目渐就下降，实非我国前途之幸福。欲认识此中严重性质，特将总理所讲者，摘录于后。

中国近一百年来，已经受了人口问题的压迫，中国人口总是不加多，外国人口总是日日加多。……百年之后，一定是要亡国灭种的。……（见《民族主义》二讲）

……我们中国人口，在已往百年没有加多，以后一百年，若没有振作之法，当然难得加多。环看地球上，那美国增多十倍，俄国增加四倍，英国增加三倍，德国增加两倍多。至少的法国，还有四分之一的增多。若他们逐日的增多，我们却仍然故我，甚或减少。……讲到人口增加问题，中国将来也是很危险的。……要令四万万人都知道，我们民族现在是危险的。如

---

① 宾步程：《国防中之人口问题》，《南强旬刊》1938 年第 1 卷第 2 期。

果四万万人都知道了危险，我们对于民族主义便不难恢复。（见《民族》五讲）

今世战争，无论因何开始，都是些外在的，而内在原因，不外乎民族求出路问题。盖一民族之繁殖，实与他民族之生存大有关系。欲施以打击，不得不出诸武力，一方面侵略其土地，一方面残害其人口，以利己主义演成战争惨案，盈城盈野，绝不爱惜。此今日一般帝国主义者之阴谋，吾人何可不谨防之也。

人口问题亦可谓之为民族问题。在今世炮火飞机极度发达之下，每一次国际大战，"牺牲"二字在所难免。战争愈激烈者，其牺牲亦愈大。换言之，即是人口消耗战，谁的人口数强，就是谁的战争胜。所以，世界各国竭力提倡生育，奖励生育，以繁殖本国人口，以保障整个民族不为他人之牛马奴隶。此即今日各国当道用心之所在，而不可轻视者也。

在今世，讲求改进人口问题者：

其一德国。德国自第一次大战以后，人口之损失甚大。在物质方面，当然随时可以补充，甚至有钱亦可向其他各国购进。惟人的问题，非经二十多年不能作用。然亦非有多数之青年男女，亦不能达到此目的。所以，繁殖人口比任何问题为难。希特拉有鉴于此，自主政以来，日以解决此问题自负。当其在纽伦堡向国社党妇女团体代表演说，谓吾人决不编组女子手榴弹队，或女子快枪队，此言系对苏俄女子兵而发。希氏又谓："每一妇人凡能产生健全活泼之子女七人。以保卫国家之生存者。其功胜于大学中任何有学问之妇女。"德国女子非奴隶之辈，其他妇女视为羁轭，德国妇女则视为福利。德国内阁又核准新律数项，其主要者，为增高对未婚者及无子女之家庭之税率，传与儿童及孙辈之遗产税，得更从宽酌免成交税，已定为百分之一点五，以示奖励生殖之意，并且在柏林施放一种养婴金。其办法由婴儿父母由首都医官克林博士检验身心及其状况合格后，即发给领金证书。养婴金规定按月二十马克，至十四岁始停止。额数暂定二千名，以第三、第四产为限。是希氏对于提倡生育政策，已有具体之表现。后又下令凡任公私职务，年在二十五岁以下之未婚男女均应罢免，而代以年龄较长者，尤其为有家眷者。罢免之未婚男女，应改就劳工役务、家庭役务之从事农业。凡曾在志愿劳工营至少服务一年以上者，冲锋队老队员、国社党老党员及曾服役于陆海军者均除外。嗣后，雇用二十四岁以下之职员，概须由劳工当局许可。希氏又以为强迫结婚，非予以经济上之借贷，不能使一般青年有组织家庭之机会。计自一九三三年八月一日，至一九三七年二月一日止，以此种贷款而结婚之青年夫妇达七十万对之多，平均每对之贷金数为六百马克，德国因此而借出之款，约四万万二千万马克。为取得此种贷款新妇，必须退出职业界，如此劳动市场，方得以略减其拥挤。同时，制造家庭用具及陈设品之工业亦得借以振兴。据统计所示因接受贷款而退出职业界之妇女，已有六十五万人，因此减少为救济失业劳工所需之费用约三万万七千五百万马克。此外，货物之消费增高，税收及国库之收入增多，犹其余事也。除上述之各点外，婚姻贷款制度所收最重要之效果，为生产率之增高。至一九三七年二月一日止，贷款夫妇所产生之子女已达五十万人，约二倍于一九三三年以来同数未受贷金夫妇之生产数。盖以此种贷款，不收利息，且每月仅归还本金百分之一，如产一子女，即可减还本金百分之二十五，此为诱致彼等努力工作、增加生产之最要理由。其因此减还之本金亦达七千万马克。德政府为设置此种贷款所需之本金，则皆出自增加独身税之收入。其陆续归还之本金，政府则用以救济子女众多而收入甚小之家庭。自一九三五年十月底，至一九三七年一月止，领受此种特别津贴之家庭约有三万五千户，平均每户约三百五十万马克；政府用于是途之款约一万万二千三百万马克；受惠之儿童约二百万人。此外，自一九三六年以来，凡子女众多之夫妇，复可得一种定期之补助金；受领此项补助金者约有二十三万七千家；受惠之儿童达三十万人。此项补助金，目下，仅劳工界得领受之。除上述各种设施外，德国复设有家庭福利银行，以其款项救济对国家或社会有特殊贡献之家庭。希氏对于人民生殖奖励方法已无孔不入，又恐人种不予以改善（优生），则为增加国家之担负，所谓非徒无益，而又害之。所以一方面增加量数，一方面改良本质，以副强国必先强种之旨。于是，颁行《消灭生殖机能》法律，将全国患遗传病之四十万人适用此项法律，其中尤以痴人为多，须由特种法庭命令之后，始能施行手术。德国全境有此类法庭一千七百所。虽经大主教主极端反对消除生殖腺之举，足鲜效力。并实行新法令，将全国所有犯奸淫之罪犯皆应送至拘留所，将生殖割腺去后，再行放出，以防再作同样之罪犯。至希氏注意青年体格，甚形努力，曾将各大城之青年运动会员一百五十万人，命医士检验休格后，其中有六万人因休不健全，遣往乡间令作简单之农工，并日在新鲜空气中操练，而进以俭殇。德政府所以严格注意全国青年之健康者，一则可以强种，二则可以节省社会上无谓之费用，而使国家经济上获有裨益。德国自经屡次奖殖之后，全国（沙尔区在外）共有六千五百三十万人。除苏俄外，此为欧洲国中人口最多者，此数与一九二五年六月相较，多二百七十万人；如将沙尔区之人口加入，共为六千六百十万人；与欧战前相较，仅少一百七十万人。德国人口共有男子三千一百七十万，女子三千三百六十万，平均每方公里有一百三十九人。一九二五年，则只合一百三十三人。其生殖率之速，非希特拉提倡之功，不能有此成绩也。

其二意国。意国为厉行法西斯帝政治之故，亦步德国之后尘，繁殖生育。查意国人口生产率日就低落，虽经墨索里尼鼓励人民生育之宣传，业经失败，而中产阶级儿童尤形缺少。并谓："自一九二四年以来，意国已丧失足敷成立十五师团之儿童。"于是，开法西斯帝之最高会议，通过奖励生殖办法，并认为生命及生命赓继之问题，乃一切问题中之真正问题。墨氏之目的，在自现在之四千三百万人口，至一九五〇年增至六千万人口。并规定母亲日，通令全国九十二省，遴选大家庭之为母者，资送至罗马，以为母亲日庆祝之中心。而此等为母者当选之资格，则为至少须生子女十四人以上，并由教皇亲自延见，而给以奖章，以示奖励生育之意。回忆意国当日民报，曾发表一文，似出墨相之手笔，该文措词大意，系向白种人提出警告，称白种民族应视为前途之隐忧，并引证法国威权学者李齐教授近著，而命其文曰《白种人生殖之退步与黄种人之进步》。该文又称李齐教授明白指证黄种人及混合种人数量之增加，超过白种人五六倍，其结论称假定前之生产率无变更，则二十五年内东京将成为世界人口最多之都市。是意相深以人少为忧，而惧黄祸之日急。在上年三月间，意国又议决改进现行人口政策，有：

（一）子女众多者，在觅求职业时，应享有优先权利。良以国家遭遇非常情事时，供给壮丁最多、所受牺牲最大者，即人口众多之家庭故也。

（二）工资大小，应以家庭中食指多寡为比例。易言之，凡工作相同成绩相著者，所得工资，应就家庭负担轻重而定之。

（三）现行办法，凡用以安定人口众多家庭之生计者，应予以改善。

（四）婚娶者应由国家贷以结婚费，并由国家举办特种保险，用以保障工人孀妇之生活。

（五）人口众多家庭，应组织全国联合会。

（六）各省各村镇现在疆界，应依照最近之户口统计，重行加以区划。其有老人过多人口减少者，应即予以裁撤之。

（七）设立中央机关，用以推进并监视人口政策之执行。

此项议决案，以为苟无人民，则国家即无青年、无兵力、无经济发展、无安全、无前途之可言，爰乃称人口问题为"问题中最大之问题"。且意国目前不但进求生育繁衍，而重男轻女，已蹈我国之恶习。即如前四年意太子妃诞女，海陆军并未鸣炮致敬，苟生男则陆军将鸣炮百门、海军二十一门，可无疑义矣。

其三俄国。俄国虽则利用妇女与男子一样的工作，但提倡生殖与教养之方，则未尝忽略。曾于尼希匿纳拍格斯克建立一所"父母大学"，该大学实为世界教育机关之创格。其目的在教育一般为父母者，俾知如何教养其子女，使之成为有利于社会国家。后又制定新法制，以期增高生产率，其中有：

（一）打胎为罪行。

（二）家中有儿女八人、九人、十人、十一人者，其母每年得由国家给予津贴。每一儿定费二千卢布。十一人之外，每一儿给五千卢布。

（三）将幼稚园增至三倍，俾共能容二百四十万儿童。

（四）禁止未得双方同意而离婚数条。

新法制之目的，志在使俄国户口于五年之内，增至三万万人。按据最近户口调查，其总数仅逾一万万六千二百万人。又对于援助产妇，其议决案如下："现因社会物质上幸福之增进，及工人文化水平线之提高，关于堕胎问题之命令，实有重新考虑之必要。凡妊娠妇女，因怀胎结果而危及渠之生命及健康，则准其堕胎。如医生不依此规定，任意与人堕胎，则处以一年或二年之有期徒刑。如该医生强迫妇女堕胎，则处以两年以上之徒刑。妇女自动堕胎者，如屡次犯之，则处以罚金三百卢布。其意以为妇女以生育为苦，故有堕胎之举，不知堕胎一次，即国家损失人口一人，非如此不足以实现繁殖人口政策也。此外又规定离婚、独身税，并禁止以医药方法避孕”云。

其四希腊。希腊亦以人口缺乏是虑，曾颁布新法案，规定所有公务员于二十五岁时，必须结婚，否则即须自动辞职。此外，对于不结婚者之独身税将行提高，独身者遗产之百分五十，将由政府没收，以期增进结婚率，发达人口。

其五法国。法国人民最欢喜自由，如夫妇生有子女，牵制一切，出入均感不便，壮年则主张独身，既婚则避免怀孕。所以，法国人口问题日趋低落，据一九三四及一九三五年之人口，统计数字，愈形可虑。结婚人数，一九三四至一九三五年，则由二十九万八千一百九十二降至二十八万四千六百零四。生殖率，一九三四至一九三五年，则由六十七万七千三百六十五降至六十三万八千八百八十一。但死亡率在同等年度，则由六十三万四千五百二十五增至六十五万八千三百五十七。最可注意之点，是一九三四年生殖率高过死亡率之数字，为四万二千八百四十。但在一九三五年，则死亡率超过生殖率一万九千四百七十六。当此全世界鼓励繁殖时期，而法国所发表之数字如此，毋怪乎法政府对于人口问题视为莫大之隐忧而且严重者也。

基于上述各国，当然希望人口问题有美满之解决，但是在个人身上，有主张独身者，虽为法西斯帝与共产政治所不许，而在其他国家，则未必强制结婚。今对于结婚与国家之利益不谈，仅就个人结婚与不结婚寿命之长短，试引证于下。

有美国理特司密博士，对于独身者长寿抑结婚者长寿问题，曾经长期研究。前年，他发表了研究结果，据谓结婚的男女寿命要较独身的男女为长，即是就前者死亡率要较后者的死亡率低。他并且举出两个有趣的统计表，表明人口一千人中两方面的死亡率。

有配偶者的死亡率

	男子（%）	女子（%）
二〇……二四岁	三．〇	五．〇
三〇……三四岁	五．〇	七．三
五〇……五四岁	一六．六	一一．三
七五……七九岁	一〇九．一	七九．六

独身者的死亡率

	男子（%）	女子（%）
二〇……二四岁	一〇．六	一九．一
三〇……三四岁	二七．〇	四二．五
五〇……五四岁	八三．五	一〇二．二
七五……七九岁	四八九．〇	二三八．五

理氏所举理由有三点：

其一，因为结婚乃人类极自然的过程，能顺应自然，当可长寿。

第二，是因为结婚后的生活，要较独身的生活过得有规则。

第三，就是生理卫生上说来，亦以结婚的生活为适宜。

根据以上三项理由，所以独身者死亡率一般要较结婚者的死亡率为高。所以，结婚不但可以为国家谋人类之生生不已，而且对于个人寿命亦可以增长，已有事实证明矣。

天下事真是不可思议，在男子则提倡生育，且需要优生；而女子则又鼓吹节制生育，且在瑞士开了一个大会，我国妇女界曾派杨美贞出席。而北平清华大学教授陈达曾著《生育节制在中国之需要》一文，登载于天津《大公报》，丧心病狂，意欲将我国数千年传下之种族及身而斩。夫我国所以二次不亡于满、蒙异族者，端赖有多数之同胞以抵抗一切。先总理深知人口关系民族前途甚大，所以三民主义，首之以民族，欲民族主义发达，舍人口问题莫属。而人口问题之繁殖，则在政府设法以提倡之，并于提倡之后，继之以卫生，使不至于夭寿。二十四年报载，北平一市，统计患梅毒者约二千人，患下疳者约一千五百人，患淋症者约七千九百八十余人，总计全市患花柳病者，不下一万二三千人；其中女性占十分之四，男性占十分之六，且多属青年。在南京方面，患花柳病者日逾百人，较任何病症多十倍以上，且逐月有加。又据近年之调查，中国每十万人中有患肺痨病四千人，全国有肺痨病者约计一千六百万人，每年死于痨病者，约一百六十万人。设病者每传十人，全国可达一万六千万人。有一于此，即不能生育；即有生育，难免不有遗传性。又据教育部调查全国专科以上学生之病症，计受检查者总数为二万零九百七十七人，其中无病状者为一万三千四百二十四，此外，眼病有二千一百九十六人，齿病有一千六百四十四人，喉病有九百八十二人，皮肤病有六百八十人，脊弯有四百二十八人，肺病有二百九十四人，痔病有二百五十九人，心病有二百二十四人，色盲有五十人，传染病有四十二人，脱肠有二十八人，共计七千五百五十三人。"东亚病夫"之徽号，吾人真当之无愧矣。

查《国语》越王勾践时，民间有生三男者，"公与之母"，注乳母也。"生二人者有饩。"所以，百姓繁殖，而达到沼吴之目的。我国近代来，因种种关系，人口已不见增多。何况经此次中倭战争以后，我国兵士之牺牲在目前尚无的确统计。而来日方长，牺牲又决定到底，将来战事结束之后，不仅在战区一带有巨大之损失，即非战争之后方，而补充兵役，取材于此，亦不能谓无损失。据报载敌人所占之地方，不断的将我国童胞运回本国，以赔偿所死之人数。此种数目更属重大，而且悲伤。吾人今后建设国防，除对于物质上尽量恢复外，而人口问题尤须努力培植，以弥补此次牺牲。纵不能如德、意、俄各国那样鼓励与提倡，而在可能范围以内，应加以注意，彼外在之人事及瘟疫等，政府应设法使之避免。而救济难民童儿，整理各省育婴，抚养贫户子弟等，应切实执行，以重人道主义。至于马尔萨司之学说，以及非人类之举动，绝对禁止。大家不要将人口问题看轻了，若果我们将来要称雄世界，主盟东亚，而其基本条件就是要有多数人口，并要有多数健康人口。我们要感谢我们的祖宗留下许多子孙，我们更要努力和维持我们的黄帝后裔，使之在中国发挥而光大之。我们要以多数人口来保全广大土地，更借此广大土地以生活人口。我们不要妄自菲薄，将复兴民族之基本人口问题，卑之毋甚高论，让他人先我独步，而自甘落后也。

单氏十修族谱序①

　　往者因蒋司令素心②识衡山单君九皋③，知为端士，顷纠集衡、攸、安④三县族人，十修族谱，以书来，并钞寄其源流世系，请序于余。⑤

　　按其源流曰："出周成王后，成王少子臻，受封于单为侯。春秋时，襄靖穆成诸公，其苗裔也。"氏族之书，最古者，今多不传。传于今而可征信者，要莫尚于郑樵《氏族略》。郑氏之书，以单氏列于"以邑为氏"之类。其言曰："周成王封蔑于单邑，故为单氏。鲁成公元年，始见《春秋》：'晋侯使瑕嘉平戎于王，单襄公如晋拜成。'襄十年传曰：'王叔氏与伯舆争政，坐狱于庭，王叔不能举其要辞，故奔晋。'于是，单靖公为政于王室，代王叔也，二十余代为周卿士。汉有功臣中牟侯单左车，传封六代。昌武侯单究，传封七代也"云云。单氏之谱，与郑氏所考者，殆不甚相远，知单氏所

---

　　①　宾步程：《单氏十修族谱序》，《南强旬刊》1938 年第 1 卷第 3 期。此文亦见单声鹏主修：《单氏十修族谱》（湖南攸县、衡阳、安化），南阳堂铅印本，1938 年，湖南图书馆和上海图书馆有藏。

　　②　即蒋锄欧（1891—1979），又名遵通，字诉心、素新、素心，晚号运叟。湖南东安人。时任铁路部警备总局局长、交通警备司令部副司令、铁道运输第一战区指挥官，故有此称。

　　③　单九皋，字甫侯，湖南衡东县草市镇人。

　　④　即湘中的衡阳、攸县（现属株洲）、安仁（现属郴州）三县。

　　⑤　《单氏十修族谱》版本文首为："《单氏十修族谱》其族人以书来，并钞宗其源流世系，请序于余。"见何光岳：《中华姓氏源流史》，长沙：湖南教育出版社，2003 年，第 2041 页。

溯者不诬矣。他如单锡以文学显于宋，仲昇以孝称于元，仲友以理学著于明，单氏何莫非显族之列。

自来言谱牒之学者，类多有二失：数谱法者，多曰"六朝最重谱学"，故《隋书·经籍志》有谱牒一门。自唐以后，谱学失传。宋欧、苏两法皆不近于古。而不知六朝谱牒学所以最盛者，起于魏晋九品中正之制，当时有"上品无寒门，下品无世族"之语，在当时诚以门第为尚矣。今日视之，不过贵族阶级耳。而今人反以未见其谱法为恨，此一失也。

各族修谱，必搜索显者为之祖，王必太原，李必陇西，遥遥华胄，自诬其祖，此又一失。

单氏之谱，祖电祖而宗万钟，无此二失，慎之又慎，已足为单氏之荣矣。且自欧风东渐，少年则又鄙弃宗法，以为宗法过严，社会观念，形成薄弱，宗族过大，缺乏国家思想，是又欲毁弃谱牒之学矣。而不知民族即各家族之积，各家族无结合，又何望民族之团结？国者，家之积也。家之不强，何望国强？

单氏九修族谱，为清光绪甲辰，方值日俄之战；今年十修，又值中日之战。两处危疑震撼之时，皆能为团结民族之先导，且以子女列于齿录，尤有卓识，既不泥古人成法，复不蹈今世谬说，又岂仅单氏一族之荣而已哉？余故乐为叙之。①

湖南省政府委员东安宾步程拜撰，民国廿七年戊寅季夏。

---

① 《单氏十修族谱》版本文末有："湖南省政府委员、东安宾步程拜撰，民国廿七年戊寅季夏"。见何光岳：《中华姓氏源流史》，长沙：湖南教育出版社，2003年，第2042页。

泛论我国资源[1]

　　土地系立国基础，而国家之大小贫富系焉。我国全国面积共一千一百一十万方公里，人口密度平均每方公里为三十八人。人口自昔称为四万万，今则折中各专家之调查，称为四万万五千万人。在全世界人口总数二十万万中，以我国为第一。若日本帝国人口九千万，不过约当我国五分之一。以言版图，全世界面积五千二百万方英里，我国约占百分之八，居全世界之第三位，仅次于英帝国与俄国而已。我国以农立国，其农民数任比何界为多，大约占全民百分之八十五以上。据专家调查，我国已耕土地面积百十三亿华亩，约占全国总面积百分之八。若以人口数目为比例，计每人耕地尚不及三亩。依照农民耕地标准，每人至少要有十五亩，方可敷衣食之用。我国即使实现"耕者有其田"，而粥少僧多，仍不能合乎现代农民需有之土地，以达到"地尽其利，人尽其力"之目的。据实业部统计，我国森林地约占全国面积百分之九；宜于造林之荒山约占全国面积百分之三十，林地与宜林地合计百分之三十九，均未能一一利用。据前北京农商部调查，北部及东北部、西北部荒地面积，仅京兆、直、奉、吉、黑、陕、甘、新、热、绥、察十一省，已有二亿六千七百四十一万三千二百八十二至九亿一千九百七十二万一千一百四十七亩之多。又据日本人所著《现代支那社会研究》，在民七年间，已有八亿四千八百九十三万五千七百四十八荒亩。再据

---

① 宾步程：《泛论我国资源》，《南强旬刊》1938 年第 1 卷第 3 期。

建设委员会所调查，西北如绥、宁、甘、陕、新、青六省，其未垦之耕地，面积为一千八百零五万八千七百八十二顷。若再将南方各省荒地加入，其数目之大至堪惊人耳。夫以我国有如许多之人口，宜利用如许大之土地，广为生产，方足以达到自给自足程度。乃地虽广大，荒而不治，以致每年人民所恃以生活之粮食，辄恃外人接济。即以民二十四年而论，进口米、麦、面粉，及其他杂粮，合计共一亿三千六百万元，约当同年入超总额三亿四千三百万元数五分之三。这种偌大的损失，实在有点痛心。

我国农业情形既已如上述矣，试观工业又如何？查我国经济权大半操之于一般特殊阶级人之手，而拥有与富有经济者，又多半存储中外银行，以放息为生产。其目的只有将所有孽钱遗留子孙，作为衣食嫖赌之资，而不知拿来作举办工厂，发展工业，为国家民族增加富强之用。所以，有心工业者，无基金可筹；握有金钱者，又无心经营工业。结果，我国工业至今日，仍属幼稚已极。试披阅每年海关册报，其进口货物多是工业品，其入超数目每年只有增无减。以言合的工业，除食粮一项已如上述外，其余如糖、烟、酒等，无不有大批之入口。次言衣的工业，我国蚕丝向称特产。海外市场，已为倭商所占；国内织纺，又为人造丝所夺。人民所普着之棉织品，我国虽有纱厂，然大半仍操倭商之手。上年天津之纱厂，多数为倭商收买，实现垄断操纵政策。在二十四年度，棉花及棉纱棉布进口，已达六千五百万元，而毛织品尚不在内。再言住的工业，在今世凡谈建筑住房者，均提倡现代化，而实现现代化之条件，无处不赖舶来品以作材料，洋灰、玻璃、油漆、电料、地毡，以及各种陈设等，凡各富贵人家均应有尽有。此一笔漏卮，若果统括起来，在海关册上当占重要地位。末言行的工业，此种工业不外陆、海、空三者。所谓陆行，则有火车、汽车、线车等。我国近年来对于铁路与公路突飞猛进，几有一日千里之势。但是，路上所需要之交通工具无一不是洋货。而汽油一项，每年消耗约二千万元以上。而火车头与汽车，未闻设厂自造，殊为失计。所谓海行，则惟轮船。我国所有公私船只，总吨数仅有四十万吨，且足迹不出自己的领海。各国通商大埠，樯桅如林，而我无与焉。即长江与内河航权，尚且容他人鼾睡，其他可知矣。所谓空行，系一种最新交通。吾国纵辟有航线，而飞机来源出之异国，每年进口当然为数不资。观于上述国民之衣食住行四种工业，无处不表现以外货为生命线。大家只知处处从新的享受，而不自去从新的制造，"有的就是钱"，恐钱亦有尽时耳。

外人称我国为原料国，因为地大物博，对于各种资源不但应有尽有，且有"取之不尽，用之不竭"之概。即如煤，据翁文灏君估计，统计所列省区二十五，共得煤储量二十五万兆吨（兆即百万）。若按人口计算，我国每人应有煤量约为五百吨，以视美国每人一万吨，坎拿大每人十三万吨，英国四千吨，德国一千五百吨，皆不能及；以视倭国每人一百吨，则远过之。可见，我国煤的储量并不甚丰富。至全国分布情形，山西占全国总储量百分之五十，陕西占百分之二十九，此外四川占百分之四，河南占百分之三弱，甘肃、宁夏、新疆各占百分之二强，湖南、河北二省尚在百分之二以下，其余各省均在百分之一以下（见《中国经济年鉴》）。我国工业幼稚，应办之工厂，均未见发达。在目前各处需用煤斤，尚未十分紧要，自倭人入寇以来，我国各地煤矿，均被其占领，如开滦、抚顺、中兴、贾汪、淮南、长兴、井陉、磁县、六河沟等，以致今日各交通机关及工厂应需之煤料，不免不发生恐慌。于是，矿人四出，冀于在非战区省份采获佳矿，以应目前之急。而占全国总储量百分之二以下之湖南，遂跃居重要地位。在今日，如粤汉铁路、武汉各厂所需燃料，不得不取给湖南矣。据廖维藩君调查，湖南煤矿储量为四千兆吨，与上所列者不同，未知孰确，姑并列之，以待参考。

中国铁的储量，据北平地质调查所估计，为一千兆吨。以全国人口为比例，每人仅得二吨，以视英国每人三十吨，美国每人四十吨，法国每人百吨，尚属不及；然以视倭国每人一吨，则又过之。我国铁矿储地，辽宁一省占全国总量百分之七八七，察哈尔第二，湖北第三，河北第四，安徽第五，山东第六，热河第七。若我湖南储量甚微，尚属榜上无名。近据廖维藩君所著《民族抗战之基本认识》，则谓湖南铁矿储量四千四百万吨。其说明项内又云："据湖南地质调查所调查，湖南铁矿储量还不止表内所列之数，可跃为第三位，仅次于辽察二省"云。至我国所有著名铁矿，均落于敌人之手，如马鞍山、本溪湖、大冶，为倭厂铁矿出产之地。又如安徽之繁昌当涂铁矿、湖北之象鼻山铁矿，其主权完全属之国人，只因我国钢铁厂未成立，所产出之砂不得已尽售与倭商。而察省之龙烟公司，今更为倭寇所占矣。至中央之钢铁厂，现虽建筑于湖南，距开工之期尚觉甚远耳。

石油在我国储量估计为三十六亿桶（每桶四十二加仑），其中抚顺含油页岩约有十九万桶，已占全储量之半数强，惜此矿主权已非我有。陕西虽富有油矿，但尚未采得成绩耳。当此石油世界，非自有油矿不足以巩固国防，又岂徒利权外溢而已哉？

以上煤、铁、油三矿，为今世谈国防建设者所必需之资源，非此不足以立国。此外，如云南之锡，湖南之锑，江西之钨，浙江之铝，黑龙江之金，新疆之铜，湘南水口山之锌、铅，贵州湘西之汞，湘潭之锰，江苏锦屏山及广东西沙群岛之磷矿，广西之钼矿等，诸如此类，不可枚举。惟近来我国谈建设者，大半注意消耗建设，而忽略生产建设，以致民国成立已二十七年，而一切工业尚待推进，以合乎现代国家之需要。在资源贫乏国家，不惜以民命为争取攫夺之工具，即使杀人盈野，亦在所不顾。我国人若能改移方针，以金钱用于消耗建设者，来作生产建设，则我国今日抗战中一切物力，定可不假手外人。惜当日计不出此也，油路汽车，洋楼大厦，不但使人增加骄淫之心，而且在今日已化灰烬，令人油然生禾黍之感。

我国既富有资源与材料，且人工又极具低廉，运输在今日已不如从前之阻塞，天然河流与人工铁路、公路已成为交通网。我国得天独厚，备有各种发展工业的条件，如果我们今后纠正过去浪费之非计，翻然改图，以农立国的基本立场，兼从事于工商事业，使农工商各业平均发展，我们不希冀在海外谋取市场，只要求在国内供给全民之一切需求，以本国人用本国货，谁也不能说我是排外。铲除社会上一切的骄奢淫逸之恶习，与夫峻宇雕墙之消费，对外则一文不使之流出，对内则一文不使之虚掷，上以之责下，下以之应上，以达到百姓足君孰与不足之目的，此亦并非绝对不可能之事，只要大家今后有觉悟，再不自颠颠人而已。

湖南与国防有关之资源[1]

国防资源并不尽关开矿而属于农产品者，已复不少（详《国防与农产》文内）。不过真正谈到国防资源，当重金属，而在植物中者尚觉少数。查我湖南国防资源，本应有尽有，政府既未能尽量开采，亦未能自行尽量应用。在昔商人采取之矿砂，或炼成之矿物，直接售与外人。今则政府施行管理政策，从中取利，比矿商本人所得者为多，以致全省矿商啧有烦言，亦非提倡国防资源之原则。我意政府要利用此项资源，发展国防事业，不应自己一事不办，专派员设局渔利为能事。我国既富有国防资源，正宜乘此机会，设法征用，比之他国以重价向外购运者，其方便多矣。

一、锑。湖南产锑占世界出产百分之九十。锑之用途近更广大。所以，我国既得天独厚，富有此项矿产，且业锑矿者无不获利十倍。如二十三年统计湖南产锑县份，有一百四十三公司，其中新化占一百一十六个；二十六年出口为一万零三十二吨，每吨平均价九百七十六元。在今日已归资源委员会管理，每月出口有一定限制，只因中倭战事以后，海关封锁，输出困难，即如长沙一地，积货已属不少。倘能设法疏通存货，积极开发地藏，于战时国民经济岂曰小补之哉？

二、钨。湖南产钨仅次于江西，如资兴、宜章、郴县、临武、汝城、桂东、茶陵、酃县、江华、东安等，均储有此项矿产。目前，

---

[1]　宾步程：《湖南与国防有关之资源》，《南强旬刊》1938 年第 1 卷第 4 期。

价值虽高，因管理处限制过严，矿商每吨所得者不过一千一二百元而已。统计上年度湖南钨砂出口，有一千八百二十一吨。伦敦市价，平均每吨三千四百四十九元。湖南外售实价平均每吨二千一百六十八元，虽能吸收若干外资，惜为外人作兵器之原料，于我国国防工作无多大利益耳。

三、锡。我国产锡以云南为最。云南每年得以维持政局者，全靠锡的出产，每年约有四千万元之收入。次则湖南之江华与临武，计江华每年产锡六百担左右，临武每年产锡三百担左右。若常宁，若桂阳之商办锡矿，共年产约五百担。以全世界产锡量而论，我国居第四位。以全国而论，除滇、桂外，我湖南又居第三位。目前锡价甚高，而采炼之法又易于其他各矿，如能设法提倡，于实业前途大有裨益。

四、锰。产于湖南之岳阳、湘潭、耒阳、攸县、邵阳、衡阳、安仁、常宁、安化、郴县、醴陵、桂阳、湘乡、汝城、永兴、宁乡等县。查我国发现锰矿，为时不过三十年，锰为炼钢铁及电气事业必须之原料。我国各省虽有锰产，总不及湖南矿区之大、储量之富。惜矿砂销路甚窄，而值低于钨、锑、锡等矿，故无人竞采耳。

五、汞。即水银，为我国重要矿产之一。在湖南惟凤凰、辰州、晃县有之，用途以制造子弹上之帽火药为必需品；而砾砂则为其副产品，占四分之三。我湖南虽富有此矿，只因近年来兵灾匪祸之故，将已开者尽行停办。在十四年前，每年出产约四万斤至五万斤，此后海关报册，已无记载矣。

六、煤。煤为人民每日必需之燃料，工厂固无论矣。凡富有煤矿之区域，其森林必茂盛，因有煤烧，而人民不恃材木以作燃料耳。反之，则牛山濯濯，遍地不毛，于农民大有影响。我湖南煤矿，各县皆有，除石门口、永兴、湘乡数家采用西法开采外，其余概用土法，且时作时辍，并无定性，有的因冬季农隙时为之，有时因水势无法避免而停者，年产几何，实难统计。若就全省消费及输出估计，每年约共产百余万吨。今则需要既加，生产亦增。以目前而论，年产当在四百余万吨以上。如果政府对于此种人民日用需要之矿，予以提倡，并指导工作，或派遣技术人才，或筹备应需资金，使工厂得到价廉之煤，而工业发达，使农家得到炊饭之煤，而森林培植，于工于商均有莫大之利益。是在政府努力开发，以达到国利民福之目的。

七、铁。铁为今世人民与政府各种事业必需之一种矿物，在平时固然需要，在国际战争时尤甚。当欧战之时，各国政府搜集破铜烂铁，以制兵器，而人民亦以破铜烂铁贡献政府。如德国当时并征发人民住屋门板上之铁器，其严重性可想而知。倭国最缺乏铁质，当战争之始，曾在美国及香港收买大宗废铁；近且在菲律宾尽量收买私人所有各矿产生之生铁，并欲投资开发塞瑞高铁矿，及建筑制炼所，已经菲总统完全拒绝，足征敌人生铁恐慌，已达极点。惟我一切富裕，不但破铜烂铁无所有之，即已制成之生铁亦等于废物。此次随张主席出巡至攸县，经商会负责人报告商情内有云："往年攸县土法炼出之铁，推销至于鄂、豫、陕等省，为民间作农具之用，每年不过二三十万元之多。今则此项出产，储存在家，经济既不活泼，炼户多数停炉，失业人数，日有增加，农村经济，无法维持"云云。此外，邵阳、安化、新化、茶陵等生铁，除本省自用外，已无机会运销外省。查我省已不满百吨，而且外国钢铁品之输入，则达三千吨之巨。今中倭战事开始，因我国自己无制炼厂，而各种工厂又皆停顿，应需之军器大半购自外洋，铁虽有，其如无用途何？此我国在国际战争时代之一种特殊现象，他人不能拟议者也。

八、金。金矿在湖南亦皆普遍，有时为环境所迫，不能进行开采，如平江之黄金洞、会同之汉滨、沅陵之柳林汉、桃源之蓼叶溪等处，素以产金著名。今虽有一二处恢复工作，尚未至大规模进行耳。倘政府取开放主义，听人民私采，则藏富于民，犹胜于货弃于地耳。

九、银、铅、锌。此三者有连带性，在湖南最著名者，为水口山所产出之砂。铅砂则交与黑铅炼厂，锌砂则由白铅炼厂，此二厂实为水口山产砂制炼之场所。而白银与少数黄金亦附带提出若干。我湖南各种有关军事之矿甚多，所挖出者尽卖与外人，惟此二厂则否，在我国为独一无二之军用资源厂。惜主持全国兵工者不知利用国产原料，日以洋货购取，纵使有时用之，亦必假手商人，方得进厂。我并非以不肖之心待人，事实具在，亦难代为掩饰者也。

十、铜。铜亦为今日军器之要品，我国需用铜质甚多，全国中竟未有自开一铜矿，岂非世界上罕见之事？有的就是钱，每年需铜用时，不难购自外洋，今则海口被敌人封锁，纵有钱亦难购运，秉国钧者当日不无疏忽之处。经过此次战争以后，一切建设大异于前，将来铜矿之发达亦意中事。查我湖南铜矿，明末已有采炼，后复停工，如桂阳绿紫坳、辰溪铜冲门、常宁大义山、绥宁铜场界，储藏甚富。此种巨大工程，非私人财力所能担任，不过列举于上，以备留心国防资源者之参考。

此外，如攸县之砒（各锡矿内均有此质）、慈利之雄磺、郴县之硫磺、湘潭之石膏、汝城之铜、郴县之铋等，在我湖南应有尽有，宝藏未兴，殊为可惜。倘每县依据上开各矿，或一县自办一个，或联合数县共办一个，以达到"人尽其才，地尽其利"之任务，则将来建设新中国者，我湖南实负有极大使命，而不可妄自菲薄者也。

农业为我国国民经济之基础[1]

我国以农立国，农民占全民百分之八十五以上，假如我国人口调查数不错，则四万万五千万人中，约有三万六千万人是农民。以三万六千万人自耕自给外，根据农民耕获原则，至少每人可以养活一人，则我国吃饭一事当然不发生甚么问题。无如近数年来，天灾匪患迭相惠顾，而农民知识与自卫力薄弱，无法抵抗，而每年农产品之收获量愈趋愈下。于是，人民吃饭问题不得不仰给于外洋之米。例如十九年，有一千零七十六万八千七百八十二担之入口，何等可耻！何等痛心！总理有见及此，认为吃饭问题任比何问题为大，非先解决吃饭问题，其余一切都无办法，所以，在民生主义讲演有云："我们现在讲民生主义，就要四万万人都有饭吃，并且要有很便宜的饭吃，要全国的个个人都有很大便宜饭吃，那才真是解决了民生问题。"又云："民生主义，便是吃饭问题，如果吃饭问题不能解决，民生主义便没有方法解决。"所以，解决吃饭问题，非有他途，就是要解决农业问题。如果农业问题解决，则吃饭问题当然解决矣。今人有云："吃是属于人口方面，饭是属于农业方面，是人口与农业实有连带关系而不可分离者也。"

近年来，大家都感觉农业问题已成为严重性，如果长此以往，不谋所以解决方法，则日积月累，不但整个农民日处于水深火热之中，无法使之脱离"不免于死亡"之惨境，即全国粮食亦发生极度

---

[1] 宾步程：《农业为我国国民经济之基础》，《南强旬刊》1938 年第 1 卷第 5 期。

之恐慌，而无法救济。在平日，固然为民上者要注重到我国历代相传之农业政策，使之发挥而光大之，以保我子孙黎民，不至于饿殍。矧在今日抗战时代，尤须对于农业加倍提倡，冀获加倍之收获量，以充实食粮，合乎古圣人足食足兵之陈言。究竟如何达到此目的？不外乎总理民生主义第三讲所云："我们对于农业生产，除了农民解放问题之外，还有七个增加生产的方法要研究：第一是机器问题；第二是肥料问题；第三是换种问题；第四是除害问题；第五是制造问题；第六是运送问题；第七是防灾问题。……"是今日欲增加生产，须备有以上七个问题。但是，以今日农民知识和能力，尚逗遛停滞于三代以上生产方法里，那能有一点科学方式来设法增加生产。在我国人口数与年俱进，而农产量则滞留不前。古人云："三年耕必有一年之蓄，九年耕必有三年之蓄。"今则寅支卯粮，有岌岌不可终日之势。若在丰年，尚可勉强支持，一遇饥荒，即有冻馁死亡之虞。所以，今日之农业问题，可重视而不可忽视者也。

改进农业问题，当然需要许多有新知识分子工作方可实现。若用旧法来提倡农业，此乃是地方官应负之责任，例如荒地之开垦，使地尽其利（据民国二十年内政部各县荒地统计，我湖南之浏阳、湘乡、城步、临湘、安仁、桂东、嘉禾、芷江等八县，共有荒地三十九万四千三百一十三亩）；塘坝之修筑，使有备无患；杂粮之推广，使粮出多门；改良肥料，使生产增加；推行冬作，使利用时间。此外，如合作之推行、农具之改善、虫害之除防、食粮之储备等，皆是今日身为有司对于民众应有之责任而不可推诿者也。以上所举，并不是属之科学，只要求地方官移其对于本身前途得失之用功，转到农民事业上，或委任专家，或随时劝导，则人民皆知官长注重农业，风气为之改变。此并非极困难之事，假若地方官视提倡农业为今日县政之中心工作，我相信一定有圆满之结果。

我湖南唯一出口之货物，以谷米为大宗，其次则矿物。自粤汉通车以后，我们所希望于广东者，以销湘米代替洋米。上年正在湘米畅销之时，而广东政府遂请求中央洋米免税进口，以致湘米一蹶不振，无人问津。此种借洋米以杀国农政策，真不知其用意之所在。查广东在民国二年时，每年洋米进口，仅五百万担；至二十六年，已增至二千万担，这数目何等重大。在我湖南则太仓陈腐，表示谷贱伤农之现象。如果能以湖南之所余，调剂广东之不足，则楚弓楚得，国利民食均得兼顾，事之便善孰过于此？而广东政府则别有作用，不顾也，情愿将国民经济输送与外人，而不肯易运湘米，其理至不可解。我湖南向负有天下熟之责任，每年由长、岳两关出口者，据海关所载，在民国二十三年数量，为一百零九万四千四百九十七担，价值为三百万八千五百一十五关平两，不但农村经济得以活泼，而省政府每年所收入之护照费（每石三元不等）为数亦有可观。今则海口封锁，长江下游一带已有皖、赣两省之米接济，而湘米唯一出路则在广东。人谓："粤汉铁路成功，为湘米之生命线。"我则曰："广东洋米免税，实湘米之致命伤。"如果广东政府觉悟，知湘、粤有唇齿之依，互通有无，不以洋米打击湘米，岂独我湖南二千五百五十万农民同声感谢而已？国家权利亦挽回不少。

虽然，提倡农业是地方官之责任，亦是农民之天职，不能因今日广东销洋米之故而为之灰心。我们要研究农业技术如何改进，农民生活如何改善，一方面对于本身达到仰事俯蓄之乐境，一方面对于抗战及缺乏粮食省份，源源供给，不令有绝粮枵腹之叹；先之以不违农时，继之以不征苛杂，使整个农民熙熙皞皞，安居乐业，植杖而芸，制梃以挞，则"百姓足，君孰与不足"。在今日身负地方之责者当知所本而已。

此外，农业副产品，如茶为吾国国际贸易重要出口货之一，湖南亦富有此项货物。而红茶运销俄国，尤为湖南之特产。每年各种茶叶出口者，其价虽降落不一，为数总有数百万元之巨，而量则在八万担以内。

桐油亦为湖南特产，近年来用途推广，不但销路甚佳，而价值亦日见增长。即以十九年而论，长、岳两关出口净值，已达一千一百九十万一千六百一十四关两，而茶油、菜油等尚未计及在内。现在日、俄等国提倡种桐，吾恐此种特产将步丝茶之后尘而受打击也。

麻为今世制造人造丝之基本原料。我湖南浏阳之夏布，丝以麻为之，久矣驰名世界。近年来，麻产出口，年有增加。如十七年，出口量为七千九百七十二担；十八年，则增至九千五百六十二担；十九年，又增至一万三千零四担，居全国之第三位。若再加以提倡，前途未可限量也。

湖南为产棉之区，而以滨湖各县为最富。前农民多用土种，纤维不佳，近经当局采用美棉种子，极合纺纱厂之用。据君山氏估计，湖南每年约有三百万石（据棉业试验场调查，在二十一年，全省中棉八万四千八百八十四亩，洋棉十一万四千八百八十亩，合共十九万九千九百六十四，亩产棉十九万七千七百六十四担），若再循此猛进，棉业生产其量必增。现在除省立第一纱厂外，而衡中纱厂不日即可兴功，将来不患棉产之无销路也。

竹木更为湖南所应有尽有，不但供给本省之用，且以其余运至湖北下游一带，每年吸收巨量现金，以救济农村金融。此种种植事业，除供建筑及燃料外，并可以保持气候，巩固山陵，于农家有莫大之利益。是在地方官去其有害于竹木者，多方以保护之，则全省不难蔚为茂林也。

靛青为我国染料之唯一原素。在洋靛未输入我国以前，国内染织业完全采用国产靛青为染料，每年需量甚巨。各省农人亦莫不以种靛草为农家副业收入一大宗，对种制、运售均感兴趣。至前清末年，始有德国靛青输入，夺我销场。当时染业，又因国产靛青，经多次苛捐杂税，成本增昂，乃相率采用舶来品。由是，逐年金钱之输出为数甚大。民国三年，欧战发生，外国靛青为受战事影响，出品减少，价亦昂贵，一时我国靛青渐有复活之象。欧战告终，各国工厂恢复原状，产量既多，价格又贱，各国相率倾销，以致大量输入。我国国产靛青，难与争衡，遂遭打击。民国十五年，竟全归淘汰。降及今日，即国内之靛青染厂亦有岌岌不可支持之概。而各省数十万恃种靛草为生活之农民，顿失大宗收入，生计益感困难。前年沪市商会曾具呈财、实两部，援照土布办法，免去土靛一切捐税，以资救济。结果，虽当局允为设法，但成效甚鲜，而土靛受舶来品之压迫，欲图苟延残喘亦不可得矣。且我国染料除靛草外，而五味子亦为染料中之重要原料。查十八年度五味子出口，竟达七万八千四百八十八担，值银一百三十九万五千九百一十三关两。我国既不能自制染料，不得不将原料贱售与人，而各国洋靛遂乘机而入。以湖南而论，已达二百万关两之巨，宁非痛心。查洋靛固属颜色鲜明，究不如土靛所染者，可以耐久不变。际此农村经济崩溃之时，如能提倡种植靛草，改善制造土靛方法，未始非抵制外货之一法。

漆为我国最古之装饰品，前曾畅行全国。自洋漆入口以来，旧漆几退居淘汰。今则我湖南生产价值，除自用不计外，每年仅有六十万元之谱运往汉口。如果加以提倡，不难抵制舶来品。至于持久耐用，尤为国漆之特色。此外，如甘蔗、蜡树、烟草、蓆草、牧畜、薄荷、莲子、魔芋、松香、樟脑、养鱼、饲蚕，以及各种植物油类，均为农民副产，且为地方官可能势力提倡之内。既非官腔，亦非高调，倘使农民于种植五谷之外，又有各种副产品收入，则农村经济自然而然的逐一丰富起来。天下事在人为，只怕人不去做，则我湖南一切农业终古留滞在上古状态之中，而不能取得一种新的趋势，殊为恨事。我相信今日之为地方官者决以事业为前提，以利国福民为己责，在不久的将来，我湖南定有新气象发展，试拭目俟之。

湖南与国防有关之工厂[1]

　　我国工业幼稚，百事待兴，举凡有关国计民生之各种工厂，实属太少，不足以应社会之需求。在下游一带人民，为外人工厂所感触，多有集资经营，以冀抵制于万一。惟有内地人民，智识薄弱，经济枯槁，技术恶劣，对于举办工厂兴趣不甚浓厚。富有金钱者，既不肯出钱以为之倡，情愿将所有者或储银行生息，或置田屋收租。而具有工业专材者，类皆赤手空拳，心有余而力不足。此是全国普遍现象，并非我湖南一省为然。但是我湖南具有工厂应需之材料，人民亦渴望有多数之工厂，以应付社会之需求。溯自北伐成功以来，我湖南之工厂并未加多，惟白铅炼厂外，余皆民元前所创办者。近且并此旧厂亦难于维持，而消灭者有如军用罐头厂，如洞庭制革厂，如化学用品工厂，如仪器标本制造所，如缫丝厂，如军用饼干厂，如金工厂，如造纸厂、宝华玻璃厂，后起如机械厂，均已成为历史名词，不能为社会国家工作，徒资诗人骚客之凭吊。现在所存之机器厂，系前清时代之铜元局；所存之黑铅炼厂，亦成于前清末年；纺纱厂则始创于民国元年；江华临武水口山亦开办于前清；而鼎鼎大名平江黄金洞矿局，尚且不能继续开工。此外，各县电灯工厂虽有增设，均系私人集资创办，与政府无相干涉者也。所以，居今日而屈指湖南工厂，实在可怜之至。但是，"失败者，成功之母"，又曰："有志者事竟成"，当此各国厉行工业之时，我们立国不能常与农夫以没

---

[1]　宾步程：《湖南与国防有关之工厂》，《南强旬刊》1938 年第 1 卷第 6 期。

此，势必抖擞精神，迎头赶上各先进国工业之途径。对于民生所需之工业，对于国防上所需之工厂，努力建设，以达到应有尽有、自给自足程度而后已。环顾湖南，只有黑白铅两炼厂、第一纺纱厂，除此以外，我数不出有关国防之工厂。以我湖南资源、人工、交通等之便利，举办工厂并非难事，所怕者非不能也，是否为也。中央政府深知湖南人力、物力具有国防工业之资格，所以将各种重要工厂渐渐向湘而移，并且已有许多实现。如果湖南政府择其有关国防之工厂，自揣本身之财力，每年成立一个，与中央工厂相辅而行，我敢说将来湖南地位之重要与所有负复兴中华民国之责任，定比他省来得重大。希望大家努力，以完成此种任务。

犹忆民二十一年时，中央机械厂已决定在下关地方设立，中央钢铁厂在浦口建厂。彼时鄙人认为上列地点，不合建筑国防工厂理由，曾在湖南《实业杂志》著论及之。至六年时，中央机械厂改设上海，未甚合宜。惟钢铁厂移至湘潭，则适合建厂原理。自倭寇深入以来，大家都感觉各种重工业以及重要工厂有向内地安全地带迁移之必要。而内地非战区各省，如四川、江西、湖北、湖南、贵州等省政府，均有电至上海，欢迎各厂家，并云予以便利，极尽甜蜜之语。孰知各厂商见长江流域尚不免敌人空袭，意存观望。偶有少数厂主有意建筑，而省府对于地皮又不肯稍为割爱，岐路彷徨，难得要领，多至无结果而去。所以，自上海沦陷以来，各厂家虽将各种机器运存汉口，而开箱装配，不知何年。至今日，又以第二次迁入内地之计划闻矣。如此举棋不定，实非今日抗战时代所应有之态度。在外省厂家既踌躇犹豫，而我省又因一时财力、物力，不能将各种有关于国防工业逐一实现，则后方之责任，履行尚待于他时。且此次我国经过战争以后，其政策一定趋向工业，并竭力谋各种工业之发展。我湖南原料既富，交通亦便，人工更廉，适宜于建设工厂之用，将来我湖南一定成为工业省份，可无疑义。

广西南宁梧州击落敌机残骸摄影[1]

日寇灭绝人性，对我非战区域到处轰炸，为状至惨，几全国无一安全地带。我空军忠勇抗战，迭著奇勋。此次入桂考察，参观桂林中山公园陈列南宁、梧州两处击落敌机之残骸，均系水上飞机，中岛厂造，昭和十二年出品，急为摄影以表彰我空军之精诚卫国、成绩优良，特弁诸简端，用资观感。

敏陔并识。

---

① 《广西南宁梧州击落敌机残骸摄影》，《南强旬刊》1938 年第 1 卷第 7 期。

附广西南宁成人教育妇女队摄影①

　　湖南为全面抗战之枢纽，湘省府既依据公布之两大方案奋勇迈进，增强全民抗战力量不少，更组织广西政治考察团，推宾委员敏陔主其事。昨宾公寄来南宁妇女队摄影八张，巾帼英雄，足寒敌胆，最后胜利，券自我操。而宾公考察借镜之心，即可于此等处见之。

记者附识

------

　　①　宾步程：《广西南宁成人教育妇女队摄影》，《南强旬刊》1938 年第 1 卷第 6 期。宾步程寄《南强旬刊》8 张考察广西照片，第 6 期载 6 张，第 7 期续载 2 张。文，第 6 期、第 7 期之图在《桂游日记》单行本中亦有收录，但无《锻炼好身手安排杀寇仇》及《女儿豪气壮河山》二图，且无图片说明文字。

廣西南寧成人教育婦女隊攝影

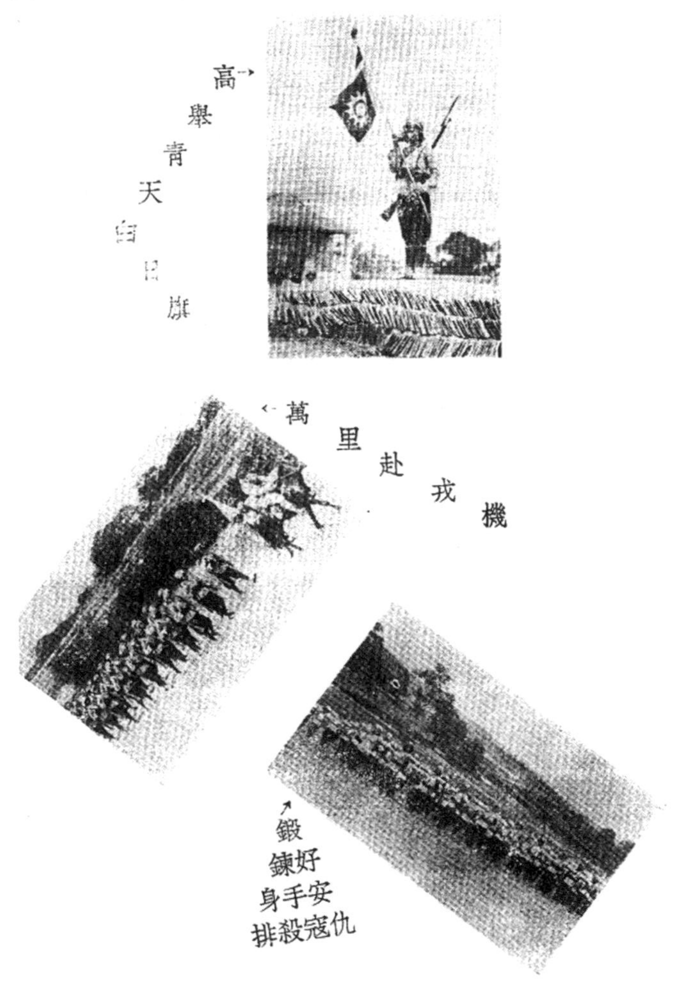

這才是巾幗英雄

←女兒豪氣壯山河

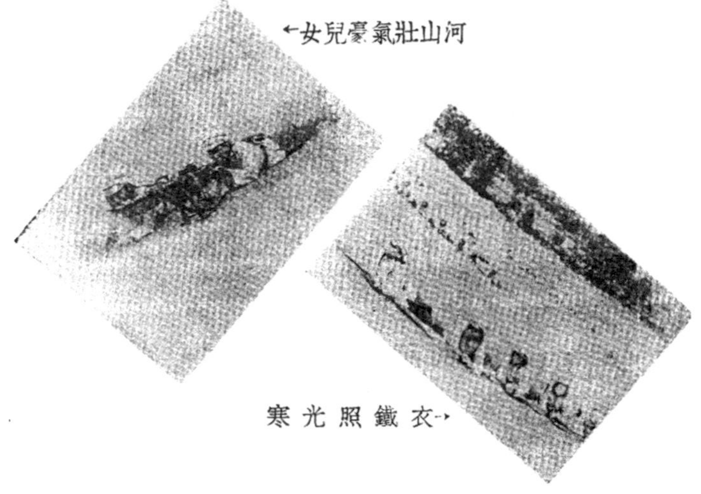

寒光照鐵衣→

湘西苗族教育之借镜①

　　湘西苗族教育，大要萌芽于清嘉庆时代，乾、凤、绥、永一带，与贵边接壤者，苗族实居多数。在乾隆时，曾大变一次，清史所谓"湖贵征苗之役"是也。以七省之兵力，费饷七百余万，费时二战，迄未底定。迨至嘉庆十年，卒赖辰沅道傅鼐教育之功，始克安靖。至于当日如何教育之方，吾人虽无从考证，然观清廷诏令有："辰沅道傅鼐，专司苗疆，十有余年。……复勤恳化导，设书院六、义学百，迩苗骎骎向学，吁求考试，遂已革命洗心。"足见教育之功，胜于七省兵力、七百万饷糈矣。民国以还，湘西苗族教育益视为要政，然无显著成绩可言，岂苗族可教于昔，不可教于今耶？抑办理未善之所致也？此次考察桂省，视其所谓"特种教育"者，益证吾湘苗族教育之不完善，未尝以全副精神注意及之耳。兹以在桂省所得者，不惮详言于次，以与谈湘西苗族教育者共商讨焉。

一、特种教育对象

　　特种教育，即以前之苗徭教育。广西境内，有许多县份边僻地方，仍蛰居一些文化落后的部族，即一般人所称为苗徭、侗、僮（亦名徭）、伶、伢、侬、僚、仡、佬、倮、**倮**、黑衣等特种部族。此特种部族的人口数目，现在虽无详确统计，但大概的估计，为数总不下五十万人，分布的区域亦广，约有六十余县有彼辈踪迹。故

---

① 艺庐：《湘西苗族教育之借镜》，《南强旬刊》1938 年第 1 卷第 7 期。

特种教育，即以散居省内六十余县边境之五十余万文化落后之特种部族为对象，而是项教育力量，使彼辈渐臻中华民族化之教育。

二、特种教育目标

广西的各种建设，都是向着民族解放远大目标推进，特种教育的实施当然不能离开此一总目标而独居例外，故特种教育的目标可分为三方面说明：

（一）民族统一——使各种部族受教育力量的推动，提高其文化水准，渐臻中华民族化，且具有统一的民族意识，构成中华民族之有力分子。

（二）社会协作——使各特种部族因教育之启发，消灭彼辈"固蔽""保守""疑惧"之各种心理，填平彼辈与汉族间种种界限，使能与全社会通力协作，共同地负起"建设广西，复兴中国"责任。

（三）生活改进——使各特种部族受教育诱导，摆脱一切原始观念，获取现代的知识技能，使彼辈生活能适应现时代环境。

三、办理特种教育的经过

广西境内，特种部族为数甚多，每于施政上常常成为严重问题。唯其如此，所以，广西当局之注意特种教育并不自今日始。现在一把办理经过可分二种时期叙述：一种时期，是在民国二十年以前；另一种时期，是在民国二十年以后。

第一种时期

在此时期中，据图籍记载，约有下列诸事：

（一）前清时代，政府曾在土属区域设立书院、义塾专教土人（即现在他们称之为特种部族的人们）的子弟，各府科考，每科定有土生名额。

（二）前清末叶，广西巡抚张鸣岐曾奏请在桂林设立土司学堂，专收土官子弟为学生。

（三）光绪三十二年，平乐知府欧阳中鹄曾捐银在修仁附近金秀徭区设立小学。

（四）民国十七年，教育厅曾厘订一种苗徭教育计划，每年规定经费一万元。

（五）民国十八年，中国国民党广西省党部四全代表大会曾议决化徭议案七条，同年并派黄云焕等入桂平所属横冲、平南所属罗香等徭区，开办化徭学校。

上面所举的五项，大皆尽力于教育，惜当时或因政局变化，或因经费问题，致不能如计划而逐步实现，所以显著效果尚待他日。

第二种时期

特种教育，在政府特别注意、极力提倡之下，其事业亦逐渐繁复。概括起来，可分为五方面叙明：

（一）订定各种方案法规——法规与方案的性质，为办理一切事业图案，有图案，始有所依据。广西特种教育的法规方案，省政府曾经详密的订定。其最重要者，则有《广西省特种教育实施方案》《广西特种教育师资训练所办法》《广西特种教育区域设校补助金办法》《广西省立特种教育师资训练所章程》《广西省立特种师资训练所学生学习服务规程》《广西各县特种教育区域设校补助金给领支配及报销办法》《苗徭教育委员会调查计划纲目》《苗徭社会调查细目》。

（二）调查研究——特种教育委员会，以为欲举办特种教育，对于省内所有的特种部族社会状态、生活习惯，必须先行实地调查研究，得了结果，然后实施教育，方有实际根据，庶不致贻"闭门造车"笑柄。所以，在特种教育实施方案中，订有"组织调查团"一项。这种规模较大之调查团，至今虽尚未见诸事实，但调查研究的工作，已陆续进行。如二十二年五月，省政府曾经发出《各县苗瑶社会调查表》，令各县县政府从事实地调查填报。二十三年十一月间，又制定《苗瑶区域学事调查表与学校调查表》，令发辖有特种部族之县份填报。同时，并派教育厅科员二人，会同省立博物馆瑶山调查采集人员，前往大藤瑶山实地调查。二十四年十月间，又特约费孝通为研究员，偕同助理员一人，另派教育厅科员二人，前往大藤瑶山及兴安县、灌阳、资源、龙胜、三江、融县等县区去测量特种部族人们的骨骼，及调查其社会状况。因有上列种种工作，故目前政府对特种部族社会情形已较前明了多矣。

（三）师资训练——特种教育为新兴教育事业，师资缺乏是必然之事实。故教育厅便依据了《特种教育实施方案》，于民国二十四年三月在南宁设立省立特种教育师资训练所一所，招收学生，以特种部族子弟，或在特种部族区域居住二年以上，深悉该地土语汉人为合格。迄今前后已招收二届，共计学生一百五十七名。二十四年八月第一届高级班学生五十二名，已派回原籍服务。二十五年二月仍调回继续受训，同时派第二届高级班学生三十六名回原籍服务。

（四）设立学校——特种部族区域之基础学校，为推动特种教育中心机关，故普遍设立，此是本省一种推行特教的唯一企图。二十二年，教育厅令辖有特种部族的各县，在彼辈住区，筹设特种学校。二十四年，又令各县绘具特种部族住区地图，选择设校地点，统筹开办经费，限令呈省核夺，经费不足之县份，省府即照特种部族区域设校补助金办法，酌量补助。此行一行，省内深山僻壤之设有基础学校之数目，乃日有增加。兹据二十四年调查统计，全省特种教育区域的基础学校已共有三百八十四所。

（五）补助设校经费——桂省政府以现值举办特种教育开始时期，各地特种部族的生活尚未改进，而辖有特种部族各县或因政费不敷分配，于多量的特种部族区域之基础学校设置，必不易完全办到，因此，特订定《各县特种教育区域设校补助金办法》，以减少由各地自筹经费之困难。二十二年度内，补助三江设特种师资训练班经费，毫币一千元；补助东兰凤山设特种学校，毫币各一千元补助；西隆设特种学校毫币三百元。二十三年度内，在省教育预备费项下提出国币二万元，为各县特种区域设校之用，计来请领此项经费的共二十一县，计补助之国币七千零五十元。二十四年度内，在教育经费预算中，列入各县特种教育设校经费国币二万一千元，请领者有三十四县，共计补助国币一万八千八百四十八元。

统观以上，广西政府对于特种教育可谓费尽心力，方有今日之成绩。我湖南苗徭人数亦多，惜政府未之注意，以致苗徭等族不能与汉族享文化平等之机会，殊为恨事，现广西对于特种教育办理确有成绩，故表而出之，以资借镜。

湖南之交通事业[1]

　　湖南本属山省，发展交通实极困难之事。但天之厚爱湖南，与湖南人之努力，天然与人工交通，至今日已应有尽有，为各省之冠矣。

　　先言天然交通。此种交通，即是河流交通。我湖南有湘、沅、资、澧四大河道，布满全省，而汇于洞庭，注于长江，以底于海。在四大河道之傍，又有若干小河，以为各大河之辅助，湘中则有浏水、涝水、涟水、涓水、汩水、沩水、渌水、洣水、夫夷水等，在湘西则有涔水、溇水、潕水、武水、沱水、酉水、溆水、辰水、潕水等，在湘南则有潇水、蒸水、耒水、春水、祁水、钟水、沤水等。凡此皆可以行船，为民众之便利交通。我国地域虽广，而求其再有一省河流之多如我湖南者，实难多睹，谓非得天独厚不可。我们不要妄自菲薄，以天然交通为迂缓，而不知此种交通甚为经济，有非火车、汽车所能竞争，不过时间上稍觉迟钝耳。倘大家对于天然交通应需之船舶工具积极改善，未始非国利民福之一端耳。

　　次言人工交通，内分三种：

　　一、火车。我湖南交通不久即成为铁路网。现在已筑成通车者，则有粤汉铁路、株萍铁路。正在建筑者，则有湘黔铁路、湘桂铁路。此种重要干线，非仅关系湖南一省，实对于全国有莫大之利益焉，将来沟通西南一切的一切，厥惟此项铁路是赖。

---

① 宾步程：《湖南之交通事业》，《南强旬刊》1938 年第 1 卷第 7 期。

二、汽车。湖南修筑公路，始于民元所筑之长潭军路，继之以潭宝路，又继之以湘东、湘西、湘南三路局成立，分工合作。而湖南公路，遂大放光明，蔚成今日之大观，而筑成二千五百六十五里之汽车路。前则所谓羊肠鸟道，今则已成为如矢如砥之公路，瞬息千里，颇有缩地之方，人民共喜其迅速。所以营业亦日有发达，每年收入总在二百三十万左右，不过当局对于旅客安全上尚未加注意，不无遗恨耳。

三、航空。航空本是一种新兴交通事业，在民国十九年，湖南省府筹备飞机场；至二十年规模粗具，而航空处亦告成立；继又与贵州省府订立湘黔民用航空合约。后湖南航空处变为要人之运毒工具，中央责其收回自办，并将黄飞枪决。自此以后，所有湖南航空事业概归中央统办，而营业亦甚发达云。

此外，有一种交通，不是物质而居重要地位者，莫如电讯。其始也仅有有线电报及电话，继之以无线电报，今则长途电话，全省皆通，人民皆称便利。但声音不甚明了，殊为缺点。此种交通，最便于民众，倘各县乡村提倡普设并加以改进，则有益于社会国家非同小可。

统括以上所述各节，除疏浚河流、建筑铁路、建设航空，有非一县财力人力所能担任，须由政府统筹外，其余如修筑县道、架设电话，应由各县征工集款为之。以县为单位，一县通则县县皆通，县县通则全国皆通矣。天下无难事，有志者竟成耳。

提倡并改进手工业[①]

在现代全世球讲求机械化时期，而我们生产落伍之国家不去舍旧求新，放弃数千年传统之手工业政策，于世界新兴各种机械迎头赶上，达到后来居上之趋势，乃反来提倡与改进手工业，岂非是一种"开倒车"之举动乎？是又不然。我国为工业幼稚之国，又是一个以农立国之国家，一般农业除耕种以外，别无职业。而农家力田，又多时间性，一年四季，差不多有一季之闲暇。吾人如果利用此种闲暇时间，研究手工技术，虽不能将各种出品拿到国际市场去贸易，而推销于本乡本土以及各省县市，未始非提倡国货、奖励生产之一道。何必以简单朴素之民族，处处模仿欧美化。社会本是演进的，我们固然不能反其道而行之，然亦必须顺势引导，逐渐改革，决不能举四万万五千万人民之所需，一旦强之使用外货，而将固有之手工业出品弃如破甑之不顾。所以，蒋委员长深恐人民之喜新厌旧，于是，上年在首都举行全国手工业展览会，而主办机关又系国民经济建设委员会。其所以用牛刀割鸡者，意欲引起全国人民注重手工业使明了手工业在我国社会中有绝大之势力，而不可抹煞。即在今世欧美各国工业机器化之时，而乡间之手工业仍复遍地皆是。至日本，则更不待论矣。则我们更不得小视手工业鄙薄手工业。只有加紧改善，以迎合人民心理，而增强购买力，使手工业得有发展之机会，得与机械工业并生于国内。其理由有如下述。

----

① 宾步程：《提倡并改进手工业》，《南强旬刊》1938 年第 1 卷第 9 期。

　　近代机械之产品发达，莫过于欧美各先进国。然对于各种手工业非常注意，如德国指定"联邦手工业团体"为四大团体之一，苏联则有《特别注意到小的和手艺的工业之发展》之决议；美国福特汽车公司以及日本斋藤内阁时，曾经成立提倡农村工业的方案（即手工业），所以日本所制造各品，其价甚低。尤其是儿童玩具，并非是由大工厂造出来的，而是由乡村农民利用农暇制造的，只是由大公司搜集运销而已。因此，日本的儿童玩具价钱非常便宜，也就因为便宜，所以才能行销全世界。（见章元善著）

　　手工业在世界已自有其伟大立场与历史，无论其经过若干时期，仍不能消灭其价值。尤其是在我国，几相依为命者也。先总理有见及此，誉为"双手万能"。自晚近，一般醉心欧化者大唱高调，非机械不敢言工业，意欲举全国传统之手工业一举而摧毁之，以遂其改造之意见。无论其万不能成为事实，即使举国各种工业皆机械化，而其手工业之辅助机器制造之能力愈见扩大。且世界人类最爱奇异，在工业落后国，其人民当然欢迎机械制品。而工业发达先进国人民，却又厌弃机械制品，而珍求手工业出品。譬如欧美各国士绅不惜求其重价收买我国钟鼎彝器，其意即此。天下事在乎精，精则为人民所欢迎。我国之手工业在昔本风行全国，一切用品且达到自给自足程度。自海禁大开以来，东西洋之机制货物不绝的输入我国。我国为不平等条约所限，不能加高关税壁垒，以阻止其入口，而人民喜用外货之口胃又强。于是，大家相率鄙弃其本国坚久耐用、价值低廉之手工业出品，从事于舶来品之竞买。而外人又精于商业，利用买办阶级，多予以利益。一般奸商如蝇赴臭，不然而然的趋向趸卖洋货之一途。而国货之手工业出品，遂被其打倒，不能生存于本国，迄今奄奄一息，已无复有人注意。而一般大人先生，今日则筹办某某大工厂，明日则训练某种技术专才，而独于全国最普遍、最有利、最适用之手工业，不去提倡，不知改善，听其自生自灭于今世，不亦大可哀也已。时至今日，各大埠之新兴之机械化工厂已被敌人炮毁。此时若不加紧提倡手工业以资补救，则社会上应需之品势必用重价向外人购买。利权之损失更形尖锐化矣。如我湖南今日手工业足以驰驱于国际市场者，则有炮竹业。产地各县有之，而能输出国外者只有浏阳。在民十五年时，输出值达二百二十六万余两之多。近年来生意冷落，每年不过八九十万两而已。此次随张主席出巡至浏阳，据该县商会报告炮竹业情形，业已惨落。自上海未发生战事之时，炮竹业曾经报关输出者，为数甚巨。迨战事爆发，货又折回。此中用去运费及关税甚多，货既不能变卖，且须格外付给一笔开支，商人资本薄弱，那能担任损失，今已相率歇业。而全县业户失业者，不可胜纪。夫炮竹本至微之手工业，合计之在我湖南占出口货之第三位，仅少于锑矿及桐油而已。此种纯粹手工业之出品，竟有许大之效力，吾人又何可轻视哉？

次言夏布。此种手工业多出之浏阳，而醴陵近年来亦最发达，但仍挂着浏阳老招牌，以易于行销国内耳。查全国夏布销场，向以倭国、台湾、朝鲜为其主要地点。在民二十年时，夏布销于朝鲜者，为值关银四百零八万三千二百六十两；现已衰疲不振，且限制极刻，又对于输入税率为从价百分之二十五。而倭国关吏之滥自估价，所抽之税，实不止此。将来我湖南夏布能否再如曩日畅销国外，又是一大问题。夫麻为农民之副产品，而纺麻绩线织布，又为农村妇女之天职，雨天与夜间均为夏布生产之期。从前一般士绅，每到夏天，无有不着夏布衣者，今则易以他料或舶来品之西装，而夏布遂至无人问津。如果我们大家一方面提倡种麻，以裕夏布之原料；一方面提倡制衣，以谋夏布之销路，并改善其幅宽与密度，使合乎制衣之用，则我湖南中外驰名之夏布将来定有复兴之一日。天下事在人为，余日望之。

纸为今日文化界所急需之一种东西，无纸张即无文化之可言。

我国之纸，在昔尽用手工制成。至今日科学极发明时代，而我国纸业仍旧使用手工。在民间，当然因为资本技术关系，不能开办机械造纸厂。而政府日日言发展工业，亦未有办成一个机械造纸厂。而汉口磻家矶之造纸厂，其规模之大，世人谓之东亚第一厂。惜辛亥革命以来，早已无人齿及，数百万元之机器，任其锈坏拆卸，变为破铜烂铁，为荒货店开方便之门，言之何等痛心。我湖南亦有一造纸厂，历年来糜费公款二十余万元，不过为政府作表演式宣传之用；所造出之纸张，与金叶同值，不足以应社会之需。我湖南土纸虽未能如江浙等行销海外，至今尚有纸张可用者，全恃手工业所造成之纸。无论其为迷信用、文化用、包裹用，尚觉应有尽有。即以浏阳一县而论，从前年出土纸一百余万两，今则因连年兵灾匪祸，迭为出入，而全县纸厂，沦为丘墟久矣。所以，湖南每年洋纸入口，约有三四十万两之巨。如果我们认为湖南纸业有提倡改善之必要，可用极少之资金，定获最大之成效。至我湖南产纸县份，并不止浏阳一县已也。为维持国货计，为救济失业计，手工造纸，实有复兴之价值。

以上所举，不过荦荦其大者。此外如绣业、竹器业、桃源石业等，均属有销售外洋之资格。他如百工之所为，实足以应社会之需求，特因不肯去改良，又加以贱视，洋场十里，满目琳琅，羡他人物质之文明，而忘却本国工业之落伍。我们固要迎头赶上文明之路，而不可在未赶上之前，就将固有之手工业弃如敝屣。须知手工业为我国全民之生命线，而不可一日少者也。希望大家此后尽量的提倡，并因地制宜，为之改进，幸甚，幸甚。

悼李、黄二公[①]

  吾国每当民族决战之会，以身许国者接踵相望，然未有如明末卢象昇蒿水桥死事之烈者。与建虏决战之日，晨出帐，四面拜曰："吾与将士同受国恩，患不得死，不患不得生。"今吾湘李师长必蕃殉国菏泽，又何以异是？曰："我为军人，如轻弃城池，何以对国？更有何面目对我领袖？"冲杀益力，遂以身殉，临终连呼杀贼不止。呜呼！其忠烈岂在卢象昇之下？

  及读吴梅村《临江参军诗》有云："顾恨不同死，痛恨填胸臆。"考临江参军即杨廷麟，当时参赞象昇军事，犹今之参谋。杨廷麟未与主将卢象昇同死，引为大憾，故梅村诗为之写其肝胆。今黄参谋长启东竟与李师长同死，临江参军视之犹有愧色。岂仅吾湘人之荣？抑亦抗战以来未有之奇忠奇烈也。

  黄参谋长之死，固是同忠于民族，尤足见李师长平日择友之端、知人之明，故能于生死之际忠烈同气。胡文忠公曰："与正人同死，亦与附于正气之列。"黄参谋长之死，诚不愧附于正气，而李师长平日之为正人，益明显矣。

  余老矣，军旅之事无能为役，然忠勇之气自度不衰，故推论李、黄二公死国之由，以致敬焉。

---

① 敏陔：《悼李、黄二公》，《南强旬刊》1938 年第 1 卷第 10 期。

国防与农产[1]

天下一切制造之事，无论其是否关系国防或非国防，总不外乎矿产与农产二者，换言之即是金属与植物。世人多言发展矿产，以为国防之资源，而对于农产品与国防之重要，世人多忽焉不谈。即如食品之米、麦，不但为国防必需之品，亦为人生所不可缺少之物。孔子云："足食之后，方可以足兵。"有极精练之士兵，必须有充实之粮食，二者相依为命，不可偏废。此外，如一切植物多系农产副品。在我国军需未发展之时，视之若不关轻重，苟一细心检讨，觉农村之植物有关国防之重要性。所以，日本人对于植物一途，认为军需上之原料，除在国外搜集运回外，并经由商工省、农林省奖励人民多多种植，制造军需及化学工业上有用之各种油类植物，以为政府国防上之一助。据最近调查之结果，日本产油之数量及价格有如下表（见东京通讯）：

种类	数量	价格
亚麻仁油	三四五六九二七瓸	
亚麻仁油	八四四三四五一	三四六五九二七元
大豆油	四三七六九三〇〇	一五五六一〇七〇
椰子油	一七五九八五六二	四八二八二七〇
棉实油	一九四二三二九七	六五八九〇二四

---

[1]　宾步程：《国防与农产》，《南强旬刊》1938 年第 1 卷第 10 期。

（续表）

种类	数量	价格
荏油	二〇七九〇〇七九	一〇四六三七八九
麻实油	三〇二三六六六	一〇〇四三一一
桐油	二四四四七〇	一〇四三四八〇
其他	二一六九九四五八	五五九六〇二一

以上总计七千零九十万六千八百三十三元。

此外，樟脑与樟油等，亦为准战时之军需材料及化学工业之类，统计如下：

种类	数量	价格
樟脑	四四一八六七七砡	八六一九二五一元
赤油	九一五四〇三	六五九一九一
白油	一三九二九二五	八二六四八六

以上总计一百四十八万五千六百七十七元。

种类	数量	价格
薄荷脑	三四三二七六砡	六一七六二〇六元
薄荷油	四三八四五六	二九八一九九四

以上总计九百一十六万七千三百元。

种类	数量	价格
松根油	八一八八三九砡	三三六一二〇元
橘子油	九八〇二	一六七九四
其他	八六二八三八	四九三七四三

以上总计九十五万四千八百五十二元。

日本提倡广种植物，采取植物油，充足其军需工业之欲望，共计产物价格，达八十二亿五十一万四千六百六十二元之多。

日本人所谓提倡种植者，在我则遍地皆是，可惜货弃于地，不知利用以为军需之资源，甚至为日人源源收去，以为化学工业上之用（如衡阳之魔芋，每年为日商运去者达数万担）。此外，如破絮烂布，亦为日人收去，而破铜烂铁每年为日人收买者，不知凡几。至于收毁铜元，更属显而易见之事。日本人处心积虑，在在作备战之工作。所以，对于有关国防军需原料，尽量吸收，不稍懈怠者，职是之故。

现在中日战争业已开始，曩日日本以我国为资源之大本营，今日完全绝望。我国宜乘此时机，凡有关军需原料，不难留以自用，可以最廉之价值，取得最多之原料，长期抵抗，绝对不发生何等困难问题。倘有汉奸偷运以资敌者，不难按照最近颁布之军律办理。今人谈国防，动辄曰飞机、大炮，而忽略农产品。在此强敌入寇之时，固然要飞机、大炮，与之对垒交锋，而我有最富之农产品，未尝不可以作为一种辅助军需之资料。虽然须经过几度制造，始能成为军需品，而农产品丰富者，可以长期抵抗。欧战时，德国失败之原因，吾人可回忆。所以，今日人民抵抗之能力，早已埋伏于平日农产品富足之下。惟有了准备工夫，始可以长期战斗。蒋委员长有言："抗战在乡村，不在都市。"早已告诉我们矣。

鄙人希望主持国防者不要轻视农民，更不要贱弃农产品。农工商兵要联合起来，以充实国防，并站在一条阵线上以对外，则我国前途其庶几矣乎。

水利与畜牧[1]

本文所言兴办水利，与导淮、黄河、华北、太湖等水利委员会宗旨大有分别，即与湖南疏浚洞庭水利委员会，其性质亦不同。因上述各处，其水利工程之大，非有科学知识、机械工具、大宗的款，不能举办，且一处水利工程，动辄需用时间至数年之久，方能蒇事。此种伟大的事业，非一省一县之财力人力所能济事。我之所谓水利者，就是小之修建塘坝，大之为兴筑堤防。一以对于小旱作有备无患之举动，一以对于小水作避免淹没之保障。后者当然所需经费比较前者为多，若在普遍的说，则前者又较后者为紧急。在民国二十二年时，建设厅为减少人民旱灾起见，颁制《修建塘坝规则》，并规定为各县长中心工作，用意至为深远。但各县长往往视为具文，以"等因奉此"四字，即作为完成此项任务。至农民是否兴修，兴修又至何程度，不过据乡区长报告，转呈上峰，自谓已毕乃事，而不知将今年修建未竣之工程，或令其继续举办，政府下一道命令，各县即兴奋一次，有如玩傀儡者然。此种地方长官实属不称厥职。不观夫二十二年以后，各县修建塘坝之举，久矣无闻，"平时不烧香，临时抱佛脚"，何能使人民避免小旱小水之灾？吾人要人民思患预防，不要临渴掘井。此种责任，端在今日为民上者大声疾呼，早为之所。且塘坝修建，固足以防灾，而借此养鱼，亦足以为农家副产品之收入。渔业之利，古人所重，而水产一门，又为今

---

① 宾步程：《水利与畜牧》，《南强旬刊》1938 年第 1 卷第 11 期。

日各国所最注意，倘各县塘坝遍兴，则鱼鳖不可胜食也。

　　至于畜牧，为我国东北与西北人民一件大事业。其生活所资，多半出之于畜牧所入。游牧之场，至为广大。畜牧种类甚多，而以羊为主体。寒者衣之，饥者食之，并取其毛毡，以作建筑蒙古包之材料。是北方人衣食住三者，均惟畜牧是赖。若在南方情形则异，南方牧场虽不及北方之大，而气候之适宜，水草之繁茂，北方万不能及；加以民多而又爱食肉类，久有非肉不饱之势。尤其是猪、牛，猪以供食，牛以耕田。此外，鸡、鸭、羊、马亦为农家常畜之动物。古人所称："杀鸡为黍而食之。"此风至今未灭。不有提倡，田家应需之动物，势必取之于舶来；加以农家食余之残饭，以及收获之杂粮，正是畜牧之一种好饲料，废物利用，鸡鸣狗吠相闻，不但是田家之乐，且是农夫之利。希望地方长官于闲话桑麻之余，对于兴水利以养鱼，奖人民以畜牧，不过稍予鼓励，定能利遍农村。所谓"仁人之言，其利溥哉"，吾于此亦云。

　　此次在桂考察，得悉广西政府对于水利与牧畜，积极进行。近且拟从柳州以北有开运河灌田之壮举，需款虽多，绝不吝惜。此外，对于乡村应举办事项，有修筑乡村公共工程，凡足以增加全乡村人民生产之事业，如筑塘筑坝等，应以公共力量举办之。又如饲养牛羊及其他牲畜、养鱼等，均得以公共财力经营之。此外，对于各种家畜，保护备至，认农家一牛之命，关系农户生存，甚至死一牛比死一人还要痛切。于是，设立家畜保育所，始聘美人主其事，近则易以俄人。该所规模宏大，目前注重于牛病之预防与治疗，除制造大批菌苗及血清外，并训练大批兽医人员，分派各县从事防治工作。名义上，似乎泽及禽兽，实际上则是维护农业。虽则是一牛之微，政府当视其力之所能者，设法保全之，不使人民稍受损失。兹谈到牧畜事业，故附带及之。

国医与国药[1]

我国古代一切物质文明，为世界上任何国家所不及。只因后人不肖，不能举祖宗遗下之物质发扬而光大之，并且将其原有之精神与形式荡然遗失，甚至醉心欧化者，对于外国人之事业不问可否，盲从崇拜，意欲举我国数千年之文明弃如破甑不顾。所以，时至今日，古代文明既已不存，欧美科学皮毛自诩，且谓此种情形在新陈过渡时必经之途径。殊不知我国先贤心血所构成之各科科学，历千古万世所不能磨灭，迄于今日，我弃人取，如国医与国药一事是也。

医药一事，在我国向负重名，且对于人生健康，有历史上之成效。降及后世，学而不精。迄于近代，更觉卑无高论。于是，西医与西药乘机而代，明知金石毒人，而好之者反俯首帖服，誉之为有意想不到之效力，自有钱有势阶级之人提倡于上，而国医与国药焉得不受打击？但是，外人深知我国国药能传至数千年而盛行者，必自有盛行之本质，所以不至于毁灭，于是相率研究中国医药之所以然。如日本外务省对华文化事业部，曾派遣来华研究中国秘方，世界内分泌大家、京都医科大学教授越智真逸博士得上海自然科学研究院之后援，曾在长江沿岸南京等处调查以来，约费一月工夫。关于我国民间一切家传秘药，其中与内分泌有关系者，已搜获贵重生药物百余种，尽行携归，竭力研求。共信越智博士将来对于我国几千年来之单方、独味的奇药，在学术上必有重大的贡献。查该博士

---

① 宾步程：《国医与国药》，《南强旬刊》1938 年第 1 卷第 12 期。

前次在我国搜得之百余种生药物，以动物性者为主，植物性中之关于酒类者为数亦多，特动物性中之紫河车系由妇人死体中取出之干燥胎盘，此物在日本因法律规定，绝难搜得。他如百花蛇、虎之生殖器、海龙、海马、祈蛇之眼、虎眼、蛤蜊、龙爪、黄人中、猴枣、海狗肾、血余（妇人之发）等，皆为中国古来之妙药，尚未经科学的证明，今后对于此等生药物究竟何以能滋补强壮，目前在日本医药界正在检讨中。

日本大阪汉方医学院院长今井丰云氏平日研究汉医，甚有心得。当中倭邦交未破裂之时，曾在上海中国医学院演讲，并与该院教务长蒋文芳交换医学上之意见，略谓："日本自明治维新后，废弃汉医，现在朝野对于西洋医药注射，渐生厌恶，尊崇汉医汉药。余在大阪有汉方医学院、汉药圃作实地之研究，在东洋极慕贵院盛名，特来参观，以资考察"云云。继又演讲四诊法实演，备述汉医十二经在治疗上之重要及汉药之效力，灵验均驾西洋医药之上。东洋人士翻然改悟，在不久的将来，势必恢复六十年前之地位云云。据河大医学院院长张静吾言："前在保定医学时，见日本对我国医药书籍名称搜集数千百种，汇成巨册，系自满洲伪国得来。"又云："德国某大学教授，最近对我国《本草纲目》《黄帝内经》等书，亦均有译本。"观此，则日、德重视我国医药于是可见一斑。

又据世界名哲学家白俄洛丽池博士对中国记者畅谈中国医学价值，有云："中国之文化，乃世界上有永久性之文化，中国文化中之精神，哲学、道德、伦理及医学尤有无限之价值。故本人主张提倡中国文化，使各国人士皆能澈底明了之，乃讲求世界和平之最好方法。……"又谓："中国文化中之一大特点，为医学之发达。目下欧美各国对中国之医学颇多研究者，此点吾愿向觉醒过程之中国民众郑重说明。吾闻中国医学近来在中国亦渐失其信仰，此皆一般小医生未遑深究古代医学，致失信于民众。若中国自设医学之研究机关，则中国医学承过去之奥理，其将来之发达定未可限量。本人此次赴内外蒙古，研究蒙古拒旱草时，亦将对中国医学中所用之植物附带研究。医学为发达中国之伟大的科学，孰谓中国只有精神哲学者？"观此，则外人之推崇我国医学几至五体投地，惜为一般小医生所假用，以致失其信仰，而医学本身之价值固无丝毫损失者也。

我国之药以人参鹿、茸为补品。人参，草木也，谓之为补品，似近荒谬。惟鹿茸系取动物结晶之处，以作滋补之物，其理由似乎可靠。所以，我国数千年医生恒以鹿茸为名药。苏俄医学界最近对此鹿茸一药颇有兴趣。于是，皮毛狩猎学会乃接受著名科学家巴夫伦科之建议，对此物药力作科学上之试验。此项工作已由巴氏指挥进行。巴氏业已自鹿角中取出一种最有药力之质素，名曰鹿角素，若干著名科学界与莫斯科医院医生正在证明此新质素之药力。经过分析后，知鹿角素中含有多量之雄性内分泌质。此事对医界理论与实际引起浓厚兴趣。经医院试验此物有高度之药力，即能增强机体之活动力与心脏之活动，并消灭心脏肌肉之疲弱等，彼复能加速摩擦受伤处之痊愈，而对于伤处已经传染或已发脓者最为有效。许多病人服鹿角素后，工作量及食量即行增加，残废者服之，则失其冷淡及神经紧张性。该物对某种胃肠病及硬化症，均极有效。前年下半年，苏俄各医院曾广泛应用鹿角素。现时沿海省远东畜类混合畜牧场鹿场内，有斑鹿一万头，并于该地添设养鹿场两所，以畜养斑鹿。足见我国之药物，即以科学方法证明，亦自有其功用在。所以，经过数千年之久，而其价值仍不稍减者，可想而知，于此足证我国医学界之先知先觉早在世界各国之上。

基于上述各种理由，而外国人信仰我国之医学将日趋广大。如英之巴姆医生，著《中国进步》矣；法之巴黎大学，编《中医讲义》矣；俄之莫斯科，创汉医学校矣；美之旧金山，创中医院矣；日本明治大学，竟增加汉医科；而帝国大学，且设皇汉医学讲座矣；日内瓦国联，前曾组织中国古医研究委员会矣；卫生组米西马教授，建议创立研究中药委员会矣。可见，我国医学实有见信于世人之处，方博得外人来热烈的研究，非偶然也。

谈到我国药材，又是农家一种副产品，对内可以抵制外药之输入，对外可以发展药材之输出。即以日本及朝鲜二处而论，每年有六百万元之输出。现在日本为谋夺我国药材市场起见，特别奖励朝鲜农民，尽量栽植汉药药材，除自用外，并使之向我国推销。目前，朝鲜之汉药仰给于我国者，约有二百多种，其价达一百二十余万元。所以，日本京城帝国大学认为有栽培汉药之必要。在七八年前，已设立药草园，及调查研究之结果，已有适当之成绩，则将来朝鲜产之汉药，定能达到自给自足之程度。且在朝鲜方面，由警务局卫生课川口技师，嘱托京城帝国大学讲师右户谷勉氏及教授杉原药学博士，研究具体指导及奖励方法，通知各道知事，对于汉药奖励栽培。前据我国驻朝鲜总领事卢春芳报告有云："此次日本由医药方面研究汉药，确认为有治疗的效果及有效成绩，颇为明白，故渐次制造新药，在续出之中。至日本每年试用价值六百万元材料完全由中国输入者。……又为农村经济奖励农村副业栽培起见，将来日本由中国输入之莫大汉药，可由朝鲜产出之，充足汉药以代之。"是日本人提倡汉药，即为我国农村副业及出口货之一大打击，其理至为明显。

总之，岐黄之术为我国国粹之一，远驾东西各国之上，而药料又为农家一种副产，每年出品不少。惟国医能发达，而后国药方有销路，二者实有连锁性。只因我国人守旧性太强，不思聚精研究新方，甚至窃取皮毛，弃其精髓，以致国医失人民之信仰，而国药亦随之受莫大影响，于民族健康前途固然危险，而于农村经济亦有绝大之关系。不佞近见各界迷信西医西药，而唾弃国医国药，窃有隐忧，故排万难而书之于上，希望有热心国医药之士竭力提倡而研究之，以保我数千年文化与物质于万一，幸甚，幸甚。

《桐龙精舍文集》 序[1]

《桐龙精舍集》者，攸县康刘訏父先生锽[2]之所作也。先生本衡山康氏，出后攸县刘翁，光绪己丑举人，乙未进士，官礼部主事。会康氏本支绝嗣，援清臣励杜讷例，疏请复姓康刘。著有诗文集若干卷，藏于家，未刊。

余主编《南强旬刊》，方搜罗未刊著作。衡山康君秀南曾教授先生里第，携其遗著见示，系其子侄所抄写者，题曰《康刘白马先生诗文钞》，盖以先生归田后，曾寓居湘城白马巷，偶为人作书，题"白马居士"，子侄遂以"白马先生"名其集。其义未当，或曰："先生官礼部十三年，宜题为《康刘礼部集》。"是说也，较"白马先生"四字为当矣，然亦未可语于今之世。秀南君曰："先生藏书甚富，曾自署其书室曰'桐龙精舍'。"余曰："善。"乃以此四字名其集。

秀南君复请余订定其文。步程不敏，且事务蝟集，焉敢订定先生之文。秘书方君西耕素好目录校雠之学，于湖南近五十年文献尤搜采不遗余力。乃属西耕代为校正其钞本字迹，略定其去取。西耕汰其寿序十之五六，存其论学论政之作若干篇，且改正其字迹。工

---

① 宾步程：《〈桐龙精舍文集〉序》，《南强旬刊》1938 年第 1 卷第 12 期。

② 即康刘锽（1858—1928），字訏甫，湖南攸县桃水镇人。生于康家，过继刘家，原名刘锽，考取进士后，请求双姓，乃改为康刘锽。清光绪二十一年（1895）二甲进士，先后任户部主事、礼部主事。1915 年组织攸县常福矿产公司，开采砒矿。1920 年任攸县议会议长。著有《赐姓堂集》。

竟，复于余曰："訏父先生，官礼部时，与湘阴吴巨严相友善，一时都中，有'吴圣刘贤'之目。戊戌维新，康南海数至其寓，作移时谈，足见先生当时文誉藉甚矣。集中上寿平老师书三四首，大抵言节用求士之道。与友人书，多尚气节、忍饥寒语，如《赵芷生侍御①奏弹庆邸罢归赠别诗》有'累臣盛夏繁霜结，封事都人带雨看'之句，尤想见其风度"云云。余浏览一过，诚如西耕所言。

先生实清末骨鲠之士，非仅以文章显也。乃以名集之由，与先生为人之大凡，书于简端，还之秀南，借以贻其子侄。非敢云遽为定本，聊备此一段文字因缘而已。

中华民国二十七年六月。

---

①　即赵启霖（1859—1935），字芷荪，晚号瀞园，湖南湘潭人。清光绪十一年（1885）中乡举，十八年（1892）殿试为二甲第五名进士，点翰林院庶吉士，散馆授翰林院编修。三十年（1904）在京师任湘学堂监督。三十二年（1906）先后补河南道监察御史、掌江苏道监察御史、兼署山西道监察御史，与赵炳霖、江春霖一起，被人们誉为"台谏三霖"。宣统元年（1909）任湖南高等学堂监督，旋改四川提学使。著有《瀞园集》《瀞园自述》等。其著述先后整理出版为《赵瀞园集》（1992）、《赵启霖集》（2012）。

五 《湖南国民日报》①

宾步程启事②

步程奉省令，兼长本报，绠短汲深，时虞陨越。惟以报纸为文化宣传之利器，尤于抗战期间，关系綦巨。自当秉承当局之领导，努力事业之发展。所冀海内贤达、报界同仁，时赐嘉言，俾资策进，无任企感之至！

---

① 1938 年 1—12 月，宾步程任湖南国民日报社社长。

② 《宾步程启事》在《湖南国民日报》多个日期登载，具见：《湖南国民日报》1938 年 2 月 1 日第 3566 号第 1 版；1938 年 2 月 2 日第 3567 号第 1 版；1938 年 2 月 3 日第 3568 号第 2 版；1938 年 2 月 4 日第 3569 号第 2 版；1938 年 2 月 5 日第 3570 号第 1 版；1938 年 2 月 6 日第 3571 号第 1 版。

明义①

　　本报具有悠久历史，阅者亦复众多，无不知其义之所在，本无用再明义例。惟值此改组之始，不得不有此篇，内以约同人，外以告阅者，亦犹商场习惯，"老铺子开新张"之例耳。

　　本报在最高领袖及省主席指导之下，宣扬威德，固为政府喉舌，而又务须使真正民意与痛苦不壅于上闻，是同时又为民众喉舌。所以，本报所居之地位，在沟通官民意旨归于融洽，并宣传政府施政方针及一切主张，使之推行尽利，家喻而户晓，责任又何等重大。惟言之于政府者，贾生有痛哭之治安策，贞观极盛之时，魏徵亦有诤论，足见政府愈良好者，愈受尽言。本报此后于宣扬政府威德之中，不失贾生、魏徵之用意，宁为诤友，不为谀臣，盛世危言，善意贡献，一方面求政府谅解，得毕厥辞；一方面同人以之自勉，各尽其才。此本报今后第一义。

　　当此封豕长蛇倾巢入犯之候，我前方将士死于国难者不知凡几，急宜表章忠义，以为异日国史之信稿，并以劝来者、后方民众尚未大觉大悟者，为雪耻复仇、亡秦沼吴之大计，本报当务之急，孰过于此？他如文化界居此忧勤惕厉之中，不宜读无益之书，不宜作无益之文；谈建设者，居此忧勤惕厉之中，不宜蹈画宇雕墙，点缀风景之习；司民政者，居此忧勤惕厉之中，不宜竭泽而渔，取尽锱铢。凡此种种，均有关抗战时代后方重要之工作，同人又何忍缄

---

①　宾步程：《明义》，《湖南国民日报》1938 年 2 月 1 日第 3566 号第 1 版社论。

默，不竭诚贡献？此本报今后又一义。

主文词之庄谐，关于国运之盛衰，亦足以觇人品之邪正。侯景数梁武帝十失，谓皇太子吐言止于轻薄，赋咏不出桑中。张说论阎朝隐之文，如丽服靓妆，燕歌赵舞，至于王伾之吴语，郑繁之歇后，皆为衰世之作，故曰关于治乱，若梁园诸子，帝王犹以倡优蓄之，他更可知，其损失人品，又当何如？在他人杂以谐语，博阅者一粲，未始非计，本报立场则期期以为不可。此本报今后又一义。

难民善后问题[①]

　　自战区来湘之难民，日有增加，在长沙市闻已达一万余人，而后来者仍源源不绝。于是长沙市与难民成一绝大问题。地方士绅前曾成立难民救济委员会，省政府认此问题太大，非政府出来担任，恐难济事，于是改委员会为难民救济处，委陈省委渠珍为处长，一切组织章程，各报纸业已宣布，毋庸赘述。同时施剑翘女士发起捐款，救济难民，其收款机关为妇女战时服务团。而湖南学生抗敌会则不治标而治本，有募款筹办难民工厂之举，并分十组向各娱乐场、酒店劝募；其工作计划，暂拟以一月为期。而中央对于难民伤兵更进一步，作永久整个之计划，将现有难民中之农民一律遣送垦荒，以免变为游民，业已由内政、经济两部会呈行政院示遵，不日即可实施。此系难民之福音，亦系我国农村增加生产之好消息也。

　　此次战区逃湘之难民，纯系一般爱国志士，不忍于敌人占领区域，为外人作奴隶，扶老携幼，跋山涉水，不远千里而来，与伯夷、叔齐不食周粟，尚高一筹。因为不食周粟者尚居周地，今此难民不但不食其粟，并不居其地，其长期抗战之决心，坚绝艰苦之斗志，吾人安处后方，理当投地崇拜。如果吾人认为是同胞，应即发挥人类同情心，对此一般流离失所者妥为安置。昔人有题贫儿院一联云"举目皆他人子弟，回头望自己儿孙"。不佞认为今日来湘之难民，实是抗战最有力者，实是坚壁清野之绝好良法。倭寇一日不去父母

---

① 宾步程：《难民善后问题》，《湖南国民日报》1938 年 2 月 10 日第 3575 号第 1 版社论。

之邦，则牺牲到底，义无反顾。彼高凌蔚、王克敏辈，如果稍有天良，闻之当亦愧死！至滞留战区同胞果尽如来湘者，我敢知今日不至受敌人之奸淫鞭挞，以至于穷而无告。所以我们对此一般难民当视如久客归家之同胞，各尽其解衣推食之义务，而无所容其踌躇者也。

不佞见难民中有许多中学以上学校毕业生，且各具有优美技术，如果我湘人不视同秦越，不难介绍相当工作，使之自食其力。湘学抗会筹办工厂，安插难民，其用意至美。但募款方法，有同杯水，应先调查难民情况，拟定工厂办法，再行向政府及其他热心慈善家捐拨兼施，不难获得巨款。若仅向娱乐场所募化，万难集事。至移置难民垦殖，事虽久远，但收效在一年半载以后，在此时间，难民之衣食不无顾虑。且开荒所需用农具、住屋等，为数不赀，若责之难民本身，断难如愿。所以工厂与垦荒皆所欲也，亦均是救济难民之根本方案，究竟如何使工厂早观厥成，使垦荒早日实现，则须具有十二分毅力，然后可以达到目的。记者认为办工厂比垦殖为易，收效亦速。我政府现在正提倡与改善手工业，如能将此举坐食无事之消极救济办法改而为积极生产，于难民、于后方均有莫大利益。如虑开办费难以筹措，一方面可先将江苏财政厅汇来救济难民之六千元暂行保存，一方面再向省内外广为捐募，打起救济难民旗帜，定向募集巨款，玉成其事。至于开荒一节，兹事体大，留在中央解决。记者意见如此，未知今日热心救济者以为然否？

熊秉三先生逸事[1]

秉三随端方出洋考察，抵柏林。一日端方往观克虏伯厂，邀余作舌人，余每见其举止有玷国体，言之不听，半途而返。秉三闻讯至余寓，惊问何以不偕端方前进？且曰："入境问俗，惜语言不达何。"乃亚余入跳舞厅，至则购香滨酒一瓶，群妓属目，争趋席夺杯而饮。顷之酒尽，复购一瓶，群妓尤属目焉，趋饮者环集，且向余索玫瑰。余曰："与胡子先生吻者，始得花。"盖秉三时已有须矣。群妓争与秉三吻，秉三急以手掩口，群妓乃吻其两颊或手，狂笑不已。秉三状益窘，急问余曰："若辈何争戏余？若此得毋足下饶舌乎？"余曰："向君求玫瑰耳！"乃分赠玫瑰而散。既出，秉三曰："今日美人不浅。"

附遗稿

敏阶先生阁下：

昨晤教为快，敝院陆军学生在山西军官学校者共有三人：一潘镛祥，浙江人；二凌伯绵，湖南人；三杨崇露，湖南人，均以中学程度，由敝院送入太原、绥远等陆军军官学校，毕业后适值上年革命起事，三人皆在行营从事革命工作，克复北平后，杨生崇露并入军官政治学校练习一年。三生皆勤朴耐苦，志趣进取，欲考陆军大

---

[1]　宾步程：《熊秉三先生逸事》，《湖南国民日报》1938 年 2 月 13 日第 3577 号第 4 版副刊《追悼熊秉三先生特刊》。

学，以格于章程，未能达到目的，是以在此等候。但少年之人，必须求学做事，日日时时有工作，方可不致流于逸惰。弟心甚以为虑，屡与商起予主席言之，该处尚无位置。兹闻唐总指挥到平，励精绳武。弟前本欲往托，见其事忙，不及详述，特此商请我公，转为介绍，俾此三子有所成就，不胜感德之至，专此肃恳，敬叩台安。

弟熊希龄顿首

四月二十五日

对国立贵州中学之一点小贡献[1]

教育部为救济战区内之教职员及学生起见，已在贵州所属之铜仁地方创立国立贵州中学一所。凡在汉口、南昌、长沙等所登记之员生，规定路线前去，并在沅陵设招待所沿途火食悉由校方供给。闻第一批员生不日即可启程前往，在政府救济员生，可谓周详之至矣。

我国自芦沟桥事件发生以后，土地人民备受敌人蹂躏，北五省以及江浙一带，一种残忍惨酷之举动，凡我同胞，无不身受备尝。教育界得气之先，且生活上比普通人为优，在事前早已先去以为民望，惟有一般老百姓，知识既属薄弱，负担又复加重，室家之累又在所不免，不能与各校员生作坚壁清野之豪举。如在上海难民遭敌人毒杀，南京难民食粮断绝，此情此景，思之心伤，纵使政府救济有心，其如不及马腹何？学校员生隶教育部，且人数有限，所以得人人而济之，此战区内教育界当同声感谢当局特别关注之盛意者也（江苏省教育厅且有发款救济之美举）。

我国抱定长期抵抗之决心，所需人力当然很多。但是以今世战器之发达，方之欧战时代，其战争期限，有减无增。吾人固然要培植许多青年，预备许多志士，以备目前抗战之需，并为将来复兴民族之基础，一个国立贵州中学不过沧海一粟而已，且今日因抗战之故，教职员失业者、学生失学者盈千累万，安得广厦千万间，尽庇天下学界分子，则一个国立贵州中学似乎尚嫌其少，难免不有向隅

---

[1] 敏陔：《对国立贵州中学之一点小贡献》，《湖南国民日报》1938 年 2 月 17 日第 3581 号第 1 版社论。

之叹。且学生来自战区者，其经济来源早已断绝，纵使学校免收学费，尚需缴膳费，假定学膳费均免，而服装、文具、书籍、零用等亦须相当之款项，其父兄如在机关上服务，或可供给一切，否则该生等当此国破家亡时候，实在无法继续求学。即有之，不过为公务员子弟学校而已。虽有贷金良法，仍属杯水车薪。所以当此全民抗战之际，学生牺牲一年半载光阴，亦无关大局。我们要用全副人力、财力、物力来接济前方战士，不宜拿来消耗于非所急需之事业。教育为立国大本，人人得而知之，如果皮之不存，毛将焉附？我国因抗战而暂时损失之土地，已有七省之多，在后方未至战时状态之省市各级学校，仍旧每日照常读着前十余年一般文人在津、沪租界内所编辑禽言鸟语之教课书，自以为上最后之一课，自以为尽教育界之天职，面子上冠冕堂皇，说些百年树人根本大法不可一日中断的官腔，如果有人出来想变更目前死的教育方法，改作活的救国计划，鲜有不为众矢之的。群起而攻。汉口前数日举行全国战时教育协会，其发表意见书有云："……更以当前形势，政治刷新，军事行动，前方后方，处处均急需各级干部人材之补充与供用，而各地之大中学校学生反而流浪道路，在校者亦未能安心求学，学亦非其所用，或竟至放弃其全部学业。……"说起来我国的教育制度须有改革之必要，而教课书首先要澈底改革，不然，在此十钧一发之时局，学校既不可犯众怒停顿，课本又依旧不改，而我们将来雪耻复仇大事业，又靠这般青年来担任，能否不负我们的期望，是在今日主持教育者扪心自问。全国教协会又有云："改变学校课程内容，增加时事研究、国防建设、政治知识、军事知识、民众动员等类之科目，改变各级学校课本，使课程适应战时之需要。"今日之国立贵州中校，若果拿过去的学校内容课程，依样葫芦，教授历年来传统之知识，则各校亦优为之，何必国立？且此次登记战区教员，总在千数以上，能否担任这种新的课程，而享受政府救济之恩，又是一大问题也。

春耕毋忘兵役，兵役毋忘春耕[①]

在昔专制时代，劝耕劝桑，年有举行。降及后世帝王，亦有迎春之举，无非是提倡农业，表示身先之意。且农人一年之计在于春，若将时间性错过，则所耕者均不得美满之收获。而此一年之中，难免不受冻饿，此古圣人所谓"不违农时，谷不可胜食"，洵非虚语。我国与倭战以来，在开始之时，蒋委员长已告诉我们："长期抵抗，牺牲到底！"而欲达到此目的，必须对于国民经济不断的培植，努力的建设。何况我国国民经济，其基础又建在农民身上，所谓以农立国者是也。二年前蒋委员长所提倡国民经济建设运动，早已埋伏国际战争之根基，而对于增加农业生产尤再三注意。举凡所关于农民利益，言之不厌其详，如鼓励垦牧，开发矿产，提倡合作，促进工业等，实为抗战时代国民经济之长期支持办法。而对于手工业，复兴不遗余力，上年并在首都举行展览会，以示积极提倡之意。所以我们大家要体贴蒋委员长用意之所在，发挥而光大之，决不可"开倒车""帮倒忙"，影响前方战事。当此最后关头，凡国民稍有天良者，无有不作爱国家爱民族之举动，但恐有时不去深心考察，有利者变成有害，亦在所不免。即以征兵而论，当此外寇日深非兵不足以御侮，而兵之来源当然出之农村，我湖南欢迎当兵，久矣成为风气，在平时惟恐无缺额可补，今日并非不愿去当兵，实因一般主办宣传者，将倭寇之凶狠以及我同胞牺牲壮烈之消

---

① 敏陔：《春耕毋忘兵役，兵役毋忘春耕》，《湖南国民日报》1938 年 3 月 10 日第 3602 号第 1 版社论。

息深入民间，以致意志薄弱之国民遂发生谈虎色变之心理，将平日杀敌致果之勇气不得不受其影响，在当日宣传者始愿所不及此也。近来征兵方案虽经改善，而执行之乡区县长未必尽体政府之心，有时又难免不有操之过激之处。有钱者可以免役，而独子或一家老少靠此一人生存者亦强之入伍，是国未救而家已先亡矣。且壮丁分布乡间，视族之大小而定多寡，征兵者往往对于弱小民族一而再、再而三征去，而对于强大村中则不敢过问。于是在某一地某一村，田地之荒芜，生产之减少，遂成为事实。此外又有一般人受驱雀驱鱼之压迫，或存贪生怕死之心，逃役归匪，甚至自备火食，恳求匪酋收录者，亦不乏其人。凡此种种，均于农事与治安大有关系。缘我国耕种全赖人力，而乡间之壮丁尤为农家之重角。一经畸形征去，则农业生产定受打击。但国家事已到此等地步，当然不能两全，我们一方面要实行长期抗战，一方面又要增加国民经济，于斯二者未尝不可以兼顾，只要求有征兵之责者，就乡村地亩情形，家庭生存状况，分别多少缓急，执行役免，使人民乐于从军，使农产不受影响，使血统不至于斩断，以合乎天理人情、国法原则，亦即解决今日耕役问题之先决条件。

湖北有举行促进春耕生产之宣传大会，我湖南政府亦有保护春耕不许有掳船拉夫之事，共知在今日抗战之中，不是单独前方荷枪士兵一方面之责任，而留在后方者所负之责任亦不亚于前方，甚至有时后方亦变成前方。所以补充前方之缺额，当然出之后方；充实前方之军实，亦必取之后方；后方与前方实属连锁性质，惟有善于运用者，衡情度理，处之以公。在春耕时候不影响生产，在征兵时期亦不发生困难。人民在农隙之时，固然愿意入伍；即在春耕百忙之中，亦愿意平均为国服役，上马杀贼，下马荷锄。今日强敌压境之时，固然谈不到使民以时，而因势利导，善于宣传，未尝不可以使之执挺，以挞倭寇之坚甲利兵。若一味以"抓兵"为得计，此种兵亦未见有同仇敌忾之心，而壮者散而之四方，国民经济发生摇动。我们希望春耕不可误期，更希望征兵不发生困难，使对内对外均有美满之结果，则最后之胜利当然属之我也。

后七十二贤①

我国义烈之士，或以民族关系，或以各忠其主之故，或争国事之是非，赴汤蹈火，甘死而不悔者，所在多有。而有数字可稽者，如田横五百士；张巡、远守睢阳城陷之日，将领三十六人同时受害；宋大学生蔡之润等反对韩侂胄屈膝求和，伏阙上书以死相争者七十三人；明亡之日，范景文以下死国者三百七人。慷慨壮烈之气，读史者至今犹想见其为人。而死事尤烈、系民族生存者，尤莫尚于黄花岗七十二烈士。

当清廷专横、民族生存不绝如缕之际，国人奄奄待毙，彼七十二烈十者霹雳一呼，狙击清吏，功虽未成，已足以寒清廷之胆矣。由是革命事业日形伟大，其关系之重要为何如耶？自芦沟桥事变以来，我前方将士效忠党国，或数百人同时殉难，或数千人同时殉难，无一屈膝者，时有所闻。最后退出上海，犹有"八百壮士"之美谈。此种精神，谓非七十二烈士，有以开其先者乎？

今大仇未灭，战事方酣，倘全国人民以始终不懈之精神，抗战到底，谓四万万五千万人，为七十二烈士之化身，亦无不可。昔孔门七十二贤为我国道德文化之初祖，国人景仰已数千年，七十二烈士有功民族，视孔门七十二贤者，又何多逊焉？谓之"后七十二贤"，谁曰不宜？

---

① 宾步程：《后七十二贤》，《湖南国民日报》1938 年 3 月 29 日第 3621 号第 1 版社论。

广西建设较富足省份无逊色，
一切设施足资效法之处甚多[1]

广西在我国系一最贫穷省份，在满清时代，往往恃邻省协饷以生活，遑言建设。自晚近来桂省当局励精图治，以穷干之精神，作硬干之事业，迄今全省各种新的建设应有尽有。而公路交通之发达，方之其他富足省份，并无多逊，且驾而上之。人谓穷人闹阔，我谓事在人为。

至于民训工作，广西比任何省组织完善。所以此次征兵，一呼百诺，并不发生任何困难。足见广西当道组训之有方，并非用一种宣传工夫，所能取得如此之成绩。其中必有缜密之组织、刻苦之训练，有非吾人耳食者所能测其奥妙。

张主席深知广西施政，有足资吾人效法之处。且当此抗战时代，湖南又为后方重要省份，对于动员民乘、整饬吏治等，不有考察，何足借镜？所以命令各厅处分派人员，由步程率领前往。现广西黄主席已有电来欢迎，张主席亦将考察团启程日期电复。俟到广西后，或整队参观，或分队考察，临时再行酌定。今（二日）夜可宿零陵，明（三日）午即可到桂林矣。一切情形容后再告。

---

[1]　宾步程：《西南政治考察团本日出发　宾团长临行发表谈话》，《湖南国民日报》1938 年 4 月 2 日第 3626 号第 3 版。此谈话为湖南省政府组织西南政治考察团准备出发时，因此次考察政治意义重大，特采访团长宾步程时，宾步程发表的谈话。

补充“缩短教育期间之商榷”意见[1]

曾君约农在本报上撰有《缩短教育期间之商榷》一文，至理名言，不但在今日抗战时代我国教育有改革之必要，即在平时这一部教育制度亦非调整不足以应付现代之急需，所谓“穷则变，变则通者”是也。大凡一种法规之订定，须根诸本国之历史与夫目下之风俗及人民之环境详细考察，斟酌规划，始可以放诸四海而准，不至于有此路不通之弊。如果主稿者为日本留学生，则采用日本教育制度；英、美留学生，又采用英、美教育制度；推而及于德、法、比、义等，亦复如是。是强将外国之教育制度生吞活剥拿到我国应用，难免不有削足就履之嫌。曾君为吾湘教育专家，言人之所不言，其见识足有加人一等者。

原文："全程教育，初等四年，中等四年，高等四年。"与广西之教育制度不谋而同。查广西国民基础学校，即初小二年，中心国民基础学校即高小二年，合之初等四年；国民中学，分前后二期，每期二年，合之即中等四年，此系一种特别学制。若普通中学，与中央学制相同，即初中三年，高中三年，至高等教育即大学四年，专校三年。我国今日学制，在中等以下取三三制，即十二年，又益以大学四年，合之为十六年，此种制度在平时或可行之，若今日抗战方殷，仍旧依着挨板文章，以应付非常时期，任何人士都期期以为不可也。

---

[1] 宾步程：《补充"缩短教育期间之商榷"意见》，《湖南国民日报》1938 年 5 月 23 日第 3677 号第 2 版社论。此文亦见曾约农：《缩短教育期间之商榷》，《湘政与舆情》1938 年第 1 卷第 1 期。

余尝谓我国教育制度之不合国情，不知销磨了学生几多心血与光阴，主持教育者以不起风潮为原则，以应付环境为能事，而对于学课本身绝少谋划。须知学生为求知识而来，并求在我国社会上有独立生活之能力，不至成为失业流民。则我们有教育之责者，应设法使之满足其欲望，养成相当之技术，不能以有用之精神与光阴，学习一般不需要之学科，又复仅得其皮毛，毋裨实用。即如英文一科，在我国今日各种中等教育视为必修科目，每周所编钟点之多又为各科之冠。不问其该生家境如何，升学如何，如果英文不及格，非开除即留级。以此责之印度教育可也，以此责之中华民国教育不可也。我们要规定中等教育班次，有志升入高等教育者，则入某某班，注意英文，延长年限，以求深造，否则，以职业为目的，则尽量授以普通知识，而英文则作为随意科可也。今不问是否投考高等，一律施以英文之训练，是为浪费学力。但此种分班授课办法，只能责之省立学校，在私立或一时难于改革者也。倘若是各校能节省不急需之英文钟点，移授其他功课，则人力、财力、时力均有莫大之裨益。但音乐、图画等，与英文有同样之毛弊，而曾君所列举科目内容，实有急待调理之必要。

不佞此次往桂考察，见其教育实施政纲领，以适应革命建设之需要为出发点。所以在初等教育以普及为主，在初级中学，视地方需要及国民经济状况为设立标准；在高级中学，以改进充实为主，不汲汲于数量之增加；高等教育，先从设置专修科入手，授以应用科学，养成专门人才；而社会教育，则注重民众教育；至于职业教育，则注重农业及改进本省原有之工业。而其优点，则在能以"实事求是"为教育施设目的，而对于中央所颁布学制之外，又另有一种补救办法，最适用于今日国民情境。

我国处此非常时期，应取法广西之学制，而采用曾君所言之学课，以渡此难关，而成为战时之教育。质之当局，以为如何？

战时之节约[1]

谈到湖南人民，朴素节俭是其传统习惯。自晚近来，经一般人、达官要人之提倡于上，于是人民耳濡目染，造成近朱近墨之恶习，所谓习俗易人，贤者不免。而屋宇之高美，衣服之华丽，饮食之奢侈，以及一切起居举动之豪放，从表面观之，湖南人民似乎富足，在中国可占第一席。即在世界上，此种穷奢极欲之风，暴殄天物之俗，有心世道者鲜有不欲纠正之，以跻人民于轨物之中，为天地间爱惜物力。矧我国在此抗战时代，尤其对于一切不急需之物件，固在所当省，即日用应需者，亦宜撙节紧缩，以为前方将士杀敌之后盾。浪费与虚耗，各人宜绝对自动禁止，于良心上方才可以自安。

节约运动，为新生活条件内之重要条件，想我湖南人早有所闻。即最近蒋委员长通令全国人民要爱惜物力，杜绝虚糜，内有云："查近来各省军政当局，对于各项设施费用多不注重节约，坐任耗滥。……此种积习恶习性，不速痛改，行见国亡无日，我等子孙世世将为牛马奴隶，宁不痛心？……能省一文之浪费，即为抗战多保留一分之国力！……"张主席亦最近在纪念周上报告重申树立善良风气之重要，关于社会的坏习俗内有云："我们湖南民气向来很好，民性民情也是很勤朴，很诚笃，很勇敢，但是到了现在，这些良好的风气，已经不容易见到。……于是相习成风，社会风气之偷惰、淫糜、腐败，就不堪闻问！……"至理名言，真是向我湖南

---

① 宾步程：《战时之节约》，《湖南国民日报》1938 年 5 月 28 日第 3682 号第 1 版社论。

人民对症下药。如果我湖南人天良未泯，对于张主席言论，要以十二分诚意来接受；接受之后，还要马上痛改，马上实行，我湖南才可以担当救国家、救民族这种大责任。所以张主席又说："……如果社会没有良好风气，就谈不到复兴国家民族，发扬民族精神，只有一天一天的趋于颓唐、老大、腐败，以致于灭亡止。……"何等痛切！读此宁不知猛省忏悔矣？真是一个凉血动物！

我们湖南人，尤其是长沙市民，试自己检查一下，目前一切生活习惯，是否合于新生活条件？是否在抗战时代之后方，有此举动？即以衣服而论，舍本省出产之大布、夏布、葛布不着，专以舶来品是尚，摩顶放踵，无处不是外货化；而对于着国货者，不但不尊重之，反鄙弃之，是诚何心哉？至于饮食，近来市上不知增加若干酒馆，每一个酒馆内，又无处不是"座上客常满"！"宫保鸡"已不高尚，非"组庵鱼翅"不足以表示敬重！一席之费，超过中产以下人家一年之生活费。在今日前方将士苦战之中，倘我们后方人士稍有救国同情心，当亦居不安、食不饱矣！如能悟酒池肉林之所以亡国，与夫卧薪尝胆之所以沼吴，则虽是饮食微事，关系于国家前途者至大且巨。

不佞此次往桂考察，得悉广西有一种规定："凡请客用款至五元以上者，店户与主人各罚五元；即省府邀宴中外人士，每份西餐，亦止七角五分，席上并不备烟酒，车夫亦禁止给与酒资。"而全城只有饭店，绝少酒馆。"俭以养廉"，此今日为政者之第一妙诀。我们如果能接受蒋委员长暨张主席以上所述之言论，认为抗战时代应有之认识，则请从今日开始，大家来对于衣食节缩一下，为国家多充实抗敌国力。此外对于汽油一项，凡有车阶级各自节省，毋令其眷属在绸缎、南货、理发店以及戏院门首横停汽车，以表示特殊；能多有一加伦汽油，即为前方多杀几个强寇。否则，国家将亡，有钱者不过是一个犹太人而已。吁！

难民善后问题[1]

　　湖南不是多灾多难地方，乃是一个救苦救难省份。尤其是在此抗敌时代，以后方各省而论，我湖南又处处占有优越地位，有水陆极便利之交通，有生活极低廉之谷米，一切日用起居所需，除舶来品外，可以说应有尽有，且有取之不尽、用之不竭之概。所以自开战以来，前敌负伤士兵大量的向湖南输送。我市民当其大驾遥临也，曾热烈的在火车站欢迎，为之安慰。乃人数众多，难免良莠不齐，有时举动越轨，致失人民之心理。迨张主席以严厉手续对待不守法之伤兵以来，社会秩序始有今日市廛无惊之状况，否则湖南难免不成为恐怖世界。此吾人当同声感谢张主席治湘成绩者也。

　　自伤兵就范以后，而战区逃来湖南之难民，其量比伤兵亦不为少。同是黄帝子孙，本无此疆彼界之分，所以一闻远道前来，政府马上为之招待，为之给养，使老有所归，幼有所养，并成立一个难民救济处以总其大成。始由非常时期难民救济会湖南分会，移交洋一万一千九百十三元，继由湖南财政厅在救灾准备金项下拨洋二万元，又在湖南赈务会拨洋五万元，又由各方善士自动乐捐洋九千六百六十一元，约共收洋九万一千五百七十四元。查开除者有凤凰妇孺教养院二万二千三百五十元，有家庭农作团三千一百八十余元，有难民商业部开办费二千九百八十元，有师资训练所开办费一千元，难民被席服袜费六千一百七十六元，有难民医药丧葬费一千

---

① 宾步程：《难民善后问题》，《湖南国民日报》1938 年 5 月 30 日第 3684 号第 1 版社论。

元，有难民遣散费二千元，有难民给养费三万八千元，有收容所建筑及开办费洋四千九百一十元，其他经临各费四千元，以上共用去八万五千六百元，所存者不过五千九百七十元。

自陈处长往湘西以后，经费极感困难，即每日仅给生活费洋一角，计五千人每日需洋五百元。近日虽由财厅借洋五千元，而来日方长，难于为继。中央筹拨救济战区难民款项，闻为数二百万元，在江西难民不过一二千人，已向中央领得款项十万元，何我湖南不去请求也？况我湖南对于救济事业并不是消极的，而且积极谋难民之幸福，如教养院、师资训练所、家庭农作团、商业部等。近日又成立一个战时儿童保育所。苦心孤诣，发皇人类同情心甚为热烈。古人云："从之者如归市"，我湖南有焉。

中倭战事已由一隅而全面，而战区难民亦日有增加，最近将有由汉转运来湘之难民有六万人之多。此外，并有儿童三千人亦不日来湘。日作救济处开会议决："将留省各收容所难民，于月底以前，全部向各县疏散，凡运往湘西县份者，用轮船护送；运往湘南县份者，用火车护送；使其空出房屋，以为新来者之用。"前据当事人云："疏散难民，备极困难，舌敝唇焦，听之藐藐，稍为多说几句，则云压迫难民。"此系不明大道者之所言，若系忧深远虑者，当自动请求向外县疏散，较之在长沙市安全，万一不幸敌机轰炸，则当局虽救济有心，亦属无可奈何。古之伯道，今世已难再见矣！难之者曰："前批难民虽向外县疏散，而后来之六万。鹊巢鸠居，就无危险乎？"余曰："否！新难民来此，不过暂时作为停足之所，一俟布置妥当，仍当支配于各县。"查湖南全省有四万保，每保分担难民二人，可容纳八万人，并不发生任何困难。难民一经深入乡村，马上各就所知，分觅工作，决不至如今日在长沙市享尽老太爷之洪福，饱食终日，无所事事！进一步言，战区难民来湘者，除妇孺老弱残疾之人，我们当看如家人，使之各得温饱，不感觉有离乡背井之愁外，其余一般青年壮丁，应该发生同仇敌忾心，加入队伍，为国先锋。时至今日，已不许可吾人在世界上作偷生苟安之行为，惟有拼着头颅，准备牺牲，即可达到置之死地而后生之目的。在湖南谓之为难民，一到前线，即是勇士。难民受人怜悯，易生轻鄙之心；勇士则身食国禄，有保民卫国之责，凡属国民，一致尊敬。同一人也，为难民则如此，为勇士则如彼，是在一转移间而已！

综合以上各理由：其一，将新、旧各难民整个疏散农村，使之自食其力；其二，责令各县长按保之多寡支配难民，每保暂定二人；其三，三千儿童，善为教养，如同自家之子弟；其四，择其十八岁以上、三十岁以内之难民，编入队伍，共同杀敌。此外一切老少难民，竭力招待，不使有一夫不获之恨。此即我湖南后方人民之责任，希望毋河汉斯言，幸甚。

为沿铁路贫民向粤汉路局请命[1]

在不久以前，粤汉铁路管理局请求湖南省政府出示，略云："粤汉铁路为便利运输起见，拟从大托铺起至长沙东站加铺双轨，所有沿路民房限六月一日起概行拆让"等语。继又由路局自由通知各户有云："现值非常时期，军运繁忙，本路为求行车便利、设备完善起见，爰由长东站至大托铺站添建双轨，整理路容。……除圈用范围内民地与民房，另行通知收购或拆迁外，所有本路余地应即收回，先行应用。……"自此二道命令发出后，凡住在沿铁路居民大起恐慌，于是联名呈请党政各高级机关，请求缓拆，暂资托庇，尚未得当局之许可。不佞相信此举未必如通知单所言之简单耳！

远一点说：查开办铁路之时，本勘定由北站直达大托铺，不经过天心阁、老龙潭、猴子石一带，路线直而工程费又少。因为当时汤鲁璠观察回省，见此路线所经之地，有碍渠先人坟墓来龙，再三请求余尧衢总办改线。当时彼此均是长沙市大绅士，碍于情面，遂改筑现行之路。而不料猴子石一带工程之大，竟合成数万元一里路之价值。汤观察先人之坟龙虽得无恙，而路局已受损失不少，此记者当日参加之经过实在情形也。

近一点说：在民二十五年时，何前主席意欲扩大市区，觉市内有一铁路，于居民安宁及安全均有莫大之影响，曾咨铁道部请求移至要塞以外，闻部复文有允于五年内设法改线之语。如果确有其

---

①　敏陔：《为沿铁路贫民向粤汉路局请命》，《湖南国民日报》1938 年 5 月 31 日第 3685 号第 2 版社论。

事，则今日正好利用时机，将近城边一段铁路马上移出，以为一劳永逸之计。

在此非常时期，政府一切建设，吾人只有赞成拥护之一途，绝对不能有所异议。扩充双轨，以利军运，尤为今日目前之急务。但事必谨慎考察，始克推行尽利。不佞对于粤汉路大托铺至长东站一段加筑双轨，颇有怀疑之处：其一，经过猴子石一带，工程浩大，非期月可成；其二，老龙潭、小吴门便河新填之土基，一时不能适用；其三，南湖港一带土工甚大。纵使以上三点不谈，而加铺双轨，在老龙潭至浏城桥沿铁路两旁所余之空地，约有二丈余宽，以之加轨，绰有余裕，并不须拆屋还基。查铁路左右公地，约共有七八丈不等，在管理局一时无所用之，则今日所拆者，苟无卫兵负枪守卫，明日贫民又复筑棚，徒耗物力与财力而已！以言铁路所有公地，既经一般贫民租地建筑，并出租于前，自可体恤于后。当拆者固然要拆，若在不需要之列者，当此人民生活困难之时，何妨稍为成全？至于路局公地外之民房民地，更无需用之必要，今不问事实如何，一律圈入，更欠考虑。

不佞希望于路局者：其一，根本上将傍城一段改至要塞之外，否则先将大托铺至老龙潭一带工程完竣之后，再令租用路局公地拆屋还基。如果轨外余地已敷加轨之用，暂时毋令拆让，俾免长沙救济处又加一批道地难民。至于路局外之民地，苟非加铺十轨，更谈不到拆让。所不可解者，加筑双轨工程，尚未开始，首先从房屋下手，其计划已不合理化，而通知单内则云整理路容。夫整理路容，有谁先于将沿途枕木调换，以免时有翻车之虞？其次将车舱内加以清洁，适合于卫生之道，舍路政本身不言，而亟亟于路外之路容是求？即使沿线贫民遵令拆卸，而非铁路局所有之民房甚多，能保其路容整理乎？而大托铺至长东站一段以外之其他粤汉全路，能保其路容整理乎？今舍却整个全路，仅言大托铺至长东站一段路容，是何异明足以察秋毫之末，而不见舆薪之谓乎？

　　记者非反对加铺双轨，觉事有先后，尤要有远虑。该局不乏铁路专家、工程名手，为将来永久计，应将该线移至要塞以外。为目前行车便利计，即不拆房屋亦足敷用；为办事程序计，应先将猴子石、老龙潭工程完竣后，视事实之需要，再令租户拆屋还地；为停留多量列车计，应在长沙北站甘家坳等处多铺分轨，以资容纳；为整理路容计，请先求铁路本身分内之事可也。广泛的民房，似可从缓。

　　刍荛之言，希有以采择为幸。

在省府纪念周报告考察广西之经过[①]

今日奉主席之命，对于此次在广西考察经过情形向各位同志作一简单报告。

欲明了广西政治结构情况，不可不先知道他的政策与目标，他们的标语就是"建设广西，复兴中国"。又曰"厉行'三自'政策，实现三民主义"，所谓"三自"政策，即自卫、自治、自给。他们认自卫政策即民族主义，自治政策即民权主义，自给政策即民生主义。又认自卫政策，为军事建设之目标；自治政策，为政治建设之目标；自给政策，为经济建设之目标。统合军事、政治、经济三者，而以文化建设为其总目标。

基于以上之政策与目标，而政治上结构，不得不与他省略有所变更焉。先之，省府组织，主席之下，有民、财、教、建四厅。主席设办公室，置有主任一人，即以省府秘书长任之。举凡四厅有所提议，或对外有所发表，由主任呈请主席核准，以主席名义行之；而四厅厅长所有印信，束之高阁，不准对外，是四厅长即等于省府四个科长而已。四厅之外，有一总务处，置处长一人，即由四厅第一科人员组合之，专司全府一切事务。又有一会计处，所有全省会计人员，由此产生。又有一审计处，专审核各机关之决算。此外，有一人事委员会，所有全省大小机关公务人员，概先交会审查，认

[①] 宾步程：《考察广西之经过——宾委员在省府纪念周报告原词》，《湖南国民日报》1938 年 6 月 1 日第 3686 号第 3 版。

为合格，即予登记；各机关将来如需用某种人员，即由此会委出。又有一个法制委员会，所聘请都是学者或专家，凡政府如欲颁布一种法规或章程，交由会地拟稿。至各厅所用秘书、科长，统冠以广西省政府秘书或科长，或广西省政府某某秘书或科长。

以言广西民政，如县政府组织，县长兼民团司令，而又有一副县长兼副司令。县长每年至少有四个月下乡，其职务由副县长代之。县之下有区长，有全废者，有废一半者，其理由因为乡村距县城太远，留一区长以分治之，亦即前清时巡检、典史之流亚。区之下有乡公所，内分民、财、教、建、团五组。乡之下有村公所，内亦分民、财、教、建、团五组，而村公所最为重要，因为村即民团产生之策源地，且每月终须开村民大会一次。村之下有甲，甲之下有户，均以十进，此以乡村而言。若城市则称之曰镇、街、甲，其组织与乡村公所相同也。广西对于卫生极为注意，有一军医院，并有一医药学校，其余大城市均有省立医院，县有卫生事务所，镇乡有诊疗所，村亦有诊疗所，多用中医为之。此广西关于民政之大概情形也。

以言广西财政，其原则重在统收统支，任何款项均缴存省金库，由省府平均支配，无论教育费、保安费，一概统收统支，所有全数收入留百分之十为预备费。县有县金库，其情形与省制同。县长如须用款，先通知财政监察委员会审查，认为未超过预算，即签付支款书，交会计处发款，适合财政原则。至地方所需经费甚多，不能尽靠省款开支，于是加重屠宰捐。猪一头，约一元至三元；牛一头，约五元至十元。所收之款，作为县地方一切建设之用，并对宾兴会、寺产、官荒积谷息、迷信捐等，概拨作地方之用。又有公耕一法，就是大家于闲暇之时，征集人工及肥料，借他人之田公耕之，以其收获充作乡村公所经费。此广西关于财政之大概情形也。

以言广西教育，以普遍为主。最偏僻地方，政府愈注意，甚至加多经费，使人勇于前往。村有国民基础学校，等于义务学校。乡有中心国民基础学校，等于高等小学校。均二年毕业。有国民中学校，分前后二期，每期二年结业。此外，有初中、高中学校，各三年毕业，与中央所颁学制同。又有一大学，分农、工、文三院，文科设桂林，农科设柳州，工科设梧州。所有全省学校均军事管理化，因民团干部学校出路很好，所以一般学生都趋重于干校。或者因生活环境关系，缺乏升学能力，亦未可知。此广西关于教育之大概情形也。

以言广西建设，多属苦干，除征工以外，别无办法。公路虽多而质不佳，铁路征工甚为踊跃，有一人征至五十工或六十工者。从前所办之硫酸厂，因原料缺少，开工困难，酒精厂亦时开时停，都为原料与销路困难之故。所以，近年来不办大工厂，专从民生日用小工厂着手，如印刷厂、织布厂、陶瓷厂、染织厂、自来水厂、电灯厂、扣纽厂、皮革厂等是也。至于电话，全省成网，往往县长下令乡村长，彼此用电话行之，月终将簿对照一次，如无错误，盖以印信，即作为命令，既敏捷，又简单，省去多少等因、奉此与夫纸笔精神也。至于各县亦有乡道，如武鸣县是也，主席汽车可直达乡村公所。此种交通便利，在中国亦罕见之事。至于广西注重农业，所以无论大小机关，均附有苗圃或农业示范场，以便各乡村就近购买树苗，随时栽植与改良。此广西建设之大概情形也。

以言民团，在省会则有最高机关，下分十一区，区有指挥部兼行政监督署及军训监督署。区之下有县，县有民团司令。县之下有区联队部，区之下有乡大队部，乡之下有村队部。凡人十八岁至三十岁为甲级兵，即列兵；三十一岁至四十岁为乙级兵，即输兵；四十岁以外，在城市者多授以一星期之训练，改为义务督察，专刺探汉奸、间谍等事。在甲级列兵时，每村准备十人，上级筹要若干，即按次交人成立特编队，每月发饷八元，训练三个月，即可正式编入军队。从前对于抽签时，难免不有不肖村长从中舞弊，闻现在通过一种章程，自七月一日起实行，凡不愿加入抽签者，可缴洋二百元免抽，谓为缓役，一次有效，欲第二次再免抽，仍须缴洋二百元，每次如此。但已抽中，无论何人，不得避免，即缴款亦不许可。此外有一民团干部学校，规模甚大，全省一切下级干部人材，均由此产生，分半年、一年半毕业，视其入校时程度而定。广西之师范学校即附在干校之内。又各种技术人材，亦有由此校训练者。此广西民团之大概情形也。

总之，广西政府做事能澈底，能统一，能苦干，所以能有今日之现象。我湖南今日之人力、财力、物力，比广西为优越，又加以张主席励精图治，我相信不出一年，定可以后来居上。

筹兵筹饷中之六三禁烟纪念[1]

六三禁烟纪念，本溯源一八三九年林文忠焚毁鸦片之役而来（道光十九年），迄至今年今日恰为九十九年，以将满百年之事业，其成绩尚未根绝，宁不痛心？在平日犹可曰"不欲操之过急"。在中日大战，筹兵筹饷日加紧急之今日，其禁令不可稍懈。纪念宁不更加刺心？故余对于今年之纪念，感触尤深。林文忠禁烟奏疏有云："烟不禁绝，国日贫，民日弱，数十年后，岂惟无可筹之饷，抑且无可用之兵。"而鸿胪寺黄爵滋奏言鸦片影响国家经济，尤有数目字可凭，曰："运银出洋，运烟入口，故自道光三年至十一年，岁漏银一千六百万两之多；十一年至十四年，岁漏银至二千余万两；十四年至今，渐漏至三千万两之多；福建、浙江、山东、天津各海口，合之亦数千万两。以中土有用之财，填海外无穷之壑，易此害人之物，渐成病国之忧。"以言财力，在当时已消耗如此之巨，何况今日。以言人力，在当时已忧无可用之兵，又何况今日。今值民族大决战之会，寇挟充分之财力、人力以临我，而我以疲弱之财力、羸瘦之兵力以当之（如四川、云贵之兵，未必无吃鸦片者），岂非大危险之事？其所以如此，是非鸦片为之大害哉？此感触尤深者一。

我国丧权辱国之条约，始于鸦片之役、《南京条约》。继《南京条约》而起者，有《虎门条约》《中美条约》《中法条约》，兹四

---

① 宾步程：《筹兵筹饷中之六三禁烟纪念》，《湖南国民日报》1938 年 6 月 3 日第 3688 号第 4 版。此文亦见《南强旬刊》1938 年第 1 卷第 10 期。

者，以历史眼光观之，殆属一系。由是外人启轻视之念，而有八国联军之役、甲午中日之役。以迄目下，倭贼大举入寇，外族侵略中国，起于鸦片，已成为铁证。而有烟癖者，尚不觉悟，其罪岂在汉奸之下？此感触尤深者二。

凡禁令一出，宜下大决心，稍纵即肆，而"一紧二松三不管"之习，尤足害事。嘉庆年间，本有禁烟之令，时英人鸦片入口，每年至多不过五千箱，禁之实易为力。阮元等奏请暂事羁縻，徐图驱逐，其禁遂弛，此一大误。林文忠之奏请，朝野已下大决心矣，以外交之棘手，而禁又弛，此二大误。今蒋委员长下大决心，雷厉风行，将及禁绝矣。目下大战起，委员长心力日运用于兵戎间，而各县奉行禁令者又不若昔日之严厉矣，又可为寒心者。此感触尤深者三。

嗟夫！国人如欲以财力、兵力救国者，不可不禁烟。国人如念及丧权辱国，国家地位低落，始于鸦片一役者，又不可不禁烟。国人如拥护委员长长期抗战，尤不可不遵从委员长之命令，继续严厉禁烟。

改善伤兵睡的问题[①]

自全面抗战以来，我国将士之奋勇抵抗，实具有百折不挠之决心，这种牺牲精神，足以表现我们御侮图存、为民族争取无上的光荣。所以，全国荷枪同胞，闻长官杀敌命令一下，无不争先恐后，共赴疆场，明知敌人军火犀利，难与竞争，而我们歼寇心切，不计利害，前仆后继，不少徘徊。其战斗之烈，足以惊天地而泣鬼神。暂时之小挫，虽败犹荣；而最后之胜利，当属诸我。

不抗战则已，抗战必有伤兵，而抗战至于最激烈时，其伤兵必愈多，而又能将伤兵输送后方，足证长官指挥之得力。我湖南自抗战以后，容纳前线归来之伤兵甚多，除疏散于各县不计外，住在长沙市不过一万四千余人。不佞在平日对于伤兵之起居饮食，向未注意，此次端阳佳节，以抗敌后援会职员资格，前往黎家坡第四收容所慰劳，得悉各伤兵睡的工具，不觉忧从中来。长沙古称卑湿之地，与黄河流域不同。矧在此春夏时令，湿气更为浓厚。各伤兵负伤来湘，吾人不能仅与以足蔽风雨之住屋，就算已尽后方之责任，我愿意请一般大人先生屈玉至各收容所一观伤兵之生活，如不发生恻隐之心者，即是凉血动物。今姑舍却残支破体以及蚊咀虫咬不言，而仅就每日夜在长沙这样卑湿之地上睡眠，纵使有医药将外在受伤医好，而新受内在一种湿气，不过迟早之间，定发生病患；将有百倍于枪伤，使良医其束手之一日，其危险更甚于在前方带来之

---

① 敏陔：《改善伤兵睡的问题》，《湖南国民日报》1938 年 6 月 4 日第 3689 号第 1 版社论。

伤。如果我们大家认为伤兵睡在地下不合卫生之道，我们应即设法改善其睡的问题，这才是人类同情心应有之一种表示。即以长沙市而论，其伤兵不过一万四千余人，每一张高床（内垫用厚竹板）不过二元左右，合之有三万元之款，即可每一伤兵得一高铺养病。我长沙市民向来热心慈善，与其将有用之金钱礼佛修庙，为个人子孙结升官发财之缘，不如大发慈悲，多多布施，为整个国家谋土地行政之完整。我们这未能亲身执干戈以卫社稷，而他们自前方杀敌负伤来湘之勇士，我们应予以优待，希望恢复健康，重上前线，则我们每家出数元之款，购置睡床，亦系应尽之义务。此事应请抗敌后援总会同人，百尺竿头，再进一步，定知登高一呼，群山必有响应者也。

末后，闻收容所有少数不肖职员，每月应吃之伙食，在伤兵伙食内开支，则伤兵所吃更为不堪矣。如果确有其事，则是人吃人，等于禽兽。我相信所闻之不真，有管理之责者试调查之何如？

读省府严禁民间迷信令有感[1]

湖南省政府近训令所属各机关有云："查本省民间迷信之风素炽，狡黠之徒，竞立异教，倡为邪说，论其名称，则有排教、巫教、师教等别；究其巫术，则有断家、关符、立禁、收吓、冲锣、敬神之分。他若各种善堂，本属慈善团体，而流弊所及，竟至开堂收徒，供奉神仙，或用符水以治病，或建醮坛以禳灾，见神见鬼，妄诞不稽；而蚩蚩之氓，趋之若鹜，男女杂遝，昏夜扰然，此不特有碍善良风俗，抑且足以戕贼民族健康，影响地方治安，若不严加取缔，贻害将伊胡底"云。此种文告，在湖南近数百年长官所稀有之事。在满清时，一般主政者多数以神道设教，以愚黔首。此种无知识之辈固不足深责，且事属过去，亦可以说既往不咎。自入民国以来，湖南各种善堂多利用少数缙绅阶级为其护符，名为慈善团体，实际上乃是"吃灾"与夫"以慈善起家"之地。一般流氓地痞见士大夫谋生活如此容易，于是相率效尤，学习邪说，提倡异端，一而十，十而百，百而千万，湖南遂成鬼世界；为长官者则黢夜敬神，为士绅者则借神敛财，上有好者，下必有甚者矣！今日之所谓排教、巫教，则招牌高悬；冲锣、敬神，则满街乱跑。社会秩序，既不安宁；人民脑筋，以至日坏。又复设立药签，为人治病，为害之烈，伊于胡底！此系对于一般无识愚民而言。若今日自命为士大夫者，亦复有此荒谬绝伦之举，当其未得志之时，则求菩萨以遂其愿；及其既

[1] 宾敏陔：《读省府严禁民间迷信令有感》，《湖南国民日报》1938 年 6 月 15 日第 3700 号第 1 版社论。

得之后，又复百般虔敬，以报答鬼神之灵；若既得之又复失之，则于求富贵利达之后，又来一个成佛成仙之愿心。口读圣贤之书，身列释道之末，以禁晕为信徒，以多妾为不妄淫。如有病痛，则为之禳灾；如有天灾，则为迎神祈禳；遇淫神，则缙绅跪拜迓迎，民众则烧肉香，以表示诚意。消耗金钱者其害小，愚惑人民者其害大！如果菩萨有灵，则梁武帝不应饿死台城，印度不应见灭于英国，和尚不应为汉奸，尼姑不应为娼妓。小一点说，这一般吃斋念佛之辈不应有争名夺利、舞弊营私之事实。若借学佛之美名，以遂其作奸犯科之鬼计，此辈不除，社会终古停滞在原始时代，而无法改革，以成为现代化。远之如孔子之诛少正卯，近之如张主席枪毙周神仙，为挽救世道人心起见，非有此种快刀斩乱麻手段，决不能使湖南一般民众有革面洗心之一日。尤必对于学佛者，应予以取缔，使之自行觉悟。夫信教自由，本国法所许可，既信佛矣，应该出家，以与和尚为伍，成就其与物无忤、与世无争之宏愿。乃在此青天白日旗帜之下，愚弄我人民，蛊惑我社会，有如敌机炸广州，谓为吴主席毁神之结果；敌机未炸长沙市，谓为念佛禳灾之效力，同一可笑也。

不佞此次在桂考察，得见全省庙宇，除一二名胜地尚存有少数木偶，以供守寺庙和尚之供奉者外，其余已一切铲除，并将其庙址改为学校或乡村公所，将和尚坐食之寺款拨作公益之用，一转移间，即化无用为有用。凡市面经营迷信工具，一律缴纳迷信捐，每县每年约四五百元不等，合计全省约有三四十万之收入，于迷信之中，仍寓限制之意。迄今社会澄清，人民努力生产，再不至靠神道以生活。我希望张主席百尺竿头，再进一步，为改进善良风俗起见，用科学方法，变更湖南人民数百年传统之恶习，用科学知识灌输湖南三千万人之头脑，使共知今世之国民，迷信神道，决不能以生存于世界。尤须对于士绅借学佛以欺骗世人者，先行严禁，公其庐，焚其书，免人谓我主席既足以察秋豪之末，而不能见舆薪之诮。

在此非常时期，大家要来省节人力、财力、物力，以从事抗战，须知消极念经，决不能退寇兵，惟有"甩了僧帽，袒下偏衫，杀人心斗起英雄胆"，才可以保全领土完整，如果佛可作祟，身愿当之。并希望一般学佛者，将韩文公《谏迎佛骨表》一文再三熟读，定可挽救已死之人心。不佞此论，亦系具有十二分菩萨心肠，不惜大声疾呼，以破迷梦。呜呼！寇深矣！事急矣！稍有人心者，应"不念法华经，不礼梁王忏，助神威擂三通鼓，仗佛力呐一声喊"，如武当山和尚之杀贼，哪里再有闲心谈经参禅、提倡学佛？我敢说学佛者多半是取巧之徒、亡国之民！心所谓危，难安缄默，知我罪我，唯命是听。

敬告市政府与警察局[①]

　　长沙市设置市政府与警察局，原欲改进市政建设与维持市民治安，所以政府不惜国币，于警察局之外，又增加一个市政府。以斗大之长沙市，有此两重保障，意可以将一切市内应有之事业逐渐实现，尽量维持。不料长沙市之腐败，几有一蟹不如一蟹之感想，而糜费省款，比前更多。试一检查长沙市之内容，不能不令人发生一种悲观！

　　先言马路：其工程本来虚而不实，如果主政者时常修补，未尝不可以利行人，今则路上成渠，水可没胫，如遇汽车经过，泥水四溅，一般徒步阶级有"行不得哥哥"之叹！市民久已有怨声载道，再胥及溺。今所要求于市府者，严饬养路工人沿途调整，即全城麻石街道为汽车所压陷者，亦应随时加以补换，使回复曩日周道如砥之现象，不能仅埋怨汽车之肇祸，就置之不理！惟其不理也，而倾陷更大，市民行的问题，遂日在危险之中，此岂市府之本意也哉？

　　再言行人道：因马路上汽车并驰，谈市政者有行人道之设立，所以保全市民安全也。长沙自有马路以来，也摹仿外人皮毛，于马路之旁留有人行道，在城内新马路行人道，尚可徒步，至环城马路之人行道，真有寸步难行之慨。上有雨板上流下之檐水，下有堆积如山之私人物件，且泥途载道，有不许市民走入安全地带，而逼令与市虎奋斗，不得谓之曰："人死而非我也！"若严格的说，"我虽未杀伯仁，伯仁由我而死"，同一意义，同一事实。我希望市长与

---

　　①　宾敏陔：《敬告市政府与警察局》，《湖南国民日报》1938 年 6 月 19 日第 3703 号第 1 版社论。

局长，先看看天心马路一带之荒货店在人行道所陈列之木器，在人行道所堆置之麻石，与夫浏正街、东庆街，砖瓦行在人行道所砌之砖瓦。诸如此类，不堪枚举。我不相信贵市长、局长绝无所见，任其腐败终古！我更希望市长与局长勒令住户将雨板拆卸，并整理与肃清人行道，此举无须向省政府另请津贴或批准备案者也。

三言乞丐：乞丐在欧美各国亦有之，但只许其在人情物理之中，作乞怜之举动，乃长沙市近来一般乞丐，有如人蟊，满街乱滚，警察见之，恬不为怪，恍若马路上应有此等人以为之点缀，表示中国特色。此外在路旁哭夫哭子者，十步之内，必有一人，虽则是无泪之假哭，却令人闻之酸鼻。市政府设有贫民教养院、贫民习艺所，应将此辈乞丐收入。假若是有疾病之乞丐，为人道计，应送入受省政府津贴之医院为之医治，并有以救济之。此次考察广西各城市中，确无乞丐，有则由警士驱逐市区以外，而借残疾以为乞食工具者，更在所不许。此事吾愿市长与局长有以取而师仿之，以肃市容。

四言卫生：在今日之长沙市，谈不到卫生，而市府与警局均设有卫生科，究不知该科每日所司何事？试行经小西门外河边、天心马路、小吴门车站与兴汉门外等处，尽属全市垃圾堆积之所！而市政府所购置之垃圾汽车，专作其他之用。从前在何前市长任内，曾有几次在南门口输送灰屑出城，后亦渐归沉寂。迄于今日，更未见有一次举行。夫以市区而作垃圾收藏之所，全世界无此办法，且最易发生瘟疫之事。加之近月来人口增加，天气渐热，此种极不卫生之事，宜思有以预防之。此外厕所之改良，屠宰场之设置，饮食之取缔与夫难民之救济等，今日身为市长与局长者一曾考虑及此否？

不佞见长沙市今日这种情形，又虑于非常时期，如不努力振刷，纵无外患之来，而内在的危险更难以意揣。今以十二分诚意，请求市长、局长之前，按照以上所举荦荦大者，加以注意，俾长沙市得成为现代化。忝列市民，亦预有幸焉。

救济难民之我见[1]

自中倭战事发生以来，战区扩大，难民加多，而这一般难民生活附托之地，在我湖南总算是一个极大的收容所。所以战区难民不断的向湖南输送，而又以长沙市为集中地点。以斗大之长沙市，久已为一般有钱阶级占住，而后来之难胞当然无托庇之余地。下车伊始，不得不以车站为行辕，风餐露宿，子哭母号，真有险阻艰难备尝之矣之慨。政府虽救济有心，丁此财政非常困难之时，筹集巨款，实非易事。而人数众多，尤感杯水。古人所谓博施济众，尧舜其犹病诸，况其下焉者乎？但是此次远道而来之难民，数典犹是一脉宗亲、北道主人，我湖南三千万人应共负责任。难民既不能听其坐以待毙，我们尤不忍袖手旁观，如越人视秦人之肥瘠，漠不关心，无已，则请择于斯五者。

（一）我湖南人特性，最欢喜作慈善事，尤其最欢喜作有收入不支出之慈善事。若有某一种慈善机关，需要士绅来保管经费，则竭蹶以赴之，若仅属筹款性质，而无款交给保管者，则避而远之。所以此次难民救济处，虽则是政府成立之机关，而平日自命为慈善大家，从未有参加末议，即主持该处之主体人员因公远适，而代理者又嫌能力薄弱，难以应付，未来者不招自来，已来者又麾之不去，各难胞每日鼓着眼睛，伸着颈项，只望救济处发给给养费，稍一迁延，即起恐慌。兹事体大，不佞主张改组救济处。将一般省外

---

① 宾敏陔：《救济难民之我见》，《湖南国民日报》1938 年 6 月 22 日第 3706 号第 1 版社论。

慈善专家容纳于内，俾各拿出平生办慈善之经验，以作实地之演习，亦可免得站在处外说些风凉话。

（二）借用省赈会与水利会款。查省赈会款的来源，系取之于盐斤附加，现在积存该会已有二十余万元之多，为善无国界，矧属同胞，尤宜将此款提出以救济之。臣朔饥欲死，此情此景，想有人类同情者，应举双手以造成之。此外水利会款，亦来自中央政府及各大慈善家，昔年既改赈为借，今日不妨再借与外来之难胞，如谓该二款各有专属，不能挪用，不妨用政府名义，电呈中央，亦请改赈为借。迨战事平息之后，再由中央如数拨还，否则由苏、浙、皖、鲁、豫各省府，分担发还，亦未尝不可。当此国难綦重之时，兴修洞庭水利，一时尚谈不到，即兴修矣，一时也不用不着许多款项。此种移缓就急之权变，当亦各主管人所赞同。救灾如救火，披发缨冠往救，已嫌其迂缓。况有款而不去用，或故意不与之用，非忍人而何？

（三）改现款为赈米。长沙市公私所存之谷不下数百万石，既不能马上疏散，不妨借谷赈救，万一不幸长沙或陷于敌人之手，此项谷米岂不是"藉寇仇而赍盗粮"？即使敌人不来，或如广州目前情形，难免不变成焦灰。不佞主张先将政府与银行之存谷尽散提借，以救难胞之命。况青黄相接，为时亦不甚久，责以推陈出新之义、休戚相关之谊，今日亦宜发巨桥之粟以赈之。天下断无"太仓有陈朽之谷，而社会尚有饿殍之人"之理。况事属非常，请有以变更之。

（四）公济公养。倭人此次侵略我国，据杨云竹谈话："现倭国内提倡一天不吃肉运动，与节缩消耗，加紧生产"等语。在我国人处此严重时代，一切习惯仍旧与平时无异，且有变本加厉之处。其他暂不说，即吾人眼见一般难胞一种可怜状态，倘我们具有人类同情心，也来一个一天不吃肉运动或一天不吃纸烟运动，乃至于一天不吃饭运动，节省金钱，公济难胞。并希望各位难胞，大家觉悟，向各县乡村疏散，交由各保分配公养。如果株守长沙市，万一敌机轰炸，主持者此惟救死不赡，谁来按名发给给养，到那时恐怕悔之晚矣。不佞主张暂时在长沙市公济，再行分散乡村公养，略尽地主之谊而已。

（五）救济难胞，应有界限。凡自战区来湘之难胞，应分别老、壮、少三者，在老者当使之有终，少者当使之有养，孔子亦云"老者安之，少者怀之"，而壮丁无闻焉。在此全民抗战时代，我们后方壮丁，正抽编为队，开往前线杀敌，决不能令战区壮丁逃来后方，安然过日，彼既不能为国家服兵役，而我们反出款以养之，事之不平，孰有过于此者？难胞是天经地义的要救济，难胞中之壮丁也是要天经地义的要编入队伍同服兵役。若果是统称之为难胞，而一律救济，不佞是不敢苟同的。为难胞壮丁着想，也须自动加入前线，比我们还要十二分奋斗与牺牲，方是道理。勾践有言，尔毋忘吴人之杀尔父乎？愿今日难胞壮丁熟读此言！

以上列举五点，系不佞个人之意见。当此救济难民大问题在前，故提出讨论，希望各慈善大家有以教正之，幸甚。

长沙市人口疏散问题[1]

　　自全面抗战以来，凡战区之难民相率向长沙暂避，即近日来武汉疏散之人口亦向长沙为终点。举凡武汉以东各省同胞，大多数以长沙市为集中地点，以致近月来长沙市遂有人满之患。据警察局调查：共有人口五十一万零六百七十三人。恐此数不确实，该局虽声明难民、伤兵在外，而难民不过约二万人，伤民约一万五千人。据鄙人估计，长沙市人口总在八十万人以上。以斗大之长沙市，陡然增加一倍之人数，当然拥挤不堪，无处托足。此种问题尚属其次。就是大家集团长沙市，万一敌人以施于广州之残忍之手段，来施于长沙，则为祸之烈更甚于广州。因为长沙市之民房多系木质造成，即用火砖，亦大多数贯斗，工程之假，无以蔑加，偶受惊动，则连锁而倒，如施烧夷弹，登时延漫，不可扑灭。政府曾有令劝谕人民疏散，彼时市民扶老携幼，向外移居，乃事过境迁，人民狃于长沙之生活舒畅，又敌机久未来长沙惠顾，于是已移住乡者又返归故巢，而外省人士不明长沙危险情形，群相下榻，一方面麾之不去，一方面不招自来，将一个长沙市弄成水泄不通，不合卫生原则，失掉保障性质。在政府方面，舌敝唇焦，竭力开导；在人民方面，观望徘徊，不肯别去。是言之谆谆，听之藐藐。一旦敌机轰炸，噬脐无及。与其焦头烂额为上客，何莫曲突徙薪之为得计耳。

　　兹分三种言明有疏散之必要。

---

[1]　宾敏陔：《长沙市人口疏散问题》，《湖南国民日报》1938 年 6 月 23 日第 3707 号第 1 版社论。

其一伤兵。伤兵之在长沙市内者，不过一万五千人左右。现虽设有伤兵管理处，在平时当可尽量的招呼。饮食医药，不虞缺乏，已医愈者当然开赴前方，重行杀敌，轻伤者亦可徐步而行。惟有重伤者，则步履维艰，起居匪易。为伤兵策万全起见，惟有积极的向外县推移，以防敌人空袭于万一。

其二难民。难民在今日已有不尽长江滚滚来之势。已来者集聚长沙，未来者日有增加。甚至如报张所载，已送至外县者，又有一千余人仍返长沙。此种难民计有三类。第一类富有金钱，在江浙一带过惯了舒服日子，即住在长沙市，已觉得不合他们的生活条件，今劝其到乡村居住，何异驱入地狱？第二类带有少数资金，意欲借大都会以经商，或无资金而具有专门知识者，亦意欲在湘政界中谋一出路。第三类则孑然一身，每日靠卖纸烟或报纸以度日；且救济处每日尚发给饭资洋一角，若移居乡村，来源断绝，赊借无门。备有以上理由，所以不顾轰炸之危险，抱过一日算一日之主义。

其三市民。市民前本已疏散若干，继见外省人士尚源源移居长沙，一般无知愚民以为长沙系安全地带。未去者既不去，已去者又复返。有的因乡村无适宜之住房可住，有的因外县难免不有土匪之惊恐，或有其他种种关系，不愿疏散。加之一般学校生徒尚在摇铃上课，未闻政府疏散，且有时招致外县人员来省受训。有恃无恐，持之有词。须知我国抗战，表示长期。若果后起无人，何能到底？所以有工作者，要在长沙与城共存亡。若一般老少妇孺，为自身免受虚惊或实祸起见，应即自动早日退处各县乡村之中，以表示抗战决心，断绝牵制。而不可趁此时机，在长沙看热闹者也。

总之，长沙虽是后方，却含有前方严重性质，敌人早已知之，为保障人民性命计，赶快迁地为良。加之时届溽暑，天气渐热。以长沙市今日这种人山人海情形看来，瘟疫发生实具有可能性。在目前从容移住，交通上并不发生困难，否则择一距长沙市十余里乃至于百余里以外之村落居住，或乘肩舆，或坐人力车，或雇民船，所费亦微。即不然徒步前去，亦不过一二日时间，即可达到目的地。若果株守长沙，窃期期以为不可。望全市民熟思而考虑之，幸甚。

答伤兵性的问题①

　　昨有署名"伤兵黎春芸"者致函鄙人，内有云："春芸不幸，经年苦战，负伤来湘，肢体已残，不能外出。然目睹多数负伤同志，以血气方刚之身，未谙降龙伏虎之道，相率而作邪游，因而被捕者有之，枪决者有之。……管理我辈者辄曰：设有俱乐部，以供吾侪娱乐；女生跳舞，以慰其心；延班演戏，以悦其目。形式上可谓具足，而实际伤兵性的问题则乏人道及。……在此三期抗战正在开始之时，对于伤兵性交问题似不能漠然置之。先生亦儒亦侠，故敢略布鄙忱，为负伤同志而请命，务望先生与当局及社会人士讨论之"云云。统观来函，实无充分理由，今将鄙人个人之意见提出于下，以与各负伤士兵商榷之。

　　古人所谓饮食男女，人之大欲存焉。又曰食色性也。此系人生一种自然之趋势，虽圣人亦在所难免。所以管仲善于体贴人情，置女闾七百，征其夜合之资，以通国用；当其相桓时，立此法以富（见《齐语》）。唐时葱岭以东，俗喜淫，龟兹、于阗置女肆征其钱（见《唐书·西域传》）。近代苏元春宫保练兵安南，于镇南附近设有风流街，以供兵士娱乐之所。最近如广西创有特察里，虽非为士兵而设，亦可以借此解决各方性交问题。长沙市近则驱逐娼妓，肃清社会，其举动亦系正当，倘能如齐之女闾、唐之女肆、苏之风流街、桂之特察里，严格的限制，认真的检验，未始非和缓伤兵滋事

---

① 敏陔：《答伤兵性的问题》，《湖南国民日报》1938 年 6 月 25 日第 3709 号第 4 页副刊。

之一途。但是今日中倭之战，乃是吾人最后关头，一心拒寇，不计其他，古人虽有此先例，非所语于今日民族战争之时代，更非所语于今日因民族战争而致受伤之士兵也。

不佞又为各负伤士兵敬告者，国家处此严重时期，正军界同胞杀敌致果之日，不幸负伤来湘，又是国家予以休息之机会。方冀诸君速就痊愈，再往前方，与敌人拼个你死我生，所谓"匈奴未灭，何以家为？"在此抗战浓酣时代，谈不到性交问题，俟将来强寇就歼，黄龙痛饮，到那时诸君室家团圆，不患无天伦之乐事可叙。现在抱恙在身，正宜极端保养，恢复健康，决不可再从事性交，自戕身体，以致医治多费时日。须知前方抗战方殷，端赖有经验且不畏死之勇士继续周旋，短时间缺乏性交，何伤大雅？且世上抱独身主义者以及和尚道士，同是人也，何尝计划及此？不佞希望诸君早日告痊，从大者、远者着想，则抗战成功之日，自有乐地。方之性交问题，孰轻孰重，不言自明矣。

总之，国家当此危急存亡之秋，大家应为国自爱，卧薪尝胆之不遑，哪里还有闲心谈性交之乐？自家妻妾尚且别离，他人子女更谈不上。惟有保养身体，准备杀敌，矧属军人，尤宜格外珍重，万一不慎，为一时之快乐，传染梅毒与淋病等，则医生于诊伤之外，又来疗性病，内外夹攻，良医束手。为负伤而死，死重泰山；为性交而死，死等鸿毛。来函云"因而被捕者有之，枪决者有之"，夫邪游被捕，是管理者爱惜诸君，不得不纠正其行为，实非恶意；至于枪决，想系行动出于法纪之外，为维持社会安宁、保全军人名誉起见，不得不挥泪执行，以去害群之马，而保全体荣誉。我希望各位负伤袍泽，行正当之娱乐，毋以性交问题为念。此种问题，并非有"得之则生，弗得则死"之重要，稍有爱国心者均不宜作此妄想。今日负伤士兵尤宜深戒而痛绝之，想各位士兵当以余言为然。

附　来函

敏陔先生：

春芸不幸，经年苦战，负伤来湘，肢体已残，不能外出，然目睹多数负伤同志，以血气方刚之身，未谙降龙伏虎之道，相率而作邪游，因而被捕者有之，枪决者有之，同属父母之身，不幸而为兵士，所入既微，大多力不能娶妇，又不幸倭寇侵凌，冲锋陷阵，横遭伤害，医院卧病，凄苦寂寥，一涉花丛，动干法纪，管子设女闾三百，何古今人之不相及耶？

管理我辈者辄曰：设有俱乐部，以供吾侪娱乐；女生跳舞，以慰其心；延班演戏，以悦其目。形式上可谓具足，而实际的伤兵性的问题则无人道及。各先进国家，对囚犯之性交，犹设法以解决之，伤兵何辜，当局乃视之如阉宦，受此非人之待遇？

现在各省壮丁，恐被征调，不敢受室，设不幸将来果以参战而成我辈，每月所获，不敷终宵夜度之资（娼嘲某兵士云：老总不玩则不玩，一玩就是一个月）。又有何人，肯嫁伤兵为妇，岂不间接影响于民族耶？

总之，负伤士兵收入甚微，娼妓索价过重，纠纷由是而起，应请当局，勒令娼寮妓院，对负伤士兵只可受夜度资三元，以资调剂。屡见贵报，对于取缔奇装艳服、严防市虎诸问题均设专刊，征稿研究，在此三期抗战正在开始之候，对于伤兵性交问题，似不能漠然置之。先生亦儒亦侠，故敢略布鄙忱，为负伤同志而请命，务望先生与当局及社会人士讨论之。敬颂撰安。

伤兵黎春芸

难民救济处招待新闻界报告[1]

张主席由湘西巡视归来，命步程任难民救济处处长，窃以责任重大，数度谢绝。且救济难民非钱莫办，嗣以省府允从湖南振务会借十万、水利委员会借二十万，将来由中央救济公债拨还。经费问题既告解决，且以良心驱使，遂艰勉就任。

视事之日（六月二十九），长沙难民收容所十五所，共计难民约一万六千，时各地难民源源来。翌日清晨六时，余在火车东站见遍地难民，状颇狼狈，心实不忍，当即寻觅房屋，就各戏院增设收容所八个，现共计二十三所。余之宗旨不在收容，而在疏散，故第一步即从疏散方面着手。然困难问题遂以发生。因难民均不愿离开长沙也，如本月一日备车遣送难民往衡阳，原有千余人，每人给资两角，然难民临时脱走，上车者仅四百余人，半途又零星散去不少，其到达衡阳者不过一百九十余人，似此殊有背疏散之初衷。本处现复备有轮船两只，以备遣送难民往湘西之用，然经调查登记，愿意前往者仅一百人左右。昨日又准备一列车，可容八百人，因火车误点，难民竟一哄而散，稍加约束，即谓压迫，似此不守秩序，

---

① 宾步程：《难民救济处招待新闻界，宾处长作重要报告》，《湖南国民日报》1938 年 7 月 5 日第 3720 号第 3 版。宾步程其时为难民救济处处长，此文为招待新闻界时宾步程所作的报告。"湖南省难民救济处，于昨（四）日下午三时，假民政厅会议厅招待本市新闻界，由处长宾步程、副处长皮名振先后报告救济难民情形及今后工作之进行，宾主交换意见颇多，迄五时许散会，兹将宾、皮二氏报告大意志次……"

殊属非是。

省府现对难民业经拟具办法。湖南现有难民约计二万，其中壮丁约占十分之四。根据有钱出钱、有力出力之义，彼辈应服兵役，不得长此坐食。由军管区司令部担任湖南难民抗敌义勇队总队，凡十八岁至四十岁之难民，须入队受训。其次，由警备司令部担任湖南难民救济处难民工程总队部，凡四十一岁至六十岁之难民，须服工役。此外，由保安处组难民抗战宣传队总队，选难民中之知识分子，参加工作。至于老弱妇孺，则寄养各乡，日给生活费一角。其能织布纺纱者，则予以资本，以期先安居而后乐业。

刻正由吴冠周、丁炳权、徐权三先生草拟办法，经大会审定后，即可施行。现正从各收容所汇造名册，一俟调查完竣，即强制执行。又，难民中不乏狡诈之徒，每人总有难民证十余张，每领取丰富给养，而又无所事事，怠惰成性，故不愿疏散，且多不守纪律者。现省府加委保安处处长徐权为本处副处长，以资管束，对今后救济工作，当可指挥如意也。

至于经济方面，仅中央汇来四万五千元，而此款系为救济即将来湘之一万难民费用，自不便随意挪动。而省方尚未拨款，为救燃眉之急，乃私人向商家借得六千元暂时维持。数万难民每人日给一角，实难继续。且以收容所设备关系，卫生方面自难顾及周到，因之疾病死亡日必十余起，加之天气炎热，瘟疫自属难免。个人才力薄弱，只能负责一个月，但无论如何，必维持到底，望诸位多予协助云。

土匪的出路①

　　世界各国，无论其如何富足，不能说无匪，匪之来源，就是为生活问题所驱使。古人所谓"衣食足而后知礼义"，反之则流为匪矣。各国之所以有匪者，其出发点为"生存"二字。一旦解决了生存，则为匪职业亦随之而销灭。若仅为生存而为匪，则匪的问题随时有解决之可能。若于衣食问题之外，又存有一种野心，而欲为国家一品大帅，拥数千或数万之匪党以自卫，此种妄想，惟我国土匪有之；此种事实，亦惟我国土匪有之。其所以有此妄想与夫此种事实者，并非偶然，考之民族历史，实有根据。其历代揭竿而起以陟九五之尊者，稍读我国史书者，类能言之。彼黄袍加身者，亦为有计划之组织。所以土匪鉴于做土匪可以为天子之观念深入脑海，一般无知愚民以及一般野心家仍欲套此一篇旧文章，以煽惑民众；而"窃钩者诛，窃国者侯"，两句历史上陈言，更为做土匪者之护身符。在各国做土匪者，其目的在得到金钱，而我国做土匪者，除得金钱之外，又要做统兵大员。民国成立以后，出身土匪而握有全省政权者历历可数。即在现代，亦有对于"今日土匪，明日官吏"之事实。土匪之枪枝愈多、部下愈众者，编团、编旅、编师，常以此为比例。人谁不欲做大官？于是欲做大官，唯一终南捷径，只有拼命的抢枪劫弹、结党聚众，造成燎原之火，剿既不能，抚之则就是一幅升官图矣。土匪有此好结果、好出路，是政府奖励人民为土

---

① 敏陜：《土匪的出路》，《湖南国民日报》1938 年 8 月 16 日第 3762 号第 1 版社论。

匪，土匪又何惮而不可为哉？"成则为王，败则为寇。"古语已代土匪言之矣。

在昔土匪猖獗，不过扰乱社会秩序、人民安宁，楚弓楚得，毋关国家存亡、民族兴灭。纵元、清两朝入主中国，不久即同化汉族，合成五族一家。今则中倭战争开始，其情形已非昔比。当此千钧一发之秋，吾人只有精诚团结，共赴国难，决不可拆散阵线，致被敌人各个击破。近有一般不逞之徒，不以国家民族为前提，纠合少数流氓，常在后方滋扰，冀欲政府收编，以遂其做官之梦想，杀人越货，劫枪绑票，不一而足。地方长官，匿不呈报，人民痛苦，无处伸诉。土匪见政府装聋卖哑，益无忌惮，为所欲为。民众既失身家性命之保障，抗战亦减少杀敌致果之决心。前方需要兵额，补充困难，后方输送弹饷，时虞劫夺，土匪为害烈矣哉！抚既不可，剿不胜诛。我国在此抗战时期，究竟采用何种方式方可？

土匪亦是中华民族之一分子，当此御侮图存时代，应该为中华民族出力。如谓平生职业，除做土匪外，别无门径可资生活，记者正告之曰：应以做土匪大无谓之精神，不要在我国后方扰乱，应拿出平日掳人劫货之胆量，转向敌人的后方肆行。兴我国之游击队同一主义、同一行动，改其在非战区之凶暴非法行为，移至战区内敌人后方，尽量发挥其特性，成为一种爱国歼敌之合理行为。此即今日土匪之出路，亦即今日土匪救国之时机。土匪想发财，此其时也；土匪想立功，亦此其时也。此种发财立功之基础，比之在内地受人民之指责痛骂，博得社会千古之臭名，何若枪口向外，与一般烈士勇将取一致行动，备受全国人民之爱戴。为贤为奸，一转念而已。土匪乎，尚其猛省为幸！

迷信与教育[1]

先言迷信。我国之所谓迷信者，多属佛教。佛教自入中国以来，已有数千年之历史，当然自有其价值，乃能使一般人迷信而不悟。佛教在我国乃系一种高深哲学，研究之可也；而必消耗一切迷信工具，方谓之尊重佛教，吾不信也。吾之所谓迷信者，亦自有界说，非谓佛、道、耶、回诸宗教即为迷信，凡以物质为祈福禳灾之具者，即谓之为迷信。譬如佛以"一切皆空"为主旨，佛自云："凡以声色相貌求如来者，即不能见如来。"夫一切皆空矣，佛岂希冀愚夫愚妇香烛纸钱诸供养之物乎？道家以"清净无为"为主旨，读庄、老之书者，类能言之，岂若后世供奉道教者，以香烛纸钱为祈祷之具乎？摩罕默德创教以尚武勇为主旨，以为强其种族之工具，其用意至为深远，耶教从不以香烛纸钱为供养，其教反盛行于全球。足见宗教自宗教，迷信自迷信。有物质供奉，宗教不增荣；无物质供奉，宗教之本旨又因之而晦，益昭昭矣。愚人每以破除迷信认为攻击宗教，宁非大误？国内金钱耗消于以物质奉神者，不知凡几，而楚俗信鬼，湖南人金钱耗消于此中者，在全国尤为多数，宁非可惜？况大战当前，以节省物力相呼号，国人对此漫不之省，岂非大矛盾现象乎？今世除以物质供奉鬼神外，又以之供奉祖先，灵屋、纸扎、金山、银山、香烛、纸钱等，无不竭力求之，谓非此则非孝子慈孙，真是其愚不可及也！夫敬祖宗在心，心不诚虽化纸

---

[1]　敏陔：《迷信与教育》，《湖南国民日报》1938 年 8 月 18 日第 3754 号第 1 版社论。

烧香，又有何益？考纸之设始于汉末之瘗钱，后里俗稍易以纸钱，王璵乃用于祭祠。朱文公谓汉太初元年，雍五畤及诸名山大川用驹者，悉以木寓；马代成祖时，匡衡言华驹寓龙马之属，已是纸钱之渐；齐东昏侯好鬼神之术，剪纸为钱以代束帛；唐名曰寓钱；周世宗引发曰金银钱宝，皆寓以形。楮钱大若盏口，其印文黄曰泉台上宝，白曰冥游亚宝。降及晚近，此风更炽，不惜以有用之物力、人力，制造荒谬绝伦之迷信工具，一般士大夫且以多焚纸钱为媚神媚鬼之介绍品，世界各国无此恶俗。但是积习相沿，变革匪易，惟有寓禁于征，徐图澈底。今日已有行之而见效者，广西省是也。广西行之于前，我湖南何不师之于后，挽此颓风？

次言教育。教育与迷信，本立于绝对相反地位。教育发达，迷信自然破除；迷信盛行，教育日形黑黯，往往互为消长。天下未闻大科学家有迷信鬼神之理，惟有我国一般缙绅阶级以迷信夸耀于人世，而不以平日研究迷信之工夫以研究科学，甚至引诱良家子弟，同化于迷信。可谓科学家之劲敌、社会上之迷药！须知欲觇一国迷信之盛衰，恒视其国之科学发达与否；而科学发达，又视其迷信观念之能否打破。苏俄自革命以来废弃耶教，卒能完成双"五年计划"之大事业。惟有西藏之红、黄二教，深入民间，所以科学永不发达，知识永不开通，是其铁证。我国又年年提倡教育以"科学救国"为口号，而社会此种不良习俗并不减少，未闻设法加以制止，识者惜之。

今欲造成新湖南，首在以革命手段排万难而为之。所以一切无益于民、有害于国之积习，应予以鼎革。对于迷信工具，加收捐款。迷信物质既加捐，则卖者自少，而人民亦可改营种种正当职业，不至于影响生活。即正式宗教之庵堂寺宇亦不受任何影响。狄公焚项羽之祠，道州毁鼻亭之祀，千古传为美谈，社会淫祠正惟恐受影响不大，又何所顾惜而不为哉？若在今日尚有人提倡或保留迷信工具者，不是无知识即是腐化分子。今日系中元节，正是人民焚化迷信工具盛行之时，又是我省教育会议开幕之日，教育、迷信恰相遇合，有感于怀，笔之于右。

救济难童问题①

倭寇自深入我国以来，除侵略土地以外，还要掳掠我青年，以作彼将来祖宗之资。一方面以此次所损失之士兵，用我国难童去补充；一方面预备将来重启战争，即用华制华，而自处于指挥地位。此种深谋远虑毒辣政策，不仅是对于国土存蚕食之野心，即对于我黄帝子孙欲施其灭绝之计划。

"八一三"纪念，委员长有一篇极沉痛之训词，唤起国人注意。"自从民国二十九年九一八事变到现在，彼日寇用武力蹂躏了的地区，面积在二百万方公里以上，人口约近一万万五千万。……敌人对我平民滥施轰炸，恣意屠杀，焚劫奸淫，已打破了人类历史中黑暗的纪录。更复实施毒化政策、奴化政策，鞭策我同胞上前线作战，采取用中国人杀中国人的毒计，掳掠占领区内的儿童，大批运回其本国，以供日后之奴使。……"

据报载，截至七月止，敌人在战区内掳送我难童回国，约有二十万人。八月一日，敌在怀宁连日到处掳掠我四岁至十岁之儿童甚多，闻系送回敌国，补偿其作战损失之人口（见麻城一日电）。八月三日，敌在太谷城内，自七月二十日起演戏三天。凡十岁至十五岁之儿童，被骗往观者，均被敌人扣留城内（见潼关三日电）。又讯："敌人近在占领区内抽壮丁二三百万人，送往东三省入伍训练，作为目前对俄、对华之用。"统观以上敌人的毒谋，无不令人愤慨！

---

① 敏陔：《救济难童问题》，《湖南国民日报》1938 年 8 月 19 日第 3765 号第 1 版社论。

尤其是对于我国难童，尽量的、大批的收容东渡，此辈年幼无知之孩童本是天真烂漫，自经敌人教养训练以后，有几人能知祖国是中国？将来定有子弑其父、弟弑其兄之一日。所以战区内难童实在是一个绝大且严重问题。

在我国设若与欧美各国战争，因种族颜色关系，绝对不掳掠童孩，惟有倭寇，当初本为同种之民族，不思追远报本，反来作忘恩负义之勾当，既毒化我民族，抽选我壮丁，输送我难童，举我国少、长、老三种阶段国民，作一网打尽之恶意。我国难童现在停留在战区者不下数千万人。目前，中央振济会收容者不过二三万人，送至湖南收容教养者未上三千人，其余均多数被敌人运去，谓他人父，谓他人母，实在令人痛哭流涕长太息也！这一般无父无母之难童，可怜亦复可爱。将来救中国者，不在他人，就是在这辈童胞，来作日后之主人翁。古语云"后生可畏"，又曰"小子有造"。所以今日谈救济工作，当以救济难童、教养难童为第一先决问题。此辈难童，是将来复兴中国最有希望之中坚人物。中央社会部亦认保育难童为主要工作，令行各省各县党部切实执行。马市长夫妇以十二分精神，为难童服务。我们要以大慈大悲之心肠，为之积极教养，不可以小信小惠之救济，令其消极坐食，教以职业，铲除惰性，养成健全国民之资格，以达到报仇雪耻之目的。一切的救济事业，应以先救济难童为中心工作，所谓知所本末，则近道矣！

末后，近闻敌人在前方所驱使之士兵，即是"九一八"以后在东三省非法占领地区所训练之难童。此次双方对垒交锋，有十分之三为难童出身，有十分之三为汉奸（如安徽保安队），有十分之三为台湾、朝鲜、东三省及各省战区内壮丁，真正道地倭寇不过十分之一。至于任大小官长者，则尽是倭酋也。记者有鉴于此，特为写出，以供国人注意。

这是事实[①]

本月二十日夜，月暗星稀，不知谁家有钱阶级，为父母亡敌，买了许多灵屋，挑了数担纸钱堆积在南大十字马路空地焚化，一时火光烛天，消防队远远见之，恍若街坊起火？机械化救火队、人力救火队疾驰而来，而我家之电话机亦时有人来问何街起火。后告以故，始悉富人化灵屋，致召此大错，恐怕将来演成烽火戏诸侯之故事，为害匪浅矣！当此国难临头，有钱者不知将祖宗遗下之孽钱拿来救国，反为已死者大量的破囊，是以有用之金钱挥之于无用之地，人力、财力、物力三者都作无谓之消耗。如果有钱者不知出钱，万一不幸国破家亡，尔先人亦成为若敖氏之鬼，何济于事？但是我国一般愚夫愚妇以及腐化分子，只知保守社会遗传恶习，纪念死者之心，比维持生者之心为切，甚之迷信风水，藉先人枯骨，以冀生存。此种观念如不打破，即社会难以改善；而国家亦停滞上古时代无法改进。记者很希望政府厉行迷信捐，寓禁于征，定可减少此种恶俗，以至于根绝。在迷信捐未实行以前，我亦希望警察当局有以取缔之。

我国人口之多驾乎全世界各国之上，当此抗战时期征补兵额，当然不成问题。况中央政府颁布《国民服兵役法》，凡属中华民国人民，绝对有服兵役义务。乃时至今日，后方征兵颇有困难之处。因为一般职司宣传者说得我们如何壮烈牺牲，其意在激励人民抗战

[①]　敏陔：《这是事实》，《湖南国民日报》1938 年 8 月 24 日第 3770 号第 1 版社论。

情绪，而不知乡间老百姓知识幼稚，听说以上情形，几有谈虎色变之势。敌人死伤甚大，但是死者则运灰回国，伤者则留在占领区域医治，国内报纸亦无统计，故人民不知其前方之惨败，我国人尚未计及此层，直书不无过当之处。一经抽签，多数规避，中产以上子弟匿居省垣，所以旅社有人满之患，减少农村生产。加以办理兵役者仅向各县乡村征集，而忘却省垣为壮丁之逋逃薮。如果在省城方面厉行兵役法，如无工作壮丁强制入伍，则此辈一定回返农村，即不中签，亦可生产，而政府疏散人口命令，亦易于实行。所以此后征兵，应先从省垣起，登高自卑，行远自迩，其此之谓乎？

会议之多毋过于今日，每一次会议须消磨半日工夫，始则咬文嚼字，继则高谈雄辩，终则议而不行。古人所谓"为政不亦多言，顾力行如何耳！"今也以会议为中心工作，而于应行应干之事，先付之会议，以表明公开。甚至极不关重紧要之事件与字句，亦须经过多数推敲，谓非如此不足以昭郑重；甚至题外发挥，不知消耗若干时间。大禹惜寸阴，吾人又何必作无谓牺牲哉？此外，如酒食应酬，候集一般与宴来贵，至少须一二小时之久，当赴席时，共相推让先行；迨近筵席，又复互推坐位，散席后亦复如是，谓不如此则谓之失礼。此种以礼让为国之举动，举世界惟我国则有之，假若是以此种礼让为国之精神，扩而至于名利场中，我敢说天下从此太平矣！惜我国人士多虚伪从事，对礼貌则备极谦让，对名利则各怀利刀，这又何必也哉？

民国成立二十七年矣。一部婚丧礼节至今尚未制定，不知内政部之礼俗司平日所司何事？以致民国婚丧各礼，尚奉行满清仪式，岂非笑话？即以我湖南而论：婚者之家，轿前轿后，均雇用一般贫民，身穿彩衣，头戴花帽，手持彩灯，招摇过市，少者十余，人多且至一二百人；加以中西音乐，排列而行，妨害交通，莫此为甚。又如富者出殡，亦复如是，一切仪仗多于执绋之人，担柩至数十人之多，以致一时经过通衢，行人顿足让道，此种虚礼尽可从省。在中央未颁礼仪以前，各省当可暂时规定一种救急形式，俾民间有所遵守。在此非常时期，使民众不至浪费金钱，亦即节省财力之一端也。

国际战争，无论男女、老少、贫富，一致站在总动员立场，为国前驱。我国自抗战以来，后方民众尚无所动静，论商贾则百货停滞，论工业则机声寂然，论农村则生产减少，论动员则人民逃避，论将官则多数闲居，实是一种怪现相。当欧洲大战之时，各国男女尽行入伍，其平日为男子所作之工作，概以女子代替之，甚至于夜以继日，以赶制出品，供济前方之用。若我国今日女子，除少数雌雄不分外，其余一般有钱兼有闲阶级之小姐太太，居然摩登未改；而城市与乡村之游民到处充斥，岂不知时局已至最后关头？是可异矣！

主义之一般[1]

世界各国如能本着"恕"字真谛，推己及人，以信义和平为宗旨，各遵守彼疆此界之信条，尊重他人立国之土地与夫行政主权，则世界太平，而人类亦不至供飞机、大炮轰炸之牺牲，而共享和平与自由幸福。无如近代法西斯蒂主义出现，专以战争为立国要素，以侵略他人土地为实行主义之先着，杀人盈野，杀人盈城，视为今日世界应有之文章。说者谓法西斯蒂之产生，其对象为人民阵线主义发明后一种自然之结果。是法西斯蒂与人民阵线立于绝对相反地位。如某一方面实行一种主义，则某一方面必施行相反主义以捣乱，西班牙连年经战，即是法西斯蒂与人民阵线两主义之试验室。查西班牙本国并非以法西斯蒂立国，亦非以人民阵线主义立国，不过国内分子复杂，党派不一，两主义党员遂利用此时机争夺政权，是岂西政府之本意也哉？各国欲实行主义起见，并不惜牺牲本国之人民，参加战争，有所谓志愿兵是也。此外并各接济其党派以枪炮、子弹、飞机种种军器，以争取最后之胜利。而西国党员不悟此种用意，饮鸩止渴，以致全国城市变成焦土，而战争之激烈，至今未休，人民何辜，遭此涂炭？而奉行法西斯蒂以及人民阵线之本国国民并不愿有此战事。揆以"己所不欲，勿施于人之"圣语，当然谈不到。今日一般魔王，他们要以此种主义拿到他国来试验。甚至此同主义国家联合以进攻，彼同主义国家亦联合以拒抗，而本人则

---

[1] 敏陔：《主义之一般》，《湖南国民日报》1938 年 8 月 29 日第 3775 号第 1 版社论。

处于对岸观火地位，谁胜谁败，与本国无多关系焉，所损失者不过多数之物质而已。以言今日倭寇，并非法西斯蒂主义国家，乃是贯澈与实现田中奏折大陆政策迷梦，专事侵略，可称为准或冒牌法西斯蒂主义之国。因为敌人帝国主义近于法西斯蒂主义，故引为同调，认为同志，所以今日敌人肆其侵略之时，有予以便利之机会与事实。

我国非法西斯蒂国家，亦非人民阵线国家，其立国完全以孙总理所发明之"恕"，且不含刺激性之三民主义为全民之金科玉律，并附以信义和平之遗训昭示全球。我不侵人，亦不愿人之侵我，与法西斯蒂及人民阵线主义国家并无仇怨。自蒋委员长主持国是以来，全国人民团结朝气勃勃，一切事业，雨后春笋，怒不可遏。强邻暴寇，不许我国有此伟大之前途，先之以"九一八"之事变，我们隐忍为怀，暂不计较，留待将来总结算。不意敌人忌妒急生，继之"七七"与"八一三"之攻击，不得不出于抗战之一余，使十余年来建设成绩，牺牲于炮火之下，而人民财产之损失，更难以数计。在侵略之敌国人民，多数怨恨政府穷兵黩武，而我们是被侵略之国，虽遭此奇变大辱，以致于倾家荡产，流离失所，而无丝毫有恨政府之意。且全国一致拥护政府抗战主张，本此理以测将来，所谓最后之胜利，归诸于我，毫无疑义。只要求全民忍痛一时，牺牲到底，则敌人之溃败不待著龟矣！

我不解今世法西斯蒂主义国家硬要无的放矢，破坏人家土地与行政主权之完整。西班牙之战争，是两主义国家交战之场所。欧洲自大战以后，遗痕尚在，不愿轻启衅端，甘为戎首，于是借西班牙以为和缓欧洲第二次大战之地带，此犹可说也。若东亚与欧洲风马不相及，虽有法西斯蒂主义之敌国，而无人民阵线主义之对国，若奉行三民主义之我国，与他们毫无关系，不应受他人之指使。试看敌人之炮火、飞机、汽油等，均来自欧美，颇有惟恐天下不乱之心，是法西斯蒂主义国家不但仇视人民阵线国家，且仇视举世独立之三民主义国家，甘与全世界为敌。吾人处此时局，只有发扬光大三民主义，以压倒其他主义，侮者御之，战者抗之，不慌不忙，持之以久。我们并恪遵委员长训示，一方面抗战，一方面建国，不以抗战而忘记建国，亦不以建国而忽略抗战，处战时如平常，尚望全民谨识之。

女界总动员[1]

　　我们抗战已经有了一年多。我们失掉了土地，虽然有二百万方公里面积陷在战区内人口，虽然有一万万五千万同胞，但是我们土地的广大，人口的众多，而我们抵抗强寇之心，不因此小挫而馁。古人一成一旅，尚可中兴，"楚虽三户，亡秦必楚"，何况我们有的就是人，有了人何事不可做？我们不但男子多于敌人数倍，即女子亦比敌人全国人口为多。即以目前情形而论，女界同胞尚有一万万五千万人。在过去我国女同胞直接、间接参加抗战工作者，固然不少，但尚未至于总动员。还有少数居然粉白黛绿，列屋闲居，红甲烫发，招摇过市，对于此次抗战的意义不甚明了，缺乏深刻认识，甚至以为军旅之事系男子职责，与女界不与焉。此种思想实属错误。古人所谓"国家兴亡，匹夫有责"，虽未明指匹妇，而不知夫者人也，言"人人有责"，即大家来担起这个国家兴亡责任而无可推诿者也。明乎此，始可以言女界总动员。

　　我国今日朝野都喊着总动员，或发动民众。既云总，又云民众，则是包括女界在内而不能除外。在昔女子职司阃内，养育、烹饪、缝衣、纺绩等，是其专责。时至今日，此种专责，并未解除或发生变化，不过在此非常时期，女子之责任比男子尤为加重。除对内之外，还要对外。试观几多省县女子之勤劳过于男子，手胝足胼，所在皆是；而一般男子反得安闲自在，享尽人间幸福。此事本

---

①　敏陔：《女界总动员》，《湖南国民日报》1938 年 9 月 2 日第 3779 号第 1 版社论。

不可以为训。欲想男女平等，劳心劳力，各司其责，视本身之智识高下，以谋事功之轻重。委员长有言："全国同胞，人人敌忾，步步设防。"则今日女界同胞所负抗战工作，自然要发动起来，增加力量。因为身体构造关系，并不是要个个妇女执干戈以为卫社稷，如古人之木兰从军，今世之赵老太太与李总司令之夫人身统大军，与敌人相见于疆场，只要求与希望一般女同胞，纵不能为国前驱，最低限度在后方做些间接参战工作，即不啻为前方增加一支强有力的生力军。

其一，减少无益之粉红生涯。

其二，减少不正当之娱乐。

其三，少买舶来品。

其四，组织战地服务团。

其五，为伤兵换药洗衣以及慰劳等等。

其六，救济和教育战区儿童及抗敌将士家属问题。

其七，担任间谍工作。

其八，在后方缝制军衣、征募物品、密缝布鞋等事。

其九，替出征军人耕作。

其十，鼓励男子去服兵役或工役。

诸如此类，更仆难数。可见战时女界应做之事，比男子还要多。现在看看我们的女界同胞，是不是业已实行？内中虽有些"不知谁是女雌雄"之巾帼丈夫，而大多数仍未能参加此次神圣工作，依旧保守着女儿心肠，须知战时持久，将来男子多数抽征入伍，后方许多事情全靠女界同胞出来继任。当欧洲大战时，各公事房、各工厂等全用女子服务，这就是一个好例子。彼穿高跟鞋、烫头发、染指甲、坐汽车兜圈子等，在国家承平无事时尚且不可，何况当此生死存亡最后关头，更要各个加倍检举，总使城市妇女农村化，无论任何地方民众，一律动员起来，帮助政府，帮助前方，作种种有利于抗战工作，不甘于自暴自弃，坐视国家危亡，不干己事。

现在我国主张全民抗战，当然男女不分，但是男子尚未总动员起来，有百分之九十九尚在后方过其游荡生活，又何必责备女界。此语诚然不错。然谈到此项问题，女界亦要负点责任。有的母亲爱怜少子，不许作绝裾之行；有的怕丈夫出征，"孤枕独眠谁作伴"，致使儿女心长，英雄气短，羁牵之处太多，救国之志减少。对于征兵一层不无影响。假若是女界奋其精神，开导家属，使国家主义重于家庭，打破历史上儿女态度，实现时代化妇女工作，不煦煦为仁，孑孑为义，把我们这次所遭受敌人大规模的奸淫掳掠、残忍酷杀痛苦，不使再在我国内肆行无忌。此虽非伊朝伊夕之故，亦非一手一足之力，端在各界共同努力，灭此朝食。

我个人之意见，并不是要女子前去冲锋陷阵，或一齐到前线去参加战争实际工作，只要女子在可能范围内，与男子在前后方参加作抗战工作，以达到全民抗战目的，并在意识上，认此次民族战争，关系太大，自身不能去当兵杀敌，多劝劝自己的丈夫、儿子，踊跃从军，争取最后胜利。此记者希望于女界同胞，并以之勉励男界。

救济难民之历史观①

我国历史遭遇大难，如唐之黄巢、宋之辽金，其间未必不有难民数百千万者。然史书不载，盖以为此系平凡之事，略而不书耳。确有可考者，惟近代史有二事：

明末建虏之乱，百姓纷纷逃难入京师。时刘宗周为京兆尹，乃分遣僚佐于城外，藉难民姓名里业，给篆入城，先生验符，躬慰抚之。有亲戚者令书亲戚名居，听其往。无依者，分插大兰若中，并联于保甲，委寺僧稽察之。两县设粥厂数十处……（见《刘宗周年谱》）

此后，则太平军一役，曾文正在安庆，见洲渚上难民，编茅为屋，情极可惨！令善后局抚慰之（见曾文正日记）。

所谓令善后局抚慰者，惜其法不传。而刘宗周分插兰若与设粥厂二法，想当时难民为数不多。若如今日难民之数，动至数万，纵宗周为世大儒，又焉有良法以处之？吾谓今日救济难民者，当存"民胞物与"之怀。而为难民者，亦当存"姑忍此，以为复仇"之计，斯两得之矣。倘救济难民员司视为官营事业，有利可图；而为之难民者，复存"此间乐"之意，则虽起刘宗周、曾文正于今日，吾亦知其无以为役也！

---

① 敏陔：《救济难民之历史观》，《湖南国民日报》1938 年 9 月 2 日第 3779 号第 4 版副刊。

读书笔记[1]

　　《清暑笔谈》载："寺刹中地狱变相，具刀林沸镬，极阴惨之状，使观者悔恶远罪，然必在当人起念处忏除，而愚惑者谓生前一切罪孽，没则可假僧梵忏除，是使为恶者得造孽于生前，祈免于身后，借以为释罪之因，而恃以无恐。"昔方蛟峰有云："或问镬汤地狱中，何以无和尚？"曰："若使阎罗有罪，亦要和尚忏除。"

---

[1]　敏陔：《救济难民之历史观》，《湖南国民日报》1938 年 9 月 2 日第 3779 号第 4 版副刊。

读书杂记[1]

　　人不可无志，无志即无耻，无耻则放僻邪侈，无所不为！古今来大奸大恶，极卑极贱之辈，皆无志人为之。古今来极奸恶卑贱之人，苟目为奸恶卑贱，则未有不怒者，此一点羞恶之心，即志也。苟能充之，转眼即是圣贤。乃世竟有目为奸恶而喜，目为卑贱而甘者，亦可哀也哉！（《思辨录》）

---

[1]　敏陔：《读书杂记》，《湖南国民日报》1938 年 9 月 3 日第 3780 号第 4 版副刊。

读书杂记[1]

　　明之陆世仪平日颇不苟合。一日赴友人宴，座中有妓，并属妓送陆酒，陆欣然受之。其友笑曰："真可谓胸中无妓矣！"陆即口占一诗曰："明眸皓齿送金卮，无妓胸中总不知。翻讶常年修礼乐，何缘不去教坊司？"

---

[1]　敏陔：《读书杂记》，《湖南国民日报》1938 年 9 月 4 日第 3781 号第 4 版副刊。

读书杂记[1]

　　古来女子之能从军者，不仅木兰辈而已。如唐崔旰入朝，以弟宽弟留后，杨子琳帅精骑入成都，宽不能制，其旰妾任氏，出家财募兵数千，帅击琳，破走之。宁州频岁饥疫，五苓夷强盛，遂围州城，李毅病卒，女秀明达有父风，众推领州事，伺夷稍怠，出兵击破之。荀崧都督荆州，屯宛杜曹引兵围之，崧小女灌年十三，帅勇士数十人，突围夜出，且战且前，卒得请援救父。陈世隆谓兵凶战危，男子不免为床下伏，奇女奇妾于黄卷中得之，吾独为之，一快！

---

　　① 敏陔：《读书杂记》，《湖南国民日报》1938 年 9 月 5 日第 3782 号第 4 版副刊。

加强民众武力之一策[①]

　　湖南各县自卫团副团长业已先后发表。日来每与一般副团长谈及，均感觉回县后，对于加强自卫军力量，无款进行，难免不有赤手空拳之叹。其未得之也，则满腹经纶，自叹英雄无用武之地；既得之矣，又兴巧妇不能为无米之炊之叹，迟迟吾行，颇有自悔之意。记者认各副团长返县时，要拿出"亲爱精诚"遗训，多方与各族士绅接洽，即可得到一批特别款项，使我们加强抗日自卫军力量，有意想不到之效力。其法维何？

　　记者生长乡间，每见各族无论大姓小姓均有祭祀会之设立。族大者每会每年可收租谷数百、千担，族小者亦数十担。此一笔收入，每年清明节，请些音乐，抬着猪羊，打起辇伞等，在始祖坟前挂扫，以表示后人之富裕。扫墓以后，全族父老子弟，聚饮一场，迨至微醉，口角即生，无论什么族会，是日鲜有不如此下场者也。名曰联欢，实结恶感，此记者在家时始终不加入此种宴之由来也。综计清明日各族之消耗，视族之大小而定，至少有数十元或数百元不等，而经纪该会之首事，又复从中染指入囊，其房大而人口又多者，则所吞更巨，以致同族人发生敢怒而不敢言之概，久之即成陌路。事实所在，无可讳言。在同族中祭祀会尚且如此，此外连合异姓人所组成之神会，更不待言。

　　记者认为，今日救国家在先，祭枯骨在后。皮之不存，毛将焉

---

　　① 敏陔：《加强民众武力之一策》，《湖南国民日报》1938 年 9 月 6 日第 3783 号第 1 版社论。

附？所以各县组织抗日自卫团，在目前御侮图存时代，实为当务之急。究应如何使之加强，端在此次新任副团长回到本县，召集士绅大会，说明欲达到中央长期抗战目的，要后方民众有健全且充实之组织，与前方配合作战，使后方之严重性不亚于前方。但是各种设计，非钱莫办，最好于各族祭会中自动的贡献国家若干，或买枪数支，或养自卫兵数名，一族一村如此，他族他村又复如此，众志成城，集腋成裘，且此项枪支可保留在各族中，可以私有公用。此项自卫兵，即以各族中壮丁任之。是以本族之钱养本族之人，利权既不外溢，政府亦不经手，楚弓楚得，救国救家。在各族来年清明节不过少吃一餐，迨战事结束之后，仍可恢复原状，大嚼特嚼。外国人对于我们难民尚有一碗饭节约之运动，况国家与民族遭遇此种外寇，我们少吃一次清明会，又有什么关系？即以湖南而论，全省有四万保，每保至少有一会，如每会购枪二支，养壮丁二人，合计即有八万生力军。以此制敌，何敌不摧？以此攻城，何城不克？并不止仅保卫本乡本土而已。且除各族清明会之外，又有各种神会，如财神、城隍、文昌、观音、土地、龙王、火神、灵官等淫祀会，每会公产为数亦甚大，平时多做唱戏之用，如果一律照各族清明会办法停止一年，以其余款贡献国家，则各县自卫团力量之加强，不必他求，仅在祭会中设法即可绰有余裕。族中不乏深明大义之人，倘各副团长返县后于此中求之，我相信自卫团定有办法。政府当然对于此项办法不置可否，但事在人为，如果不惹起人民反对，未尝不可以默认。且此种办法，在今日这种时局之下，有急待进行之必要，在各祭会中不过停止举行一年，在民众个人并无丝毫损失，而地方上又得到一种特别保障，国家又增加一支生力军，一举而数善兼。

今当各县副团长返县工作之时，记者谨将个人意见聊效野人之献，如果另有合理办法比上述更好，不妨舍此取彼。万不可诸副团长回到本县后，仍是束手无策，一筹莫展，辜负政府此次两大方案之一，则非记者所敢望。

　　附注：记者近来兴之所至，发为议论，纯粹以记者立场自由申述，并未对于任何团体或个人有攻击之处。恐外间有所误会，附此声明。

读书杂记[1]

苏东坡在海南食蠔而美，贻书叔党曰："无令中朝士大夫知，恐争谋南徙，以分此味。"此东坡聊以自慰之言，亦退一步想之意耳！

人家教子弟固是要事，教女子尤为至要。盖子弟失教，至长大读书知世事，犹有变化气质之时。若女子失教终身无可挽回，大则得罪姑嫂，败坏风俗；小则堕坏家事，贻讥亲党，岂细故哉？（见《思辨录》）

---

[1] 敏陔：《读书杂记》，《湖南国民日报》1938 年 9 月 6 日第 3783 号第 4 版副刊。

避敌机的好法[1]

今日愚夫愚妇，一闻敌机至，则相率念佛，以为避难之法莫善于此，而不知吾儒亦有避难之术。昔程伊川贬涪州，渡江中流，船几覆，舟中人皆号哭，先生独正襟安坐如常。同舟父老问曰：当船危时，君独无怖色，何也？曰："心存诚敬耳！"（见《伊川学案》）此法不更善于念佛耶？但心存诚敬，在平日存之如常，倘敌机至则诚敬，机去又放僻邪多，无所不为，仍不免于难耳。

---

[1]　敏陔：《避开敌机的好法》，《湖南国民日报》1938 年 9 月 6 日第 3783 号第 4 版副刊。

读书杂记①

　　"少无共学共游之朋，则老必无同心同德之友；平居无讲道论德之契，则临难必无托妻寄子之人。"可谓名言。

　　古人谓酒以合欢，然每因此而失欢；酒以养病，然每因此而致病，则不如不饮之为愈矣！

---

① 敏陟：《读书杂记》，《湖南国民日报》1938 年 9 月 7 日第 3784 号第 4 版副刊。

读书杂记[①]

苏东坡翰墨，在崇宁大观时，因禁令太严，尽行焚毁。至宣和间，上自内府搜访，纸直万钱，而梁师成以三百千取《英州石桥铭》，谭稹以五万钱辍月林堂榜名三字。至幽人释子所藏，寸纸尺幅皆以重价购归之，与今世曾文正公翰墨同一命运。人情之变幻何尝有一定哉？

---

① 敏陔：《读书杂记》，《湖南国民日报》1938 年 9 月 8 日第 3785 号第 4 版副刊。

读书杂记[1]

周世宗时，郭玉为齐州防御使。值岁饥，捐俸钞以分施饥民，小民相率诣阙，颂玉德政。夫以一人之俸禄，本不能周济全州之饥民，不过行其心之所安而已。若今世官吏，不但不捐俸以救饥，反借此以渔利，至为可恨耳。

----

[1] 敏陔：《读书杂记》，《湖南国民日报》1938 年 9 月 9 日第 3786 号第 4 版副刊。

读书杂记[①]

　　明梅挚守昭州，昭为炎瘴地，著《瘴说》，曰："仕有五瘴。急催暴敛，剥下奉上，此租赋之瘴。深文以逞，良恶不白，此刑狱之瘴。晨昏酣宴，废弛王事，此饮食之瘴。侵牟民利，以实私储，此货财之瘴。盛拣姬妾，以娱声色，此帷薄之瘴。"此五瘴者，有一于此，何地不染，岂特炎方能为疠哉？

---

① 敏陔：《读书杂记》，《湖南国民日报》1938 年 9 月 10 日第 3787 号第 4 版副刊。

读书杂记①

　　书云：知人则哲，惟帝其难之。俗云：知人知面难知心。即如伍子胥进伯嚭，伯嚭卒谗子胥。殷景仁引刘湛，湛卒抑景仁。韩愈荐李绅，绅卒诋愈。李德裕起牛僧孺，僧孺卒排德裕。寇准任丁谓，谓卒陷准。王安石用吕惠卿，惠卿卒毁安石。吕大防厚杨畏，畏卒判大防。张浚、赵鼎举秦桧，桧卒害浚、鼎。（见《北轩笔记》）余曾增植某学生，几害我命。小人之难知难信如此！

---

①　敏陔：《读书杂记》，《湖南国民日报》1938 年 9 月 11 日第 3788 号第 4 版副刊。

读书杂记[①]

宋王安石新法既行，散青苗钱于设厅，而置酒肆于谯门，民持钱出者，诱之使饮。又恐其不顾也，则令妓女坐肆作乐以蛊惑之。小民无知，争竞斗殴，则又差兵校列枷杖以弹压之，名曰设法卖酒。此不亦设法之名所由始。余以为今世酒肆之女招待画楼清唱等，皆始于设法卖酒。

---

① 敏陔:《读书杂记》，《湖南国民日报》1938 年 9 月 12 日第 3789 号第 4 版副刊。

读书杂记[1]

　　《长水日抄》载："通州距京城之南四十余里，城中积粮数百万担。己巳之变，北虏南犯。谍报欲据通州仓粮，朝议先焚仓廪。会周文襄公忱至京师，都御史陈镒问计于周。周曰：若如此，是赋未至而弃军实，非计也，盍若檄示在京官军旗校，预给一岁之粮，各令自支，则粮归京师，又免辇运之费。不数日，贼至通州，无所获而去。"此种坚壁清野之法，可为今日吾人之师。

<hr>

[1]　敏陕：《读书杂记》，《湖南国民日报》1938 年 9 月 13 日第 3790 号第 4 版副刊。

读书杂记[1]

　　《茶余客记》载：广东江吏部一生不服药，年九十七而终。六十以后，与少女同卧，长则遣去，皆宛然处子，燕玉暖老，当作如是观。

　　今世给人以小费，谓之为酒钱，古谓之为茶汤钱。如宋司马公置独乐园，观者咸以钱与园丁，吕直谓之茶汤钱是也。

---

[1]　敏陔：《读书杂记》，《湖南国民日报》1938 年 9 月 14 日第 3791 号第 4 版副刊。

难民工业[1]

报载广东省有兴办难民工业之举，惜一切办法未能得窥全豹。记者觉得在今日后方各省，无论是难民或非难民，对于工业均有提倡之必要。因为强寇深入以来，将我国工业省份及工业厂屋完全摧残，以致日用常需之各种工业出品无法接济人民之需求，遂发生供求不相应之事实。

在中央虽规定节约运动，而人民日用必需之品只能节约而不能完全不用。查此项用品，并非用极大机器制造出来，十之九系手工业所制成。我国有闲阶级之人最多，游手好闲，是其职业，即平日自命为缙绅，亦多不事生产正业，或袭父兄之遗绪，收租为生，或在乡间，鱼肉民利，而求其真正以兴办工业挽回利权为旗帜者，百无一二。今当抗战正酣之时，而若辈仍旧不改其游荡性质，明知百货缺乏，利权外溢，但习惯所需，不嫌其价昂，只嫌其无货。有的就是钱，任何物品均可罗致，以满足其欲望。若言其兴办工厂，则掉头不顾也。时至今日，吾人亦不必以此项美举责之他人，我们可以废物利用，将战区逃出来之难民兴办各种小工业，而特别注重在小手工业。我国向称手工业国家，在海禁未开以前，全民之需求无不取之于手工业。当时手工业之盛可想而知。自中外通商以后，人民一切需用多依赖外货，国货遂为国人所鄙弃，而手工业亦因之遭受莫大之打击，迄今奄奄一息，相趋于呻吟弥留之绝境，举曩日所

---

① 敏陔：《难民工业》，《湖南国民日报》1938 年 9 月 15 日第 3792 号第 1 版社论。

谓手工业国家，遂变为原料出口国家，以原料与人，而熟货输入，一转移间，外人已利市十倍矣。

湖南施政纲要有提倡手工业之规定。总理有言："双手万能。"吾人之有双手，原欲利用以生存，如有手而不知利用，与残废之人何异？吾人如果甘为残废之人，则束手待毙可也。否则，吾人在生一日，则惟有尽其手之所能贡献国家。在今日国破家亡时候，尤思利用此双手以挽回一切，坐食家中，殊失国民义务。所以在后方农、工、商、学、兵各界，固当手砥以图之。即从战区退居后方难胞，亦不宜袖手旁观，应各觅工作，以帮助前方早日收复失地，回到老家，暂时虽在此避难，亦要有"一息尚存，此志不懈"之志愿。是今日之难民工业实有研究之价值。

今日关心难民生计者，其救济办法：其一曰"垦殖"，而不知垦殖固佳，收获总在一年或二年以后，而农工与食粮，绝对是一个大问题；其二曰"开矿"，开矿固属目前需要事业，而不知此系艰难困苦之工作，且系粗卤之技术事业，苟非平日所素习，鲜有不望洋兴叹。记者亦不能说纯粹是唱高调，但去事实尚远。因为一般人抱此见解者是估量不估质。难民人数虽多，真正是农民者百无一二，真正是矿工者更千无一二，以此辈非农非矿之人，使以从事畎亩窿道之中，何异秀才骑马，虽则是可学而能，而难民未必乐于从事耳。惟有兴办工业，可将难民罗致工作，使之自食其力。记者以为仅兴办工业，尚不能使难民踊跃参加，必须兴办家庭工业，而后难民可以个个无坐食之虞。因为难民率领家眷，不远千里而来，方冀苦中作乐，常叙天伦之乐事，如果取其青年而略其老少，使整个家庭又有别离之苦，即临之以斧钺，亦不愿前去。此记者经验所得，并非理想。

惟有先将难民疏散各县，再于每县中成立若干小工厂，其工厂工具由政府设备之，完全交与难民某几个家庭组合经营之，并贷与流动资金。一切由难民中推举代表主持，政府只派一监察人。每年如有盈余，不论多寡，除分年扣回若干资金外，其余概归难民所得，使难民全家不分男女老少，视此厂为己有，一定日夜竭蹶以赴之。如果反其道而行，政府办一难民工厂，仅与以工资，则一人之所得，未必使一家仰事俯蓄，不至于饥寒交迫。所以兴办难民工业，要注重难民家庭工业。此种工业，不必机械化，仅择其难民知识能力所及者，如手工织布、手工纺纱、手工制鞋、手工缝纫、洗衣肥皂等。所需资本并不多，销路又极畅旺，而难民几家共有此小工厂，均可从事工作，家庭团体又不打破。方之垦殖开矿，轻而易举多矣。今当全国朝野大家都注意难民救济问题，而广东又有兴办难民工业之举，故将个人意见写之如上。

总之，兴办工业而离开家庭，恐难得难民之同意。即如长沙盐务稽核处招一千难民到广东挑盐，公路局工程处招背测量杆五十名，祁阳招泥木工人数十名，及缝衣妇女二千五百名，均不愿去，其故可思矣。有志救济难民者，请于此处注意为幸。

读书杂记①

唐刘晏领度支最久，死之日，籍录其家，惟杂书二乘、米麦数斛而已，史称其理财以养民为先。因平准法，干山海，排商贾，制百物低昂，操天下赢赀，以佐军兴，虽用兵数十年，敛不及民，而用度足，唐室复振，晏有劳焉，是干国之臣也。惜为常衮辈所忌，以至诛死，哀哉！

---

① 敏陔:《读书杂记》,《湖南国民日报》1938 年 9 月 15 日第 3792 号第 4 版副刊。

读书杂记[1]

汉和洽之于曹操曰：今朝庭之议吏，有着新衣、乘好车者，谓之不清；形容不饰、衣裘敝坏者，谓之廉洁。至令士大夫故污辱其衣，藏其舆服，朝府大吏，或自挈壶飧以入官寺。夫立教观俗，贵处中庸为可继也；今崇一概难堪之行，以检殊途，勉而为之，必有疲瘁而或容隐伪矣！操善之，下令不必廉才而后可用，二三子佐我明扬仄陋，惟才是举。和洽此议，可谓合于中道。

---

[1] 敏陔：《读书杂记》，《湖南国民日报》1938 年 9 月 16 日第 3793 号第 4 版副刊。

读书杂记[①]

　　古人云：王安石治临川时，所行青苗、保甲各法，成绩卓著。一经用之全国，则扞格不通，且为众矢之的。论者谓安石不应先立制置三司条例司，而忽略郡县守令。假使郡县得人，则青苗、保甲之法，自可徐举而无弊。所谓有治法无治人，亦难推行尽利，惜安石不知此意耳！

---

① 　敏陔：《读书杂记》，《湖南国民日报》1938 年 9 月 17 日第 3794 号第 4 版副刊。

读书杂记[1]

魏文帝既立为嗣，喜甚，因抱辛毗颈曰："辛君知我喜否？"唐庄宗入梁，喜不自胜，手引李嗣源衣以头触之曰："吾有天下，卿父子之功也！天下与尔共之。"玩其口吻，君子是以知事业之不远大也。

---

[1] 敏陔：《读书杂记》，《湖南国民日报》1938 年 9 月 20 日第 3796 号第 4 版副刊。

读书杂记[①]

  姓氏之始，如《北轩笔记》所载：伯阳生李树下，遂指李为姓。马援本赵奢后，奢能驭马，号马服君，子孙因以为姓。胡广本姓周，以端午日生，不举，用葫芦盛之，弃水，为吴姓所得，及长托胡为姓。陆羽有人得之水滨，及长筮得鸿渐于陆，因以陆为姓。车千秋，齐田氏族也，年老乘小车，出入省中，人谓车丞相，子孙因以为氏。席豫本姓籍，避项羽讳，改姓为席。束皙本疎广后，因避难去以疋为束枣，据以避仇，改姓为棘，此姓原之可考者。

---

① 敏陔：《读书杂记》，《湖南国民日报》1938 年 9 月 21 日第 3797 号第 4 版副刊。

读书杂记[①]

今世劳工制度，将每日三分之：有八小时作工、八小时读书、八小时休息之规定。黄山谷与洪氏甥书有云：尺璧之阴，以三分之：一以治公事，一以读书，一以为棋酒。则公私皆办，各人支配不同，而读书则共有之。

① 敏陔：《读书杂记》，《湖南国民日报》1938 年 9 月 22 日第 3798 号第 4 版副刊。

读书杂记[1]

　　古来人子之于父母，注重养志，而养口体则未尝视为难事。今则不然，求其甘旨供奉，不发生问题者，非中产以上人家不可，其余即啜菽饮水，亦发生困难。乃知奉檄色喜，亦是万不得已也。

---

[1]　敏陔：《读书杂记》，《湖南国民日报》1938 年 9 月 23 日第 3799 号第 4 版副刊。

读书杂记[1]

《孙子兵法》为后世军人圭臬，唐之张巡，行兵不依古法，但曰："令兵识将意，将识士情，人自为战耳。"宋之岳飞，亦曰："运用之妙，存乎一心。"是二人者，古之名将也，均不迷信古法，彼今日军官，非出身学校不可，未免太重视古兵法而不知变通耳！

---

[1] 敏陔：《读书杂记》，《湖南国民日报》1938 年 9 月 24 日第 3800 号第 4 版副刊。

读书杂记[1]

　　《思辨录辑要》有云："家之不齐，多起于妻子。父母不顺，由于妻子。兄弟不睦，由于妻子。子孙不肖，由于妻子。婢仆不供，由于妻子。奢侈不节，由于妻子。妻子不齐，而以云齐家，吾未之见也！"可谓阅历之言。

------

[1]　敏陔：《读书杂记》，《湖南国民日报》1938 年 9 月 25 日第 3801 号第 4 版副刊。

读书杂记[①]

古有井田，有代田，又有区田，今则其制虽存，其法已不见实行矣。

日本人仕于我国者，有明洪武二十四年以日本人国子生腾右寿为观察使。（见《罪惟录》）

800

读书杂记[1]

　　小子当洒扫应对进退，此古人教子弟之良法。自近世以来，一般子弟均趋于奢侈懒惰恶习，一切家常事务以仆婢任之，求其亲躬洒扫应对进退者，已不可得矣！

<hr>

[1]　敏陔：《读书杂记》，《湖南国民日报》1938 年 9 月 27 日第 3803 号第 4 版副刊。

读书杂记①

明洪武二十四年，命种桐棕漆树于朝阳门外，各五十万株，此为我国提倡种桐之第一页历史。（见《罪惟录》）

————————

① 敏陔：《读书杂记》，《湖南国民日报》1938 年 9 月 29 日第 3805 号第 4 版副刊。

读书杂记[1]

　　唐太宗葬皇后长孙氏于昭陵，并作厝观，以资瞻望。尝引魏徵同登，使视之，徵曰："臣眊不能见。"上指示之。徵曰："臣以陛下望献陵耳！（上皇所葬地）若昭陵固已见之矣。"上泣，为之毁观。如魏徵者，可谓善于谏君者矣！

---

[1]　敏陜：《读书杂记》，《湖南国民日报》1938 年 9 月 30 日第 3806 号第 4 版副刊。

读书杂记①

晋乐寿却芮之后，沦于舆皂。唐房玄龄、杜如晦子孙，至操觚而乞。宋郭子仪之宅，变为庙宇。可见，门第高，可畏不可恃，若有贤子孙，其现相必不至此。

---

① 敏陔：《读书杂记》，《湖南国民日报》1938 年 10 月 1 日第 3807 号第 4 版副刊。

读书杂记[1]

　　古人云："君子之德风，小人之德草，草上之风必偃。"言其最易受感动，所以上欲廉洁，则下即廉洁；上果贪污，下亦即贪污；如影随形，如响应声，不爽丝毫。汉之马廖系太后之弟，劝上成德政，曰："移风易俗，必有其本。"语云："吴王好剑客，百姓多创瘢。楚王好细腰，宫中多饿死。城中好高结，四方高一尺。城中好大袖，四方全匹帛。"此言虽小，可以喻大。

---

[1]　敏陔：《读书杂记》，《湖南国民日报》1938 年 10 月 2 日第 3808 号第 4 版副刊。

读书杂记[1]

　　崔玄晖母卢氏曰："仕宦者将钱物上其父母，今则悉入私帑矣！"程子曰："间阎小民，得一衣食，必先父母，今则先妻子矣！"风俗之薄于此可见一般。

　　司马温公既归洛，绝口不论时事。韩靳王既罢典兵，绝口不言兵。此深得孔子所言"不在其位，不谋其政"之旨。

---

　　① 敏陔：《读书杂记》，《湖南国民日报》1938 年 10 月 3 日第 3809 号第 4 版副刊。

读书杂记[1]

　　《四箴杂言》载："妇人之仁不仁，匹夫之勇不勇，垂不灭之德，施不报之恩，勇者见义必为，当几能断，如此可谓之大仁大勇。"

　　王右军云："石脾入水即干，出水便湿，独活有风不动，无风独遥。天下物理岂可以意求哉？"

---

[1]　敏陜：《读书杂记》，《湖南国民日报》1938 年 10 月 4 日第 3810 号第 4 版副刊。

多灾多难之时期[1]

　　自"九一八"倭寇不费一钱，不折一矢，长驱直入我领土之东三省以来，一般列强认为侵略人家国土之容易，相率大起野心。当时，国联虽派李顿爵士来华实地调查，结果不过一纸呈覆，绝未发生丝毫效力，稍减侵略者之野心。继"九一八"而灭国者，则有阿比西尼亚，当意大利进兵之时，各强亦有不出名而暗中援助者，但是阿国人民知识未开，军队未受训练，而武器之窳枿陈旧，那能与现代意大利比拟。虽经阿国政府抵抗至七月之久，终以强弱悬殊，不得不屈服，并由屈服而至于灭国，岂其意料所及哉？

　　倭寇见灭国如此容易，遂造成"七七"与"八一三"之大事变。于是政府与全民知强寇之不可理喻，共惕于"是祸免不脱"之俗言，于是有全面抗战之豪举。目前，虽倭寇沦陷我数省土地，但是我们抱定长期抵抗决心，虽至一枪一兵，亦必与之周旋到底，获取最后之胜利。

　　在远东正在轰轰烈烈激战之中，而欧西德国不崇朝而吞并奥国，法西斯蒂国家之炙手可热于斯益信。事未数月，希特勒犹以为未满足其心意，毅然而收回捷克苏台区之举，剑及履及，如箭在弦上。虽经张伯伦之奔走呼号，为大局觅取和平途径，而不知当局之捷克，遂受宰割之痛苦，迄至本月一日，而德军大步向苏台区迈进，完全依据《慕尼黑协定》条文执行。德国如愿相偿，那顾捷人

---

[1]　敏陔：《多灾多难之时期》，《湖南国民日报》1938 年 10 月 5 日第 3811 号第 1 版社论。

之悲沉。所以当德军入境之时，全民惊异，莫不呆立！其总理薛拉维将军发表广播有言："吾人已被遗弃，以致陷于孤立地位，而努力应付强邻，自不得不在此灭亡与存在两者之间，择一而从，履行救国之天职！"此种杀人不见血之协定，纵捷克人民愤慨，亦属无可如何之事。德国除吞并奥国外，又得一苏台区，趾高气扬，吾人可于瞑目中想象之。

在今日欧洲各强国，未尝不知将来德国充实内部后，决不雌伏于欧中，一旦干戈四驰，不但邻国先受其祸，即远在各处殖民地，亦必求恢复欧战前之状况，此意中事。

今日欧洲虽酷爱和平，将来战事爆发，恐比今日还要残刻，受其害者，不仅今日奥、捷二国而已。捷克立国，本在欧战以后，其国土甚为复杂，苏台区既仅以《慕尼黑协定》而丧失，于是匈、波相继效尤，向捷宰割。波兰则限捷立即接受其要求，将波兰边境特申、卡托维兹、彼得洛维斯及埃维斯哥四处平方形地带划归波国，在本月二日午后二时，已告终正寝矣！此外又有匈牙利者，鉴于侵略之容易，亦野心勃勃，借口捷克境内有少数地方，系匈牙利民族居住之所，划交匈国管理。据政界人士声称，就匈牙利少数民族而言，割让以前，必须举行公民投票，其所以与波兰不同者，则因匈牙利少数民族与捷克文化关系至为悠久，不愿返匈者实非少数。果尔，则匈之宰割捷克，恐须经过若干手续，始能达到目的。所以捷克照会匈牙利政府组织共同委员会，解决匈牙利少数民族问题，结果如何？目前尚难预料耳。

在德国既并奥，又占捷，似以为心满意足矣。近日又向波兰进行合并但泽之谈判，闻已获得相当进步。现正草拟计划，俾该区并入德国，是德国西有汉堡，北有但泽，海军已有根据地矣。查德国近来所以有此雄心霸气者，就是与倭意有一种预定计划，先嗾使倭人扰乱东亚和平，乘机对于邻国攫取土地。因为全世界大家视线注意远东，德国人得从中轻描淡写，不以兵力，并侵一切。如果倭寇不始作俑，希特勒纵是雄才大略，未必有此一帆风顺。即谓捷克之被侵略始于倭寇，未必不可！有倭寇不血刃强占东北，而后有七个月战争之意灭阿比西尼亚，而后有德并奥侵捷之事实，而后有波兰占据德中区，以及匈牙利之对捷少数民族居住土地问题。凡此种种，均是法西斯蒂主义之阴谋，而发端于暴倭对华侵略之一举，追原祸首，非将倭寇歼尽，不足以维持世界正义与和平！望全世界人民根据此次国联援华制日实施盟约之第十六条，敦促政府，即日实行，全球幸甚！人类幸甚！

读书杂记[1]

　　贾太傅年二十，而为大中大夫。杨太尉五十而应州郡辟。冯唐白首而袴穿郎署。董贤年未二十而为三公。冯元常平生取钱多，官愈进。卢怀清贵为卿相，而终于处贫。修短贫富穷达，其有定命如此！（见《清暑笔谈》）

---

① 敏陔：《读书杂记》，《湖南国民日报》1938 年 10 月 5 日第 3811 号第 4 版副刊。

读书杂记[1]

蟋蟀本是极微之动物，惟秋季则有之。善鸣且好斗。每每同类相遇，斗至于死。此种好勇之心亦有可取焉。其见诸古书者，于诗有："蟋蟀在堂，岁聿其莫。"又曰："十月蟋蟀，入我床下。"至唐《开元遗事》："每至秋天，宫中妃妾辈，以小金笼捉蟋蟀，闭于笼中，置之枕函畔，夜听其声，庶民之家皆效之。"至宣德时，苏州造促织盆，出陆、邹二家，极工巧，大秀小秀尤妙。《宋史》："贾似道与群妾，据地斗蟋蟀。"又似道著《蟋蟀经》，极言其神妙。今已届秋中矣！一般孩童日则翻砖拨石，夜则燃烛挖土，搜索此物，且售之有钱之公子，以作赌博之具。我家城外围墙之土，多被觅蟋蟀者所拆毁，禁之无效，是岂似道之信徒耶？

----

[1] 敏陔：《读书杂记》，《湖南国民日报》1938 年 10 月 7 日第 3813 号第 4 版副刊。

读书杂记[①]

　　《大风歌》则思猛士，《垓下歌》则惜妇人，刘项兴亡之机决矣。彼后世挥泪对宫娥者更下矣。

　　《四箴杂书》有言："北方水之大者惟河，故北方之水通曰河。南方水之大者惟江，故南方之水通曰江。滨海之水皆曰海，滨湖之水皆曰湖。"

---

① 敏陔：《读书杂记》，《湖南国民日报》1938 年 10 月 8 日第 3814 号第 4 版副刊。

对于战时节约运动之进一步办法[1]

日昨，省会六机关长官发起"战时节约运动"，并款以极朴素之饭菜（席间无酒）。吾人闻听发起人徐处长、滕参谋长之言论，无不为之感奋。此种极有意义之集会，比普通借酒食联欢者，其用心至为诚恳。人非木石，能不动心？

查历世古来帝皇时代，每遇战争，尚撤乐减食，矧在人民，当更节缩。禹王菲食，吴王尝胆，所以能成为一代之贤君以及复仇雪耻者，端在起居饮食小节中求之。吾国自"九一八"以来，受尽了空前之奇耻大辱，迄于目前，强倭之气焰未熄，飞机、大炮，时向我进攻；而前方将士拼命以抵抗，明知肉体不足以抗利器，而为中华民族争历史光荣起见，前仆后继，不顾一切，以达到"国家至上，民族至上"之目的。此种优秀且忠勇之国民，求之现代国家民族，亦难多觏。吾人安处后方，不仅向前方各位将士空洞致敬，未免大占便宜，还要拿事实表示，使获取最后之胜利，方可问心无愧。此次《节约运动实施办法》，即是事实之表现，其项目分为三条：

其一曰惜时。夏禹王惜寸阴，吾人当惜分阴，古人已先我而言之矣。我国人对于时间，向不经济，以人生最宝贵之光阴，半消磨于无谓之动作，俾昼作夜者固不可，即夜以继日者亦不可；群居终日、言不及义者固不可，即高谈雄辩、无补事实者亦不可。此外，

---

① 敏陔：《对于战时节约运动之进一步办法》，《湖南国民日报》1938 年 10 月 9 日第 3815 号第 1 版社论。

游戏以振精神，娱乐毋亡救国，皆是自欺欺人之语。记者所谓进一步办法："要规定一定读书、办公时间，一定会客、集会时间，一定饮食、起居时间。在所规定时间内，无论何人何事，概不移易，即伊川所谓'不为他事所胜'。"若果大家各立信条，各自遵守，敷衍应酬，自可减少，则惜时即可实施矣。

其二曰节用。我国人最大毛病，就是闹阔，有钱阶级与有钱阶级闹阔，无钱阶级又与无钱阶级闹阔。每遇冠婚丧祭，极尽其奢侈举动，甚至倾家荡产，亦在所不惜！至于宾朋宴会，一席之费，可值中产以下人家之产业，可值平民一年之食粮。山珍海肴，穷奢极俗！"朱门酒肉臭，路有冻死骨。"今日节约运动规定："凡遇婚嫁寿丧，致送礼物，特任官不得过四元，简任官不得过三元，荐任官不得过二元，委任官不得过一元。"又："宴客所用之宴席，其菜分四元、六元、八元三等，不得超过其最高数；西餐不得过一元。"又："客人随带之车夫人等，其饭资每人不得超过三角。"其所规定虽合乎节约逻辑，在记者所谓进一步办法："凡婚嫁寿丧，不要送礼，亲身或持片前去道贺或致敬；宴客根本不要设席，随时邀同来家吃家常便饭，免得许多麻烦。"昔某大员谒朱子于白鹿洞书院，食时仅脱粟饭、蔬菜二事，未闻朱子失主客之义，此事吾人正当取法。

其三曰爱物。暴殄天物，古人所痛。一丝一缕，来处不易。吾国人向来以豪放自居，对于物品极少爱惜，用弃几至参半，殊为可惜，此种浪费难以枚数！查《节约运动实施办法》所列举各节，统括起来，多注意提倡国货。国货在今日已处于呻吟绝境，欲求起死回生，端在全国人民觉悟，弃其平生迷信洋货之恶习，转移到国货身上，以合乎"中国人用中国货"之原则。记者所谓进一步办法："即全国人尽用国货，亦当在爱惜之列，不能如美国人将剩麦抛诸海洋以提高价格之可比！"须知晏子一狐裘三十年，汉文帝着再浣之衣，唐太宗不着新衣，与夫食不兼味之帝皇，即是惜物之意也。

节约运动所列举各条，确是今日国民应有之认识，不但战时为然。不过在战时更宜照此办法，以节省物力。光武不忘麦饭，此对一人蒙难之纪念尚不可忘，况今日吾人对于数十百万浴血抗战之将士，而不为之心恻乎？我们不但节约已也，还要进一步以节约所得之利益，自动输捐国家。试看他们以肉与血为国家民族牺牲，我们尚不肯牺牲金钱，岂得谓平？还来借节约之美名，加强其守财虏之实力！人谁不爱财？当此国破家亡之时，即使富过邓通，不过成为现代之犹太人而已！所以记者对于此次《节约运动实施办法》，固然十二分赞成，而尤愿百尺竿头，再进一步，以我国丁此民穷财尽之秋，战时固然要节约，即非战时也要节约，以挽救今日社会上颓风，使之共惜物力财力，跻中华民国于世界各富强之上，节约之意义大矣哉！愿与国人共勉之。

读书杂记①

　　天下事并无一定，存乎其人。所以臭腐化为神奇，神奇亦可以化为臭腐。又曰："贺者在门，弔者在途；弔者在门，贺者在途。"彼今世热心富贵者，可以深长思矣。

　　以轩乘鹤，卫国谓之不君。以车载猃，周家名为贤君。天下事亦有幸有不幸而已，又何尝有真是非哉？

---

① 敏陔：《读书杂记》，《湖南国民日报》1938 年 10 月 9 日第 3815 号第 4 版副刊。

本年国庆节之礼品[1]

国难未平，百感交集，适逢国庆，何心言欢；谀寿之词，固不可作，新亭之泣，抑又何补。然亦有庆祝之法。昔于成龙总督南京，时有某大盗为害一方，莫敢谁何。适某月为于公生辰，诸大夫问所以庆寿之方。于公曰："倘获大盗，则所以寿我者多矣！余物莫登吾门。"未几，果获大盗，地方以宁，此开千古庆寿礼品之异闻。

然则今日国人欲为中华民国寿者，倘能令仿获某大盗之遗意，以之歼灭倭寇，其为中华民国庆寿之礼品，不更光荣而伟大乎？虽贫富、贵贱、老弱、男女送礼之轻重不同，其所以寿中华民国之目的则无不同。前方将士抱"一寸山河一寸金"之热诚，浴血抗战，每日杀敌若干，俘敌若干，击落敌机若干，击毁敌舰若干，收复失地，当然是上上礼品。后方民众，其送礼品之机会，到处皆是，岂必人人在前方，方可上寿？如多制防毒面具，努力生产事业，何莫非上等礼品？捐赠寒衣，何莫非上等礼品？有钱者出钱，何莫非上等礼品？不但不避兵役，兄弟相争投戎，保甲长努力征发，何莫非上等礼品？抚拊伤兵，救济难民，何莫非上等礼品？官吏努力从公，不事敷衍；人民力事节约，不作无谓之牺牲，自然不失为上等礼品。妇女不事铅华，小儿捐助糖果，亦不失为礼品。乃至捐一月饼，捐双草鞋，都不失为礼品。至于各发天良，不作汉奸。商家深明大义，不提高物价。有知识者，抒嘉言良谟，如陈同甫，所谓"陈国

---

① 宾步程：《本年国庆节之礼品》，《湖南国民日报》1938 年 10 月 10 日第 3816 号第 1 版社论。

家立政之本末，而开今日大有为之略；论天下形势之消长，而决今日大有为之机"。精神上之礼品，又孰有大于此者？此皆仿获大盗之遗意，足为国家称觞上寿而无愧色者！

倘各国伸张正义，制裁暴日，此则友邦隆重礼品，尤为吾人早夜希冀而不置者也。

今日书此，谓之为寿言可，谓之为礼单亦无不可。

读书杂记[①]

　　《钱子语测》载："蔡卢齐与姚德辉书云：三十年前好用工，吾今且三十矣，奈何！昔项羽之救赵也，既渡河沉船破釜，持三日粮，示士卒必死无还心，一战胜之，由此称霸。"夫羽无足言也，然能决志勇往，直于死中求生，是亦学者所当师也。

---

① 敏陔：《读书杂记》，《湖南国民日报》1938 年 10 月 11 日第 3817 号第 4 版副刊。

读书杂记①

　　孟尝君命冯骥收债于薛，骥问："债市何物?"曰"吾家寡者市之。"骥至薛，悉召负者焚券，归谓平原君曰："君府藏盈积，所乏者义耳，今市义而返。"此种鸡鸣狗盗之徒，尚知焚券市义，何今世为富不仁者之多也?

---

① 　敏陔：《读书杂记》，《湖南国民日报》1938 年 10 月 12 日第 3818 号第 4 版副刊。

读书杂记[1]

　　程伊川云："以富贵骄人，固非美事；以学问骄人，害亦不细。"此二者，在今世多不免。

　　《抱朴子》有诗圣、有文圣、有酒圣、有草圣、有茶圣、有医圣，皆言其至也。今世有钢铁大王、煤油大王、橡皮大王、汽车大王等，与圣字义无甚分别。

---

[1]　敏陔：《读书杂记》，《湖南国民日报》1938 年 10 月 14 日第 3820 号第 4 版副刊。

前方急需寒衣[1]

时届秋杪，寒气渐紧，我前方抗战忠勇士兵，犹自着单衣。一方面以血肉之躯与敌人炮火相周旋；一方面又以单薄之身与天气寒风而奋斗。我们安处后方的民众，无不希望前方士兵以强健无病之身体奋勇杀敌，但是欲达到此种目的，非有御寒衣服不足以保卫自身。所以，近来各省党政各界有发起为抗战士兵征募寒衣之义举。我湖南省亦分得数十万件，日前已分头征募，并限双十节缴呈。后又展期至本月十五日，其体恤各界应捐人户之苦心，可谓无微不至。记者日昨询之主办人某君云："自动捐助者甚踊跃，惟商界分捐之数，迄今人皆观望，所收甚微"云云。吾因之有感矣！

在不久以前，河南程主席有言："查各省沦陷地域，其伪维持会长尽出身商界，且多系当地之商会主席"云。夫商人在今日已占各地重要地位，一举一动于经济前途关系甚大，在平时如果商人尽知爱国，不运舶来品，不做买办，不做奸商，则我国金钱决不至流出国外，我国国货一定可以各取所需，大量的提倡。无如一般商人，唯利是图，饮鸩止渴，只顾一人之利益，而忘却多数民众以及全国之利益，尽量的为外国人作经纪，为丛驱雀，为渊驱鱼，所以将中华民国弄到民穷财尽之今日，商界当然要负大部分责任。今者寇焰方张，深入腹地。中央政府与前方士兵拼命的为中华民族争生存、为世界维持正义和平起见，不惜重大牺牲，以达到"国家至

---

[1]　敏陔：《前方急需寒衣》，《湖南国民日报》1938 年 10 月 15 日第 3821 号第 1 版社论。

上，民族至上"之目的。

抗战迄今，已有十五个月之久。今日又届冬季矣！北风凛凛，炮声隆隆，凡我征人，无不与天气军器相奋斗，愈接愈厉，越杀越勇，我们试设身处地想想，以此种出万死不顾一生之将士，并不是为一己之功名利达所驱使，实实在在为整个民族争取最光荣历史。所以不顾一切，以与敌人拼个你死我生。

在湖南党政各机关长官，不忍前方士兵受冻，向后方富有资产阶级哀求共解金囊，制输棉衣。凡属国民，在今日实有应尽之义务并不止商家、部分民众已也。不过，目前商界，比较其他各界稍为活动，则所指派之数目亦较商界稍为加矣。在政府上深知长沙市商素来当仁不让，毁家纾难，决不夺古人专美于前，乃查近来商界中有少数不明大体之人，抱团抵抗，一毛不拔，以致主办者虽一再展期，而商人视为莫如我何。纵使政府宽大为怀，不与派捐，试问良心上安否？在此生死存亡之际，我们不但有钱者出钱，还要有钱者出钱之外，又要出力去服兵役；不但有力者出力，还要有力者出力之外，又要出钱认募寒衣。整个中华国民，大家一致站在一条救亡图存战线上，不要取巧，不要悭吝。须知"皮之不存，毛将焉附"，犹太人亡国之痛，就是事实摆面我们面前。当此千钧一发之时，无论何界，均不留片刻之犹豫、延宕、观望、吝啬，以遗误军国大事。若我们今日冥目想一想，沦陷各地同胞受倭寇之摧残、虐刘、蹂躏、奸淫等之苦，以及指派勒索强用军票情形，何啻天堂地狱之分。我们不要留着这些金钱，作倭寇压境时之犒赏。我们要倾家荡产，以维护祖国。为达到此项目的起见，不得不仰望前方爱国抗战志士作我们的长城，不得不各尽其力之所及以保卫长城。目前第一问题就是寒衣。诗云："无衣无褐，何以卒岁？"平民如此，况属征夫？以青海极贫瘠省份，尚且自动捐助皮衣料十万件，以为前方官兵御寒之用，此十万件皮衣料约可值棉背心四十万件。登诸报章，商界同仁阅此当亦动心。我湖南商界作事向未后人，定必有以慰政府之愿。

事急矣！寇深矣！时乎时乎！！！我们要保卫数千年祖宗遗下之中华民国土地，首先要保卫前方数十万战场杀敌之士兵，而唯一目标，则在使之不受冻饿之牵制。一般人每见我军小挫，则为之愁眉皱眼，若谈到捐募寒衣，则互相推诿图赖，以长沙市今日人口之增加，饮食起居，较前消耗更大，而此种消耗所得之利益，不之他族，凭良心上讲，商业比前发达，市面比前繁荣，此种利益究系何人所得？在此时，政府略派以寒衣捐，不过使市商对于国家有尽义务之机会。试看中央自抗战以来，许多□用去，并未向商民筹募。即前次救国公债，我湖南所派之款尚未全真如数缴足，中央政府之仁思何等伟大。今政府欲步各省之后尘，令使市商报效向隅，发起寒衣捐，凡属食毛践土之中华国民，应当自动克日缴解，以表显和证实我"湖南不死，国不亡"之美誉。子文纾难，卜式输财，想市商今日定可以将所派寒衣捐全额缴解，而不要政府行增公文各种手续来敦促耳。

读书杂记[1]

　　《双溪杂记》载：明胡惟庸为相事败，遂罢丞相不设。《祖训》首章云："敢有奏请设立丞相者，文武群臣即时劾奏，本身凌迟，全家处斩。"此种法制，要在择人而用之，若舍人的问题，而归咎于制度，是何异因噎废食也。

---

[1]　敏陔：《读书杂记》，《湖南国民日报》1938 年 10 月 15 日第 3821 号第 4 版副刊。

读书杂记[1]

苏东坡有言："士大夫逢时遇合，跬步以至公卿非难，而归田为难。"一则患在不知足；二则本人有意归田，而攀龙附凤者总不愿失却首领。俗云："坐轿者不想坐，而抬轿者不肯放下肩也。"

---

[1]　敏陔:《读书杂记》,《湖南国民日报》1938 年 10 月 16 日第 3822 号第 4 版副刊。

读书杂记[1]

信教自由，中外国法所许。今人往往迷信过火，对于宗教好样活显神通，有求必应。欧美信基督教，但是耶稣生于犹太，不应先亡国。中国信佛教，而佛生于印度，亦不应先亡国。岂我不入地狱，谁入地狱之实现耶？如果耶稣、佛教有灵，未知作何感慨？

---

[1] 敏陔：《读书杂记》，《湖南国民日报》1938 年 10 月 17 日第 3824 号第 4 版副刊。

我对于市民防空一点小贡献[1]

长沙市每次对于空袭警报发放时，一般市民相率向外奔驰，秩序之乱蔑以复加，所以放一次警报，至少有一二市民牺牲于汽车之下。明知在此抗战时代，敌人在扰乱我后方，政府曾再三晓谕民众，向乡下疏散。无如言之谆谆，听之藐藐；即前次已疏散下乡者，近见敌机未来轰炸，不少的又回到长沙，如谓其愍不畏死，何必见"机"而作？如谓其怕"祸从天上来"，又何必恋栈不去？此种心理真不可解。现在抗战正在紧张之时，长沙市又为敌人注目之地，知果市民依依不舍，急须自行多筑防空洞，以免得敌机来袭时，再表现乱窜情形。特将我之意见贡献于下。

长沙市周围多山地，最便于建筑防空洞，即在平地，亦可多建防空壕。即如居住南门者，有妙高峰，有南大马路及回龙山一带山地，居住浏阳门、小吴门者，则有韭菜园、二里牌一带平原；居住经武门者，则有便河之斜坡及大操场；居住兴汉门者，则有修理厂前之冲坡；居住北门者，则有司马冲、桂花园等山地；居住河边小西门一带者，则有沿河之堤畔。以上所列举各地，以之建筑防空洞或防空壕，最易为力，无须政府举办，只须各户市民每家出一二个人工，或规定二甲一洞，或一保五洞，视居民之多寡，以定洞壕之数目，限在三日内开工，六日内竣事。如该保多富户，或联合数户，共凿一洞，每洞编以某保或某甲之名称，避空袭时各入各洞壕。或

---

① 敏陔：《我对于市民防空一点小贡献》，《湖南国民日报》1938 年 10 月 18日第 3825 号第 1 版社论。

政府利用工役服务，勒令每户出工，在指定地点凿挖洞壕。每一洞不须太大，窿道宜窄，隧道宜深，至少每洞容纳三十人，约深一丈之谱；高不过五尺。论其工人，最多有十五六个工人，即可成一洞。若防空壕，则减半工矣。且防空壕不须尽向郊外建筑，即城内之空隙地方，亦可兴工（但不可在建筑屋内挖壕）。统计长沙市今日市民，不过四十万人如有一万个防空洞或壕，即可容纳一切民众。防空洞壕建筑之后，再由市政府与警察局规定居民入洞壕路线，不许混乱，并出示晓谕居民，某方居民只准入某处附近洞壕，如有南门居住跑至东门者，强行制止。此种办法，记者今春在桂林时，亦曾目睹广西政府之计划，并将防空洞壕及所在地绘成大图，贴之街中。市民一闻警报，即各分道扬镳，往洞里去。所以桂林城中警报放时，秩序颇好。但是桂林城面积比长沙小，而街上汽车亦比长沙少，空袭警报放时，大家都可以平安行走。不若长沙市一般汽车夫横冲直撞，不顾行人性命之危险也！

人既怕死，则应速即离开长沙，如有为环境所迫不能离开长沙者，亦应集合邻居筑一防空洞壕。如果二者不能采用，闻警报则拼命向前乱跑，而不知无情汽车，追随在后，避让稍迟，性命即行结束。此种无谓牺牲，孽由自作，到不如预先下乡暂居，留此身以为将来报仇雪耻之用。天下祸能免者，则设法极端免除；如有不能免者，只好成仁取义，为民族争取最上光荣。

我想在敌机肆虐之时，为本身生存计，用最小之工作，谋安全之设备，所费虽小，收获甚大，市民何乐而不为也？须知我国长期抗战，志在歼敌，此后敌机频来，比今日尤为多，不观本月十四日敌机有一百一十架，整日向广东轰炸；万一长沙市到那步田地，试问市民如何能居？所以每保建筑多个防空洞壕，实为市民本身生存计想全市民众有赞成我之主张耳！

读书杂记[1]

今日行路，要靠左边走，若在外国，则靠右走。今春由桂乘汽车至安南，在桂境内则靠左，入越境即改由右走。查我国古人所谓"遇诸道左"，又曰"楚人尚左"，所以行路要靠左欤？不然当另有所本。

乐至今日，已失掉本性，俗乐之喇叭锣鼓，既不可听，即西乐之大鼓大喇叭，亦何尝可听。只有我国古乐，真有唯恐其倦之意。但历代帝皇多制音乐以自炫，当王莽初献新乐于明堂太庙，或闻其乐声曰："厉而哀，非兴国之声也。"陈后主作《无愁曲》，曲终乐阕，闻者莫不陨涕。隋开皇初，新乐既成，万宝常听之曰："乐声淫厉而哀，天下不久尽矣。"炀帝将幸江都，王令言闻琵琶新声曰："宫声往而不返，帝必不令终。"可知乐由天作，不可强成。王阳明有言："《韶》是舜一本戏，《武》是武王一本戏。"二语极妙。

---

[1]　敏陔：《读书杂记》，《湖南国民日报》1938 年 10 月 18 日第 3825 号第 4 版副刊。

保甲制度之今昔观[1]

余奉令将有视察保甲训练班之行，在未启程之先，觉得保甲制度在我国虽时易势殊，却有研究之价值。原此种制度实为行政基层机构，欲改革行政与夫推动新的建设，端在保甲之得人。亦由于欲军队之编组健全，须先有健全之连排长；欲高楼大厦之不倾圮，须先有根深蒂固之基础。保甲长虽是"芝麻大"的官吏，而所负使命与责任却重而且大。我湖南现正厉行两大方案，与保甲长关系至为密切。所以张主席于训练乡镇长以后，追踪训练保甲长，使全省四万保甲长都个个明了施行纲要内容，与夫本身今日之地位，已非从前时代之保甲长所不为人重视可拟。欲知保甲长制度之来历，不可不于历史中求之。记者此一篇文章，不可许为考古观，亦不可作为八股观，纯粹以历史的眼光来研究今日保甲性质，如能本诸我国历史以推行新政，庶无往不利焉。

管仲之保甲制度

管仲作内政而寓军令，三分其国为二十一乡，工商之乡六，士乡十五；参国起目为三官，臣立三宰，工立三族，市立三乡，泽立三处，山立三卫；五家为轨，轨为之长；十轨为里，里有司；故五十里为小戎，里有司帅之。四里为连，故二百人为卒，连长帅之；

---

[1] 宾步程：《保甲制度之今昔观》，《湖南国民日报》1938 年 10 月 19 日第 3826 号第 1 版社论。

十连为乡，故二千人为旅，乡良人帅之；五乡一帅，故万人为一军，五乡之帅帅之。是故卒伍整于里，军旅整于郊。内教既成，令勿迁徙。夜战声相闻，足以不乖。昼战目相视，足以相识。凡三军教士三万人，车八百乘。

案：保甲之法，本不始于管仲。周礼司马法，军旅什伍之数，即由保甲而来。管仲变周之制，而为是简捷之法以治军。所谓"内政"者，即指保甲而言。所谓"寓军令"，犹言兵制出于保甲耳。张主席所言"寓国防建设于地方建设"，"寓军事于政治"，作为当前施政之总目标，与管子所言"作内政而寓军令"，前后若合符节也。

后魏保甲制度

孝文帝大和十年二月，初立党、里、邻三长，定民户籍。因给事中李冲上言：宜准五家立一邻长，五邻立一里长，五里立一党长，长取乡人强谨者，邻长复一夫，里长二，党长三，所复，复征役，余若民。

案：后魏以异族而侵凌中国，初无所谓户籍法，不立三长，唯立宗主督护，所以人才隐冒，五十、三十、十家方为一户，谓之"荫附"。因李冲之言，乃行户籍法，民无隐冒，兵日以强，南朝莫之敌也。是保甲制度为兵制之最良善好法，亦为兵制之基层工作。如果保甲办理得法，而一切补充兵役，绝对无其他问题发生。欲解决此项问题，则又在保甲长人选与夫知识是否充实。所以在今日我国如欲得保甲长之效力，则非集合各县保甲长训练之不可。所谓户籍法者，亦可连带解决。

宋之王安石保甲制度

神宗熙宁三年，王安石变募兵而行保甲：民十家为一保，选主户有干力者一人为保长；五十家为一大保，选一人为大保长；十大保为一都保，选为众所服者为都保正，又以一人为之副。应主客户两丁以上，选一人为保丁，附两保丁，以上有余力壮勇者亦附之。内家赀最厚、材力过大者，亦充保丁。兵器非禁者，听习。每一大保夜轮五人警盗，凡告捕所获，以赏格从事。畿甸既就绪、遂推之五路。行保甲之法，籍乡村之民。二丁取一，十家为保，保丁皆授以弓弩，教之战阵。又王安石欲变募兵而行保甲曰："世人习见募兵而不见民兵之事，故一闻此议，则不能无骇。然募兵之法不变，乃实可忧也。"

案：古籍中言保甲之法者莫详于此。今世我国保甲制度大半以此为蓝本。例如十甲为保，保有保长。十保为乡，乡有乡长。十乡为区，区有区长（湖南已废，他省尚存）。区之上有县长。至于二丁抽一，授以弓弩，教以战阵，此即我湖南准民间自备枪支，及授以训练之意。且各兼有军事职务，如保长为保队长，乡长为乡大队长，以及县长兼自卫团团长等，比王法组织更进一步。但非常之事，难免为人所惊骇，所以在当时反对王法者，亦居多数。如司马光、王严叟辈，反对尤力。卒之良法难以实施，酿成南渡之祸，金兵长驱而入，绝少抵抗之能力。委员长前年在赣"剿共"时，有提倡王安石学说研究之举，实有见地。今日倭寇深入，而保甲制度尤有实施之必要。如果保甲长办理得法，一切兵役、工役、匪盗等均可迎刃而解矣。

清中兴时代之保甲制度

前清咸丰元年七月，御史宗稷辰奏《实行保甲疏》内称："保甲于填写时，宜加意覈实，以杜虚捏。"又"保甲宜不拘时址，随在稽覈，以致精详也"。又"保甲宜先查巨族，再论小姓，以为联属"。又"保甲可与坊里并稽，以杜颠隐"。曾文正覆文任吾书："国藩此次办法，重在团，不重在练。团者，即保甲之法也。清查户口，不许容留匪人。一言尽之矣。"宝庆知府魁联上督抚宪书，其第五条云："编查保甲，其十家之中，互相查填出结，一乡造完，即将簿呈缴地方官。……倘一家之中有不安本分之人，其劣迹昭著者，准绅耆送案惩治；若劣迹未著，绅耆不敢保结，即令九家互结，此一家另自出结。……但得一二乡办理妥善，则各乡自踊跃从事，一半年之间果能次第办竣，则丁口之多寡、户族之强弱，孰贫孰富、孰莠孰良，可以按册而稽。"

案：咸同间太平军起，官吏纷纷办保甲。当日办保甲之目的在稽查良莠，不在按口抽丁。即曾文正之团勇，亦由招募而来，自行教练，以别于绿营，故曰"勇"。原当日情形不同，办理保甲，以清查户口为宗旨，并不需抽练大批壮丁，开赴前方杀敌。今则国际战争系民族生死存亡关键所系，我们一方面训练知识分子为保甲长；一方面抽取壮丁，授以军事训练。不有健全之保甲长，则后者难期实现。所以，今日于厉行保甲制度之时，继之以训练，使一切新政得以推进，则保甲长实为今日重要中心人物，毫无疑义。

统观历代保甲制度，散见于兵制中，言保甲辄涉及兵制，言兵制间亦涉及保甲，足见保甲制度为征兵之基层工作，而别良莠、防盗贼等等亦因而附见。故保甲制度盛行之时代，兵必多而且强。游惰之民不安其乡，盗贼日以减少，政治亦因以清明。但是古代对于保甲长虽有完善组织，却未有训练工作，即今日全国各省，亦未有调取全省保甲长集团训练之举。惟我湖南则重视保甲制度，且调集全省四万保甲长，授以训练，并各兼保队长军职。一旦大功告成，不但乡间之匪盗绝迹，即补充兵役亦易为力矣。

张主席对自治人员训练班曾言："你们每一位的地位，并不比省政府主席的地位低；你们每一位的责任，也不比省政府主席的责任小。省政府主席虽然是负全省的责任，但只是一个空名，如何使他的计划与方针能够真正实行，能够把这些政治影响普遍到全省，还是在县以下的组织，还是靠县以下各级人员都能够保障政令的推行，能够实行主席的命令、方针和计划，能够把这些命令、方针、计划实施贯彻到每一个人民，那全省才能活动起来。……"

所以，保甲长是县以下最低的一个人员，是最能够与老百姓接近的一个人员，如果全省保甲长均能胜任职务，则一切问题解决矣。

读书杂记[1]

管子"作内政以寓军令"，与今日广西"寓兵于团"及湖南"寓军事于政治"，其办法各有不同，其原则则一也。

余每见手势斧柄诸工友，当将工作之时，先唾其手，再行执柄。可见古人所谓唾手者，今于工友中见之。

[1]　敏陔：《读书杂记》，《湖南国民日报》1938 年 10 月 19 日第 3826 号第 4 版副刊。

读书杂记[1]

曾文正公劝人当兵歌有云："初出茅庐如老鼠，越打越勇如猛虎。"今日政府征兵，动辄逃避，亦有谓新征来之兵有如老鼠，不足以上战场。假若训练有方，未有不如"越打越勇如猛虎"者。

----

[1] 敏陜：《读书杂记》，《湖南国民日报》1938 年 10 月 20 日第 3827 号第 4 版副刊。

读书杂记[1]

陆桴亭有言："教小儿，不但是出就外傅谓之教，凡家庭之教最急。每见人家养子，当其知识乍开时，即戏教以打人骂人，及玩以声色玩好之具，此等习气深入心肺，人才何缘得成就？"若揆以现代教子以及幼稚园办法，均与陆言相反，此后人之所以轻薄成性也。

---

[1]　敏陔：《读书杂记》，《湖南国民日报》1938 年 10 月 21 日第 3828 号第 4 版副刊。

读书杂记[1]

古人吊丧多用挽诗，试披览唐宋以来文人其挽诗见于诗集者不少。挽联之起，不知始于何时？昔时纵有之，不过用纸书之，今则一变而为白布，其富有金钱者又购用白绫。用白布则尽属洋货，用白绫则又暴殄天物。今当节约运动之时，如能大家提倡改用白纸，亦是节约之一端耳。

---

[1] 敏陔：《读书杂记》，《湖南国民日报》1938 年 10 月 22 日第 3829 号第 4 版副刊。

读书杂记[1]

　　礼、乐、射、御、书、数，谓之"六艺"。御久不为人所重，褚民谊任行政院秘书长时，据报载曾一度为美人鱼御车，全国惊异，不知褚氏长于"六艺"，不过借此演习而已。又如今世几多少年长于驾驶汽车，而人反不惊异者，何故？

---

[1]　敏陔：《读书杂记》，《湖南国民日报》1938 年 10 月 23 日第 3830 号第 4 版副刊。

读书杂记①

　　明之戚继光为歼倭赫赫有名之将军，倭人望之生畏。其勖将士语录上有云："武职两手握着便益。成功则显身扬名，加官进禄，是一手握着便益；阵亡则荫子立庙，血食百世，也是一手握着便益也。"今日前方抗战将士也是一手握着便益。欲达到上述种种，只有拼命杀敌，即可如愿相偿。

① 敏陔：《读书杂记》，《湖南国民日报》1938 年 10 月 24 日第 3831 号第 4 版副刊。

读书杂记[1]

有明之世，习于奢侈，以致民穷财尽，四方不宁。至弘治而始悟，六年停甘肃织造绒毼，十一年罢福建织造彩布，十五年罢广东采珠，十七年又罢南京苏杭织造中官，虽经一罢再罢，而元气已伤，无能为力，终召异族之祸。

---

[1]　敏陔：《读书杂记》，《湖南国民日报》1938 年 10 月 25 日第 3832 号第 4 版副刊。

读书杂记[1]

明之严嵩为赫赫一代之伟人，当时声势之盛，无再有出其右者。御史邹应龙劾严嵩父子祖孙凭势专权。疏入，帝令嵩致仕，其子世蕃、孙鹄等发烟瘴充军。后世蕃不甘沉寂，与倭勾结，卒至伏诛。此我国大员为汉奸通倭之第一人。彼今世为汉奸者，当奉严世蕃为始祖，亦当以世蕃为殷鉴。

---

[1] 敏陔：《读书杂记》，《湖南国民日报》1938 年 10 月 26 日第 3833 号第 4 版副刊。

读书杂记[1]

　　做官，人所愿也，但须明义之所在，若非其义，虽万钟亦不可受。当宋之世，洪皓奉命使金问候二帝，金迫之仕，不屈。金人曰："忠臣也。"流之冷山。后金人入建康，杨邦义刺血书衣裾曰："宁作赵氏鬼，毋为他姓臣。"大骂死之。此二人者均能深明大义，不以利禄熏心，彼今世为异族臣妾之汉奸，其罪不容于诛。

---

[1]　敏陔：《读书杂记》，《湖南国民日报》1938 年 10 月 27 日第 3834 号第 4 版副刊。

读书杂记[1]

今世一般士大夫者流每年雇多数僧人，为其先人超度忏悔，是认本人祖宗在生作恶多端，故不惜金钱为之营救。名为爱惜先人，实则是侮辱先人，其义至为明显。至于做长期道场、盂兰胜会，与夫焰口等，自谓为一般孤魂设法超度，尤属可笑。孔子曰："非其鬼而祭之，谄也。"一语道破矣。

---

[1] 敏陔：《读书杂记》，《湖南国民日报》1938 年 10 月 28 日第 3835 号第 4 版副刊。

读书杂记[1]

　　后周太师冯道历相唐、晋、汉、周四姓，臣事十君。尝著《长乐老叙》，以自述累朝荣遇之状。夫冯道本卑鄙无气节之人，虽能事四姓十君，而得保首领以没，实不易致。惟人臣立朝，不主枢端，每遇事来，模棱两可，如俗言"逢人说话，见鬼打卦"，窃位偷生，人亦不生忌刻，此冯道做官之秘诀耳。今世亦有仿其法而最灵验者，可谓之冯道入门弟子。

---

① 　敏陕：《读书杂记》，《湖南国民日报》1938 年 10 月 29 日第 3836 号第 4 版副刊。

读书杂记①

陆桴亭言："县官之难做，举其掣肘者有六：佐贰不得自选一；不主兵权二；上司太多，疲于应接三；缙绅满邑，谋议多左四；子衿数百，动辄哄堂，不可教谕五；迁转太数六。不去六弊，而能致治，未之有也。"

---

① 敏陜：《读书杂记》，《湖南国民日报》1938 年 10 月 30 日第 3837 号第 4 版副刊。

湖南省难民救济处工作报告[①]

一、本处组织

本处于二十七年一月奉省府令饬接收非常时期难民救济湖南分会成立。七月修正组织章程。设处长一人，副处长二人，由省府委派。下设会计主任一人，由财厅调派。干事五人，股长四人，股员一十二人，事务员二十二人，由处委用。计分四股，一股办理文书、庶务、收发、管卷、统计、人事、登记等项，二股办理收容、给养、管理、生育、葬埋、抚恤等项，三股办理疏散、接待、介绍、教育、生产等项，四股办理卫生、医疗、防疫、保育等项。

二、核定救济经费来源

在前陈处长任内，本省救济难民经费，除中央委办收容难民补助一部分外，余均由各方临时筹拨。本任接办伊始，即提案呈请省府核准，指定的款，向湖南省振务会拨借洋一十万元，湖南水利委员会拨借洋二十万元，由湖南省财政厅发洋一十万元，共计四十万元。按照现状，足敷三个月救济用费。惟实际领到，仅振务会十万元如数拨用。财政厅款因扣去代陈前处长借数二万五千元，只收到九万五千元。水利会款，则交涉逾月，仅能发到四万元，有六万元迄未照发。

---

① 宾步程：《湖南省难民救济处工作报告》，《湖南国民日报》1938 年 10 月 31 日第 3838 号第 4 版。

三、收支概况

甲	经费收入	元
一	中央振委会委办八县办事处收容难民七千六百名经费	八二六六六〇〇
二	湖南省财政厅拨发	七五〇〇〇〇〇
三	湖南省赈务会拨借	一〇〇〇〇〇〇〇
四	湖南省水利委员会拨借	四〇〇〇〇〇〇
五	接收陈前处长任内移交	七〇九二八六
六	捐款	九〇六三三二
七	商业部缴还股款	一六〇〇〇〇
八	移借急振款	五〇〇〇〇〇
	总计收入	三二〇四二二一八

乙	经费支出	元
一	代办振委会委托收容难民给养及各县办事处经费	一一二五〇八四二
二	本处直属各收容所难民给养及各所经费	一七七六五一一四
三	本处经常费	八二三六〇一
四	遣送费	一〇五六二七九
五	生育调养埋葬抚恤费	二六一二七五
六	本处特别费（制发义勇队服装费及拨发难民工厂经费师资训练所学生转入公私立学校借读学费）	一九六〇三六
七	医药及难童服装等费	五三六八二一
八	欠发各办事处及各收容所给养及本处医药杂支概数	三四七四三八五
	总计支出	三五三四四三五三

丙	不敷概数	元
		三三〇二一三五

四、难民难童数目及配置收容地点

本省自非常时期难民救济湖南分会办理以来，先后经过难民难童计达十二万余人以上。现在经收容者共达五万二千余人。共配置收容地点，在长沙县市二万二千余人，常德一万零二百余人，湘潭四千二百余人，衡山二千三百余人，衡阳二千二百余人，祁阳一千四百余人，耒阳八百余人，安乡六百余人，汉寿四百余人，沅江六百余人，益阳六百余人，常宁一百余人，凤凰四百余人，沅陵三百余人，桃源四百余人，乾城一百余人，泸溪、辰溪、麻阳、黔阳、会同、洪江、永绥等县市，共二千余人（系湘西行署分配总数）。郴县、桂阳、永兴、资兴、岳阳、湘阴等县，共三百余人。浦市、乾城、永绥、石门、东安等县，难童四千余人。内由湖南省难民救济处在长沙、常德、汉寿、安乡、祁阳、耒阳、沅江、益阳、常宁、凤凰等县市，发给养者二万九千余人。又代垫安徽省难民救济会湖南分会在长沙、常德两处，发给养者八千五百余人。衡山、湘潭、衡阳三县，前由中央振济会委办，现经交县按保寄养者七千六百余人。其他由各县救济分处担负给养者二千余人。经中国战时儿童救济协会与中国战时儿童保育会收养者四千余名。红十字会、天主堂教会及慈善团体收容者一千余人。

五、办理收容管理情形

难民到湘，即由湖南省难民救济处凭所持原发难民证登记，换发本处难民证，送入收容所收容。在长沙县市现设收容所四十一处，每所收容难民自一百余人至三千余人。常德、益阳、沅江、汉寿、祁阳、耒阳、常宁等县，各设收容所一至六处不等。每所派管理员一人，助理员二人至九人。所内分室编组，男女难民各别。室有室长，组有组长，由难民推举代表充任，协同管理员、助理员负责办理难民食宿、自治、卫生事项。难民无论男女老幼，日支给养一角，由所代办火食，每日两餐，经手购买米煤物件，十日一结，公布数目，月终结清。如有膳食余款，除提出一部为所内公益事业开支外，均摊发各难民，供个人零星用费。难民重患病及传染疫症，送本处自办伤病收容所，或公私立医院医疗，轻病由本处所聘中西医巡回医疗队诊治，所有药费、火食归处担任。孕妇生育，发调养费二元。死亡除向慈善机关团体领取棺木外，并发埋葬幼童二元，成人四元。

六、办理遣送疏散情形

难民麇集长沙，人数过多，空袭时虞，亟应疏散外县，以策安全。即住所收容之难民，亦因生活关系，常有自动出所请求遣送湘西、湘南者，均经本处妥拟办法，视县份之大小，规定运配人数，商洽舟车，分批运送各县。于遣送时，换发遣送证，填载地点，并依路途远近，每名发遣送费二角至六角。如乘轮船，则由船代备火食，日支洋一角四分，不另发遣送费。每次均派员护送，随备医品沿途照料。到达指定地点后，即交难民于本处在该县设立之办事处或收容所收容。从六月二十八起至九月三十日止，三个月内遣送之难民难童，计常德六千五百余人，衡阳九百余人，浦市、乾城二千四百余人，湘潭五百余人，汉寿四百余人，桃源五百余人，益阳七百余人，沅江六百余人，安乡七百余人，耒阳一千三百余人，祁阳八百余人，常宁三百余人，衡山三百余人，东安三百余人，合计遣送难民难童总数一万六千九百余人。但难民好动思迁，每多不到指定地点，中途停留，或另往他处，以故本处在长疏散人数，与各县收容数目稍有出入。

七、施实按保寄养办法

本年六月以后，因到湘难民人数激增，设所收容已感困难。适奉省府颁布按保寄养办法，令县实行。预定寄养名额为四万人。暂以湘潭、湘乡、邵阳、衡阳、桃源、澧县、宜章、耒阳、衡山、资兴、永兴、常德、汉寿、沅江、安乡、郴县、祁阳、零陵、桂阳、益阳、常宁、临澧等二十二县为施行区域。将本处遣送各该县难民，分配各保，由保内有收容能力之住户寄养，每户二人至五人，或联保收容，担负给养。此项办法，暂以半年为期。现在湘潭、衡阳、衡山三县，均于九月中旬实行联保寄养七千六百余人，尚称顺利。耒阳六百余人，亦经办竣。常德方面，正在配置计划中。

八、振济会委办八县办事处收容难民

本年五月间，中央振济会以武汉难民过多，亟待疏散来湘安置。因与陈前处长商定委办收容难民二万人办法，由振济会担任难民三个月生活费，及开办遣送办公各费，每一万人，计支经费洋一十五万四千二百六十六元。并择定湘潭、衡山、衡阳、祁阳、耒阳、郴县、桂阳、永兴、资兴等县收容。各成立办事处派主任一人。每处设五个收容所，每所收容难民五百人，五所计收容难民二千五百人，八县共收容二万人。在陈前处长任内，由汉遣送来湘之难民七千六百人，已运配湘潭、衡山、衡阳三县，业经振济会汇款一十三万二千六百六十六元交处开支。嗣以郴、桂、永、资四县旱灾奇重，当呈准省府及振济会暂缓配送，摊销办事人员，改于常宁、益阳、沅江、汉寿、安乡等县设办事处及直辖收容所。七月以后至九月三十日止，陆续由汉输运到湘难民三千五百人，亦已转送祁阳、常宁、耒阳、沅江、益阳、安乡、汉寿各县收容，均经派员前往办理妥当。除已收容人数总计上列各县，尚可配置一万人。但上项续送三千五百人之难民生活费及办公经费，迄未奉振济会汇寄，仍由本处垫付，应请归还。

九、健全各县办事处加紧救济工作

本处在各县设立之办事处均经颁发规程预算，俾资遵守。仍随时考察，督促进行。除受振济会委办在湘潭等八县成立办事处收容难民外，为谋疏散收容办事便利起见，故于常德增设办事处，以便办理湘西运配难民事务。该处自七月初成立后，由长沙遣送前去之难民，及由汉径往，与各处自动到常者，截至九月二十日止，共计收容难民一万零一十九名，并过常转送湘西之难童二千四百余人。

关于工作方面，较为重要者，如商请当地中外医药界组设难民医院，与广德、防疫两院合作，医疗伤病难民。约集各界领袖，筹募难童寒衣棉被捐款六千余元，会同党政当局，发动义务缝制，征集难民棉服。及在河洑塔建难民棚屋等项，均有相当之成绩。

湘南方面，因振济会委办收容，已在衡阳设有办事处，只须强化其工作，使成湘南运配难民之总站。由衡转运耒阳、祁阳、东安及广西各处之难民难童，共计不下五千余人。关于过境接待，在衡收容之医药卫生，亦经地方热心士绅捐助款项、药品颇多。祁阳、衡山、湘潭、耒阳四县办事处工作，咸称努力。

常宁、安乡、汉寿三办事处，与沅江、益阳二直属收容所，皆成立不久，正在积极整理，以臻完善。

惟湘潭、衡山、衡阳三县办事处，因难民业已遵令按保寄养，均于九月中旬先后撤销矣。

十、督促各县救济分处积极进行

本处以难民流亡转徙及按保寄养实施以后，散居各县，为数至多，自应普筹救济，以资安辑。前经令饬各县成立难民救济分处，妥筹的款，办理救济事务，并将分处规程从新厘定，呈奉省府核准颁行。现已设立分处者，有湘潭、衡阳、衡山、祁阳、耒阳、沅陵、蓝山、麻阳、资兴、永明、宁远、桃源、武冈、道县、攸县、东安、零陵、石门、慈利、沅江、汉寿、益阳、湘阴、岳阳、浏阳、醴陵、常宁、安仁、郴县、湘乡、凤凰、桂东、会同、桂阳、永兴、常德、辰溪、泸溪、芷江等三十九县。业由本处按照各该县地方财力，规定收容难民数目，担任给养，自一百名至五百名不等。但交通便利之县，往往超过规定名额，如湘潭分处收容人数计逾千名以上，常德、衡阳、桃源等县次之。至地方救济经费来源，以提借积谷，拨用备灾公款、商店捐派及殷实劝募等项为主，多方筹集，流弊滋生。本处为谋明了各县分处实际情形加紧工作起见，曾于八月下旬派员赴衡、醴一带视察。查以湘潭、耒阳等县办理较为完善，仍有仅存名义而不办一事者。至少数县份分处之责任人，经手派募动支款项尚有不甚清晰，均已分别指示改善，督饬积极整理矣。

十一、组织难民抗敌义勇抗敌工程抗敌宣讲三总队

战区来湘难民不乏强壮青年。为增进爱国热情、充实抗战力量及唤起人民抗敌认识起见，本年七月，本处奉省府令饬，分别组织难民抗敌义勇总队、难民抗敌工程总队及难民抗敌宣讲总队，并令派长岳师管区司令吴冠周、省会警备部司令丁炳权、全省保安处处长徐权分别兼任义勇、工程、宣讲各队总队长。难民初尚观望，几经解释，报名参加，亦甚踊跃。业于八、九两月先后组设，现义勇队已成立一模范中队，工程队成立一中队，各百余人；宣讲队成立两队，经考选二十余人，刻均在整训中。

十二、协助设立难民食宿站所

二十七年七月，本处迭奉行政院、振济委员会及省府电令，从速筹办湘西公路难民临时食宿站所，以利徒步疏散。当即派员驰赴湘黔公路，勘查设站地点，暂就长桃段举办，并经拟具计划预算等

项，呈请省府核准。正待设立，适振济会派孙秘书亚夫来湘筹商运送配置难民长沙、株洲两总站，于长衡、浏衡公路遍设分站招待所。本处奉令协助，均经分处派员商同第一、五两区专员、县长，并介绍熟悉地方情形人员，前往各站所服务，结果尚属圆满。至湘西难民食宿站所计划，早已确定，自易进行。

十三、接待难童转运湘西湘南教养

中国战时儿童救济协会由汉遣送难童来湘教养，在陈前处长任内，代觅湘西泸溪县之浦市及乾城县筹设教养院址。六月间已有一千余名到达长沙、常德。本处迭奉振济会电令，所须火食、旅费应与遣送难民一体待遇。经在长沙、常德两处设接待所，办理食宿、卫生，制备衣服、鞋袜，并雇汽车、轮船、民船，分批转运湘西，计乾城教养院九百余名，浦市教养院一千四百余名。嗣以湘西交通颇感困难，奉省府令饬在湘南另觅地点，当派员前往东安、祁阳、零陵等县，在东安井头圩、大井头、文明铺，祁阳归阳、白水各处，勘定院址，筹备妥当。现已送东安教养院者计五百余名。又，中国战区儿童保育会过境赴桂难童五百五十余名，由金华经赣来湘难童三百余名，本处均派员在长沙、株洲车站照料，供给食品，馈送旅费。

十四、发放空袭被炸急赈

暴日肆恶，狂炸我国不设防城市，本省八、九两月，长沙市、衡阳、株洲、郴县、宁乡、岳阳、邵阳等处先后遭受敌机轰炸，无辜被害，损失甚巨。中央垂念难民，发款救济。本处奉省府转下振济委员会发汇振款一万元交处发放，并准振济会孙秘书亚夫规定救济费额，死亡每人一十元，重伤五元，轻伤三元，房屋被炸毁赤贫每户五元，并办理被炸伤疗及临时收容所。业经分别派员会同赈济会运送配置难民长沙总站孙前主任亚夫、程主任永言、株洲总站王主任积善及衡阳第五区孙专员，衡阳、湘潭、郴县、宁乡各县县长查明造册发放，并专案呈报赈济会备查。除岳阳、邵阳两县尚未办结外，八、九两月由本处发放长沙市八月十七日被炸伤亡难民振款洋一千六百三十四元九角，八月二十五二十六两日洋九百五十元二角三分，衡阳八月十八日洋四十元，株洲八月三十一日洋五百一十八元五角五分，郴县八月三十日洋四百二十六元五角，宁乡九月六日洋一百八十二元二角，及补发长沙八月份急振洋二十五元，合计代中央振济会发放急振洋三千七百七十七元三角八分。又以被炸难民房屋倒毁，无家可归，因于本市连陞街办理被炸难民收容所一处，登记收容者凡一千四百余人，共支开办公费给养等项计洋二千七百六十五元。现仍继续办理。

读书杂记[1]

明倪文节公云：“贫贱之人，一无所有，及临命终时，脱一厌字；富贵之人，无所不有，及临命终时，带一恋字。夫脱一厌字，如释重负；带一恋字，如担枷锁。”又曰：“富贵贫贱，所处不同。至三者紧要处则一，曰：老、病、死。以愚观之，则富贵之于三者，反不若贫贱者之无系累也。”（见《病榻寤言》）

① 敏陔：《读书杂记》，《湖南国民日报》1938 年 11 月 1 日第 3839 号第 4 版副刊。

湖南人应不佩难民证[1]

　　语有之："楚虽三户，亡秦必楚！"近代又说得很明白一点云："湖南人不死，中国不亡！"则我湖南人所负国家复兴之责任，与夫国家希望湖南人担起这个责任之心思，至为恳切，决不可妄自菲薄，消极的或悲观的准备作难民之举动。溯自广州失陷、武汉退出核心以来，举国皇皇，若大祸之将至，不知站在广州之北、武汉之西，尚有一个以复兴中国著名之湖南省三千万人民在。今世不云"湖南蛮子""湖南骡子"乎？所谓湖南蛮子，意义至为明显。至称为湖南骡子者，系恭维湖南人能任重致远耳！我湖南既得此种头衔，我们要各个努力，加倍努力，以免有"盛名之下，其实难副"之说。

　　我湖南民族性向称强项白刃可蹈，威武不屈。倭寇之来，不难热梃以挞，持锄以击。深山穷谷，即是我们的要塞；公路平原，即是敌人的坟墓。家家为营，人人为兵，避其正面，攻其后方，日为农民，夜即国军。我们既各抱有此种决心与计划，任何强寇，都可以摧残；何况倭丑，不难使他们个个不归！此事在我们湖南人要以大无畏之精神，以与深入倭寇周旋，即可达到"抗战到底，牺牲到底"之目的。

　　以言逃难，在今日一般不甘作顺民者，相率扶老携幼，流离迁徙，出外谋生存，此系不得已之行为。在我湖南人素以农作为生

---

　　① 敏陔：《湖南人应不佩难民证》，《湖南国民日报》1938 年 11 月 3 日第 3841 号第 3 版社评。

涯，一旦失所工作，不但国家减少生产，即个人生活亦感困难，以自食其力之人力，变为乞食之国民，抛却家乡，颠沛道途，此中痛苦非笔墨所能形容。况敌人每次于沦陷区域所占者点线，假若我们避开城市与交通线二三十里以外，即可以照常工作，又何必不远千里奔驰，失却了"湖南蛮子"与"湖南骡子"之美誉？且外省来湘难民已达六万余人，又加以外来公务员与伤兵，为数更大，如果大家不去自卫、卫国，作消极的逃难，试问湖南非战区各县那能容纳许多难胞？即使有地可跑，而"衣食"二字就是一个极大问题。湘西、湘南既不能再安插难民，而贵州、广西又远不可企，风露雨霜之苦，方之故乡，何啻霄壤之别？

自抗战以来，农村经济已非昔比，国家公帑亦感拮据，那里有许多钱来救济难民？在今日救济处已感觉难于应付，若再加以本省巨大数目难民，只有同归于饿殍。所以，我劝我湖南人，到必要时离开敌人所占之几点线，一方面照常农作，一方面暗地杀敌，万一室家之累太重，不妨将其极老极幼之家眷暂时脱离家庭，配置后方。我湘军著名全球，趁此时大家来投入军队，身着戎衣，胸挂符号，执干戈以卫社稷，纵然杀敌而死，也死得有价值，留作后人馨香之崇仰。

末后，我统括一句：湖南人不要失掉湖南人本色，存一种畏死之新，惟有坚决抗敌，个人方有生路，民族方有出路。所谓"置之死地而后生"，千万不可做顺民，亦不可作难民！只有准备杀敌，湖南人才名副其实，才不愧为湖南人！"湖南人不应佩难民证！"是真湖南人，应以佩难民证为耻。

抗战到湖南之总理诞辰[①]

今年总理诞辰，正抗战到湖南之时，吾相信仗总理在天之灵，湖南官民必能一致合作，为民族争光，以保卫大湖南，又不仅能保卫湖南而已。且从此转败为胜，以收复全国失地，亦可以断言。此事有两种先例可征。

远例则为元兵南下一事，其时官湖南者为向千璧、辛弃疾诸公，创立飞虎军，为江上诸军之冠，金人迟回，久之不敢南犯。及至元兵围长沙，岳麓诸生荷戈守城，同日殉国者五百余人，后人推原其故，皆谓昔日朱、张在湖南讲学之影响，鼓励其忠勇之气，湖南人在民族史上遂占重要地位，岂非官民合作以与异族抗战之好例乎？今者倭寇之祸迫在吾人眼前，而倭寇之残酷又千百倍于鞑靼。吾知湖南人奋发其忠勇之气，必数千倍于岳麓诸生，当不让古人专美于前也。倘失此不图，便是奴隶成性，绝非湖南人之本色。

以言近例，则在曾、左、胡、罗诸公太平军之役，诸公人格之纯洁，训兵之精神，搜求人材之殷勤，和衷共济之襟怀，皆足为吾人取法，不能以无民族思想而遽抹杀一切。当曾、左、胡、罗初出之日，官军并不顺手。其时，南京、江西、安徽、湖北皆已残破不堪，即湖南亦复岌岌可危，而数公统带之部下并非久练之精兵，亦不过乡勇数千百人而已，在本省居然有湘潭、岳州之捷，未闻以祸至目前而寒胆也；出援武昌，得而复失，未闻以败而馁气也。曾文

---

① 宾步程：《抗战到湖南之总理诞辰》，《湖南国民日报》1938 年 11 月 12 日第 3840 号第 2 版《总理诞辰纪念特刊》。

正困于南昌，厄于祁门，卒以其毅力战胜艰苦，又未闻以困厄而灰心也。罗罗山洪山之死，弟子李续宾继起而作战。李续宾三河之败，其弟续宜继起而作战。刘松山金积堡之败，其侄锦棠继起而作战。未闻一败即胆战心寒而无人继起也。卒以诚且拙之效，而平定大难，何其勇也！

今者吾湖南民众犹昔，祸至眉睫，时不我与，吾湖南民族，其投袂而起乎？恢复失地，复兴民族，舍我湘人，责将谁属？将来以总理诞辰，即为吾湖南民众奋起抗战之纪念日，其光荣岂不更在岳麓诸生及曾、左、胡、罗之上哉？

"一·二八"七周年献词[①]

七年前"一·二八"上海之役为我国抗日之先导，足堪纪念之价值不在"七七"之下，实有重大之意义。

是役也，日寇陆海空倾巢犯我上海，与其谓为测我国兵力，毋宁谓为测我国人心理。当时，十九路军适驻扎京沪铁路一带，迨开战伊始，今日之湖南主席张治中统率第五路军参加抗战，合之不过数师人，毅然与之决战，亦居然经过许久时间，日寇死伤枕藉。在我国为抗日之新发轫，在当时我国诸将尚以为牛刀小试，已足以破贼胆而褫寇魄矣。有此一役，吾国人数十年以为倭寇是"天生骄子，不可侵犯"之心理一旦打破，始悉倭寇伎俩亦不过如斯而已。我国兵力对外非不可以作战，自经此役之后，勇气为之倍增，心理为之转变，虽曰大规模抗日始于"七七"，然"祭海先河"不能不归功于"一·二八"之役，故曰有重大意义。

自大规模抗日以来，广州失守、武汉退出以前为第一期；武汉退出以后方为第二期。在此第二期当中，日寇泥足已陷入深坑不能自拔，乃露出种种"色厉内荏"之丑态。夫日寇泥足深陷，固在兹第二期，然"行千里者，始于跬步"。"一·二八"之役即为日寇泥足入陷之跬步，故曰有重大意义。

"一·二八"之役，我以少数兵力御倭寇倾国之师，已博得各国之赞许不置。倭寇以上海为各国观瞻所系，为掩盖前羞计，故

---

① 宾步程：《"一·二八"七周年献词》，《湖南国民日报》1939 年 1 月 28 日第 3906 号第 1 版社论。

“七七”之后，不久复有“八一三”上海之役，以为大场放弃，足以改变各国观瞻矣。而不知我国“一·二八”之役早已震耀各国耳目，今日我国博得世界各国正义上之援助，本为长期抗战所致，然七年前“一·二八”之功曷可不推为大辂椎轮也？故又曰有重大意义。

总之，今日敌我相持，胜负虽未决定，然以逸待劳，以公理抵抗强权，粉碎敌人速战速决之梦呓，最后之胜利非我莫属。抚今思昔，则当日“一·二八”之役，实为今日抗战之先锋，吾人今日纪念“一·二八”，益坚信今后之战争确有十二分把握也。

张主席等通电[①]

重庆中央执监委员会、国民政府、军事委员会、行政院钧鉴，中央各院部会、各省市党部、省市政府、各行营主任、各战区司令长官、各总司令、各军师长、各公法团、中央社转各报馆均鉴：

奉读中常会东日决议："汪兆铭违反纪律，危害党国，永远开除党籍，并撤除一切职务"，仰见当机立断，大义凛然，凡有血气，莫不奋兴，抗战十八个月，敌寇顿挫于我全面坚阵之前，外受世界大势之压迫，内招反战大众之反抗，侵略虽猛，败象毕呈，乃以狡词饰其凶计，诱我永为奴属。

我最高领袖洞烛奸谋，已于宥日训词加以痛辟。凡我军民，自应谨承领袖之昭示，更坚抗战之决心，为民族国家之真正独立、平等、自由而奋斗牺牲，不达目的不止，汪氏违背国民公意，冀图出卖民族，投降敌寇，是诚纪律所不容，尤社会所共弃。

本府谨率全省三千万民众，共矢忠贞，拥护最高领袖，贯彻抗战国策，惟奸宄之清除，即胜利之保障。

谨布腹心，伏祈垂察。

湖南省政府主席张治中、委员兼民政厅长陶履谦、财政厅长尹任先、教育厅长朱经农、建设厅长余籍传、委员陈渠珍、宾步程、易书竹、秘书长潘公展，叩，阳（七日）。

---

① 《张主席等通电》，《湖南国民日报》1939 年 1 月 8 日第 3886 号第 1 页。

宾步程启事[1]

本报社长一职，元月三十一日，奉省府二五七号指令："准予辞职"在案。自二月一日起，由新任社长负责。

---

[1] 宾步程：《宾步程启事》，《湖南国民日报》1939 年 2 月 2 日第 3911 号第 1 版。

六　其他期刊

中德通商出入一览[1]

表中数目见一九〇七年德国海关簿中一九〇九至一六一页

（甲）中运德近年销长比较表（专指大宗货而言）

货名	一九〇三年		一九〇四年		一九〇五年		一九〇六年	
	吨	千马克	吨	千马克	吨	千马克	吨	千马克
生棉花	一七〇〇	一四四五	二四七一	二三四七	五二〇	四三六	二一三四	一九六〇
禽羽	二二九三	二七五二	二七八〇	四〇三〇	二七五八	三八六一	二八八一	四八一四
Vansten（待译）	七六八	三八三八	七六四	三四三八	八六六	三六七九	七三一	三三三七
锌矿沙	一六六二	一八四	三一四二	三七四	四九〇一	七三五	四三九六	六一九

---

① 留德学生宾步程（译报）：《调查报告：中德通商出入一览》，《商务官报》1908 年第 2 册。

（续表）

货名	一九〇三年		一九〇四年		一九〇五年		一九〇六年	
	吨	千马克	吨	千马克	吨	千马克	吨	千马克
牛皮	二〇五〇	三四八六	三一二二	五六一九	一七五八	三四二九	一八三〇	三六五八
生铜质	—	—	五	六	六	九	一五六六	二八一四
草帽编篡	九一二	一八二三	八〇一	一四四二	九四五	一八九〇	一四八一	三三三八
Sesam油类	一六六七三	四一六八	一五七九	三九五	一〇六三九	二八七三	二〇二〇一	五六二一
茶	一八〇七	三一七四	一九一八	三三一四	一七四六	三〇一七	二二四〇	三七六〇

（乙）德运中近年销长比较表（专指大宗货物而言）

货名	一九〇三年		一九〇四年		一九〇五年		一九〇六年	
	吨	千马克	吨	千马克	吨	千马克	吨	千马克
皮酒	四四七〇	一三三七	四四七九	一三六〇	四六五六	一三八九	三一二八	九九五
铁钉	一八四八	三二三	三七三八	六一七	五三七六	九二七	四五六〇	八六七
靛（又云洋蓝）	七五八	一四四一	一一七一	一八七三	二五九七	四一五五	三一二七	五三三
葡萄糖及麦粉	—	—	二四〇六	六〇七	二六五三	七五一	五七〇〇	一二三一

（丙）一九〇六年中运德各大宗

货名	吨	千马克
羊皮货	三七	八七四
杂皮货	六九	五五七
无毛皮货	二八五	九七二
杂油等	六七	五七六
已制之羊皮货	二二三	八九六四

（丁）一九〇六年德运中各大宗

货名	吨	千马克
酒酸（或云绿酸、块酸）	二七〇〇	七二九一
各种花布	二一一	七〇五六
袜子、汗衣等	九八	八八二
铅笔、钢笔、指帽、各种钢铁货等	七九二	七七〇
缝衣针	三八六	二一二〇
缝衣机针，并各种绣花针	三五	二四六四
铁货等	四一八	六六九
金器	〇一．〇九三	九三〇
装饰品及绣花布	二七	五四八
机器	三七〇	五四二
洋绒	二九	七〇三
洋缎	二八	五五六
洋布及手巾	三四三	二三二五

中原公司之经过与现在[1]

（1929 年）

中原公司系于民国四年联络中州、豫泰、明德各煤矿公司合组而成，资本定为三百万元，分三组：（甲）由旧有三公司之利权估值一百万元，（乙）河南洛潼铁路盐股存款拨入一百万元，（丙）添招新股一百万元。公股不足额时，招新股补充之。

公司先在修武县用小井与旧法，于常口、寺河两处开采。后改在县西四十里之李河与盘龙河开采，距车站约五里许，地当太行山之南麓，即今中原公司产煤之地也。

现在公司出煤之井有一、二号井，及小窑八十四个。近来因亏本停工者甚多，仅有二十四个照常开工，其中所用之零星机器，均向公司借用。至三、四号井，虽已出煤，因运输上缺乏车辆之故，尚未积极进行。

交涉甚属便利，有道清铁路直达矿厂，由李河装车可达道口，再由运河运至天津；或由新乡拨轨，南至汉口、开封，北至北平。

民国十一年时，与英商福公司联络，组织福中公司，分产合销，以维价格。其销额福公司占十之六，中原占十之四，条约甚不平等。

民国十四年以前，福公司与中原公司同时开工，此间商务极盛，工人与眷属寄居于此者逾万人，每年收入煤款约计七八千万元

---

[1] 陆庄：《中原公司之经过与现在》，《矿业周报》1929 年第 59 期。

之巨，而各股东分得之红利几与股本相等，彼时中原股票有一底一面之价值。

民国十五年，北伐军兴，两公司因受环境影响，遂告停顿。后冯玉祥军次河南，委徐瀛为监督，召集工人，恢复中原原状。而福公司亦欲援例开工，要求冯保护，冯拒绝之，并云设使中国人在英国境内开矿，英国军队肯保护否？以致福公司停顿至今日，不敢开工。

自十五年迄十八年，公司在第二集团军管理之下，厂内安设造枪机器，其矿警改为大队，约五百人。冯军西去时，所有矿警、枪支、机器、汽车、材料、款项、车头、车辆等尽行运去。临行时，全厂工人卧于铁路上，要求发给欠饷，发洋四万元，工人始去。

福公司停工后，因保管公司，尚有英人二名及矿警数十名，需用火食、薪资之故，每月曾规定售陈煤三千元，不得多销。冯军退后，此项规定即不遵守，而铁路又因运福公司煤比较运中原公司煤有味，故亦乐为多运。从前之种种公益，福、中两方担任，现福公司不缴，均由中原一方面维持。

此间有修武、博爱两县合组保存矿权委员会，意在争回中原公司，由地方自办。业经两次发出宣言，对于从前王敬芳、胡汝霖二人之包办不以为然，对于建设委员会所派之人尚无微词。

焦作驻军有十一路刘总指挥所辖之兵一旅，旅长系阮勋，师长刘书霖，驻新乡县。

自冯军退，监督向得胜、副监督王者霖去后，所有公司一切重要人员均随之西行。矿厂职员张中等六人组织临时维持会。未几，北平总公司派来总代表王枢一人，驻公司会同临时维持会维持一切，计工人每五日发火食费一次，职员亦同。其项款来源，先就用品合作社存货照本拍卖，得洋约万元；又在公司零星售煤，约每日可得数百元不等。王代表目睹开支情形太大，遂将闲散职员辞退数十。此时，河南省政府派王者霖为监督。王住郑州，未来公司，仅派方某等来公司接收，被王代表拒绝移交，并云："我只有维持现状之责，无将商股公司移交省政府之权。"方等遂去。

继又由刘镇华总指挥委任军需毛某为监督，带来马弁副官多人，至公司接事。王总代表遂将一切移交与毛。接事仅一日，遂返新乡，未曾再来。

至七月三日，国民政府建设委员会委任秘书秦瑜、技正郭楠、设计委员宾敏介三人为中原公司接办专员，于七月十三日到公司。王总代表见系中央所委，于十四日正式移交清楚。

七月廿日，建设委员会将公司移转河南省政府办理，而无命令直接与三专员，令饬交代。

斯时，方某等三人又携王者霖七月一日委令来公司接办，被郭专员将其扣押，谓："王前在副监督任内卷款甚多，此次重来，当然负责"云。

至七月廿三日，省政府委韩占元（曾任军长）为中原公司正监督，韩鉴于方某之收押，未来公司，仅在新乡刘师长处居住。适郭专员因事往新乡，遂与之面晤。韩即返省。廿七日，省政府委宾专员为副监督。

现公司工资已发清，七月份亦支给一半，工程尚在修理期间，因局面未定，不敢进行，每日出煤三百四吨。

公司附近之小窑，系在中原矿区之内，向有合约，所出之煤，归公司收买。兹因车辆缺乏，经济困难，所出之煤，直接由小窑主出售，公司未见过问。至火车上所烧之煤，素向公司买用，每吨约三元七角，今小窑直接可卖煤，铁路遂改用小窑煤，每吨仅二元四角。将来公司问题解决后，必须取缔小窑，履行合约，方能无障碍。

此间自小学至大学共计有十五处，其经费向由中原、福公司双方担任，今福公司停工不缴费。至福中中学一所，前因禁止小窑，由地方绅士要求开一中学校以资弥补，每年千元。因党派关系，互相攻讦，几至不能开学。现经公司调停，改为委员制，不久即可开课矣。

道清铁路前有车头十余个，煤车、票车俱全。自奉吴战争开去一半，冯车退时，尽量开去，现有车皮不及十辆，票车二辆，车头二个。此次唐总指挥进驻洛阳，发还所得冯军车皮约三百辆，尽由陇海、平汉二路平分，而道清一无所得。

中原公司股份以商股为多。公股原仅二十万元，后逐年息上起息，至百万元。至于三公司地皮股亦不过值二十万元。嗣因王胡关系，或拨作私人之用，或移作政治之用，凑书百万元。在商股一方面，狠欢迎中央有专员负责。

公司存煤约值洋三百万元，因车皮缺乏，以致堆积如山。而铁路人员又喜运小窑与福公司之煤，对于中原，虽则照章缴费，无格外好处，亦不甚愿意。总之，路矿合一或合作，则矿可发展，福公司可取销，否则福公司吃陈煤，尚可支持二三十年之寿命。

附一　河南省政府训令第七八一〇号
（七月廿八日）

令中原公司监督王者霖、建设厅，准国民政府文官处函，以奉谕，准将中原交还河南接办一案，仰知照由，案准国民政府文官处函开：径启者，奉主席发下建设委员会呈为中原煤矿公司拟交由河南省政府接办请核示一案，奉谕照准，并函达河南省政府。等因，除由政府指令外，拟应抄同原呈函达查照，计抄送原呈一件。等因，准此，除将办理此案情形函复查照，并分令建设厅、中原公司监督王者霖知照外，合行抄发原件，令仰该监督、厅知照。此令。

计抄发建委会呈文一件。

附二　建设委员会呈国府文

　　呈为中原煤矿公司拟交由省政府办理，请鉴核事。

　　窃职会前遵钧令派秦瑜等前往豫省接收中原煤矿公司，业经呈报钧府鉴核备案，并咨行河南省政府各在案。

　　兹准河南省政府咨复，开查中原公司原有股本，系属河南公股、商股合资组织，纯系地方性质，前因该公司监督尚得胜离职他去，负责无人，当由敝省政府委任王者霖前往接充在案，兹准前因，除电请国民政府仍准归由地方办理外，相应咨复查照。等因。准此，查河南省政府既以该公司股本系属地方公股、商股组织，且经电吾钧府请予仍归省办，职会但求该公司负责有人，似可即由省政府派员接办，除先行咨复外，理合将该公司交由省政府接办缘由具文呈请钧府鉴核示遵，实为公便，谨呈主席蒋。

建设委员会主席张人杰

福公司观察记[1]

（1929 年）

前清光绪二十二年，意人洛才的来中国调查中日战后情形，不久回国，次年组织福公司，资本七百万元。先设办事处于北京，并借款与山西商务局，取得山西全省煤铁煤油开采权。山西有志之士愤利权之外溢，自行组织山西同济矿务公司，又有接踵而起之保晋、晋益两公司。英商福公司不得志于山西，于是向清廷总理衙门推广矿区至河南省河北道全境，而于焦作为采煤始点。奈自开采以来，窿内水势之大几不可思议，虽经设法安置极大之打水机，终难吸尽。且每日须烧煤四百余顿，得不偿失。至民国十年停止焦作开采工作，移至距焦作十余里之地方李封、王封两处。自十一年至十二年出煤甚旺，福公司获利约有一百二十万元之谱。嗣后福公司办事之英国人共同作弊，十三四年间所获之利亦甚微矣。至十五年，北伐军兴，工人逃散，矿亦停工，屋宇倾圮，机械锈污，间有一二完好厂屋，业已四壁尘封，不胜今昔之慨矣。

福公司在焦作部分，其规模比中原公司大，有锅炉三十二只、发电机八座、极大之打水机一部。其汽缸之大，为记者平生所未见，约计第二次膨胀（即低压汽缸）汽缸通经有十英尺之大。此外，修理厂有丈长之车床二部、洗机二部、汽锤一座、铇床二部、直立蚀床一部。此外一切机件应有尽有。

---

[1]　陆庄：《福公司观察记》，《矿业周报》1929 年第 59 期。

现在焦作全市所需之饮料以及电灯，概由福公司供给。其电厂与自来水机虽则停工三年，仍每日照常开工。

李封、王封两处，系福公司采煤之区。其附近有用土法采煤者，所出之煤以低价售之公司，再由公司转运至他处，一切情形与中原公司同。公司井下十五年前约有二千五百余人，地上工人约一千人，今则仅有工人四五十人。

福公司自停工之后，屡次欲恢复原状，未得如愿。在冯军时代，恐有奸人从中破坏，发生交涉，于是驻兵以保护之。今刘总指挥仍派兵一连分驻厂内，以维矿厂。

现在华工四散，除每日开电机、自来水外，所余不多。并有英人二名，一住福公司，一住福中公司。在冯军时代，每月只准售销陈煤洋以三千元为限，今则与道清铁路接洽，已打破此限制矣。

附　道清铁路

前清光绪二十二年，福公司既取得山西采煤权，遂于二十四年五月订立本路借款合约，二十八年从道口镇开工，至三十一年开至清化镇。查道清铁路，本为福公司运煤之用，自焦作装煤至道口镇，即可直接下河，通至天津等处。至光绪三十一年，由清廷出债票八十万镑赎归省有，后旋又改归国有。全路支干共长九十四英哩七分五厘，合华里二百八十四二分五厘，资本共银一千零二十五万三千八百七十二元。此次，所借福公司款英金八十万镑，年息五分，以偿还筑路及行车等费及本借款息率，计至民国二十四年十月为本金偿还终期。民国五年又借款四万四千三百十镑十先令，偿还福公司铁路借款第一期本息各金。

现任道清铁路局长为史某，居住北平。沿途共有十四分站，仅有大车头二个，小车头一个，货车不及十辆，客车仅有二辆，旅客无坐位，或坐于车篷之上，或伏于车厢之内，人山人海，旋转毫不自由。现在每日运销各公司煤，以远运为最欢迎，若系在半途下卸者，则多方拒绝之。

焦作土窑淹毙工人之惨剧[①]

（1929 年）

河南焦作中原公司矿区附近有土窑无数，系本地人用土法开采，向来与公司订有合约，所出之煤由公司收买，转运他处。自冯军退后，向前监督亦走，土窑乘此机会破坏定章，将所出之煤自行直接售与道清铁路或他处，不与公司合作。公司亦因目前经济困难，暂行未理。于是铁路局得直接销运或收买土窑之煤，土窑亦趁此时机拼命开采，分昼、夜两班继续工作。其结果遂演成此次惨剧。

八月十二日夜，此间大雨如注，历四小时之久，田园尽成泽园，屋墙亦多倾圯，土窑开采之地点适当太行山之麓，南面亦有照壁，此间未下大雨已三年于兹，窑主因土墙一垛有碍煤之运输，无端拆卸，故此次山水陡涨，无法避防，加之又系夜午，未甚注意，于是山涧之水尽注入一号土窑之内，次及二号，一刹那间窿内水满，与窑口相齐，采煤工人十三名遂葬身于窑内矣。

查土窑煤规，每工人采煤一吨，由窑主给予一元二角代价，而窑主与公司定价系每吨一元六角，此四角之增价以作窿内一切设备之用。连月来，因公司拮据，无款收买土煤，土窑遂直接与铁路局发生关系，路局火车上所烧之煤，每吨给窑主价洋二元四角，若运销他处，除照章给与运费外，并每吨格外给与车皮租洋一元二角，运费视路之远近而定，即运至道口，亦不过一元，例如运至新乡县

---

① 《矿业周报》1929 年第 60 期，第 179—180 页。

出售，每吨可得洋七元，除去一切开销，每吨尚可获利三元之谱，此土窑主进来所以有日夜开工之举也。

又土窑历来每有惨案，由公司责成窑主，除棺木外，每名给予恤金六十元，近因土窑与公司势已脱离，公司既无权过问，土窑亦不受公司监督指导，故此次惨变，公司遂置之未理。至十三日下午，窑主着人捞尸，第一次所捞出一年壮工人之尸，第二次用半牛皮袋掷下，抽出时，忽有十三岁之童工，尚能言语，问之则曰：我在窿内，似有人将我拥抱至皮袋中云。此童沉没水内，计历时二十四小时之久，尚未至死，亦云奇矣。此次计共淹十三人，除童工一名未死外，十三人尽淹毙窑内，后窑主每名发给恤金五十元，以了此惨案云。（八，十四，艺）

湖南桐油业之危机及其补救方法[①]

（1932 年）

桐油为吾国数千年特产，究竟始于何时，无书籍可考。惟查《事物绀珠》，仅云："油，神农作。"《类函》则云："黄帝得河图书，昼夜观之，乃令力牧取木实制造为油，以绵为心，夜则燃之。"又《博物志》有云："积油满万担，自然生火，《曲礼》烛不见跋，注木本。至晋代方用油蜡为之，石崇以蜡代薪。《拾遗记》穆王列璠膏之烛，遍于宫内。"统观以上所云，不知所谓油、木实、油蜡、璠膏等，是否系用桐油所造，抑或取其他木实制成之，年代湮远，实难确证。但"桐"字见诸经传者甚多，如《月令》"桐始华"，《禹贡》"峄阳孤桐"，《鄘风》"树之榛栗"。掎桐梓漆，孟子抉把之桐梓，设非当时桐实可以取油，何至重视若此？次查《本草纲目》称："罂子桐亦名荏桐，虎子桐令俗称油桐。"又《本草拾遗》载："罂子桐有大毒，压为油，毒鼠立毙，摩疥癣毒肿。"《农政全书》载："江东、江南之地，惟桐油之利易。"贵州《义兴府志》曾详载榨油之法，即现在乡间所用之土法。满清雍正十二年，始有江苏、安徽、浙江均额解桐油，又江西额解桐油、五倍子、拾连纸。搜尽结肠，终不能证明我国桐油之所自始。是桐油虽为我国特产，大约因为古人贱工主义，视此无关轻重之工业，习焉不察，未克笔之于书，传之其一人之故也。

---

① 敏该：《湖南桐油业之危机及其补救方法》，《湖南建设》1932 年第 1 期，湖南建设厅图书出版部发行，中华民国二十一年六月。

当电气、煤气、煤油等未发明以前，我国居民舍木实油以外，别无他物可以代替，所以人类繁，需油水亦渐广，而木实油当然应运而兴。所谓木实油者，不外乎茶油、桐油、木油等数者，此外之菜油、麻油、豆油等，均系后起。又系草木，而最先恐只有桐油、茶油两种，以应社会之需求。若茶油亦可代烹饪［考茶油含有肥皂根精（saponin），颇毒，以供食用，甚不卫生］，求其可以为工业上之需用者，厥惟桐油。所以需用愈多，制造愈畅，而桐油遂为中国一大实业。时至今日，并为对外一种最大贸易。而在我湖南，尤为出口一大宗货物，每年计有一千一百九十万二千六百一十四海关两，比较五金矿砂出口六百二十五万八千七百一十二两，实超过约一倍之数。内中虽有川、黔所产由湘经过，不能纯粹作为湘产论，但长沙关占六万三千六百二十六两，岳州关占一千一百二十六万六千三百五十两。是长沙关出口者当然完全湘产。若将岳州关之数折半以计，亦有六万五千八百七十一两，合之为七百二十二万三千八百三十五两，比矿砂出口亦多。吾人仅知湘产出口以矿砂为大宗，而不知桐油出口，其数目比矿产为尤大。

年别	关别	担数	海关两
十七年	长沙关出口	二三一五五	四九四五九一
	岳州关出口	三九九三七一	一〇七八三〇一七
十八年	长沙关出口	三八六〇六	七〇六一〇四
	岳州关出口	四七一五八七	一二二六一二六二
十九年	长沙关出口	二九二六七	六三六二六四
	岳州关出口	四五〇六五四	一一二六六三五〇

湖南桐油出口既有如此巨大之数目，若合全国而计，实有惊人之处。美国人谓中国垄断世界桐油市场，洵非虚语，试观：

年别	担数	海关两
十七年	七四〇二三九	一六二五五五四八
十八年	七三五二四四	一六六三七四五六
十九年	八七四〇〇六	二三四二三二五八

此最近三年中吾国桐油出口之总数，再观于汉口洋商所设立之炼油厂，即可知桐油为川、湘出产之重要矣。

炼油厂厂主	油池容积（单位：吨）	炼油厂厂主	油池容积（单位：吨）
其来洋行	三五〇〇	日华洋行	八〇〇
美孚洋行	一五〇〇	捷成洋行	八〇〇
三井洋行	一四〇〇	祥昌洋行	六五〇
三菱洋行	一一〇〇	美最时洋行	五〇〇
怡和洋行	一一〇〇	宝隆洋行	五〇〇
立兴洋行	一〇五〇	慎昌洋行	四〇〇
安利洋行	一〇〇〇	禅臣洋行	二〇〇
福中洋行	一〇〇〇	沙逊洋行	一五〇

汉口洋商炼油厂既如此林立，所收买之桐油分运各国，当不一致，内中以运销美国者为最大，如：

年别	担数	海关两
十七年	七四〇二三九	一六二五五五四八
十八年	七三五二四四	一六六三七四五六
十九年	八七四〇〇六	二三四二三二五八

在我国桐油用途，如涂饰船只、房屋、家器等，或与石灰掺和以成油灰，至于制造油纸、油布、雨伞等，非用桐油不可。此外，穷乡僻壤用作燃灯之用。药料中亦有用者，为数甚微。其榨桐子后

所余之渣饼，农人多购以用作肥田粉，并可以杀除一切虫类。至于桐油在美国之用途，以制油漆为多。美国所制之地漆布、油布等物，全恃桐油为惟一之原料；美国之日用家具、无线电机、海底电线，以及汽车、汽船上，无不需用桐油；即种植之肥料，有时亦用之；各工厂用之者更多（见《社会杂志》）。美国既每年运销华产桐油如此之巨，于是不得不谋抵制方法。当一九〇五年，美国种植局樊尔加博士始提倡植桐，托汉口美领事采齐各种桐种，运回美国，试值于加立福尼亚。因天气与土壤不合种桐之用，结果成树者甚少。于是再三研究气候、雨量、土壤等，认为佛洛利达省最为相宜播植桐树。至一九三〇年，估计约有桐树四十五万株矣。

美国既有如许多桐树，始于佛洛利达省之甘维尔村设一桐油榨厂，不仅为中国所无，即世界各国亦无此种厂屋。闻该厂本年可榨桐子三十万磅之谱，统合全美所产之桐子，除留一部分以作扩充植种地，现已有如许之成绩矣。

回忆一八六九年中国桐油输入美国，其总量为十三万六千六百三十五磅，值美金五万三千六百四十一元。至一九三〇年，已达八十七万四千零六担，值海关银两二千三百四十二万三千二百五十八之巨。据静如君所译美国油漆公会机关云：今日美国种桐虽不多，产油亦远不敷国内之消耗，然而佛洛利达省植桐事业之成功，已足令国人深信桐油业将永久存在美国，而美国所需桐油今后将无复为中国独占矣（见《工商半月刊》）。又，美国人有名柏兰者，在米亚洛城组织公司，专售桐子于该省居民，并在公司中设电影讲演，专指种植桐树之法，且在该埠《太阳报》登广告一页，题为《君欲使中国之梦想实现乎》，内容历述中国五千年来垄断世界之桐油出产与供给，操纵美国实业，亟应打破中国之垄断，努力种植桐树云（见《社会杂志》）。统观美报所言，我国桐油之劲敌将来实属美国，毫无疑义。

吾人日言桐油矣，而桐油本身之原子不可不先行明了。兹美国白登氏曾将中国桐子化验，其结果如下（见《科学》，《中国桐油之研究》）：

皮壳		百分之三九．七二
桐核		百分之六〇．二八
桐核化验	溶于醚者	百分之六二．二八
	织维质	百分之三．五二
	灰质	百分之二．九三
	无氮体及水	百分之二〇．〇七

查我国产桐省份，以四川为最，其次湖南，再次则贵州与广西，此外苏杭、鄂汉所产为数亦不甚大。我国政府近年来鉴于桐油之利益，亦有提倡植桐之举，甚至各省有组织植桐委员会。若进而考查成效，实在零度以下。夫美国以向未试种之植物，一日提倡，立见成绩。我国则有五千年之经验与利益，政府愈言提倡，民间愈见退化。惟有废稻田种罂粟一事，政府愈言禁止，民间种植愈多。岂政府与人民意旨相歧乎？抑或政府与人民不愿意合作乎？盖我国政府作事，处处虚伪，不实事求是，专以敷衍耳目、粉饰太平为能事。十九年，湖南植桐委员会成立时，采办桐子，栽种于最不适宜之长宝汽车路旁，迄今三年之久，试问该路旁曾有一株桐树长成否？盖植桐委员会不顾事实，不究土壤，冒昧于路旁植桐，不但沿途地势有高低干湿宜于此而不宜于彼者，即使一律培成，试问路旁桐子能否收获？此种常识尚且缺乏，有不令人哑然失笑者乎？

美国植桐事业遍于东南，尤以佛洛利达省为最盛。现在组织新公司从事植桐者，已接踵而起，此系人民自动，并非借政府提倡之力，如阿拉巴玛、乔其亚、密昔昔卑、劳伊司安那等州，均有植桐事业，且已著效。现在佛洛利达省植桐面积已有八千亩，合之他省，总共约有三万多亩，事业扩大，方兴未艾。

继美国而起者则有英国皇家研究院，亦组织桐油委员会，研究植桐事业，并与英国油漆公司合作，将桐子分布于各殖民地试行植种。又据伦敦帝国市场部，近发行一种说帖，曰《帝国内桐油之产生》，竭力主张英人自种桐树，自制桐油，以抵制中国桐油独占市场（见《社会杂志》）。如果此举成功，则中国桐油劲敌除美国而外，又多一英国矣。

吾国人对于英、美植桐事业之发达究竟作何感想？将听其与丝茶业同受外人打击乎？或设法维持，更进而如种罂粟之热烈乎？我以为此种植桐事业不必依赖政府，所希望于政府者，将营业税、产销税以及其他之苛捐杂税一笔勾销，则人民所获之利益较优，趋之若恐不及，名为不提倡，实际上乃系真真提倡。若果层层剥削，非法征收，则此种数千年传统大事业将中断于此辈横征暴敛官吏之手。向之组织植桐委员会者诚为多事矣。

中国桐油在美销路前途之危险，驻槟榔屿领事馆原有详细报告，兹照录于下：

谨按：川、广桐油为我国纯粹国货。往时只用于房屋、舟楫、器皿防水之用，价值无甚升落。近以飞机事业、电气事业以及其他工业在在需用此物，输出日增，价值上腾。据最近调查，每年输出产三千万元，居我国出口货之第三位。最大之销地为美国，其所制之洋漆，初用鸟麻子油，然不及桐油之密度适合，性复易干，故相率采用我国之桐油。惟我国完全用人工榨取，又无一定标准，出口往往优劣不齐，输至各国后，厂家复须一度化验，再行提炼，因此引起彼辈自行种桐之策略。闻美国拨出五千元于佛洛利达省，以最大之区域试植，预料二十五年后可以收获，则中国桐油贸易将受一最大打击。尤有甚者，南洋方面因树胶及椰子落价，英国当局又有提倡种植桐油树之说，则我国桐油在贸易上之危险更大。缘马来亚一地因种种关系，最适于农作事业，于是胶风椰雨弥漫全境。惟近年来胶价日跌，椰价亦然，业此者叫苦连天，不可终日。兹据七月十六日（一九三〇年）伦敦电讯，英国物产协会建议贸易部，于马来亚、印度、非洲及西印度等处试植桐树，必能收效。目下，英国属地试植成绩如何，虽未可断言，惟据各地报告，似有良好之结果，而尤以印度东北部之成绩最佳。设若试植成功，则将来我国贸易上重要物品之地位又将为外人所攘夺。近年，我国对外贸易在国际上之地位本极落后，今者外人对于我国经济不特施以侵略，且将作根本上之袭取，前途危险，不寒而栗。惟乞我政府晓谕实业家，庶得绸缪于未雨耳。

桐油除飞机、电机等需用外，而最大部分用作洋漆。试观各国洋漆输入我国，孰非以我国之生料制成熟货，以转售我国，易其膏脂以去乎？兹将洋漆匠三年来进口数目抄录于后：

十七年	二一二八一〇八两
十八年	二〇八五五三七两
十九年	二二四二三三二两

桐油为农民一宗副产品，在吾湘植桐，而气候、雨量、土壤三者均属适宜，只须一次播种，以后早种者三年，迟种者不过六七年工夫，即有桐实可取。加之荒山甚多，听其永久不毛，有背地尽其利之宗旨。应由各乡订立乡规，禁止牛羊践踏与人民偷砍。行见数年之后桐树遍地，油量日增，于国于家两获其利。

范师任君曾将湖南桐油出产情形详细调查，谓湘南、湘中一带桐油大都集中于长沙，湘西及黔东一带桐油则集中于常德。各地油货大多借民船装载而来。油商入乡收买之桐油，则全恃挑夫之搬运，故每桶每篓装载较轻。常德市场，通常依其产地，分为北河货、南河货、中路货、杂路货四种。北河货指澧水流域所产者而言，南河货指沅江流域所产者而言，中路货指辰州至桃源一带所产者而言，杂路货指常德附近及津市方面所产者而言。常德桐油年产三十万担，分老色桐油、嫩色桐油二种。前者色浑浊，专为民船及家具器物涂饰之用；后者色透明，转往汉口云云。

湖南既认为产桐油之省份，而出口产额又超过全国总数之半，应于植桐最盛之区域组织机器榨油厂，以科学方法指导人民榨油，或收买桐实自榨。查我国土法榨油极不经济，查桐子所含油量约有百分之六十，若用土法所榨余之渣饼内，尚含有百分之十或十五油在内，加之费时日与人力甚多，而成效又不见美，不如订购机器，所费亦不甚大（政府如有意提倡桐油事业，应贷款购用，此即实际提倡，与空言提倡者有别）。如江苏省立农具制造所所出"二十年新式"之廿五匹马力柴油引擎，价一千七百五十元，现为提倡国货起见，九折出售，仅筹洋一千五百七十五元，即可购置一架。据称，用以榨油，可拖轧豆机及石磨各一部，小规模油厂应用最为相宜。再加以轧油机一部，约洋一千余元，合计有三千元之资本即可成立一小榨油机器厂。其规模虽不足与美国甘维尔桐油制造厂比议，将来植桐事业发达时再行扩充，亦甚易事。美人有言曰："甘维尔之机器桐油厂不仅为美国唯一之桐油厂，亦为全世界唯一之机制桐油厂。中国虽为桐油发源地，迄今尚无一机器榨油厂，千人之力不及吾机器一日之功。"观上所言，其轻侮我国殆达于极点。吾国人应如何努力，成立各地小机器榨油厂，想三千元之资本亦不甚难筹措耳。吾国桐油榨取虽属土法，油质本甚精美，特以小商无远大眼光，十有九掺入杂质，此处可分别厂商而言之。

甲、桐油名称。有白桐油，有黑桐油，有洪江油，有秀山油等，有梓油等。油之种类，据湖南之桐而言，有三年桐，有千年桐，有五爪桐，有单身桐，有八角桐，有对岁桐等，除八角桐油质黑暗而外，其余皆光彩炳焕。但八角桐子油量则较他种桐子为多，此又不可不知者也。于是榨油厂只知收买，並不剔别，所以结果油质不甚明透。此关于油厂方面者也。

乙、植桐之地。多在丛山峻岭之中，不宜于平原低洼之地，当然距水道甚远。于是，厂中榨出之油，藉一般肩挑小商贩运于近水道之商埠，再运至省垣，转售洋行。余近年来居乡，见肩挑油商回家，每百斤掺以他质十斤，即将黄土上之小黑石子舂碎筛过，倾入油内，后洋商用验油仪器测验，知有石质，拒绝收受，或贬价值。近来小商等遂改用他液体，取其价廉之木油、茶油、菜油等掺注，不但收买者感觉难于鉴别，而制造油品者更觉无法剔出。十九年，永州桐油所以无人过问，职是之故。湘油既蒙不洁之名，当然受洋商之拒受，咎由自取，于人何尤。此关于油贩方面者也。

观于湘南榨厂与油贩，既有以上情节，同时四川油商亦犯此弊。据中国海关十九年华洋贸易报告书所载万县商务情形云："桐油一项，因在国外市场上价值低落，本年此项营业成绩欠佳。且岁首为油中掺杂、劣质问题，买卖两方大起争执，故油商益蒙不利"云。是油商作伪情形，举国皆然，加以摘采之期早（迟则被人偷取），退壳之法拙，以致桐油含酸量至最高数百分之八，比较美国用科学方法制造桐油相差多矣。

前工商部鉴于桐油出口，因小部分贩商作弊，恐于国际贸易上发生极大影响，于是公布《桐油之检验细则》，其第六条规定桐油品质高低之审定用定数至试验，其范围如下：

检验种类	最高	最低
色状	浅淡澄清	
比重（摄氏十五度半时）	〇·九四三	〇·九四〇

（续表）

检验种类	最高	最低
酸数	八	
检化数	一九五	一九〇
比光率（摄氏二十五度时）	一.五二〇	一.五一六五
碘数（韦氏法）		一六三
热试验（白朗法）	十二分钟	
华司脱试验	八分钟凝成固体，割时干脆，不黏刀	

自工商部公布《桐油检验细则》后，并于汉口成立商品检验局，对于湘、鄂、川出口桐油加以检验，以维国际贸易信用。结果湘产桐油次于川产。如下表中对湘产总评，曰半干性油，曰不纯桐油，曰掺洪秀油，曰掺梓油，方之川产之优等、最优等、最最优等之批评，相差甚远。兹将汉口商品检验局二十年十二月份国外暨国内桐油化验成分及产地表照抄于后，以为有志研究桐油者作为参考之材料：

化验类别										总评	产地
色状	水分	比重	酸数	检化数	折光指数	碘数	杂质	热试验	华司脱试验		
深黄微浊	0.097%	0.9421	5.7	190.3	1.5179	168.3	0.122%	$10\frac{1}{2}$m	6.50m	普通	川
黄色微浊	0.075%	0.9416	7.0	191.0	1.5174	167.6	0.099%	$10\frac{1}{2}$m	7.02	普通	湘
浅黄清澄	0.084%	0.9418	5.7	191.9	1.5169	166.2	0.015%	$10\frac{1}{2}$m	6.57	普通	川
淡棕微浊	0.062%	0.9420	6.9	191.0	1.5169	166.3	0.112%	$10\frac{1}{2}$m	7.03	普通	川

（续表）

色状	水分	比重	酸数	检化数	折光指数	碘数	杂质	热试验	华司脱试验	总评	产地
						化验类别					
棕色尚清	0.055%	0.9419	7.9	192.3	1.5169	166.3	0.089%	$10\frac{1}{2}$m	7.11	普通	川
棕色尚清	0.088%	0.9414	7.6	190.3	1.5170	166.5	0.078%	$10\frac{1}{2}$m	7.05	普通	川
浅黄尚清	0.053%	0.9411	6.7	191.0	1.5168	166.1	0.041%	$10\frac{1}{2}$m	7.03	普通	鄂
浅黄尚澄	0.060%	0.9413	5.5	190.8	1.5168	166.5	0.022%	$10\frac{1}{2}$m	7.10	优等	川
淡棕尚清	0.086%	0.9417	7.1	192.5	1.5169	166.0	0.060%	$10\frac{3}{4}$	7.15	普通	川
淡棕微浊	0.083%	0.9415	4.7	192.7	1.5179	167.2	0.092%	$10\frac{1}{4}$	6.40	优等	湘
淡棕尚清	0.089%	0.9418	7.8	190.5	1.5168	166.0	0.032%	$10\frac{1}{2}$	6.57	普通	川
淡棕近浊	0.083%	0.9419	5.2	192.0	1.5180	166.0	0.128%	$10\frac{1}{4}$	6.35	优等	川
棕色微浊	0.049%	0.9416	5.0	190.8	1.5176	167.7	0.085%	$10\frac{1}{2}$	6.50	优等	川
淡黄微浊	0.090%	0.9420	2.7	191.1	1.5169	166.1	0.042%	$10\frac{1}{4}$	6.30	优等	川
淡棕微浊	0.050%	0.9419	6.8	191.8	1.5169	166.9	0.105%	$10\frac{1}{2}$	6.59	优等	川
淡黄尚清	0.060%	0.9421	5.3	192.0	1.5172	166.7	0.024%	10	6.30	最优	鄂

（续表）

色状	化验类别										总评	产地
	水分	比重	酸数	检化数	折光指数	碘数	杂质	热试验	华司脱试验		
淡棕尚清	0.075%	0.9417	5.5	192.0	1.5178	168.2	0.068%	10	6.33	优等	川
淡黄尚清	0.060%	0.9413	5.7	192.5	1.5168	167.4	0.026%	$10\frac{1}{4}$	6.50	优等	川
淡黄尚清	0.085%	0.9415	2.7	191.6	1.5170	167.3	0.040%	$10\frac{1}{4}$	6.40	最优	川
淡黄尚清	0.083%	0.9417	2.7	192.0	1.5170	167.1	0.032%	$10\frac{1}{4}$	6.40	最优	川
淡棕尚清	0.089%	0.9414	3.0	191.6	1.5171	167.2	0.047%	$10\frac{1}{2}$	7.00	次等	川
深黄近浊	0.090%	0.9415	2.8	192.3	1.5183	167.9	0.004%	$10\frac{1}{2}$	6.53	最优	川
淡黄尚清	0.090%	0.9420	0.8	192.1	1.5193	170.4	0.022	$9\frac{1}{2}$	6.00	最优	川
棕色微浊	0.078	0.9415	0.8	192.3	1.5173	167.8	0.037	$10\frac{1}{4}$	6.45	次等	川
深黄近浊	0.069	0.9417	2.9	191.8	151.84	168.5	0.081	10	6.38	最优	川
淡棕微浊	0.095	0.9418	4.3	192.5	1.5179	167.1	0.076	$10\frac{1}{4}$	6.45	优等	川
深黄尚清	0.055	0.9416	4.4	191.1	1.5176	167.1	0.066	$10\frac{1}{4}$	6.37	优等	川
深黄微浊	0.069	0.9420	2.7	192.0	1.5185	168.0	0.060	$10\frac{1}{4}$	6.45	最优	川

（续表）

化验类别										总评	产地
色状	水分	比重	酸数	检化数	折光指数	碘数	杂质	热试验	华司脱试验		
淡棕微浊	0.055	0.9419	4.6	192.0	1.5184	167.6	0.061	10	6.35	优等	鄂
深黄微浊	0.079	0.9424	6.0	191.1	1.5173	167.9	0.066	$10\frac{1}{2}$	6.58	普通	川
深黄微浊	0.066	0.9418	2.8	190.6	1.5185	168.4	0.062	10	6.28	最优	川
黄色微浊	0.080	0.9420	2.0	191.0	1.5178	166.4	0.062	10	6.30	最优	川

民国二十年十二月份国内桐油化验成分及产地表

（汉口商品检验局桐油检验处抄）

化验类别										总评	产地
色状	水分	比重	酸数	检化数	折光指数	碘数	杂质	热试验	华司脱试验		
深黄清		0.9410	6.7	191.1	1.5147	167.4				普通桐油	川
棕色清		0.9395	8.0	191.7	1.5104	163.4				半干性油	湘
深棕清		0.9392	7.8	191.1	1.5103	163.9				半干性油	湘
深棕清		0.9426	4.7	193.9	1.5159	167.5				不纯桐油	湘
黑色		0.9419	11.0	194.7	1.5083	161.1				掺洪秀油	湘

（续表）

化验类别										总评	产地
色状	水分	比重	酸数	检化数	折光指数	碘数	杂质	热试验	华司脱试验		
黑色		0.9418	10.7	195.1	1.5081	163.0				掺洪秀油	湘
黑色		0.9414	15.0	193.9	1.5076	164.0				掺洪秀油	湘
黑色		0.9410	11.6	195.1	1.5078	164.2				掺洪秀油	湘
红棕尚清		0.9417	6.0	194.2	1.5156	167.8				掺梓油	湘
淡黄清澄		0.9411	6.8	191.6	1.5175	167.4				优等桐油	湘
深棕微浊		0.9411	6.9	192.9	1.5111	166.1				普通桐油	湘
深棕微浊		0.9411	6.9	192.9	1.5111	166.1				普通桐油	湘
黑色		0.9403	13.3	192.9	1.5108	160.8				掺洪秀油	湘
黑色		0.9405	12.3	193.9	1.5103	162.8				掺洪秀油	湘
淡棕尚清		0.9420	8.0	192.1	1.5168	166.4				普通桐油	湘
红棕近浊		0.9418	4.0	192.0	1.5166	169.9				掺有梓油	湘
黑色		0.9405	13.1	193.1	1.5102	160.6				掺洪秀油	湘

（续表）

化验类别											总评	产地
色状	水分	比重	酸数	检化数	折光指数	碘数	杂质	热试验	华司脱试验		总评	产地
黑色		0.9413	15.0	194.8	1.5074	165.2					掺洪秀油	湘
黄色微浊		0.9417	2.4	193.0	1.5167	171.1					掺有梓油	湘
红棕尚清		0.9419	4.0	193.9	1.5147	169.0					掺有梓油	湘

桐油既为吾国对外贸易一大宗，又为吾湘出口货物首屈一指，一方面谋改良出品，向外畅销；一方面又要求根本上继续维持生产方法，使来源稳固，不至中落。今拟具六条，尚冀我湖南当道采择施行。

一、土壤不宜，固不足以树木，而气候、雨量亦有影响植物之生长。吾湘种桐已有数千年之历史，非如美国尚在试验期间，是土壤、气候、雨量等宜于植桐，无复疑义。特以人民知识短浅，缺乏世界眼光，只知掺假，求锱铢之利，而大利所在则未去探寻。今宜将植桐利益制成白话，随时宣传。如有私人或公司植桐至万株者，政府予以奖励，视植桐之多寡定奖品之大小。

二、各县政府每年于所辖境内至少植桐千亩。先从童山着手，以十年为限，计每县有植桐面积万亩，合之全省，十年之内约有六十万亩以上。人民自动种植固好，否则由各该县县长代为栽种，每年须符合千亩之数。再由省政府或建设厅指派专员二人，轮流至各县实地查看，如有阳奉阴违者，除撤职之外，并须勒令补植。但滨湖各县不在此例。

三、规定植桐之地，以山岭或荒地为最为合宜，并规定植桐时，将对岁桐、三年桐插花植入，一年或三年即可结实；但结实年限甚短，不过四五年之久，过此即不结实；而普通桐树在此期限内，亦继对岁桐、三年桐而结实矣。是植桐之利益可称为见效最速。

四、建设厅应速饬民生工厂制造榨油机数百架，出售各县，以为榨油之用。每大县须购六架，中县五架，小县四架，廉价出售，无钱者则租用之。其租借之法，将机交与县长，规定每月金若干，由县长代收代解，并保护原机，如有损坏，即令赔偿，

五、榨出之油，各厂秤妥后，聚密封固，加以产厂封条。贩商挑运，不得启封，以防掺假。在油行收油时，即以封条之完整与否，为纯杂之原则，倘封条完整而内中仍难有他质，应有厂主负责。

六、鼠目寸光之湖南久已忘却桐油出口在湖南居第一地位，所以历年来无人齿及，反不如丝、茶尚有设立试验场以资研究者。我意湖南急应设立桐油研究所或桐油试验场一处，地点择定湘西，学生以农业学校毕业者为合格。其经济筹措方法，照十九年度湖南桐油出口担数，计四十七万九千九百二十一担，每担海关附加捐款二钱，每年可得约一万两之谱供用。

以上所列六条不过言其大略，倘政府鉴其一得之愚，采取施行，则我湖南将来桐油出产，比较现在，定有起色，而泽色之光彩，继起之稳固，事业之扩充，定可与美国桐油抗衡，则我国特产一线之生机，不至与丝、茶业日呈衰败，是在主持者排万难而力为之而已。

吃饭问题之研究[①]

（1932 年）

一、引言

二、人口支配与吃饭问题

三、耕地面积与吃饭问题

四、全国所产粮食与吃饭问题

五、外国粮食入口与吃饭问题

六、增加粮食生产方法

七、结论

一、引言

吃饭问题，在我们习以为常，看做一桩很普通平常之事，若严格的讲起来，任比何项问题为大。

吃饭问题，即民食问题，亦即民生问题，此问题若无法以解决，则民族、民权均无从讲起。所以总理民生主义有云："我们现在讲民生主义，就要四万万人都有饭吃，并且要有便宜的饭吃，要全国的个个人都有很大便宜饭吃，那才真是解决了民生问题。"又云："民生主义，便是吃饭问题，如果吃饭问题不能解决，民生主义便没有办法解决。"当总理在日，视吃饭问题何等重大。即溯而上之，孔子曰"足食"，管子亦云"衣食足而后礼义生"。是吃饭问

---

① 敏该：《吃饭问题之研究》，《湖南建设》1932 年第 2 期，湖南建设厅图书出版部发行。

题，即人生生死关头。古人所谓"得之则生，不得则死"者也。但我国自古以来即以农立国，外人并称之为"老农国"，及论理民食一层，不但不应成为问题，并且还应该以其所余供给外人。乃迩年来事实上实得其反，每年外国粮食输入中国数与年进，在被灾之区或边陲之地尚可加以原谅，不谓产米最盛之东南省份竟日恃外米接济，以资生活，岂非咄咄怪事？时至今日，吃饭问题遂有研究之必要矣。

二、人口支配与吃饭问题

彭昭贤司长施政报告有云："吃属于人口方面，饭属于农业方面，倘人口与农业问题不能够解决，吃饭问题怎能解决？因而民生主义没有办法解决，所以想实现本党民生主义，就不能不对于我国人口与农业研究一个解决的办法。"查我国人口支配极不平均，东南则人烟稠密，西北及边陲则户口寥落，不但于国防上有极大关系，即内地失业人民且日益增加，驯至地既不能尽其利，人亦不能尽其才，至有今日畸形发展的现象。

今将全国各省人口支配数目列表于下：

省别	每方英里人数	省别	每方英里人数
江苏	八七五	陕西	一二五
浙江	六〇一	云南	六七
山东	五五二	甘肃	四七
河南	四五四	辽宁	四七
湖北	三八〇	热河	一八
广东	三七二	吉林	一五
安徽	三六二	察哈尔	一二
江西	三五二	黑龙江	九

（续表）

省别	每方英里人数	省别	每方英里人数
湖南	三四一	西康	九
河北	二九五	绥远	六
福建	二八四	西藏	三
四川	二二八	青海	一
贵州	一六七	新疆	一
广西	一五九	宁夏	一
山西	一三四	外蒙古	一

现上表江苏、浙江等省人口之拥挤，以及青海、西藏等省居民之稀少，在政府应早将过剩人口移殖实边，则内地既减少人满之患，边境之耕地当然扩充；耕地既扩充，而粮食生产自然随之扩充矣。

以言我国人口究竟有若干，是否四万万，或有增减之处，历年来总未得一确实数目，即政府所报告之数亦自相矛盾。L. Madiaq（马迪亚）有言："中国政府虽有统计，全然无用的。"试问国务院与民政部、海关、邮政局所调查全国人口之数，言人人殊，究以何者为可靠？今将近年来政府及团体或个人所谓调查数目列表于下，但数目字相差之大有至二万万者，如民政部调查全国总数为三万万四千三百六十三万九千人；海关只调查二十一行省，已有四万万四千四百九十六万八千人；而陈启修则又称全国为五万万四千七百万人，岂不令人惊异耶？

调查者	年份	总数	包括地域
民政部	一九一〇	三四二六三九〇〇〇	全国
国务院	一九一二	三七七六七三四二三	除蒙古
海关	一九二三	四四四九六八〇〇〇	二十一行省

（续表）

调查者	年份	总数	包括地域
邮政局	一九二三	四三六〇九四九五三	二十一行省
China Continnation Committe	一九一七至一九一八	四四〇九二五〇〇〇	全国
Aminaire General de la Frantc it del' E tnanguer	一九二四	四三六七〇九二〇四	全国
Yahrbnth flir Wirtslhaft Pol－itik und Arbeiter berucgung	一九二四	四或五〇〇〇〇〇〇〇〇	全国
Viessmir	一九二四	四四五一九五〇〇〇	全国
W. W. Rotkhill	一九一二	三二五〇〇〇〇〇〇	二十二行省
陈启修	一九二五	五四七〇〇〇〇〇〇	全国
陈长苏	一九二三	四四三三七三〇〇〇	全国
安那特	一九二六	四四六二〇〇〇〇〇	全国

讲到吃饭问题，固属于粮食生产，而人口数目不可不先行明了。今我国人口统计均取估计主义，则我们研究吃饭问题究以何者为标准，所以调查户口一层在今日已属不可缓之事。俟先将户口调查之后，再将边陲省份择其有可耕之地而居民稀少者，逐渐将内地稠密之人民移殖，使人地适合生活之度，不致有争饭吃之事发生，而社会秩序可臻安宁状况矣。

三、耕地面积与吃饭问题

我国耕地面积亦无精确之统计，并且无人齿及。今欲调查可耕地之数目，实在无从着手。此种重大的统计又非私人能力所能竣事。据刁敏谦所著《两年之新政》所载："我国土地面积为四百二十七万余方里，全国已耕之土地约七万万九千六百八十万亩。"再据陈君士彦所引举田圃面积累年比较表，又为：

年次	田地共计
民国三年	一五七八三四七九二五亩
民国四年	一四四二三三三六六八亩
民国五年	一五〇九九七五四六一亩
民国六年	一三六五一八六一〇〇亩
民国七年	一三一四四七二一九〇亩

能否作为的数，尚属疑问。以上所言，皆系全国可耕之地亩。至我国荒地，其面积又若何？请观民国三年至八年，前北京农商部调查北部及东北部、西北部荒地面积数目如下：

省别	单位亩数
京兆	六二九四三二至一一四六八五九
直隶	六七四〇七九九至六九九五五〇三
奉天	八九〇六〇四三至一七五二七一七三
吉林	六三一六七〇六一至一二九三二三三五六
黑龙江	一六六四四四五八四至七三四五〇九七三〇
陕西	一五四一七一七至一八七九九七三
甘肃	一一七三九九三〇至一四九二七四九四
新疆	五一九七六二八至七六五九九三四
热河	一二九八四五〇至二三九四〇四〇
绥远	二〇一〇九五至五〇二四三四
察哈尔	一五四七，二八〇至二八五四六五一
总计	二六七四一三二八二至九一九七一二一四七亩

再据日本人伊藤武雄所著《现代支那社会研究》书中所载自民国三年至民国七年间荒地增加情形，有如下表：

年次	荒地面积
民国三年	三五八二三五八六七亩
民国四年	四〇四三六九九四八亩
民国五年	三九〇三六三〇二一亩
民国六年	九二四五八三九八九亩
民国七年	八四八九三五七四八亩

此系以全国而论，究竟内地各省有若干荒地，未曾分别标明，大约我国自辛亥革命以来，荒地之增加比前清为尤甚。吾人可想而知，其被荒原因，非将壮丁招募为兵，即是被匪所扰，以致不能安居乐业，此外或为经济所迫，或为环境所制，亦属事所不免。兹再将《建设》调查西北各省，如新疆、甘肃、青海、陕西、宁夏、绥远六省，其有可耕之地而向未垦殖者，共计有二千万顷左右（其东北西南尚未计入），如：

省别	未垦之耕地面积
绥远	三六〇〇〇顷
宁夏	二五〇〇〇顷
甘肃	一四七八七八六七顷
新疆	一六四六六五六顷
陕西	一五六三二九五顷
青海	未详
总计	一八〇五八七八二顷

据建设计划一所言，农民每户作平均五口，其耕种能力以一顷计，则上述六省收容人口之能力已达一千八百余万户，合九千万人以上。故单以西北一区论，已足尽量容纳内地过剩之人口。倘再将移殖范围推及东北、西南一带，则全国人口可以调剂平均，不虞人满。一九一四年，农商部调查报告全国农家户数如下表：

省别	户数	省别	户数
北京	五九八八八五	浙江	三九六七四五三
直隶	四〇四四三二〇	湖北	三九三一〇三三
奉天	一六三〇四三八	湖南	三〇九八四一五
吉林	五五〇七六九	陕西	一九七一八七四
黑龙江	二七五六六二	甘肃	七六七二七七
山东	五三〇三一六三	新疆	四二二三六五
河南	六〇七八一七一	四川	六〇九九五九四
山西	一九四七九七七	广东	二六二四一三四
江苏	四八六五〇九七	广西	一六八三四三四
安徽	二三九五七九	云南	一三〇〇二五二
江西	四〇七七一四五	热河	四七一五〇六
福建	一二二八九〇三	察哈	一〇四八六六
共计	五九四〇二〇一五		

此外，贵州、绥远、西藏、蒙古、青海等尚未列入其内。若照上数每户人口以五人计算，则全国农民约为三万万，实占人口总数四分之三，加入未列各省，则我国农民当占全国人口百分之八十以上。而农业生产又占全国生产百分之九十，其农民地位何等重大！地非不广也，人口并非过剩也，特政府不善于平均支配，以致年来发生吃饭恐慌，其咎不在农民也。

又据武汉中央土地委员会调查，中国农民中之有土地共为一万万五千万人，无土地雇农共为三千万人，佃农共为一万万三千六百万人，总计为三万万三千六百万人。由是可知，有土地农民约占全体总数百分之四十五，无土地雇农、佃农、游民、兵匪等约占农民总数百分之五十五。此种调查虽不的确，即作为大概论，可知我国无土地农民至少可与有土地农民相等。

　　我国素称地大，而荒废者亦复不少，上文已言之綦详。又加以二十年空前之水灾，其被灾田亩数目之大更觉骇异。兹将《申报》本年三月二十日所登《中国银行二十年度营业报告》，内载去年水灾之巨为六十年所未见，区域遍二十余省，灾民达数千万。其最烈者为浙、江、湘、鄂、赣、皖、汴、鲁八省，本行所调查之灾情如左：

省别	被灾田亩	被灾农户
湖北	二七五二三〇〇〇	二一二五〇〇〇
安徽	一三九五〇〇〇〇	二一五五〇〇〇
江苏	六一四三一〇〇〇	三六二七〇〇〇
湖南	一三九五〇〇〇〇	一一〇〇〇〇〇
河南	三四六九五〇〇〇	一五八六〇〇〇
江西	一四二四八〇〇〇	一〇三五〇〇〇
山东	三〇一三五〇〇〇	一五五一〇〇〇
浙江	一五七三六〇〇〇	九三二〇〇〇
共计	二二六六八〇〇〇	一四九一〇〇〇

　　据国府统计局之调查，谓受灾八省，被淹田亩共二万五千五万亩；损失产米额九万万斤，占全国产额百分二十；小米、高粱十四万万斤，占全国产额百分之二十九。此虽天灾，非人力所能挽回，但事前政府未尝未雨绸缪，以致人民受此最大损失，实难辞其咎，前车可鉴，来轸方殷。除政府对于被灾田亩迅予恢复、被灾农民妥为安置外，亟应节不急之需，将灾民与夫稠密省份之居户，设法移殖，彼日望"耕者有其田"者，此即实行"耕者有其田"之时机。先劝令自由迁移，不听继之以强迫，苟政府对于交通、水利、医院、学校等设备完全，则人民趋之惟恐不及，从之者如归市，是在政府善为利用之而已。

四、全国所产粮食与吃饭问题

我国有四万万以上人口，而却有八万万可耕之田亩，以其所产之粮食，养活本国之人民，无论如何，绰有余裕，何至发生吃饭恐慌？何至吃饭问题不能解决？以言人民则勤苦耐劳，以言疆圉则地跨三带，真古人所谓天府之国。有人此有土，有土此有财，有财此有用者也。谓之为世界上第一等之农业国，任何人所不能否认。除工业制造品外，吃饭自不成问题，乃吾人自谓不成问题者，今乃成为绝大问题矣。

中国产米数量，民国五年农商部统计表有二十一亿三千八百四十九万担，较全世界总产额一倍有余，殊不可信。若依日本人及欧洲人所推算中国所产米谷，实有五亿二千二百万担，较为相近。缘世界产米总额仅十一亿五千五百二十四万担，中国已占百分之四十五以上可谓居产米国之重要地位。陶君昌善曾将世界米谷生产额表宣布于《农学会丛刊》，兹选录于下（表系民五至民九之五年间平均数）：

国别（或地区）	产米额（单位：万担）	国别（或地区）	产米额（单位：万担）
中国（大陆）	五二二〇〇	台湾（地区）	七七八
印度	三六〇二三	马来岛	六三二
日本	九四九三	美国	五九七
爪哇	四二一三	法领叙内亚	四〇八
安南	三四三四	意国	三六五
暹罗	二三二三	勃拉其尔	三六〇
朝鲜	二二九四	埃及	二〇五
菲利宾	一〇六一	西班牙	一八六

以上所列中国产米额系注重华南，因华南民众专恃稻米以为生

活，若华北则以麦食为主要生活之需。究竟中国每年产麦若干，尚未得确数，惟每年输入麦量，则有海关报告册在，尚可查获实数。兹且专论稻米问题，再录陶君昌善论文一段如下：

各国一人之消费额，多少至不一定。如印度、安南，年约一担余；朝鲜、菲利宾，年约一石二斗……海峡殖民地，年约二石二斗余，此为最多。我国本东亚食米主要国……即南人食米多，北人食米少，未可一概推论，当亦不少于朝鲜。今假定一人之消费额年约一石四斗，以四万万人计之，全国人民年需五亿六千石。据外人调查，世界米谷消费额十一亿五千八百零七万余担，中国占五亿二千六百零七万石，虽与推算之数尚属不敷，实已占全世界米谷消费国之第一位，无论何国，远不相逮。兹列世界米谷消费额表，以明其状。（表系民五至民九间平均数）

国名	米谷消费额（单位：万担）	国名	米谷消费额（单位：万担）
中国	五二六〇七	法领叙内亚	四〇七
印度	三四七〇九	锡兰	四〇五
日本	一三八三四	勃拉其尔	三五七
爪哇	四七〇五	德国	二三八
暹罗	一五三四	英国	二一四
菲利宾	一二三四	埃及	一九八
马达加司加	六二三	马来岛	一九七
义国	四七〇	海峡殖民地	一八八
意国	四二四	古巴	一八八

我国消费额既有如此巨量，而米之收获量究有若干？如民国十七至十八年收获量，全国仅得六万二千（千吨）。假定我国人口为

四万万，以四分之三食米，四分之一食麦，每人每年以二石计，似乎可以敷用。但内中如乡间制糖、酿酒等，须耗去若干者有之。又因交通不便，运输不灵，太仓之粟陈陈腐败者亦有之。在穷乡僻壤之内地，或者能保持粮食足度，不至缺乏。若在人烟稠密之都会，吃饭一层遂成严重问题，所以欲解决此项问题，非先解决粮食生产问题不可。

五、外国粮食入口与吃饭问题

总理民生主义讲演有云："中国自古以来都是以农立国，农业就是生产粮食的一件大事业。"粮食即是吃饭之基本材料，所谓"一日不食则饥，十日不食则死"。如我有充分粮食，可以转售他人，否则我必资赖他人以谋生活，而输入在所难免。人常言："穿衣吃饭，与人无干。"今则穿衣吃饭已成为国际性矣。所穿者外国之布，所吃者外国之米。一旦若拒绝购用，即发生国际交涉。而且我国人民即有冻饿之虞，虽欲不购，其势有所不能。去年，各省大水灾，订购美麦四万吨，此系例外。若检查海关每年米麦入口之数，逐年增加，实有不堪思议者。兹照录于下，以证我国农政之衰颓：

国别（或地区）	十七年	十八年	十九年
香港①	九三八六八二三	七九九二二六一	六〇二二九九二
澳门②	一〇四二〇〇	九八三一四	六三七二六
安南	七〇二六〇七	一二七〇六八三	三二八五二〇二
暹罗	一〇六一〇七一	六二一五七九	四五一一四五
新加坡等处	一〇七七二六	八三〇三	一九五六

---

① 中国香港，因当时为英国占领，统计数据时将其当作"国别"（地区）来单列。

② 中国澳门，因当时为葡萄牙占领，统计数据时将其当作"国别"（地区）来单列。

（续表）

国别（或地区）	十七年	十八年	十九年
爪哇等处	八六	三四	一二四八七
印度	六二二四六二	七二〇九七八	九五一五九七八
土波埃等处			二
德国	一七		
意国	二〇	五	五
俄国太平洋各口	一〇一	五三	二三
朝鲜	一四九六八	一七九六五	一〇一九二〇
台湾①	六五七七八七	九三八九〇	四三七三四八
美国檀香山	三六		
共值关银	六三〇二九二三二两	五八九八一〇四五两	一二二三四一九三两

上表数目系专指米谷一项而言，再观近三年来小麦进口又如何？

国别（或地区）	十七年	十八年	十九年
香港②（地区）		八七八九	一
印度	七	五	一七六
朝鲜	一	六七	
台湾③	三三	四一一	一三
坎拿大	七八九七九九	四二四四六七九	九六〇四八八
美国檀香山	一一三二四八	四一五三六六	五五六九四八
澳洲等处		九九四五四〇	一二四四六一八
共指关银	三三二八八八六两	二一四三〇七八五两	一二八三〇六九〇两

---

① 中国台湾，在日据时期，统计数据时将其当作"国别"（地区）来单列。

② 中国香港，因当时为英国占领，统计数据时将其当作"国别"（地区）来单列。

③ 中国台湾，在日据时期，统计数据时将其当作" 国别"（地区）来单列。

此外，十九年度未列名粮食进口值银一百三十七万二千七百三十七两，西米粉值银五十八万九千九百七十四两，麦粉值银三千零三十五万四千七百一十六两，未列名粮食粉值银九十六万五千一百四十五两，共值银三千三百二十八万二千五百七十二两。若将该年度米、麦粉等项进口总值加入合计，实得银一万万六千七百三十四万七千四百五十五两。此自神农氏以来，自命以农立国，并称为老农国者，每年依赖他族生存，输进粮食，以维吾同胞吃饭之一宗绝大漏卮大概情形也。

美国《每日商业新闻》曾有报告云："世界产米额在过去二十年有逐渐增加之势。惟中国则不然，一九二九年产额较前年为少，推原其故，不外乎农业生产衰败，以致发生供不应求之事。"夫吃饭问题本吾人分内之事，今亦须依赖外人，则人之生计绝，而国家之财源亦罄。万一国际间发生战事，港口封镇，来源断绝，则社会之秩序、人民之生活当然不堪设想。德国之战败于列强，其原因亦即在此。所以吃饭问题即国家与人民生死大关头，是故世界谋国当局，对于粮食一途未有轻视之者。只有我国各级政府惟权利之竞争，绝不顾虑民食之重要，徒拥有四百二十余万方哩之膏沃土地、三万万劳力之农民，不能以农产品畅销于世界，反为世界畅销农产品之一大倾销市场，岂不大可哀耶？

六、增加粮食生产方法

吾人将听其每年流出巨大血金于异国乎？抑或设法增加生产以谋抵制乎？倘吃饭一事，尚不知自谋安全，则我中国人只有束手待毙之一策。总理有云："要解决吃饭问题，先要解决生产问题。"究竟如何解决，世人已有先我而为之者。不观夫日本对于朝鲜、台湾，竭力扩张其稻田面积，较战前已增百分之七，收获量则增百分之二十。一九二八年，安南米产额，占世界总产额百分之四点四。

一九二七年，暹罗因水利灌溉改良之结果，较战前产量增百分之六十。南洋群岛近年亦较战前增百分之十。菲利宾近年平均收获量较战前增一倍有半。总理民生第三讲有云："法国有四千万人口，因为能够改良农业，所以只得中国二十分一的土地，还能够有饭吃。……如果能够仿效法国来经营农业，增加生产，至少要比法国多二十倍，应该可以养八万万人。"中国并不是无吃饭资格，亦不是无吃饭之地位，因为不去讲求吃饭来源，所以没有饭吃。今欲解决吃饭问题，必先找出方法。所谓方法者，即在增加生产。

总理民生主义第三讲有云："我们对于农业生产，除了农民解放问题之外，还有七个增加生产的方法要研究：第一是机器问题，第二是肥料问题，第三是换种问题，第四是除害问题，第五是制造问题，第六是运送问题，第七是防灾问题。"可见增加生产方法之重要。此外，如免除内战，肃清土匪，兴办水利，开垦荒地，提倡冬耕，禁绝种烟，设立农业银行，开办农民合作社，整理农业教育，亦属题中应有之文章，倘能逐渐举行，而谓吃饭问题不能解决，吾不信也。

七、结论

综括起来，我们探究吃饭恐慌之病根所在，虽则随地随时不同，一言以蔽之曰："政治不上轨道，为其最大原因。"军阀利用农民以作争权夺利之工具，一旦战端开始，数千里禾黍离离之地，瞬息变为秣马逐鹿之场。苛税杂捐，征兵掳夫，相逼而来，总使农民不遑安处。即偶有数区未遭兵灾，而土匪横行，间阎绝食，居既不能安，业亦不能乐，是率全国之农民相趋而为乱。于是生之者寡，食之者众，而吃饭问题遂成严重。

胡汉民先生有言："我国人的所谓'到民间去'，乃到民间拐带一部分人民出来，做自己的工具，使这班失了他们本来的民间地位，而回不得民间。"此言深中症结。今日之当道曰民生主义，而心行拐带者处处可以看出。如其不然，请从今日始，对于农业建设作积极工作，务使人民"三年耕而有一年之蓄，九年耕而有三年之蓄"。则不但有饭吃，而且有很便宜饭吃矣。

参考书

《中华农学会报》

《农声》

《工商半月刊》

《社会科学季刊》

《申报》

《建设》

《社会杂志》

《现代月刊》

湖南之物产[①]

（1932 年）

一、导言

"知已知彼，百战百胜"，此古人治兵之宝诀，余以为治兵当如

---

① 《湖南之物产》在《湖南省建设月刊》第 35、36 期连载，具见：宾敏介：《湖南之物产（未完）》，《湖南省建设月刊》1933 年第 35 期；宾敏介：《湖南之物产（续）》，《湖南省建设月刊》1933 年第 36 期。

此，即经营实业者亦莫不如此。无如我国今日侈谈实业者，摭拾一二陈言，耳食零碎琐闻，以如簧之口舌、巧妙之文章见诸讲演，布为文告，遂名之为实业大家，称之为建设计划，而于一切物产情形、原料数量、位置方向、品质优劣则茫无所知，以此笼统之见解，而使之主持实业，其成效已可概见。盖一国有一国之特种情形，即一国有一国之特种实业，橘逾淮而为枳，比物比志也。我国以农立国已有数千年历史，今日欲改农为工，其势既有所不许，如果一仍旧贯，而潮流所趋，亦难以生存，惟有因农作物之主要品，建设需要之实业，一反前此纯粹原料输出之国际贸易政策，并于各省之重要物产，择其出产丰富区域改良之、整理之，使其有系统而源源滋生，以餍足事实之需要，而不致有缺乏原料停工以待之虞，所以调查手续决不可省，而一省主持建设者如欲使该省实业发达，尤必对于物产情形胸有成竹，方不至于冥行索涂，此一定之理也。我湖南天然物产应有尽有，矿物、植物取之皆可左右逢源，倘政府有心求实业之发展，以活经济，以裕税收，而不专恃苛征勒捐为能事，于提倡之余继以保护，而谓我湖南不我为德国之"煞克逊"省者，吾不信也。为政在人，空谈无补，不佞愿将我湖南出产有关于民生及工业上之需用者，编成此文，以供当道之采择，并作将来各种实业计划之张本焉。

二、纸

纸之一物，在昔本可以自给，近年来文化逐日进步，需用纸张当然较昔增加。计湖南十九年纸张进口，已值二十六万九千五百五十五海关两，但我湖南各县产纸额，虽属手工业，然每年亦有若干出口，计十九年出口有二万二千八百二十二两，出入相抵，仅有四万一千五百三十四两之入超，若合全国土纸输出数值之比较，湖南实占百分之一点七三，倘政府设法为之改良，或就原有原料之地设厂制造，则挽回利权亦属非小。近有人呈请省府，拟拨废弃未用之华丰造纸厂以作开办造纸之用。查华丰厂停工已十八年矣，厂屋倾圮，设备腐朽，锅炉电机久已零折零卖，今所存者仅有锈坏不堪之造纸机一座，添新补旧，方之新购，所差不多。近阅《全民日报》载湘乡改良纸业计划，有八都一带营造纸业者甚多，计纸棚二百余所，每年造大纸三千余石，帐簾纸五千余石，时尖纸七八百石，黄表纸三四百石，本年因纸价低落，大受打击，最近荆紫峰王某及罗家洞汪某遴选技师，制造丁贡纸，出品甚佳。查丁贡纸原产浏阳，湘乡向无造者，此次仿造成功，足见事在人为。兹将湖南各县纸产情形列表如下：

县别	纸类	每年产额	单值	总值	运销地点
浏阳	折表纸	三万八千石	三元	一十一万四千元	
	熟料纸	五千四百石	十五元	八万一千元	
湘阴	洞纸	七十万石	十元	七百万元	
	草纸	二千五百石	八角	二千元	
益阳	纸	四十万块	四元	一百六十万元	
湘乡	纸	五十万石	六元五角	三百二十五万元	
攸县	纸	二万石	一元二角	二万四千元	
邵阳	时则纸	三十万篓	四元	一百二十万元	上海、汉口
	老则纸	六万篓	三元五角	二十一万元	
	重则纸	三万篓	五元	十五万元	
	表则纸	五万篓	五元	二十五万元	鄂、沪
	永丰纸	九万石	六元	五十四万元	
	包烟纸	五万石	五元	二十五万元	
	引皮纸	三万石	十三元	三十九万元	
	玉书黄纸	一万篓	四元	四万元	
	谱皮纸	五万捆	六元	三十万元	

（续表）

县别	纸类	每年产额	单值	总值	运销地点
邵阳	官堆纸	七万篓	三元五角	二十四万五千元	
	四红纸	一万篓	六元	六万元	
	双红纸	二万篓	六元	十二万元	
	大粉尖纸	六千篓	二元四角	一万四千四百元	
	小粉尖纸	一万篓	二元四角	二万四千元	
	一红纸	二万篓	三元	六万元	
	广红纸	九千篓	四元	三万六千元	
	大京红纸	三万篓	二元五角	七万五千元	
	放黄纸	三万篓	二元五角	七万五千元	
	云皮纸	七万篓	二元五角	十七万五千元	
新化	时则纸	四万石	十七元	六十八万元	鄂、苏、天津等
	夹板纸	四十万扎	三角	十二万元	鄂、豫、苏省
	东山大块纸	一千它	七元	七千元	同上
武冈	时则纸	二千石	八元	一万六千元	
新宁	纸	七千七百石	四元	三万零八百元	汉口
平江	纸	一万块	五元五角	五万五千元	
衡山	纸	一万石	九元	九万元	
常宁	湘包纸	三千石	五元	一万五千元	
	顶炮纸	四百块	四元	一千六百元	
	打纸	六百石	二元五角	一千五百元	
零陵	二炮纸	五千石	八元	四万元	
祁阳	粗纸	六千石	五元	三万元	
东安	时则纸	三千六百石	二十元	七万二千元	
新田	粗纸	一千石	四元	四千元	

（续表）

县别	纸类	每年产额	单值	总值	运销地点
汝城	山贝纸	六千石	七元	四万二千元	广东仁化之城口埠
	高风纸	七千石	六元	四万二千元	同上
桂东	毛边纸	五千石	七元	三万五千元	广东
	高方纸	三千石	六元	一万八千元	广东
	皮纸	一千石	二十五元	二万五千元	江西
桃源	球纸	八十万球	三角	二十四万元	辰州
	小纸	六十万它	二角六分	十五万六千元	
	黄表纸	十万箱	五角	五万元	
	实胚纸	二十万捆	五元	一百万元	
	老则纸	三十万捆	七元	二百一十万元	
石门	草纸	八千四百石	一元五角	一万二千六百元	
大庸	火纸	一万石	二元	二万元	
沅陵	辰皮纸	三万捆	三元	九万元	
黔阳	草尾边纸	三万刀	二角	六千元	
绥宁	火纸	一千八百石	二十元	三万六千元	汉口
	大纸	十三万块	二角	二万六千元	洪江
会同	竹纸	四千石	十五元	六万元	贵州
阳明	点浆纸	二千四百石	二元六角	六千二百四十元	
	球头纸	十三万球	四分	五千二百元	
	三才纸	八千块	六角二分	四千九百六十元	
泸溪	读书纸				
	长连纸				
	中连纸				

（续表）

县别	纸类	每年产额	单值	总值	运销地点
泸溪	二细烧纸				
	粗纸				
衡阳	大纸				
	烧纸				
溆浦	引皮纸				
	时笺纸				
	炮纸				
蓝山	纸				
资兴	纸				
桂东	纸				
绥宁	当票纸				

以上见湖南各县物产调查表，未列量数。

三、桐油

桐油为我国一种特种，居出口货之第九位。现在无论何国，均无如许之输出量。查十九年出口有八十四万零六担，价值二千三百四十二万三千二百五十八两，仅就湖南而论，每年即占总数一千一百九十万二千六百一十四两，如果政府加意提倡植桐事业，将来出口定不止此数，因桐油在中国用途甚广，近世各国工业发达，如飞机事业、电气事业、油漆事业，在在需用桐油，美人谓中国垄断世界桐油市场，洵非虚语。不佞曾著《湖南桐油业之危机及其补救方法》（见《湖南建设》第一期），所言湖南桐油出产系概括的，今将各县每年桐油产量列表于下，并将各种杂油附后（茶油除外）。

县别	油类	每年产额	单值	总值	运销地点
湘潭	桐油	二千六百石	二十四元	六万二千四百元	汉口
湘乡		一千石	二十七元	二万七千元	汉口
安化		二千石	二十五元	五万元	
城步		三百石	二十五元	七千五百元	
耒阳		五百石	二十元	一万元	
常宁		二百石	二十一元	四千二百元	
零陵		一千石	十九元	一万九千元	
东安		五百石	二十二元	一万一千元	
宁远		二百石	二十元	四千元	以上由长沙转销汉口
永明		三十石	二十元	八百七十元	广西
江华		一千石	二十九元	二万元	广东
新田		一百五十石	十五元	二千二百五十元	广东
郴县		二百石	二十元	四千元	广东
桂东		五百石	三十元	一万五千元	江西
常德		十万石	三十元	三百万元	上海、汉口
桃源		二十万石	二十九元	五百八十万元	美国
石门		四千七百五十石	二十元	九万五千元	汉口
大庸		五十石	三十元	一千五百元	
沅陵		三万石	三十元	九十万元	汉口
泸溪		五万石	二十二元	一百一十万元	汉口、镇江、上海
辰溪		四千石	二十四元	九万六千元	汉口
溆浦		五千二百石	十九元	九万八千八百元	
芷江		一千石	三十元	三万元	
麻阳		二千五百石	三十五元	八万七千五百元	汉口
永顺		四万篓	二十五元	一百万元	

（续表）

县别	油类	每年产额	单值	总值	运销地点
保靖		二万二千石	二十四元	五十二万八千元	
新宁		二千石	二十元	四万元	
桑植		一千五百石	十八元	二万七千元	
靖县		四百石	十四元	五千六百元	
绥宁		八十石	三十元	二千四百元	
会同	洪油	二万石	三十五元	七十万元	
通道	桐油	三百石	二十五元	七千五百元	
凤凰		五千二百石	二十五元	十三万元	
乾城		三万七千五百石	三十元	一百一十二万五千元	
古丈		二万石	三十元	六十万元	
永绥		三百六十石	三十五元	一万二千六百元	以上均销汉口、上海
阳明		一百石	二十五元	二千五百元	
龙山	秀油	四千桶	三十四元	十三万六千元	汉口
	冰碱	六千六百桶	二十元	十三万二千元	汉口
	油碱	六万四千桶	二十元	一百二十八万元	汉口
	桐油	十七万五千二百篓	二十五元	四百三十八万元	汉口

　　杂油或为民食之需要品，或为工业之用品，湖南每年亦有一万九千五百二十九两之收入。今将各县之产量列表于下：

县别	杂油类	每年产额	单值	总值	运销地点
安仁	菜油	一百石	二十二元	二千二百元	
邵阳	木油	二百石	十元	二千元	汉口
	棉油	三百石	十元	三千元	汉口

（续表）

县别	杂油类	每年产额	单值	总值	运销地点
鄩县	菜油	七百石	十四元	九千八百元	
东安	菜油	一千石	十三元	一万三千元	
道县	花生油	二千石	十六元	三万二千元	广西
桃源	木油	五万石	十四元	七十万元	常德转汉口
沅陵	木油	五百石	十二元	六千元	常德
辰溪	菜油	二千石	二十四元	四万八千元	常德
绥宁	菜油	九百石	三十元	二万七千元	

四、茶油

茶油用途，不若桐油之广，我国人士皆用以充食品，妇女作香油以润发，丝烟搀合烟叶中以添香气，农村则有用以作灯油者。至输出日本，则为椿油之代用品，考其全国输出数量，以民国十八年为最多，计四万八千九百二十四担，价值八十六万二千一百四十一两，至十九年降至一万零四百六十二担，价值十八万九千七百三十两。以湖南而言，十八年为二万一千一百二十担，价值二十九万四千八百二十二两，至十九年突落至一千五百九十三担，价值二万七千一百四十两，若长此衰落，则茶油之前途定有不堪回首之一日。今将湖南各县茶油产额分别列表于下：

县别	油类	每年产额	单值	总值	运销地点
浏阳	茶油	五万石	十五元	七十五万元	汉口
湘乡		一千五百石	二十三元	三万四千五百元	汉口
攸县		一千石	二十元	二万元	
安化		二千五百石	二十五元	六万二千五百元	长沙
茶陵		二万石	二十元	四十万元	

（续表）

县别	油类	每年产额	单值	总值	运销地点
邵阳		八千石	十五元	十二万元	
城步		二百石	三十元	六千元	
平江		一万二千石	二十元	二十四万元	汉口
衡阳		一千二百石	十六元	一万九千二百元	
衡山		八千石	二十元	十六万元	长沙、汉口
耒阳		八千石	十八元	十四万四千元	
常宁		二万五千石	二十五元	六十二万五千元	长沙、汉口
酃县		一万三千一百石	十八元	二十三万五千八百元	同上
零陵		三千石	十八元	五万四千元	
祁阳		八千石	二十元	十六万元	
道县		一万石	十五元	十五万元	广西、长沙
宁远		四百石	十四元	五千六百圆	
永明		十五石	二十七圆	四百零五圆	
江华		二千石	二十圆	四万圆	
新田		三百石	十五圆	四千五百圆	
郴县		五千石	二十二圆	十一万圆	
永兴		五千石	二十圆	十万圆	
宜章		四百石	二十五圆	一万圆	
桂东		一千石	二十五圆	二万五千圆	广东
桂阳		六千石	二十二圆	十三万二千圆	
蓝山		五十石	十五圆	七百五十圆	
临武		二千石	二十圆	四万圆	
桃源		十万石	二十六圆	二百六十万圆	常德转汉口
石门		四千七百五十石	二十圆	九万五千圆	常德

（续表）

县别	油类	每年产额	单值	总值	运销地点
慈利		七千石	三十圆	二十一万圆	
大庸		一百石	二十圆	二千圆	
辰溪		六千石	二十五圆	十五万圆	
溆浦		三千二百石	二十五圆	八万圆	
芷江		三千石	二十五圆	七万五千圆	
麻阳		二百石	二十二圆	四千四百圆	
保靖		三百石	十五圆	四千五百圆	
桑植		二千石	二十圆	四万圆	常德
靖县		一千石	十五圆	一万五千圆	
绥宁		一千五百石	三十圆	四万五千圆	
会同		八千石	二十五圆	二十万圆	常德
凤凰		四百石	二十六圆	一万零四百圆	
永绥		三百石	三十五圆	一万零五百圆	
阳明		一百二十石	二十圆	二千四百圆	
东安		五千石	二十圆	十万圆	

据共湖南各县每年茶油产额计三十三万六千五百三十五担，共值洋七百二十九万六千四百五十五圆。

五、茶叶

丝、茶二物为吾国对外贸易大宗，曩日位列第一，只因墨守成法，不知改良制造，致被后起之日本、印度茶打倒，一蹶不振。即以我湖南而论，亦年年退步，不景气象，达于极点。十九年红茶出口仅一万二千四百九十五担，价值三十七万九千三百四十九两；绿茶出口仅四十六担，价值一千四百二十六两；毛茶三百一十担，价值四千四百三十六两；茶末仅五百一十二担，价值三千四百八十两；茶梗仅二百六十七担，价值一千二百六十八两。倘政府不加意提倡改良，一任无科学知识之商民仍用传统的制造古法，则将来欲求今日出口贸易之数字而不可得，未知今日主持建设者亦曾注意及此否？兹将各县产茶数量列表如下：

县别	茶类	每年产额	单值	总值	运销地点
长沙	红茶	三万石	十八元	五十四万元	汉口转外洋
浏阳	红茶	八百八十箱	八元五角	七千四百八十元	汉口
醴陵	茶	一千石	二十元	二万元	汉口
湘阴	茶	一千九百石	二十元	三万八千元	汉口
宁乡	红茶	一千八百石	十五元	二万七千元	新疆、俄国
	黑茶	一千七百石	五十元	八万五千元	本县
湘乡	米茶	三十万石	四十元	一千二百万元	欧美各国
	毛红茶	十万石	三十圆	三百万圆	各省
	花香茶	五万石	三十五圆	一百七十五万圆	鲁、晋及俄国
	茶梗	五万石	六圆	三十万圆	上海、汉口
	绿茶	十万石	三十四圆	三百四十万圆	
湘潭	茶	六千三百石	二十圆	十二万六千圆	长沙
攸县	茶	一百石	三十圆	三千圆	
安化	红茶	一万六千石	二十二圆	三十五万二千圆	长沙、汉口
新化	茶	四千包	十六圆	六万四千圆	
岳阳	茶	一千石	五十圆	五万圆	汉口
平江	茶	三万石	三十圆	九十万圆	日、俄等国
临湘	红茶	二万包	三十圆	六十万圆	上海、蒙古、俄国
鄱县	红茶	一万一千石	九圆	九万九千圆	长沙

（续表）

县别	茶类	每年产额	单值	总值	运销地点
祁阳	茶	五万石	十圆	五十万圆	粤、汉
江华	茶	三十石	十五圆	四百五十圆	广东
桃源	茶	三十万石	二十五圆	七百五十万圆	俄国及内地
汉寿	红茶	八十石	十五圆	一千二百圆	汉口
石门	茶	三百七十石	五十圆	一万八千五百圆	
大庸	茶	五石	五十圆	二百五十圆	
溆浦	茶	三百石	六十圆	一万八千圆	
芷江	茶	一百二十石	二十五圆	三千圆	
古丈	茶	六十石	五十圆	三千圆	
郴县	红茶				
资兴	红茶				
慈利	红茶				
沅陵	红茶				
保靖	红茶				
邵阳	红茶				
衡山	红茶				
常宁	红茶				

以上各县产茶见民政厅物产调查表。未列量数。

六、棉花

米麦食品，南北异嗜，惟衣着一事，均以棉质为需用之要素。我湖南既不如江浙之产丝，更不如北方之产皮毛，无老少贫贱农非棉不暖，是我湖南人更应十二分努力于种棉事业，以解决衣的问题。据二十一年全国棉产第一次估计报告书内称，湖南近年植棉进步颇速，去年虽因淫雨歉收，今年已复旧观。又据中华棉业统计会统计全国棉产，关于湖南部分，经湖南棉业试验场调查，共计棉田面积一百零五万七千五百七十亩，产额三十二万五千五百二十担，较去年水后产额多七倍有奇。如湘阴棉田面积五万八千亩，产额一万四千七百九十担；岳阳棉田面积八万七千亩，产额一万八千八百八十担；临湘棉田面积六万亩，产额一万八千三百四十担；沅江棉田面积四万一千亩，产额一万三千三百担；汉寿棉田面积五万八千三百亩，产额二万一千九百七十担；南县棉田面积六万五千八百五十亩，产额一万八千四百七十担；华容棉田面积十二万五千三百四十亩，产额二万七千担；澧县棉田面积二十七万八千三百三十亩，产额十万零六百八十担；石门棉田面积一万七千四百五十亩，产额三千一百四十担；临澧棉田面积二万一千亩，产额五千一百五十担；慈利棉田面积二千三百亩，产额三百八十担；桃源棉田面积三万五千亩，产额二千担；常德棉田面积四万四千亩，产额二万三千担；安乡棉田面积十七万亩，产额五万七千一百二十担。但湖南财政厅调查棉花产额，其数字与试验场所调查者大有出入，未知孰确。今照列如下：

县别	棉花类	每年产额	单值	总值	运销地点
湘阴	棉花	一万六千石	五十圆	八十万圆	本省及汉口
湘潭		一千三百石	二十圆	二万六千圆	
安化		二千五百石	五十圆	十二万五千圆	本省、汉口
邵阳		五百石	三十六圆	一万八千圆	
岳阳		三十万石	二十圆	六百万圆	汉口
临湘		八千五百石	二十八圆	二十三万五千圆	汉口
华容		三万六千石	三十二圆	一百十五万二千圆	汉口
永明	棉花	十五石	六十圆	九百圆	
江华		一千石	六十圆	六万圆	

（续表）

县别	棉花类	每年产额	单值	总值	运销地点
常德		二万六千石	五十圆	一百三十万圆	汉口及本省
桃源		一百万石	二十九圆	二千九百万圆	汉口
汉寿		二千石	十二圆	二万四千圆	长沙、汉口
沅江		四千石	三十圆	一十二万圆	湖北
澧县		六万三千石	二十圆	一百二十六万圆	长沙、汉口
安乡		二万石	二十八圆	八十四万圆	本省及汉口
石门		二千三百石	四十五圆	十万三千五百圆	津市
临澧		二千石	三十圆	六万圆	本省、汉口
大庸		一百石	三十圆	三千圆	武汉
泸溪		五千石	七圆	三万五千圆	本省、汉口
溆浦		一百五十石	五十圆	七千五百圆	
芷江		二百石	五十圆	一万圆	
古丈		二百石	五十圆	一万圆	
南县					
慈利	以上二县系产棉之区，见中华棉业统计会调查表				
永兴					
宜章					
保靖					
麻阳					
衡山					
安仁					
湘乡	以上七县见湖南各县物产调查表，未列量数				

七、苎麻

苎麻为我国农家副产品，在昔编织夏布，惟麻是赖。此外线绳亦以麻为主。今则人造丝发明，需麻更多。湖南气候、土壤最宜种麻。特农家视为微物，不加注意，以致出产不甚丰富。但在中国，除汉口、南京外，湖南实居第三位，并且逐年均有增加。如十七年，出口量七千九百七十二担，值十一万四千七百一十七两；十八年，出口量增至九千五百六十二担，值十三万零四十三两；十九年，出口量又增至一万三千零四担，值十九万八千七百零一两。如果政府对于植麻事业加以提倡，其前途未可限量。现在实业部有开办人造丝厂之计划，需要苎麻必多。我湖南农民应于此时广为播种，将来该厂原料之取给非湖南莫属。今将湖南各县苎麻生产数量列表如下：

县别	苎麻类	每年产额	单值	总值	运销地点
浏阳	苎麻	一万石	十五元	一百五十万元	本县
醴陵		八千石	十五元	一百十二万元	本县
湘潭		二千一百石	十五元	三万一千五百元	汉口
湘乡		五千石	二十二元	十一万元	汉口、长沙
安化		九十石	十五元	二千七百元	
邵阳	火麻	五千石	十五元	七万五千元	汉口
平江		四千筒	二十元	八万元	江西、汉口
临湘		五千三百石	十七元	九万零一百元	汉口
耒阳		二千石	二十元	四万元	广东、汉口
常宁		二百石	三十元	六千元	
新田		三百石	二十元	六千元	
郴县		三百六十石	三十元	一万零八百元	

（续表）

县别	苎麻类	每年产额	单值	总值	运销地点
资兴		一百石	二十八元	二千八百元	广东
蓝山		三百石	二十元	六千元	
临武		三十五石	四十元	一千四百元	
嘉禾		一千七百石	二十元	三万四千元	广东
汉寿		一千石	二十元	二万元	汉口
沅江		一千五百	二十元	三万元	
大庸		一千石	三十元	三万元	汉口
芷江		一百石	四十元	四千元	广东、汉口
乾城	苎麻	一百二十石	十二元	一千四百四十元	汉口
衡山					
华容					
攸县					
永兴					
澧县					
保靖					
麻阳					
安仁	以上见湖南各县物产调查表，未列量数				

八、漆

漆树本为一特产，多生于崇山峻岭之中，非平原卑湿之地所宜，惟湘西宝庆一带始有之。年来出口颇有增加。十九年，已有一千八百五十九担，价值十万零六千九百四十二两。但近代工业发达，洋漆不断输入，抵制之法，惟有改革中国漆制造法，以塞漏卮于万一。今将我湖南产漆县份列表如下：

县别	漆类	每年产额	单值	总值	运销地点
安化	漆	二十石	三百元	六千元	长沙
邵阳	生漆	三千桶	一百七十五元	五十二万五千元	汉口
武冈	漆	四百石	一百元	四万元	汉口
城步		二十石	一百元	二千元	
新宁		二百石	一百元	二万元	长沙
石门		五石	一百元	五百元	
桑植		一百石	二百元	二万元	
慈利	以上见湖南各县物产调查表，未列量数				

九、牛皮

湖南本为农国，养牛事业极为发达，故牛皮出产丰富。从前无制革厂，故舶来品需入甚多，自岳华、岳嵩二皮革公司成立以来，日本牛皮已无进口。只有寇庆记一家由上海输入少数。今年生皮价值较去年低落一半，似乎业制革业者可以获利。乃因农村经济破产，市埠购买力疲，所造成之熟革无法畅销，不景气象令人生种种悲观。兹将湖南各县牛皮产销情形列表如下：

县别	牛皮类	每年产额	单值	总值	运销地点
长沙	黄牛皮	四万张			本城
邵阳	牛皮	二万三千张	六元	十三万八千元	汉口、长沙
武冈	牛皮	三百石	三十元	九千元	
常德	黄牛皮	十万张	六元	六十万元	上海、汉口、长沙
大庸	牛皮	一千张	三元	三千元	汉口
沅陵	牛皮	三百石	三十元	九千元	汉口
保靖	牛皮	五百张	十二元	六千元	

（续表）

县别	牛皮类	每年产额	单值	总值	运销地点
永顺	生牛皮	一千五百张	五元	七千五百元	
乾城	牛皮	六千张	五元	三万元	汉口

十、土靛

　　靛为染料，亦为民生衣着必需之物。自洋靛输入中国以来，土靛已被打倒。洋靛染布，手续虽属简单，颜色虽属美丽，究不若土靛之能经日晒雨湿而不变色。在我国今日既未能设厂仿制洋靛，惟有提倡土靛以资抵制。我湖南每年之需用洋靛一种，已达三百余万元，若长此听其输入，则丧失利权不堪设想。今将湖南各县土靛出产情形列表如下：

县别	土靛类	每年产额	单值	总值	运销地点
资兴	土靛				
浏阳	土靛				
平江	土靛				
攸县	靛青				
慈利	绿靛				
溆浦	蓝靛				
零陵	土靛	以上见湖南各县物产调查表，未列量数			
湘乡	土靛	一千石	十二元	一万二千元	本省
邵阳	土靛	一千六百桶	五元五角	八千八百元	本省
常德	蓝靛	二万石			本省、汉口
大庸	蓝靛	一百石	十元	一千元	

十一、谷米

古称"湖南熟，天下足"，极言我湖南产谷之丰富，并非夸大过分之言。苟非天灾水旱凶年，我湖南只有输出，从未有输入之事。但自晚近以来，各县土匪蜂起，兵祸连年，老者离家乡而逃散，壮者舍耒耜以当兵，致酿成庐宇为墟，田畴荒芜，罂花遍野，烟毒盈乡，种种腐败气象，谷米产量大不如前。加以县自为政，横征暴敛，一如上年零陵擅抽道县、东安谷过境费，每担五角，以作贫民工厂之用。满额后，冷中市团防局又继续征收，结果两县剩余谷米听其陈腐，不愿流通，以致各县余粮有太仓陈腐之虞。今年省政府弛禁出口，每担征收一元，后又减至八角，运销亦不见旺。日本、暹罗今年丰收，其谷米纷向中国倾销，所以国内粮食跌落，农民生计大受影响。上海粮食业各团体请设法救济，闻财政部已呈准行政院，全由关系各部召集联席会议，妥订办法矣。查我国今日各物昂贵，惟农民以血汗换来之谷米则抑之使低，不知谷贱伤农，农伤则乡村破产，经济日枯。故不佞希望政府师法日本，毅然决然取消八角之照费，听其自由营业，以抵制外粮侵入国内，则湖南谷米畅销，金融活泼，而农村恐慌亦可以救济一部分矣。今将湖南各县产谷情形列表于下：

县别	谷类	每年产额	单值	总值	运销地点
长沙	粘谷	百万石	三元	三百万元	上海、汉口
	糯谷	十万石	四元	四十万元	上海、汉口
浏阳	粘谷	五十六万石	二元八角	一百五十六万八千元	汉口
	糯谷	一万石	三元	三万元	
醴陵	谷	二百万石	二元五角	五百万元	
湘阴	谷	二百六十万石	四元	一千零四十万元	汉口

（续表）

县别	谷类	每年产额	单值	总值	运销地点
湘潭	谷	五百九十万石	三元二角	一千八百八十万元	
宁乡	谷	六十万石	三元二角	一百九十二万元	汉口
益阳	谷	三百三十万石	五元	一千六百五十万元	
湘乡	粘谷	八千万石	四元	三万万二千万元	汉口
安化	谷	五百万石	三元	一千五百万元	
邵阳	粘谷	百万石	二元六角	二百六十万元	
	糯谷	八万石	三元	二十四万元	
武冈	谷	九万石	三元	二十七万元	
岳阳	谷	二百三十六万石	三元	七百零八万三千元	武汉
临湘	谷	一百二十万石	三元	三百六十万元	武汉
华容	谷	一百三十五万石	四元	六百四十万元	武汉
衡阳	谷	四百六十万石	三元六角	一千六百五十万元	
衡山	谷	二百四十万石	三元	七百二十万元	
安仁	谷	一万二千石	五元	六万元	
常宁	谷	三十五万二千石	四元	一百四十万八千元	
酃县	谷	五十一万石	二元七角	一百三十七万七千元	
零陵	粘谷	一百六十万石	三元	四百八十万元	
祁阳	谷	三百万石	三元四角	一千零二十万元	
东安	谷	三十万石	二元五角	七十五万元	
桃源	谷	一百二十万石	三元二角	三十八万四千元	
沅江	谷	七百八十万石	二元	一千五百六十万元	汉口
安乡	粘谷	六十万石	二元六角	一百五十六万元	湖北
石门	谷	七十万石	三元	二百一十万元	
临澧	谷	一百五十万石	四元	六百万元	

（续表）

县别	谷类	每年产额	单值	总值	运销地点
泸溪	粘谷	二十万石	六元	一百二十万元	
辰溪	粘谷	七十万石	四元	二百八十万元	
	糯谷	一万石	四元五角	四万五千元	
溆浦	谷	一百一十万石	四元	四百四千万元	
芷江	粘谷	一百二十万石	二元八角	三百三十六万元	
	糯谷	二万石	三元五角	七万石	
麻阳	谷	五十万石	三元五角	一百七十五万元	
凤凰	粘谷	十六万石	十元	一百六十万元	
	糯谷	一千二百石	十二元	一万四千四百元	
晃县	大米	十五万石	十元	一万五十万元	
桂阳	谷	八十五万石	五元	四百二十五万元	
南县	谷	二百三十四万石	四元	九百三十六万元	湖北
古丈	粘谷	十五万石	四元五角	六十六万五千元	
	糯谷	一万二千石	四元八角	六万九千六百元	
常德	谷	三百六十万石	四元	一千四百四十万元	武汉
澧县	谷	二千三百万石	二元五角	八千零五十万元	汉口
汉寿	谷	一百二十万石	二元五角	三百万元	汉口
乾城					
通道					
会同					
绥宁					
靖县					
桑植					
龙山					

（续表）

县别	谷类	每年产额	单值	总值	运销地点
保靖					
永顺					
黔阳					
沅陵					
大庸					
慈利					
嘉禾					
临武					
蓝山					
桂东					
汝城					
宜章					
资兴					
永兴					
郴县					
新田					
江华					
永明					
宁远					
道县					
耒阳					
安仁					
平江					
城步					

（续表）

县别	谷类	每年产额	单值	总值	运销地点
新宁					
新化					
茶陵					
攸县					
阳明					
永绥	以上各县原册未列量数，但事关民食，故将各县名标出，以便将来补入				

十二、杂粮

除谷米以外，杂粮亦关民食，未可轻视。今将湖南各县杂粮出产数目、种类情形列表于下：

县别	杂粮类	每年产额	单值	总值	运销地点
浏阳	高粱	三万石	五元二角	十五万六千元	长沙
	大麦	一万石	六元	六万元	
	豆子	八千石	八元	六万四千元	
湘阴	豆子	二万七千石	十元	二十七万元	汉口
	麦	一万九千石	五元	九万五千元	
	红薯	一百二十万石	五角	六十万元	汉口
湘潭	麦	一万四千石	六元	八万四千元	
	红薯	十二万石	一元	十二万元	
	黄豆	二十三万石	八元	一万八千四百元	
益阳	高粱	七千石	五元	三万五千元	长沙
	黄豆	一万五千石	八元	一百二十万元	长沙、汉口
	荞麦	二万石	五元	十万元	

（续表）

县别	杂粮类	每年产额	单值	总值	运销地点
湘乡	小麦	一千石	十一元	一万一千元	
攸县	豆子	一千石	八元	八千元	
安化	麦	四十万石	五元	二百万元	长沙
	红薯	十三万石	一元五角	十九万五千元	
	包谷	十万石	五元	五十万元	
	豆子	二十三万石	六元	一百三十八万元	长沙、汉口
	粟	四万石	六元	二十四万元	
	黍	五百石	五元	二千五百元	
	荞麦	二万九千石	四元	七万六千元	
	高粱	二万四千石	五元	十二万元	
茶陵	红薯	七万石	一元	七万元	
邵阳	青豆	三百石	五元二角	一万五千六百元	
	黄豆	二万石	五元二角	一万零四百元	
	冬豆	二百石	四元	八百元	
	绿豆	四百石	五元	二千元	
	大豌豆	六百石	三元	一千八百元	
	面麦	二十万石	四元	八十万元	
	谷麦	一万石	二元	二百元	
	荞麦	二千石	一元	二千元	
	包谷	一千五百石	二元	三千元	
	高粱	三万石	二元	六万元	
	红薯	六百万石	六角	三百六十万元	
	凉薯	四千石	八角	三千二百元	
	白薯	二千石	二元	四千元	

（续表）

县别	杂粮类	每年产额	单值	总值	运销地点
武冈	麦	四千石	二元	八千元	
	包谷	六千石	三元	一万八千元	
	豆子	一千石	八元	八千元	
城步	苡米	一百石	十元	一千元	
岳阳	红薯	三十万石	一元	三十万元	武汉
	豌豆	一万石	三元	三万元	
临湘	杂粮	八千石	二元	一万六千元	
华容	麦	二千四百五十石	五元五角	一千三百四十七元五角	武汉
	菽	一千六百石	四元五角	七千二百元	
常德	豌豆	三万石	五元	十五万元	湖北
	荞麦	一万石	七元	七万元	
汉寿	黄豆	五千石	十元	五万元	
	红薯	一百石	四元	四百元	
澧县	小麦	十四万石	七元	九十八万元	汉口
	大豆	九万一千石	七元	六十三万七千元	汉口
安乡	蚕豆	一万石	五元六角	五万六千元	湖北
石门	麦	三万五千石	八元	二十八万元	
	黄豆	二万四千石	五元	十二万元	
	红薯	十八万石	二元	三十六万元	
	包谷	一万六千石	三元	四万八千元	
	粟	一万六千石	二元	八千元	
	荞麦	三百六十石	二元	七百二十元	

（续表）

县别	杂粮类	每年产额	单值	总值	运销地点
临澧	大麦	三十万石	三元五角	七十五万元	武汉
	小麦	二十万石	二元六角	五十二万元	
	蚕豆	二十万石	三元	六十万元	
泸溪	小米	一万石	三元	三万元	
	高粱	三千石	二元五角	七千五百元	
	包谷	五千石	八元	四万元	
	小麦	一千石	十二元	一万二千元	
溆浦	小麦	一万二千石	八元	九万六千元	
	黄豆	三千石	九元	二万七千元	
	高粱	一千二百石	四元五角	五千四百元	
	黄豆	八百五十石	八元二角	六千九百七十元	
	蚕豆	三千五百石	七元五角	二万六千二百五十元	
	绿豆	三千四百石	九元五角	三万二千三百元	
衡阳	凉薯	一万四千石	一元	一万四千元	
	豆子	一万一千石	十元	十一万元	
安仁	豆子	一万二千石	十元	十二万元	
常宁	麦	一万八千八百石	四元	七万一千五百二十元	长沙
零陵	小麦	五千石	十二元	六万元	
	黄豆	一千石	七元	七千元	
祁阳	豆子	一千石	七元	七千元	
东安	麦	四千石	四元	四千元	
	高粱	四千石	三元	三千元	
道县	黄豆	一万石	六元	六万元	
永明	面麦	五十石	三元	一百五十元	

（续表）

县别	杂粮类	每年产额	单值	总值	运销地点
桂东	苡米	二百石	二十元	四千元	
桂阳	麦	五万五千石	十元	五十五万元	
	豆	四千五百石	十元	四万五千元	
	红薯	五十五万石	四角	二十二万元	
临武	红薯	二千三百石	一元	二十二万元	
	包谷	二千石	六元	一万二千元	
芷江	大麦	四千石	八元	三千二百元	
	黄豆	一千石	八元	八千元	
	红薯	一万石	一元	一万元	
麻阳	麦	一万六千石	二元五角	四万元	
	红薯	八百石	一元	八百元	
保靖	黄豆	五百石	十四元	七千元	
绥宁	麦	一千一百石	六元	六万六千元	
凤凰	黍	二万三千石	五元	十一万五千元	
	菽	一万五千石	六元二角	九万三千元	
	麦	七千二百石	六元五角	四万六千八百元	
	红薯	一万二千五百石	二元	二万五千元	
晃县	小米	一千二百石	八元	一百五十万元	
	大麦	二万四千石	九元	二十一万六千元	
	小麦	一万石	九元	九万元	
	包谷	一万石	八元	八万元	
	黄豆	一万石	八元	八万元	
	绿豆	八百石	八元	六千四百元	
	高粱	八百石	七元	五千六百元	

（续表）

县别	杂粮类	每年产额	单值	总值	运销地点
晃县	蚕豆	一千石	七元	七千元	
	豌豆	一千石	七元	七千元	
	黑豆	四百石	八元	三千二百元	
	红薯	四万石	七角	二万八千元	
古丈	麦	一万石	八元	八万元	
	包谷	二万石	六元	十二万元	
	小米	三千石	十二元	三万六千元	
	红薯	四千石	一元	四千元	
耒阳	绿豆	一百石	六元	六百元	
南县					
乾城					
永绥					
阳明					
通道					
会同					
靖县					
桑植					
龙山					
保靖					
永顺					
黔阳					
辰溪					
沅陵					
大庸					

（续表）

县别	杂粮类	每年产额	单值	总值	运销地点
慈利					
沅江					
桃源					
嘉禾					
蓝山					
桂东					
汝城					
宜章					
资兴					
永兴					
郴县					
江华					
新田					
酃县					
安仁					
衡山					
衡阳					
平江					
新宁					
新化					
宁乡					
长沙	以上各县原册未列量数，但事关民食，故将各县名标出，以便将来补入				

十三、木材

我国空负地大物博之名，木料进口，二十年已达二千三百余万两之巨。差幸我湖南木料尚足以自给，不须依赖何人。但交通便利之地，牛山濯濯，未尝培植；至湘西一带，森林广袤，一则阻于运输，二则厄于捐税，商人裹足。所以，此次粤汉铁路需用十万根之枕木，犹仰给于外洋，可耻孰甚。兹将湖南各县产木情形列表于下：

县别	木类	每年产额	单值	总值	运销地点
浏阳	杉树	八千六百根	五角	四千三百元	
湘阴	树	三百万株	一元	三百万元	
益阳	松杉	一千四百万株	一元	一千四百万元	汉口
湘乡	杉木	四万万株	一元二角	四万万八千万元	
攸县	杉木	五十万株	二角	十万元	
安化	松木	八万株			
	杉木	四万株			
	杂木	十四万株			
茶陵	杉柱	十万两码	十元	一百万元	汉口
邵阳	杉木	六十万根	一元	六十万元	汉口
	松木	一千万根	一元	一千万元	
	枋桐	三十万合	十二元	三百六十万元	
	松板	五十万方丈	一元	五十万元	
	杉板	十五万方丈	二元	三十万元	
新化	杉松	六百排	五百元	三十万元	汉口
武冈	杉松	六万株	四角	二万四千元	
新宁	杉木	五万株	二角	一万元	

（续表）

县别	木类	每年产额	单值	总值	运销地点
城步	杉木	一千两码	六元	六千元	
	杉枋	三千两码	二元	六千元	
鄜县	杉木	三万七千二百两码	八元	二十九万七千六百元	
零陵	杉木	五百两码	十六元	八千元	
祁阳	杉木	三十万根	五角	十五万元	汉口
东安	松杉	五十万株	五角	二十五万元	
道县	松杉	四十万株	五角	二十万元	汉口
宁远	杉木	七十万株	四角	四十九万元	汉口
江华	杉木	三万三千两码	十五元	三十四万五千元	汉口
郴县	杉柱	四百六十万株	三角	一百三十八万元	
	松柱	四百八十万株	二元零五分	九百八十四万元	
	杂木	九百一十八万株	四角	三百六十七万二千元	
资兴	杉木	六万株	四角	二万四千元	
汝城	东河杉木	八十万株	五角	四十万元	江西唐江埠
	西河杉木	五十万株	四角	二十万元	
蓝山	杉木	二千两码	十元	二万元	
汉寿	松木	一万株	一元	一万元	
石门	松木	一百八十万根	二角	三十六万元	
	杉木	十九万根	一元	十九万元	
沅陵	松杉	一万两码	十元	十万元	汉口
溆浦	杉木	二千两码	五元五角	一万一千元	
芷江	杉木	五十万株	二角	十万元	
黔阳	杉木	三万株	二角	六千元	

（续表）

县别	木类	每年产额	单值	总值	运销地点
麻阳	杉木	五万株	一元	五万元	
桑植	木料	四百块	二百元	八万元	
绥宁	杉松	二万六千株	一元	二万六千元	
会同	杉木	十万两码	六元	六十万元	
通道	杉木	六万株	三角二分	一万九千二百元	
古丈	杉木	五千株	二元	一万元	
古丈	杉木	二万八千株	二角	五千六百元	
阳明	杉木	一千二百两码	九元	一万零八百元	汉口

十四、矿物

湖南矿藏甚富，在中国各省之中首屈一指，若能尽量开采，则湖南即可由农业省一变而为矿业省。徒以政变纷纭，省库竭绌，以致货弃于地，毫无生气。乃至探矿经费亦无法筹措，何论开办。至于商办各矿，亦不脱斗米开矿之惯性，曾无一有新式工程以科学方法从事企业者。兹将湖南各县民办之矿厂列表于下：

县别	矿产类	每年产额	单值	总值	运销地点
浏阳	菊花石	五百件	三十元	一万五千元	外省
醴陵	煤	二万四千吨	四元五角	十万八千元	本省及外省
湘潭	石灰	一万八千万石	八角	一百四十四万元	
湘潭	煤	一百五十万石	七角	一百三十五万元	
湘潭	锰砂	八万八千石	一元	八万八千元	
湘潭	膏盐	八千石	十三元	十万四千元	
宁乡	煤	一千吨	八元五角	八千五百元	
益阳	锑养	七万吨	五百元	三千五百万元	

（续表）

县别	矿产类	每年产额	单值	总值	运销地点
湘乡	硫磺	四千石	十一元	四万四千元	本省
	土硝	一千石	二十元	二万元	本省
	生铁	一万石	三元五角	三万五千元	
	烟煤	三千万石	二元五角	七千五百万元	
	石灰	五千万石	五角	二千五百万元	
攸县	煤	二十万石	四角	八万元	
	生铁	一万石	四元	四万元	
安化	生锑	六百吨	一百六十元	九万六千元	长沙转外洋
	纯锑	六百吨	二百四十元	十四万四千元	长沙转外洋
	煤	一千六百石	未详		
	石灰	六千石	五角	三千元	
茶陵	生锑	八千石	四元	三万二千元	
邵阳	褐煤	四十万石	二元八角	十一万二千元	
	柴煤	一百二十万石	二角	二十四万元	
	圆筒铁	二千石	二元	四千元	
	方筒铁	一千石	二元六角	二千六百元	
	锑砂	一万吨	六十六元	六十六万元	长沙
新化	锑养	一万五千吨	二百三十五元	三百五十二万五千元	欧美
	煤	五百万石	三角	一百五十万元	汉口
武冈	煤	五万石	三角	一万五千元	
新宁	锑养	四百吨	二百八十元	十一万二千元	长沙、汉口
衡山	柴煤	四万石	四角	一万六千元	
耒阳	煤	一万石	四角	四千元	

（续表）

县别	矿产类	每年产额	单值	总值	运销地点
常宁	煤	二万五千石	五角	一万二千五百二十五元	
	白铅	未详		十六万五千四百二十七元	
	黑铅	未详		八十四万四千八百四十四元	长沙
	硫磺	未详		二万五千一百四十七元	
零陵	煤	四千吨	七元	二万八千元	
祁阳	煤	一千万石	五角	五百万元	汉口
永兴	柴煤	九十万石	五角	四十五万元	长沙、汉口
资兴	钨砂	三百吨	八百元	二十四万元	长沙转外洋
	铁炭	二千石	一元	二千元	
桂东	钨砂	八千石	二十五万元	二百万元	长沙、广东
宜章	煤炭	四千石	五角	二千元	
汝城	钨砂	未详	五十元		广东
	煤炭	一万石	一元	一万元	
桂阳	煤	三十八万五千石	七角	二十六万九千五百元	
	锡	三千石	一百三十元	三十九万元	汉口
	铁	五千五百石	四元	二万二千元	
	砒石	三万五千石	十三元	四万五千五百元	汉口、九江
临武	锡	二千八百石	一百三十元	三十六万四千元	广州、汉口
	钨砂	二千二百石	二十五元	五万五千元	上海、汉口、广东
	砒	五千石	四元	二万元	上海、汉口、广东

（续表）

县别	矿产类	每年产额	单值	总值	运销地点
江华	锡	八百石	一百二十元	九万六千元	上海、汉口
石门	煤炭	一万五千石	六角	九千元	
	雄磺	一万石	三百元	三百万元	汉口
慈利	雄磺	二万石	六十元	一百二十万元	汉口
大庸	煤	五千石	三角	一千五百元	
辰溪	煤	十二万石	二角六分	三万一千二百元	
	石灰	十二万石	二角	二万四千元	
溆浦	生锑	五百二十吨	一百八十元	九万三千六百元	长沙
	烟煤	十八万石	七角	一万二千六百元	
	硫磺	五百石	十六元	八千元	
芷江	烟煤	一万二千吨	十元	十二万元	洪江
	生铁	三万吨	十三元	三十九万元	
	石灰	二万石	五角	一万元	
永顺	煤	二千吨	十元	二万元	
绥宁	生铁	三千六百石	四元	一万四千四百元	
阳明	破石珠	四十石	三十元	一千二百元	粤、桂
	水晶	五十石	未详		
郴县	锡砂	三百石	四十元	一千二百元	
	磺	三十石	六元	一百八十元	
平江	金				
桃源	金				
会同	金				
东安	锑	以上系官矿，停工未采			

十五、结论

以上所列乃我湖南物产之大概情形。至于果实、畜牧以及不关乎工业上重大需要者，概付阙如。但所举者可分为植物、矿物二部，除矿物为天然物外，其植物则属农作品。我国以农立国，宜乎农产繁殖，毋足为怪。无如近代来农业不振，破产之事即在目前，迨至成为事实方始觉悟，已属噬脐无及。兹特引德国巴本总理之言，以忠告我湖南政府，并作为结论：

"国富必先富农。"此实万世不易之理。但农人之生息，尚须依赖消耗的民众，故在第二步复须使工商业复兴。现在工商业之种种束缚，先应设法解除。再则政府方面尚须厉行减政，财政税收尚须改良，失业者应予以工作。凡此种种，皆现在政府之艰巨工作也。

二十一年九月稿

参考书

《湖南省各县物产调查表（民政厅）》

《湖南省各县出产调查表（财政厅）》

《湖南全民日报》

《申报》

《工商半月刊》

《海关贸易册》

此次论列湖南各县出产，承张财厅长、曹民厅长供给材料，附此志谢。

中国之石油问题研究[1]

（1932 年）

据湖南公路局统计，行车材料，汽车占百分之六十。现值全国筑路高潮中，汽油问题殊有急切研究之必要。近顷各方虽有煤气代汽油之发明，究之汽油之重要仍未庸忽视也。著者宾步程先生将国内各方面关于石油之著述及纪载搜讨靡遗，足资借鉴。亟为刊布，以飨路界同人之关心汽油问题者。编者附识。

一、导言

二、石油之重要性

三、俄油输入中国之陡增及日俄石油协定之关系

四、中国石油储藏之丰富

五、陕西之石油

六、新疆之石油

七、东北之石油

八、甘肃之石油

九、热河之石油

十、西康之石油

十一、四川之石油

十二、结论

---

[1] 敏介：《1932 中国之石油问题研究》，湖南《道路》1932 年 11 月 15 日第 2 卷第 1 期。

一、导言

石油问题，各国均视为工业上国防交通上之唯一重大问题，用全力以进行。但在我国"有的就是钱"，只知消耗，不知生产，全国用上古时代之手工，人民享二十世纪之生活。岂独利权外溢？抑且危及国本，瞻念前途，不寒而栗。试观各国为石油问题，政府常为资本家作后盾。一九二二年吉洛亚会议即其明证。此外，美国驻意大使兼为美孚石油公司之代理人。英国寇戎爵士曾介绍壳牌公司与苏俄大使克拉生（Krasain）在私地会面。此外，如英、美、墨西哥问题，如美索怕达米亚问题，其发动原因俱为夺取油田。可见，石油虽属商品，实与国家生存有莫大关系焉。查十九年度，石油数输入我国，计汽油值银为一千二百五十六万四千五百二十八两；滑物油膏等值银为三十二万九千六百七十二两；柴油值银为三百八十七万七千二百五十二两；煤油（即灯油）值银为五千四百八十六万四千五百四十六两；滑物油值银为六百零一万六千一百一十六两。今则汽车日益加增，每年所需汽油，其数目亦日益加大。若国人不急起直追，自谋抵制方法，不独丧失利权，损去膏脂，万一国际发生战争，我国虽有无数之飞机、潜水艇、坦克车以及汽车等，均等于石田，无所用之。用是不揣冒昧，搜集近代各专门家、各报纸记载，作一《中国石油之总研究》。倘得我国人士同情，减少内战之损失，或裁减一师之军费，作为开办国产石油之经费，则全国同胞实利赖之矣。

二、石油之重要性

张连科：现在煤铁时代之舞台虽尚未闭幕，而石油时代之新剧则早已开场。因自入二十世纪以后，除电气工业有长足之进步，给各种技术上以显著之改革外，石油发动机之发达，可谓对于十九世纪之蒸汽文明起一大革命，而且已告成功，更日新月异，时在发达进步之途中，前途如何，未可限量。昔日不过用以作涂料药品或照明之石油，现无论在国防上或产业上、交通上，皆为不可缺之物。所以有"石油即地球之血""能制石油者即可制世界"等，惊心夺目之新标语发生。英国海军大将郎绩（Admiral Longe）亦曰："欲掌握海上之霸权，非先获得世界之采油权不可。"

在欧战当时，活动于战场上之飞机七千零五十架，汽车共三十五万辆，其他陆上之利器——唐克车、海上之坚城——军舰、海中之怪物——潜水艇等，无一不以石油为其原动力。德国鲁登道夫氏（Ludendorff）叙述德意志战斗力不克长久支持之一大原因，为虽曾由俄国恢复加里西亚（Calicia）之油田，而罗马尼亚之油田全为联军所占领，德国最后之奋斗亦实为此云云。英之寇戎爵士（Lord Garzon）亦曰："联合国乃乘石油之浪而获胜利者。"石油于此时代之重要可推知矣。

张溥泉：所以，今日各国间常因汽油发生争执。如墨西哥问题，即为美国与英国争夺油场之问题。又如美索帕达米亚问题，即为美国与土地争执油田之问题。现在陕西延长县为已著称之油区，专家考察，陕北除延长外，尚有方千里之油区，且直至甘肃、新疆。甘肃亦富，西北科学考察团著名科学家袁复礼先生，曾居新疆五年，于新疆地质矿产研究有素。兄弟问他："新疆有无油田？"据说不及陕西之富。

李伯芹：原汽油之为用，不仅在平时为各种工业与各种交通事业之原动剂，而在国家有事之秋，关系尤为重要。欧战期间，英外相寇仁谓："协约国之胜利，在石油之波上。"夫岂夸大之词哉？证之法国总理克利孟梭之言，其重要性乃益彰。其言曰："……石油与法军不可一刻离，石油之供给而竭，则法军之活动立止。"盖写真也。

抑来日之大战，飞机盘旋空际，或抛击重弹，或放射毒气、散布烟幕，其为空战尽人而知之矣。然空战之原动剂维何？吾知其必不能挟万吨之煤而飞腾云霄也，当兹气体原剂犹未臻至善可用之际，舍汽油又何属乎？

是以汽油之自给实当今主要之急务。国家而不能自给，则无论在平时与战时皆足以致国于衰亡。吾为此言，吾非欲耸人听闻也，愿有巩固国防之责者急起而为此种建设而已。

陈大受：世界石油产额年有增加，尤以近年为甚，计每年所增产额约八千万桶（每桶四十二美加伦）。销用石油最多者，首推美国，平均每人每年用油二八三美加伦。英国次之，约四十五美加伦。其他各国，则平均不过七美加伦。吾国每年销油约三万零八百九十万美加伦，每人每年用油仅合零点七美加伦。虽较之他国相差尚远，然全系舶来品。即在金价未涨之时，每年输入价值已达一万万元以上。今金价倍涨，漏卮更巨。且飞机、汽车日多，汽油之销额亦日多。三十年后，吾国需要石油之数量必十倍于今日。设金价仍高涨无已，同时又不能尽量设法利用本国石油或自制石油之替代品，则每年石油输入当在二十万万元以上。即此一项已足危及吾国国际贸易之平衡矣。

三、俄油输入中国之陡增及日俄石油协定之关系

《北京晨报》：远东各地所用煤油，向取给于英、美，而以美国输出为最多。近以苏俄煤油数量突增，国内用油已供过于求，乃竭力向外发展，以求油销市场。最近，日、俄订每月供给二十万吨之购油合同，而其在我国之销路亦日形增多，渐有夺取美国在华煤油销路之势。观今年首八个月来，上海一埠进口煤油，俄、美两国之数量，即可知其消长。兹分别列表如下（单位重量加伦，价额金单位）：

二十一年一月至四月之合计：

	重量	价格
总计	一三一二六五三三	五三七九九九八
美国	六九八二七〇〇	二三九六五三五
俄国	一五七五四六	七〇八五一四
五月总计	五四五八二九二	一七八四二六一
美国	二三九〇五二二	八一五一〇二
俄国	二一三七九三二	六四一三七七
六月总计	三二二一一二五	九六四七九四
美国	一四九八一三七	四一九三〇五
俄国	八一四一三二	二四四二三九
七月总计	二一三七〇二二	六六六六三三
美国	九九三九六〇	二七二一五二
俄国	九七四九四八	三三三九三七
八月总计	四三九〇九二二	一四二四四三六〇
美国	一二八四五一七	三一三九〇〇
俄国	二五八六六四九	六九七二八四

观上列统计，在上半年六个月中，俄油输入虽较美为少，但至七月以后，俄油价格竟超出美油以上。至八月份，俄油进口激增，价额即有六十九万七千二百八十四金单位，占总额之五成以上；输入数量亦有二百五十八万六千六百四十九加伦，占总额之半数以上，致美油失其素有之地位。其在辽东市场上之发展更足惊人也。

《申报》：十一月十四日载：苏俄煤油久苦生产过剩，近虽与日本订立月销二十万吨之契约，但仍不能和缓其屯积过多之患。顷据外人消息，苏俄现为增加其第二期五年计划之收入，拟来我国推销大量煤油。其所拟定之办法，在上海设立总号，于广州、汉口、北平、济南、烟台、天津、青岛等处分设支号；并已委托青市共和泰洋行俄人洛宾思太因为青岛支号经理，其上海总号总经理定于本月二十日前后来青与洛某商洽一切。将来拟在青市觅一广大地址，建筑大规模油厂，再于码头附近设立油塔，以便运进原料，在此提炼，分析灯油、汽车油、机器油等类，俾便销售。此事如果实现，其他煤油公司必感受相当影响；而与我国产煤油关系尤巨，不可漠然视之也。又据最近调查，青市煤油之输入占舶来品之第三位，全年统计输入量值海关银四百零五万两以上。

俞季平：苏俄煤油输出委员会于九月二十四日与日本前川崎造船厂厂长松冈在莫斯科签订煤油协定，国际间对此消息至为注意。按日本出产煤油极为缺乏。曩昔日本所需之煤油大半皆由美国供给。自去岁"九一八"以还，日、美感情日趋险恶，日本政府深知日、美发生战事，美国必将封锁日本海军所需要之煤油，为防患未然计，因派代表前往以出产煤油著称之苏俄活动。适值苏俄油产过剩，中经数次谈判，终于九月间成立协定。此后，日本乃不复依赖美国煤油之供给矣。

此次双方所订协定，内容虽未正式公布，闻先以委托销售之基本条件有八条：

一、日本自愿在东京、名古屋、大阪、神户、京都五大都市无代价设备巨大煤油库，专供俄油之用。

二、俄国巴库（Baku）出产之挥发油经常运日推销。

三、日本在所销油量之中按额抽一定之报酬。

四、汇水之损失由俄国担负。

五、出产价目均由俄国自行指定。

六、所售价钱，日本以食粮品结账算清。

七、每年运日之煤油按十万吨以上。

八、协定不限制期间，如双方无特别提议与修正，则愿永久继续。

俄、日煤油签订后，美国煤油业将受重大损失。华盛顿、纽约各地对此均纷纷议论，以其不仅影响煤油业，抑又有关将来之作战也。英国方面对此亦甚注意，惟英国之论调，谓以新兴之组织，欲在短时期内，以与素具周密组织历史悠久之美国煤油公司相抗争，恐难取胜云云。

远东社华盛顿电：日本派松方幸太郎在俄进行输入俄国煤油，以代替美国煤油之谈判，现颇为美国朝野所注意，美人推测如俄果供给煤油与日本，不啻俄国即有认满之表示。日本在满之军事行动，显已为美国所不满，将来若因远东问题，日本与别国发生战事，俄当不致与日处相对之地位。苟日本与美国战，日海军向俄输入煤油，必须经过印度洋或黑海。是以运油问题恐未必如日人所想之简单云。

四、中国石油储藏之丰富

陈高傭：除过煤、铁而外，石油的储量虽然没有正确的调查，但据外国人估计，中国的石油储量至少在美国石油总储量的十分之三以上。

顾执中：石油为流质矿物，学者大致认定为太古时代之海栖动物物质所成，或谓为炭化物理入地中，由水汽之作用积久化成者。吾国产石油之地，黄河流域为河北、山西、陕西、甘肃等，长江流域为湖南、湖北等，珠江流域为云南、贵州、广西等，其余如新疆及东三省等亦有油矿发现。四川之富顺、乐山、邛州、阆中、成都、巴县等地，山西之晋城、长冶、霍县、沁县、临汾、平定等地，藏石油尤富。

张连科：兹将我国数年来闻有石油发现之各地列表于后：

省别	县名
陕西	延川、延长、宜川、安塞、肤施、甘泉、都县、中部、宜君、同官、郇邑、安定、安川、定边、保安、靖边
甘肃	玉门、肃州、山舟、郑元、燉煌
新疆	库车、乌苏、绥来、迪化、塔城、沙湾、温宿、疏勒
四川	富顺、乐山、犍为、乐县、安岳、遂亭、射洪、蓬溪、绵阳、盐亭、南充、巴县、江津
西康	宁静
贵州	贵阳、龙里、水城、威宁、盘县
湖南	澧县、南县
山西	吉县、平定、陵川
热河	凌源
广东	始兴
黑龙江	呼伦池

五、陕西之石油

陈大受、许本纯：陕西石油，唐代已经发见，至近时更为著名。在美孚未经钻探之前，举世皆惊其为最有希望之油田。自美孚石油公司挖井七座（延长二井、肤施一井、中部三井），结果欠佳。于是，该省境内储油甚富之希望因之减少。然美孚凿井地点既广，而所掘井口又仅七座，实不足以推断延长、肤施、中部三县油田情形，更安可确证陕西石油储藏数少乎？且陕西藏油之陕西系砂岩及页岩散布之范围至广，虽其油苗自裂罅中滤出者甚少，不足与墨西哥等处大油苗相提并论。然美国本昔佛尼亚、亚佛其尼亚及倭海倭诸州油田储量甚丰，其苗露亦少。延长新凿一井，产油甚旺，其不为无望明矣。仍据马栋臣（Clapp）总报告，及阿世德（Estabrook）

之最后报告，将陕西各县产油希望之大小分为下列二类：

一、最有希望者，为同官、中部、洛川、都县、甘泉、肤施、安塞、安定、延川、延长、宜川等十一县。

二、或有希望者，为定边、保安、靖边、怀远、榆林、神木、府谷、绥统、清涧、葭县、米脂、吴堡、淳化、郇邑、长武等十五县

查陕西地层，大致向西倾斜，故东古而西新。储油之陕西系厚共六千三百英尺，为灰色砂岩及页岩所成，而砂岩较多，上部间含薄煤。延长之油，出于该系下部。肤施甘泉之油，出于中部及上部。而宜川中部同官之油，则多出于上部。查陕西系南起郇邑、同官一带，北而延长至神木、榆林一带，以入绥远之伊克昭盟。其岩层向西倾斜，倾角甚小，时呈平层。惟东部浅露之岩层，至西部则深入地下矣。故探采石油，延长最浅，中部较深。据现时所知者，以延长油田最为重要。该处油田在前清光绪二十九年时，有大荔县人于彦彪等私与德人汉纳根及德商世昌洋行订约开采。三十二年改归官办，购置机器，兴工凿井，即今日所谓官矿第一井也，每日可出油三四千斤，可炼成半量以上之火油。光绪三十四年，日商三井物产会社坚欲租办，经陕人拒绝，而计划改归商办，事不果行。民国三年，政府与美孚油行订立开采合同，略经钻探，因矿量无多，故将合同取销。延长官油矿，于民国六年共产油七千五百担，内炼出火油二千八百担。延长油井之产量，年有不同。如官厂第一井，在民国四年，每采一次，出油约七八千斤，每月不过三万斤。至是年九月间，忽加倍旺产。五年冬，每月多至十二万斤。至民国十八年八月，延长新井告成，每日产油可达二万斤，油源极富，油井深仅五十二丈。闻最近该井每日产额已减至一万斤，为量虽较初开时减半，然与美国油井产油最富之区加立福尼州相较（加立福尼州产油之油井，每井每日平均产额为原油三十三桶左右，约合万斤之谱），

亦将仿佛。将来开井地点如在较深之处，油源或较富，产量当较巨也。延长之希望既如此，他处亦当相似。陕西油田似有详细查勘、加以探测之必要也。

余兆麒、凌普：西北产石油省份以陕西为最著。其次，如新疆、甘肃，皆有油井。除甘肃产额不详外，陕西延长一县为产油中心，北至延川，南达宜川，西至肤施，皆为油区。据北平地质学社报告，延长油厂现有新、旧二井，每日产油达二千四百担。若每月以三十日推算，全年产量约一百五十八万千石。今据陕西建设厅报告，延长油价每石平均十三元计算，全年约值二百零五万九千二百元。

陈大受：查我国石油藏量若干，地质学者议论纷歧，莫衷一是。惟关于国内主要油田之分布，则佥谓，起自新疆之北部祁连山，而东行至甘肃玉门、敦煌，再经甘肃之东境、陕西之北境，转而向南，过秦岭入四川之中部，适统西藏高原之半。至于河北、辽宁、山东、山西、热河等省，虽亦各产石油，然多为油页岩，而非寻常油田。其石油藏量，除抚顺母油页岩业已含油约三万万吨外，余尚未详。据 Torashaff 所述吾国除母油页岩外，石油储量为一千三百七十五兆桶，合二万万吨，或五万七千七百五十兆美加伦，以每人每年用七点五美加伦计，年须用油三千三百七十五兆美加伦，不足供十五年之用，然以吾国油田分布之广，将来或有新发现亦未可知。

按现时所知之油田而论，则重要者除在川、康、藏外，皆在陕、甘、新三省境内，尤以陕西油田为最著，分布于洛河、延河及无定河流域。现时产额以延长附近之油田为最丰，地质学者本其推测之所得，或有谓陕西油田大多属单斜层，缺少穹形地，难得巨大油源者。然地下石层之构造千变万化，上有黄土层或其他石层掩覆。纯用地质学眼光判断，固能得其梗概，若谓陕北各油田绝无穹形地及背斜脊等，则有所不敢赞同也。近来，各国探矿家每以地质查勘不易确断地下石层之构造，而洋行钻探又需费过巨，遂渐采用各种地性测探仪器（Apparatus for Geophysical Methods of Prospecting）凭以测计各种地下构造，成绩颇著，尤以地震仪（Scismis Apparatus）及扭秤（Torsion Balance）为搜求穹形构造之利器。据美国 North America Exploration Company 报告，他克杀使州（Tedss）在一九二四年以前二十年中，由各地质学家尽力搜查，仅得盐质穹形地六处。但自引用地性测探术以来，一年之中（一九二五年），该省竟赖以发现穹形地五处之多。又如德国劳伦（Lowland）北境之盐质穹形地为第三纪石层所覆，地质学家对于是种穹形地之地位及广阔几无从着手查勘，及引用地性测探仪器，即能得其范围，就测知穹形所在范围之内，钻孔一穴，即能详析地下情形，与有无石油储藏矣。现时所用各种探测穹形地之地形测探仪器中，以地震仪为最易使用，而探测时间最为节省。惟仅能用以作初步之查勘，就极大区域之内访求穹形地或背斜脊等之大概位置。迨既知其所在地点，然后用扭秤作精神测探，借以测定其范围之大小。若在地形崎岖之所，引用扭秤测计地形及计算更正，费时至巨。且每日每一扭秤，仅能用以测计二三点。故扭秤测探虽较地震仪为精，又不能用以作初步之工作也。

顾执中：载石油矿：（一）韩城县西北乡；（二）同官县西北乡；（三）米脂县东乡；（四）中部县西南乡；（五）宜君县城西；（六）宜川县东北乡；（七）葭县东南乡；（八）安塞县洛下川石门子；（九）延长县西门外；（十）延川县永平镇；（十一）吴堡县南乡十余里。

陈大受：陕西北部、甘肃东部及绥远之鄂尔多斯，为侏罗纪煤系及岩层分布之区，分上、中、下三层。其厚约六十英尺，为含有石油之岩层，油泉露头甚多。虽地质构造上是否合于富藏石油尚属疑问，然查延长新挖油井之产量，旺时日逾二万斤，约合八十桶

（合三千三百六十美加伦）。以视各国产油较旺之井，除喷射井外，亦可相与抗衡。美国各省各油井平均产量最旺者，当首推淮育明（Wyoming）、蒙炭纳（Montana）及加利福尼亚（California）省，各处油井，虽在初抵油层时有日产数万桶者，然平均每井每日产额，淮、蒙二省不过五十六桶，而加省每日不过三十二三桶。以与延长油矿产油旺时之产额相比，仅及半数；即以现时延长产额而论，每日万斤左右，亦与上述平均数相离不远也。

延长所产石油之分析如左（见 Torgashoff *The Mineral Iudustry of the Far East*，四六六页）：

伦苏（Benzine）	一六．五%
煤油（Kerosine）	六二%
石蜡（Paraffin）	二%
重油及渣滓（Heacyoil & Residue）	一九．五%

又据地质调查所《矿产志略》所载，该处之分析如左：

飞滑油	一．五	煤油	五四．〇
加司林	二．五	擦器油	一．七五
石脑油	八．〇	拍累油	二．〇
次等石脑油	四．五	油饼	一〇．〇

据 *Chinese Government Ecoerorule Bulletin* No. 5（Aug. 3rd，1929）所述，延长油田面积有一千英方里。其石油储量可供全世界三百年之用云云。此种记载难免失之过夸，而美孚石油公司则谓为希望不多，虽所述或有所本，又似近于武断。以北陕盆地侏罗系石层之面积而论，其范围至大约有一万英方里，即以一千英方里为含油区域，而含油层之平均厚度为五英尺，则储油石层之体积，为一千三百九十三亿九千二百万立方英尺；以含油砂岩中昔时藏油之罅隙为二厘计，应有二十七亿八千七百八十四万立方英尺之罅隙，现时储

藏石油应达八千万吨；若其罅隙为五厘，则油之储量应有二万兆吨，亦可称为世界上巨大油田之一矣。（陈君所拟探采石油各种计划详《建设》第十一期《西北专号计划四》内，未赘录。）

顾执中：陕西延长石油厂炼油之法，由第一号炼炉长十二丈，径三尺，能容原油七千二百斤，每二十四小时能炼油一炉。按现在出油情形，每隔二十日可炼一次。原油入炉后，在炉底烧火，每二十四小时烧煤三四百斤，煤柴六七百斤。低温度时出一号油，温度加高即出二号油。汽体油经过一高三十寸径十九寸之漏器，即由二寸铁管经过冷水池，使汽体变成液体，而入贮油池。冷水池之水，系用人工由延水排入。每原油七千二百斤，能出灯油一百桶至一百二十桶（每桶油量二十五斤）。第一号炼炉之渣子，约有一千八百斤，用人工挑至第二号炼炉。该炉形似一号炉而较小，径三尺深六尺。每渣子一千八百斤，能提出二号油一千斤，提炼时间为十二小时。二号炉渣子另行贮存，现未提出其他副物。二号炉所提炼之二号油经过毛袋漏出后，即行出售。毛袋中之渣滓，热至摄氏度表六十度，即有一部分镕化而为软蜡，未镕化者为黄蜡。黄蜡置于一铁桶之上，该桶系圆锥形，上部径五寸，下端径一尺，高为三尺。桶底为有孔铁板，铁板上置黄纸二三张，黄纸上置河沙二寸，河沙上置骨灰二三寸，黄蜡即置于骨灰之上。桶外复有桶，上径一尺，下径二尺，高相若。两桶之间，注入开水，黄蜡即变成液汁而漏下，变成白蜡，即注入烛模。每模能制烛二十四支，色洁白，与舶来之洋烛不相上下。一号油原来每三千五百斤加硫酸十斤，曹达二斤半，洗净后每次约失去油一二斤。现在硫酸价昂，不加洗净即行出售，故煤烟较美孚油略重。

延长石油厂最近营业状况如下：

民国十八年	共收二六七一六七七元	共支一三四〇二五二元	共盈一三三一四二五元

（续表）

民国十九年	共收二九一九七五四元	共支一八〇四四八四元	共盈一一一五一七〇元
民国二十年	共收二〇九三二六三元	共支一八一九九一九元	共盈二七三三四四元

各项出口量如后：

种类	民国十七年	民国十八年	民国十九年
原油	九一四〇〇斤	一七〇四四八斤	二六二六一〇斤
挥发油	二二五斤	二〇二一斤	八〇〇斤
汽车油	……	九九九〇斤	八四七〇斤
甲等油	三四五〇〇斤	一三六五二五斤	一〇七二〇〇斤
重油	……	九七三〇〇斤	六九六〇〇斤
乙等油	二二七〇〇斤	八九四五〇斤	八四三二五斤
机器油	七三〇〇斤	五七五〇斤	一二二八四斤
擦枪油	六五一八〇瓶	……	……
渣油	五一〇〇斤	一五〇〇〇斤	二五七二〇斤
软蜡油	七〇〇斤	一五二五斤	四六四二斤
蜡块	……	四二四七斤	五三三〇斤
大号蜡	一一六支	一七四支	九九支
二号蜡	一一二五支	七九六支	一二七二支
三号蜡	五六一〇支	九七〇支	五四一四〇支

谢家荣：陕地地质之分析。

陕北为盆地：常人皆以陕北为一高原，因其地面平坦，而又高距渭河之谷自三百公尺至七八百公尺故也。就地理学定义言之，无论自地形方面或地质方面观之，陕北皆系一盆地，而非高原。高原与盆地之别，不在其绝对之高度，而在其相对的比较，即谓凡在一平坦之原野，若其附近俱为低地，是为高原，否则周围皆山，则为盆地。今自西安北行，经三原耀县之黄土台地，而达同官宜君之山地，过此以达中部洛川，地极候低，是为盆地之南缘。自山顶四瞩，则东西皆界以高山。此就地形言，陕北为一绝佳之盆地。再考盆地之中堆积物，则除浮面之黄土薄层外，以第四纪之三门红色土（详后）为最多，第三纪之三趾马红土次之，此二者皆属古代内湖之沉积物，亦即盆地地形之产物也。此就地质言，陕西亦一标准的盆地。

地层之层次：研究一地地质，首须明了地层之层次，若者为新，若者为古，各层之性质如何，厚度如何，皆须详悉。盖如是，则构造之推测、地质之发育皆赖是而言。在陕北盆地中所见地层自下而上可分为：

（一）侏罗纪之陕西系地层，厚达七八百公尺，下部多砂岩，中上部多页岩，并含薄煤，延长、肤施等所产之石油亦自此出，因其上但覆以广厚之红色土及黄土地层，故本层大部皆在深被剥蚀之沟谷中露出，而为造成陕西盆地沉积之基层。

（二）三趾马红土层，此层以含三趾古马之化古而得名。层上新统，因受剥蚀之结果，故现在陕北残留者，不过二三十公尺，往往水沟底紧接于陕西系基盘地层之上出露，中部洛川一带较为发育。

（三）三门系之红色土层属第四纪，以首先发现于黄河边之三门故名，为此次调查所常见最发育之地层，厚达二百公尺，全部以带红色土壤为主，稍夹黏土或砂层。尤为显著者，为石灰质结核之特多，此层之红色较其下之三趾古马红土，大为不如，但与其上之黄土相较，则一红一灰，分判甚易。

（四）黄土。在昔谈华北地质者，皆以黄土为绝厚之沉积厚度，可达千尺以上，最近研究乃知不然，其土盖在黄土与其下红色土之混合不分。此次考察所见黄土，或被覆于山顶之上，或充填于河谷之中，其厚度皆不能过五十公尺，因其系一种浮面之被覆物，故往往整个红色土之山为其盖没，粗视之一若全部为黄土所成，但在新切谷沟之中，则内部红土往往出露，地层真相乃可一览无余。

以上所述，皆系盆地以内之地层。至若盆地边缘或接近边缘之处较古之地层，如奥陶纪、石炭纪、二叠纪、三叠纪等地层，种类尚多，因其与盆地之发育无大关系，故不多述。

盆地之发育：以上所述之陕西系地层，除局部因断裂，或皱褶关系，致成峻急之倾斜外，大致俱近水平，而略向西折。由此可证明，自陕西系地层沉积之后，该处仅受整个的上升运动（亦称大陆运动），而未受过发生皱褶的造山运动，又自红土或红色土以下陕西系地层石面之异常平均一点观之，可知，陕西地层沉积而又掀起之后，复曾深受剥蚀，其剥蚀之结果虽不及造成一准平原，但已达成年晚期之地形，即谓地面上无甚高山大岭，仅有低缓矿丘，而在此稍具丘壑之石面上，经过地盘下沉之作用，造成一广漠之内湖，于是，遂有三趾马红土之沉积。红土沉积之后，地面复上升，剥蚀作用继之，使已成之红土全部或一部冲刷以去，因之，在陕北红土层之余存颇不完备。自此以后，地盘复下降，又成内湖状态，在此中遂有巨厚之三门红色土造成，红色土既经沉积，地盘复逐渐上升，至七八百公尺以上。同时，剥蚀作用不断进行，遂发生多数之河谷。是时，气候候变为干旱，风力猛劲，挟带远近泥砂飞扬而起，继复下降，堆积山坡，或充填河谷，是为黄土。陕北盆地整个发育之历史当如下述：

（一）陕西系地层之沉积。

（二）地盘上升，使地层路向西折。

（三）剥蚀至成年晚期之地形。

（四）地盘下降，造成内湖，而有红土之沉积。

（五）地盘上升，使已成红土一部或全部冲刷以去，是时，地面亦发生多数河谷。

（六）地盘下降，内湖复生，此中遂有三门系红色土之沉积。

（七）地盘上升至少在七八百公尺以上，同时剥蚀随之，将地面切成多数河谷，如洛水、漆水、延水等重要河流，皆于此时造成，此项水系之位置，大致皆与第五项中所造成之河流相吻合。

（八）气候倏变干旱，风砂飞扬，造成黄土。

至于造成红色土或红土时代之气候状况，今尚不能臆测。大致言之，当系潮湿酷热，故土中铁质多氧化，乃发生殷然之红色也。

冯景兰：陕北石油分布甚广，南起宜君，北至肤施，东达延长，皆有油苗，露出区域之广狭，系一问题；油量聚积之多少，系另一问题；油量之多少，与油苗分布之广狭，未必有一定之关系。而地层构造与油量多少确有重要之关系。盖油气本轻，为地水所压，每汇聚于上升构造，如背斜层（Anticline）、穹层（Dome）等之顶部。依其比重大小次第，最上为自然气，其次为原油，其次为水。陕北侏罗纪砂层含有煤油，确无问题。陕北油田有无此适宜之构造，能使分散之石油聚积一处，造成伟大之油池，殊有详细研究之必要。据此次仓促考察所及，陕北大部侏罗纪含油层大致水平，局部之小变动、小构造已不多见。大规模之背斜、单斜、穹层构造更绝未发。因见之大规模油池之存在希望不多。且本探验记载，历年钻井都无巨大之产量。日产一两万斤原油者已不多见，偶而遇之，产期甚短。故延长油田之平均产量，每日每井不过二百斤左右。此非人谋之不臧，实为地下构造所限制。然如此油田在国内总属难得，若利用精密之地质测量，以寻求比较适宜之地质构造，多凿小井，以求产量之继长增高，改良提炼，以求出产品之精良，则延长油田，虽不能与美之特可塞斯、俄之巴库相提并论，要不失为陕北一富源也。

顾执中：民国十八年一月，延长石油厂监督包恩骧拟定新井计划，于五月四日开工。其地点在第一油厂之西北偏向一十五度半小坡之间，距旧井约百丈，距延河西岸百丈余，凿深至五十一丈八尺，达到油脉。出油甚旺，至八月提出凿头，黏油质甚多，遂用吸水桶试验，结果吸得多量石油。每日十二小时，吸得石油一百三十余担，合重六千五百斤，嗣后每昼夜可出原油二万余斤。据包君所言，此种情形约只一二月之久，今则每日只能出油二百百斤左右矣。

六、新疆之石油

余汉华：我国石油矿殊不多觏，然石油矿脉大率是偏于西北。即我国石油矿区，是起自新疆北部，沿祁连山东，至甘肃的玉门县、燉煌县，经甘肃东境及陕西北部，再南向过秦岭而入四川中部，又直、鲁、晋、热各地亦间有石油发现。辽宁抚顺煤矿的油岩，产额亦颇丰富，然其大量埋藏仍在西北各省。

至于新疆的石油矿，殊为中外注目的焦点。其埋藏的丰富，矿脉的繁多，实为各省所不及。其石油矿区多在塔里木河之北，如绥来的石油矿有三个，即：（一）金沟河的卡子湾，有油泉四座；（二）红沟的石油岩，有油泉七处，每日可采油四五十斤；（三）咸水河的铜鼓达坂，有油井九个，每日可采油三百斤左右。迪化有著名油田二个，即苏打车与白岔沟是了。库车的喀拉亚仑，为新疆最大的油田，每日约可产油一百二十斤。乌苏的南山与独子山，共有油泉三十二座。塔城的黑油山，油泉甚多，每日可取二百斤。莎东的上窝铺，每日约产油七八十斤，油质极佳。沙湾的博洛通古，温宿的玛里克山，及喀什噶尔等地，油泉均极丰富。这些地方，并且和俄属土耳其斯坦的油矿遥相连属。前曾有中英公司拟行开采，以该省反对而止。这些油矿，居民均用土法采取，遂致不能大量生产，且不能改良油质。但是，我们对于这种可宝贵的矿物亟应充分注意，并施精密调查，利用科学方法，从事大规模的采掘，以塞漏卮而尽地利才是哩。

新疆油区，以绥来青石峡乌苏为著。绥来油区，每日产油三百斤。青石峡每日产油二百斤，乌苏由商人包办，产量未详。如以每日产油五石计算，全年可产石油一百八十石，再以每担十三元推算，新省所产石油每年共值洋二千三百四十元。

据地学家之报告，中国煤油矿藏已证实者有上述三省及四川、贵州，现时所产虽甚细微，但多数尚未采取也。

华企云：天山南北两路蕴藏油量颇富，居民多以土法采油，取而燃灯，其油无烟，远胜于美孚及亚细亚等舶来品。

陈大受、许本纯：新疆南部石油产地，大抵在塔里木河流以北，似西向与俄属土耳其之弗克纳油田（Ferghana）相接。兹就北平地质调查所已经调查者分述如左：

（一）乌苏独子山。产地在乌苏之东南乡，大地名南山，小地名独子山，离迪化六百八十里，有油泉三十一座，油沫浮积，厚约二三分，水含咸味，油质颇轻。其色不一，有深绿者或淡红者，味极刺激。独子山周围十余里间突起一峰，余地皆平面浮碱，土下含石质，掘深二三尺至四五尺，有水涌出，油亦徐徐浮露。此矿现用土法采运。

（二）绥来。该县油田可分四区：（甲）西南乡，大地名金沟河，小地名卡子湾，距迪化五百二十里，有油泉四座，最旺时每日可采二三十斤，油沫浮积不厚，夏秋日光蒸发，徐徐流出，冬春冻结，油质稀少，水带盐味，油带红色，味亦刺激；产油之处有砂岩背斜层，油泉适在背斜层之下。（乙）正南乡，大地名红沟，小地名石油岩，距迪化六百三十里，油从石隙流出，层累而下，计有七泉，最旺时每日可采油四五十斤，油沫浮积厚二三分，夏秋喷出颇盛，冬春冻结油少。（丙）西南乡，大地名盐水河，小地名铜鼓台坡下，距省城七百里，有油井九，中有一油井最多时每日可取油二百余斤，其他各井共产数十斤，油沫厚寸余，油色红黄，取油之井深二三尺不等，油随水涌，相连之山地内亦见油苗。（丁）博洛通古亦产油。

（三）迪化四盆沟。产油之处，小地名为石油泉，在迪化西约四十里。昔曾开井七座，油沫浮积不厚，日产油七八斤至十余斤，油色颇清。

（四）塔城青山峡。产油之地，小地名为黑油山，距迪化六百八十里。昔曾发现油泉多处，以山顶一泉为最大，油沫积厚四五分，合计旺时，日可取油二百数十斤。油质浓而色黑，距泉里许即闻臭气。土人私采，用以膏轴墁地，及为擦羊身疥癣之用。

长君：天山两侧皆产石油，而以迪化、乌什、库车、疏勒为尤著名。其油无烟，是其特色。

天祐译《新疆天山北路概况》：……据俄国地质学者调查，据说以沙拉台为中心，绵亘一百方哩土地都是大石炭层。六七年前，英国的、"中国土耳其斯"的探险家曾以北路迪化为根据，对于那方面的地质详细地加以调查。就他们发表的结果看来，有这样可惊的文字。

> 从迪化到伊犁，有延长一千里的大石油岩层，虽规模很大的土耳其、白耳西亚、亚美尼亚或巴枯等油田，也是不能匹敌的。

英国一记得这报告当时曾在报纸上发表，就在日本，也被揭载在各种报上。对于塔城的大油田，以前德国人、俄国人也曾调查过，不过没有发表他们的调查结果，到了英国人发表他们调查研究结果时候，各国人才知道这油田的存在，惊愕起来。最近调查的结果，更证明了这大石油岩层，纵横着塔城、迪化、精河、伊犁、唐尔喀剌、乌苏等，天山北路，即准噶部的都会。换句话说，可以称为准噶大油田的大油层，确实是存在的。

长君译《新疆天山北路概况》：伊犁的大石油田，前面已经提过。准格尔大油田亘延于东南，有其岩层是占有可惊的广大的面积的。但是这大油田，到目下还没有着手发掘，想来是因为北路各地产石炭很多，容易用人工开采，当地还没有感到燃料的不足呢。可是，伊犁的富源，哪一种都是不能搁置起来的，大概像小亚细亚模什尔（Mosul）的油田一样，欧美强国的石油战，早晚总要以此地为中心而猛烈地开始的。

寇田：石油以乌苏、库车所产为多，惜居民不知精治之法，又无制油之器，故反输入俄国巴古油焉。最近，俄人于迪化附近测勘油质，结果颇佳，油之成分甚多。迪化、绥来之油，足与里海之巴库油田相颉颃，俄人谓若大加开采，当于世界煤油问题有所贡献。

袁文治译《蒙新甘的天然富源》：油的问题是世界问题，一方面挥发油的需要增加了，同时，挥发油的存储日见减少。在近来已经引动了全世界的工业国注意到挥发油保存上了。这个问题，在世界的报纸上、各国的国会里，成了讨论焦点，同时，各国的工商界也以之为必争之点。

不久，报纸上给了我们一种消息，美国的工业界，对于本国油井的将竭，非常惊讶。同时，挥发油的需要在本国又如此浩大，仗着自己工业所产的挥发油，是不敷所用。按地质学部的估计，在美国所存之挥发油将仅足八年之用。《纽约时报》。

世界上所有政府及工业界，都很倾心要发现新挥发油区，惟尚未注意到中国西部有挥发油丰富的源泉，我们仅能按实在的来解释一下，因为在报纸上没有见过什么可靠的报告。

一九〇六年，俄国的探险家在西部中国已经发现了并研究了七十四处挥发油田。第一处发现于杨滋之南，第二处也发现于这里，含油区约长一百二十哩，横亘东南，面积极广，是中国西部油田的最富之一。按俄国专门家的理想，这种油田，是一种很著名的巴库（Baku）连续油泉，尚未着手经营。本地人民以需要关系，已用极幼稚的方法采取了一点，在杨滋附近各地，多以之为燃灯之用者。

这种挥发油，曾在托木斯克（Tomsk）大学的试验室内分析过，可惜我们没有得这种分析结果，但是，已经告诉我们了这种油是重的一种，品质和巴库相仿。后来，俄国一个工程师在塔城把这种油分析过，可是，因试验设备不完全，没有正确的把油的品质说出来，仅仅有一种简易的结果，能够证明其中的煤油的百分数。

第三挥发油田，发现于乌鲁木齐之南，区域很广；受了本省官府的命令及俄国工程师监督之下，有一部分已经着手经营了。油是极丰，品质与上述者无异，早已引起了 Mojor Dockroy 的特别注意。

在阿雅淖尔（在新疆）地方，地松香和石蜡矿已经发现了，皆未开垦。

照着俄国及其他国的专门家称述，新疆的挥发油矿，因为面积广，品质好，贮藏的多，在世界的油问题中，已足占一重要位置。

用工业上见解来谈这个问题，我们一定要说新疆省挥发油泉的被轻视，在解决中国经济问题上，是一个最大的错误。

赵管侯：据法国来檬汽车厂，特制坦克汽车十三辆，组织亚洲探险队，游历中亚之报告：“新疆分天山南北两路，南路气候，四时皆春，百花并茂，瓜果之类尤著；北路富矿产，掘地数尺，可得煤，并有无尽藏之煤油矿。”

陈大受：新省库车、乌苏、绥来、迪化、塔城诸县，皆产石油，似与俄属土耳其斯坦之弗克纳（Ferghana）油田相接。查该油田产油颇旺，油井深度自五百至一千二百尺不等。其产油最旺之井，日产油四百八十桶，如新省西部油田果与该油田相连，或亦产油甚旺，宜先引用地质查勘，及地性测探以判定之，并以陕西油田所用各仪器移用该处。若探有储油较丰之造岩层构，即可进行钻探工作，然后继以开井采油之计划，庶施工时不致毫无把握。惟新省僻处西陲，即使西北铁路系统告成，其交通亦决不能与陕西延长一带相比，故延长一带油田当先尽量开发，如有不足，再采用新、甘二省之油，以供西北以外诸省之需。将来新、甘、青、蒙一带汽车交通发达，需油渐多之时，新、甘二省之油田即当积极启发。如所需石油为数亦不甚多，拟仅就新省开凿平均日产油十桶之油井二百座，以应需要。

启发新省油田依前述进行之程序，就乌苏、库车、绥来、迪化一带开井采油后，若该处油田果与俄之弗克纳油田相接，则每井产油，虽不能如弗克纳油田产油较旺之井日有四百八十桶之多，然希望每井每日产油十桶，当不为奢。若开井二百座，则日产油二千桶。其原油成分虽无所知，然据工业试验所分析绥来博洛通古原油之结果（《矿志略》二四四页），则知原油之比重为零点八四五，含挥发油百分之一点三，灯油（一百五十度至三百度）百分之四三点二，重油（三百度以上）百分之五十五点五，灯油比重零点八二零，发火点五十度。惟是种分析不甚详尽，而又不能代表该处全部油田原油之成分，然因无较详之试验足资参考，故暂时且用为计划之根据。至于该所分析所述之灯油（即轻油），内含汽油及煤油二种，以汽油与煤油为一与三之比例，则原油中应有汽油约百分之十点八，合挥发油百分之一点三，共得油百分之十二点一零，可充汽油之用。即每桶原油中可提出汽油三十六磅，约合六美加仑。如日产油二千桶，可得汽油一万二千美加仑，足以供给汽车三千辆之需要。若因交通渐繁，汽车增加，而汽油之供给有所不足，则可用分裂法，将一部分重油分裂而为汽油。如原油中所含百分之五十五点五之重油，可得半数化成汽油，则每桶原油内重油中，又能产生汽油八十二点八磅，合十三点八美加仑。即每日所得原油二千桶内之重油，可用分裂法产生汽油二万七千六百美加仑，又可供汽车六千六百辆之需要。如是则合计每日所得之汽油，足以供给汽车万辆之需。在最近十年之中，新、甘、青、蒙各处所用汽车最多亦不过万辆而已。是以，对于新省之计划，仅日产原油二千桶为第一步计划之目标，而对于该处之地性测探，则拟自陕西油田开始勘察之日起二年后举行之，期以二年告竣，于告竣之前一年开始钻探，再限三年蒇事，则于第六年已能详知新省之油田情形矣。

七、东北之石油

许公武：东北之矿产中，最可令人注目者，为煤铁及油母页岩。据矿学专门家之调查，谓东北埋藏于地之煤，其量数有二十亿吨，铁约八亿吨，油母页岩约五十余亿吨，可谓富矣。……抚顺煤矿中之油母页岩层，满布于煤层之上。其矿之南部，完全露出于外。其北部则倾斜而下，最低处有四千呎深，东西十一哩，南北一哩，最厚四百五十呎，埋藏量约五十余亿吨。上层质地甚良，全层中之三分二，可用为工业原料，其平均含油量为零点六成，分析之成绩如次：

碳素一点二二二成，水素零点一九二成，窒素零点零五二成，硫磺零点零一五成，酸素一点一零六成，灰质七点四一零成，发热量一点四零零卡洛利。

此矿由日本投资经营，其可以产油之量数如次：

原油六万八千吨，重油四万八千吨，粗蜡一万五千吨，焦炭四千八百吨，硫安一万八千吨。

民国二十年之成绩如次：

重油生产量	二八五七八吨	贩卖量	二七六八〇吨 （八八六七八七元）
粗蜡生产量	一〇六〇六吨	贩卖量	七八二五吨 （七八三七一三元）

（续表）

焦炭生产量	二六八五吨	贩卖量	二三七三吨 （五七八〇七元）
硫安生产量	一三三三二吨	贩卖量	一三一三〇吨 （八八七〇九三元）
合计	五五二〇一吨		五一〇〇八吨 （二六一五四〇一元）

油母页岩输至日本者甚多，关系贮备军事之用，可注意也。

日本矿学专家统计在一九二〇年度东北各种矿产量：

油母页岩	九八一〇〇四吨
原油	四七八一四吨

王华隆：抚顺之油母页岩，其页岩总量为五十三万万吨，平均含油百分之六，可得石油三万万吨。抚顺矿改建制油工场，每年可制粗油五万吨。此项页岩，黑、吉两省亦有发现。

八、甘肃之石油

陈大受、许本纯：甘肃具有产油希望之区域有二：一在东部，一在西部。东部邻界陕西北部，西界灵武、镇原、固原、华亭一带，而大部分则在乌连河流域，岩石多属陕西系上之红色（间有绿色）砂岩及页岩层。美孚曾派技师踏勘，但钻探不详，故难断定油量及其深度。西部在祁连山北麓，据可靠报告，永昌县西，水泉驿西北，玎珰村附近石炭纪含煤层之上，有暗黑色沥青质泥灰岩。又南坡重要煤层之下，有灰色沥青质泥灰岩，中夹薄层煤。山丹县西北，新口驿附近，位于上石炭纪石灰岩之上者，有黄色石英砂岩，中夹褐红页岩及薄煤层。以上均与石油有关。至酒泉、玉门（嘉裕关西、玉门县东、赤金白杨河上流，有油苗）、敦煌均产石油，油苗甚旺。

有土人就油泉流出处，掘圆形线坑采取之，年产约二万斤。前农商部工业试验所化验玉门石油，结果如下：

挥发油百度以下	灯油二百度至三百度	重油三百度以上	残渣	比重		闪光点
				原油	灯油	
六．四三	三九．九四	一六．三五	七．七八	（比重）〇．八九八 （鲍美度）三十六度	〇．八七一 三十一度	四十五度

据此结果，石油质性似不甚佳，比重甚高，而含轻油甚少，殊不能与美国东部所产相比。但此处所得试料，系就油泉渗出处勺取，因挥发之故，恐不能代表真正之成分。他日正式开凿时，必能获得较佳之石油，不待言也。

《天津报》：甘肃玉门石油蕴藏极富，自然涌出地面，现时开采油矿者，多在县属赤金堡东南八十里之石油河左岸，计有石油泉四十一处。其极旺者有十五处，均由民人合股经营，年产达五万余斤。建设厅现拟将该矿收归政府经营，并切实奖励居民认真开采，以期地尽其利云。

《申报》：九月九日，兰州电，甘肃玉门金堡发现石油矿四十一处，质良产丰，建厅决筹款开采。

九、热河之石油

《申报》九月一日载：热河最著者为石油矿，共有四处。其在凌源县南九十九里九佛堂者，经勘验多次，认为极有希望。惜勘验书未曾公布，不知其详。余在滦平、宁城县。

十、西康之石油

《西北研究》转载天津《大公报》：西康宁静县（藏名江卡），

城西有宁静山，高于县城八千五百四十五尺，山之植物甚少，东麓蕴藏石油甚富。该山石油矿，自新疆东部，南行入甘肃、陕西境，至岷山北麓，分而为二：一东南行入四川，结川北、川西、川南、自流井等处之石油矿；一越大雪山，至宁静东麓，沿山南流至南麓止。矿之上层有石壳，英人费斯韦尔西氏、俄人色斯加氏曾来此测探，勘查数次。据探测，炭石之上皆有油矿，山涧山泉均浮油质，以之入火，立可燃烧。费斯氏判断，贡觉南三十英里石壳下之矿，必为全部油矿之最大层。韦尔氏判断，仅此一处之石油，足供全世界三百年之用。现已回国积极计划开采之办法矣。

十一、四川之石油

《矿业周刊》：四川巴县跳石乡石油矿位置：本矿位置于巴县南里跳石乡属烟坡附近，地名石油沟，沿山溪东行，随地皆有油痕。上行至水口庙，地势平坦，田园甚多，而田角水汇亦时发现油迹。其东至圣灯山脉，峰峦高耸。据丁文江博士调查，川脉发源于黔省，经綦江巴县，以达扬子江，错延千余里，均为石岩层。由是推之，其蕴量当不小。

交通：由重庆渡河陆行约一百里至烟坡，烟坡为渝黔驿道必经之地，由此经乡村路约五里，即达石油沟。将来渝黔马路或川黔铁路均须由烟坡附近经过，故陆路交通将来可望便利。若由渝经水程，上行约五十里，至鱼洞溪，复沿山溪陆行五十余里，亦可达烟坡。今公司拟由石油沟用铁管输送石油至鱼洞溪，即在该处设立蒸溜厂。至提炼所得各成品，则以汽轮输运至重庆，分销扬子江上下游各省。

沿革：石油沟之发现石油，始于明末，当时土人即取以燃灯。前清光绪廿六年，邑绅李擢庭等曾掘井开采。民国十九年，县人仇俊卿君聘广东人邝森扬等查勘，拟集资开采未果。适重庆市市长潘仲三颇热心石油事业，特偕同王治易、唐子晋师长及矿业学者熊介藩、傅友周、黄秉玮诸人，亲往踏勘。并派熊、黄诸君勘查地质测绘矿区，一面商得刘甫澄军长同意，集合各界筹备探采，嗣因物色相当人材，尚未实际施工。今年夏间，有德国石油专家薛福工程师由秦圣清特约来川，实地考查，认为储量尚丰，确有开采价值。同时，军部召集成区各县建设会议，经政务处长甘典襄依据薛福君考查情形及所拟计划，将开采石油案提付讨论，咸以为有积极进行之必要，一致赞成举办。

矿区：本矿区界线，若按其露头发现之地点、岩成之构造及地质之关系而确定之，成长方形，东西约五里许，南北约长三里许，全部面积约十五方里；东界水口庙牛原山麓，西界三义溪口，南、北则以山岭为界；距水口庙约里许有石油露头，即李君掘井处；沿溪下游两侧，均有露头；又水口庙附近山边，亦曾溢出石油。据薛福君估计，倘探采有效，全矿区内可掘井五百口以上，则每日产量不难达原油五百吨。

地质：石油沟之地质，据专家之考查，经地层一部分之变动，及火层岩之侵入发生断层岩及微缓之褶层，该处暗泉上之石油聚合发现，实于地层变动情形有密切关系。至岩层构造上层为片岩，与松砂岩互见，其下为普通砂岩，再次为软性石灰岩，其下则为夹石片岩，再次为黑色页岩，再次则为薄层之粗沙岩。据石油矿生成之通例，证以其他产量区域之地质情形，此为石油聚合之岩层无疑。在此岩层之下，复为厚层砂岩与片岩攒杂之结合岩层，其下亦有同类粗松砂岩，亦有产油之希望。复据考查，在地层变动时，本矿区之两部成为褶层之凸式，依照岩石生成之原理，将来钻井探采，自以在该处为合宜，缘产油最丰富之点应在凸式岩层之下也。

油质据露头处所得石油标本，其色为深黑，其质重，北平地质调查所发表了分析表，载本油质含汽油、灯油均不多，而柴油为百分之八十云。

《矿业周刊》：四川秦圣清以巴县油矿甚佳，如经开采，不但足供全川之用，而且尚有余裕，并供给邻近各省，拟积极进行。于是，假中央公园事务所开发起人会议，到有军政各界及巴县士绅多人，当经议决具体办法多项。闻巴县所负担之股款五万元，由发起之县籍士绅向各乡富绅劝募云。

十二、结论

石油问题既如此其重要矣，我国石油储藏又如彼其丰富矣。各国对于石油采取权无不积极进行，经济、外交双管齐下。罔顾我国，则货弃于地。纵有专门家大声疾呼，而政府要人则充耳不闻，以致每年有石油价值八千余万两之现金流出国外。漏卮之巨，莫之与京。陈君大受，石油专家，曾著《开发西北煤油初步计划》，登载《建设》第十一期西北专号，设计详密，规划周到。因文过长，未便照录。有志石油者如能按部就班，筹款进行，则中国石油问题从此解决矣。

二十年来湖南之工业[①]

（1935 年）

　　居今日而来数我湖南二十年之工业，真是可怜已极。在表面上看来，我湖南工业确有进步，若进而求其实际，实在是悲哀困苦、凄惨愁闷一种境遇，有令人言之伤心、笔之泪下、有言不忍言之状况。何以言之？我湖南今日仅有之大工业，多半是前清时代遗传下来，今且尚不能保存或发挥而光大之，萧规而曹不能随，奄奄一息，均在呻吟弥留之间。何我湖南工业命运之苦也？即在近代所新兴之各种工业，大半是装饰门面之具，有不得已而为之之概，实为环境所逼，勉强成立，既成立之后，而经费之支绌不可言状，使主持厂务者咸感无米之炊。虽政府有时认工厂不可不办，又有时认需款迫切比工厂尤为重要，挹彼注此，势所难免。于是工业之计划遂为画饼充饥，无长足进展之余地，甚至因无法维持而减工，以至于停工者，所在皆有矣。

　　以言我湖南之地位，在国内极其重要，粤汉铁路已通，京川铁路又经过湖南，有湘水之便利，有公路之运输，不数年后其商务定可驾汉口而上之。我湖南既有此机会，则一切工业在目前自当努力发展，始达以农工立国之目标。若欲达到此种目标，应埋头苦干，不尚宣传，想政府诸公早已筹之熟矣，毋俟鄙人颧颧过虑。者番长沙《大公报》举行二十周年纪念，来函嘱余撰《湖南二十年之工

---

　　① 宾步程：《二十年来湖南之工业》，湖南大公报社编：《大公报二十周年纪念特刊》，长沙彰文印刷，1935 年。

业》一文，题目既好又大。我何人斯，敢来操瓠？窃思以湖南之局势，比欧洲各小国大，而原料又丰富，人工亦低廉，交通更形方便，而政府对于各种工业又极注意，兼天时、地利、人和之利益，定可作将来中国工业省之地位。

鄙人不敏，愿欣然走笔，将全省工业略为列举于下。

前清遗下之工业

一、水口山矿局

水口山位于常宁县治之东北，距衡阳九十里，昔与相距约五里许之龙王山均以产铅、锌著。相传始于明神宗时，而龙王山发现犹早。矿中含有金银质，当时土人开采，主要目的在提炼银，硫磺次之，铅、锌则并未重视，故又呼之为银矿。清之中叶，采者尤多。至光绪二十二年，湘抚陈宝箴始收归官办，委喻光蓉开办龙王山，委廖树蘅开办水口山，乃以黑铅矿闻。至二十九年，赵尔巽抚湘，于省城设矿务总局，嗣后龙王山归并水口山经营。其时，水口山矿局开明窿于贞吉场，得丰富矿藏，获利甚厚，继以矿道渐深，且水量过大，乃改用西法试办。至三十一年，始置抽水机、吊车、铁轨等机械，采矿之法至此略具。宣统元年，建筑洗砂台，选矿之法亦因之改良。民国元年，修筑轻便铁道，达滨湘之松柏市，运输更为便利，开采亦有起色。至十七年春，"共党"朱、毛"窜扰"湘南，水口山亦被"蹂躏"，局屋焚毁，窿道淹没，费尽心力，始克恢复原状。但本矿开采三十余年，矿床有限，在二十一年时，产额渐形低落。现虽经唐伯球局长整理有方，恢复产额，无如近年来铅价下降，仅及最高价时之一半，其局中拮据情形不言而喻矣。

以言该局近来工作状况，可谓惨淡经营。查该矿开采已历年所，矿囊采取几尽。二十一年以后，采矿工作较前逐渐缩减，产量亦略为减少。关于采矿工作，因该矿为变质，接触矿床生于沿接触带之石灰岩中，故凡于是项条件相当之地带，如二坑新冲清水塘等处，曾于十八、十九年积极进行，地质上有价值之区，均有探巷经过。其结果或全为石灰岩与大理石，或仅发现磺砂，或偶遇铅、锌，山脉既不凝集，实无采取价值。故二十一年以后，除一坑继续进行外，其他各处均先后停止矣。一坑工作厥为小体矿床之采取，及老砂湖间之改架撑以寻囊昔未采尽之砂，或则填充老砂湖以取残留之砂，工作极其艰难。幸近年来一坑方面尚能发现较小之矿囊，质量亦优，得以维持现状于不敝。关于选矿方面，以前洗机厂分新、老两班，敲砂厂分一、二两厂，淀砂厂亦分新、老两厂。二十一年以后，采矿重质不重量，一坑之毛砂减少，于是敲砂厂两厂合并为一厂，淀砂厂由八组减为四组，洗机厂则仅留老班一年，各厂工作人数较前减去一半，产量则减三分之一。但因重质不重量之关系，敲砂厂敲去之铅砂其成分由五十六分增至六十二分，锌整砂由三十六分增至四十二分。洗机厂洗去铅砂由六十分增至七十二分，锌砂由三十三分增至三十六分。

近虽竭力整理，终因该矿所藏有限，倘一旦告罄，不但数千工人失业，而间接所养活者数万人亦失所凭依，即数十万元之开矿洗矿机械亦等于废物。我湖南产铅之地甚多，希望建设厅遴选专门人才多方探访，以为将来水口山代替之品。

二、黑铅炼厂

黑铅炼厂与水口山有连带关系。在光绪三十四年岑春萱抚湘，以水口山铅砂专售洋商，受人操纵为非计，决用银三万三千余两在省城南门外建设炼炉，自行提炼。其间旋兴旋停，经过数次之多。幸历任厂长均能努力奋斗，尚能支持现状，且每年略有盈余。其工程设备，除由美国亚里士沽马公司购办机座外，并由造币厂及平江金矿局借拨各种机件，草创建设。中间虽不乏人建议改进，然限于最初规模与最近经济困难二种，仅能稍事修改而已，

该厂有冶炼炉座，内分：烘砂部、鼓风炉部、净铅部、提银部、提金部、助炼部、烟巷部、化验部。

有辅助机械，内分：

一、关于原动力机关设备：有直立式锅炉四座，进炉水机大小两座，压砂台部有二十匹马力之卧式单汽缸机一部，烘砂锅部有十五匹马力卧式双汽缸机一部，鼓风炉部有十五匹马力卧式单汽缸机二部，净铅炉部有五匹马力竖式单汽缸机一部。

二、关于抽水机设备：厂建在前河岸，装抽水机一座，进水管径为四寸；锅炉房一间，内有直立锅炉一座，附进水机二座。

三、关于冶炼机械设备：有鼓风机二座，齿压机二座，砂磨机大小二座，烘砂锅八座，反射炉二座，除灰吹炉、蒸溜炉各二座。

此外并附有制造机械之小设备，木型、翻砂、锻工、钳工、焊工等，一应俱全，规模不大，尚堪自给，不假外求。

查此厂与水口山矿局有连锁性，水口山生产旺，则此厂不忧原料缺乏；万一水口山来源断绝，我湖南又无其他民办铅矿，则除停工以外别无途径可寻，前途亦甚危险。

三、湖南电灯公司

查该公司于宣统元年禀奉前农工商部批准立案，原定资本二十万元。宣统三年四月开办。至民国四年增加资本为三十万元。二十年将并光华电灯公司，增加资本二十万元，共为七十万元。二十三年第十六次股东大会，因扩充设备，议决增加资本五十万元，连前共为一百二十万元；其增加之法，以原来股东之股息红利扣缴，至额满时为度。最近资本总额已达八十二万余元矣。

现在两厂发电容量为四千七百四十千瓦，平均每日发电三万余度。惟售电仅及发电百分之四十零，其原因则在强用电流者及窃电者过多之故。统计全市表灯用户一万零三百余户，包灯用户八百余户，电力用户一百四十余户。电动机总量一千六百一十余匹马力，较上年稍有增加。

据该公司业务报告载：二十一年，盈四万六千余元；二十二年，亏二万余元；二十三年，盈十七万四千余元。

现在该公司计划添购七千五百启罗发电机一座，锅炉二座，计受热面积五千余平方呎，业已开标，由梁君承办，约在本年底可以开始装置。将来市区发展，居民增多，此次增置之电机将来仍有不敷用之一日。

四、和丰火柴公司

该公司成立于光绪二十一年，湘抚陈宝箴集商股二万两，由善后局拨股一万两，就北门外购基建厂，于次年开工。至三十二年大水，全部厂屋淹倒，再由殷商戚咏笙加股银四万两，从新建厂添机复工，为合记和丰火柴公司。民八，宣告停业破产。民十，旧股东推张民苏君出为清理，发现弊端，与戚商诉讼三载，后经和解。戚股官股同时退出，另招商股，是为兴记和丰火柴公司。十五年大水，又将厂屋淹倒，由张君筹款六万元增高厂基，重新建筑，值"共党专政"，股友多认而不交，无法开工。十七年，租与陈辅周等，集股五万元复工营业，仅一年余，即亏折停工，是为祥记和丰火柴公司。十九年，加入官股六万元，旧股折合三万元，改官商合办，继续营业。此即今日之湖南长沙和丰火柴公司是也。

该公司最近三年产量之统计：十九年为三千四百余箱（每大箱值四十余元，小箱值三十余元），二十年为五千九百余箱，二十一年为八千四百余箱。其制造力均为人力机，若尽量每日可出八十箱，年来市面萧条，外货充斥，积货已至五千余箱，约值洋二十余万元。该公司设尽方法难以持久，如发工资票也，如发工赈奖券也，均非正轨。最近由省政府命令各市县商会推销存货，尚未十分见效。该公司因原料尚多积存，且有关乎工人生计，未便遽尔停工。政府对于该厂亦曾注意，一方面设法推销存货，一方面又要重征税款，计每大箱须抽税十七元，则成本加重，自然难与外货竞争。如果政府实意提倡工业，奖励工业，应对于此种重税稍予未减。倘因外货关系不便减轻，则征取以后，未尝不可用他种奖励机器国货办法，由间道发还，是在政府善为计划保全之。

至于前清遗下之工业有废弃者，如：平江金矿局、造币厂、华昌炼锑公司。

入民国，我湖南人发工业狂，而主持省政者只认为有一二革命巨子发起某某工厂，需用资金若干，政府无不立与发给，一时工厂如雨后春笋，怒不可遏。迄于今日，其所存焉者寡矣，如：军用干粮厂、洞庭制革厂、化学用品工场、金工厂、博物标本制造所、工业试验场、缫丝厂、膏盐厂。

迄于今日，所生存者只有纺纱厂、贫民工艺厂与华丰造纸厂三者而已，倘当时斟酌至善，何至有糜费若干公帑于无用之地耶？

一、纺纱厂

民元时代，吴作霖君等借公款六十万元创设经华纱厂，实际用之建筑及购置者仅十五万元，规模粗具。而汤芗铭入湘，遂收纱厂为省有，仅加保管，并无进展。谭延闿二次督湘，命财政厅长袁家普兼综厂务，赓续进行，虽中经傅良佐、谭浩明政局之变化，而袁君经营迄未稍休。迨张敬尧入湘，局势大变，搜刮已尽，谋及纱厂，经左宗澍、聂其杰等出为力阻，变卖之议始不得逞。张逃后，谭三次督湘，复任袁家普专治厂务，俾戢其事。所购自德国之发动机，英国之纺纱机，乃克安置，全厂工程于民十年始告厥成。综计建厂购机等项，费银二百余万元，而汤、张二督因厂事所费之数十万元尚不在内，维持舆论主商办，商人遂集资承租，名为华实公司，经营数载，卒至停业。十五年，革命军兴，收回公办，更名湖南第一纱厂，命左宗澍董其事。明年，"共党专政"，"气焰嚣张"，集会多而工作少，以至生产锐减，至暑期遂停工焉。民十七年，政府不忍此生产机关停顿，拨款二十万，委彭斟雉继续开工。历时一年零八月，幸获余利，政府决议以其所盈，扩充纱锭一万枚，并添设织布厂一所。自十八年起至二十一年，扩充工程，始告竣事，又更名湖南第一纺织厂。此该厂沿革之大略情形也。

至于资金，该厂旧有机械房屋占洋一百五十万余元，扩充纱机及电机锅炉房屋等洋一百三十一万余元，织布机机械房屋等洋五十八万余元，其他土地、物料、工具、器械等及流动资金，合计四百一十九万零九百零一元（见二十三年官营业机关清查委员会所刊列）。

机力有550KW透平交流机三部，60KW引擎直流机一部（开电灯用），1100KW透平交流机一部，280HP水管式锅炉四部，100HP火管式锅炉一部（布厂浆纱用）。

锭数原有纱锭四万枚，十九年增购一万，既共为五万枚。织布机二百四十八部。

该厂原只有纱锭四万枚，出品不足以供给市面之需要。十九年，将盈余款项增加纱锭一万枚，电机、锅炉各一座，并添设织布机二百四十八台，建筑布厂、五金栈、花栈、工厂、调养室、哺乳室、翻纱房，计先后共用洋一百九十余万元。

以言该厂营业，在十七、十八两年度，纱价高涨，十六支纱每件曾达二百六十余元。又政府不征收产税，故成本较轻，市场畅销，几有供不应求之势。两年共盈一百八十三万余元。十九年度起，国府厉行出产税，每件八元余，省政府又抽收产销税每件二元余，加以原料产品入厂出厂均须完税，遂致成本加重。犹幸纱支畅销，周转尚不感若何拮据。在十九、二十年度，均略有盈余。二十一年度起，世界经济恐慌，我国农村破产，外货倾销（十六支每件一百九十余元），纱价日落，市面滞销，厂务几有难支之势。所以在二十一年度及二十二年度，均略有亏折。查该厂生产力，每日可出纱约一百一十件，可出布约二百八十疋。而其所以加重厂之担负者，产销、营业两税固是一个大原因，而所用职工太滥，开支太大，亦是一个致命伤，希望现任厂长有以极端整理之。

二、长沙市贫民工艺厂

清末黄忠浩先生倦官归来，仿四川贫民工厂办法，在长沙创设贫民工厂，自捐银一万两以为之倡。方进行间，适值辛亥反正，工事停顿。至民国元年，呈由谭督拨公款六万两，为完成建筑及一切设备等费之用。民二，正式成立，厂址于城东浏城桥侧。中间几经更改，名称屡易，厂主在十五年时，受时局影响，不克维持，仍请省府接收，由建设厅委员管理，今则直辖长沙市政府矣。

查该厂经费来源，向以肥料捐为大宗，每年可获十余万元。自肥料捐改归市政府直接管理外，每月向市府领洋三千元。全厂贫民有六百名，饮食、衣服均仰于此。内部组织，有厂长，有总务、工读、会计之课。课设主任，又有文牍、工务、事务、会计等员，俨然一个阔大衙门。诚如谚所云："麻雀虽小，肝胆俱全。"官员薪俸开支太多，贫民生活愈形艰苦。假若是该厂完全贫民化，可由六百名扩至一千二百名。

该厂办理亦有困难之处，以肥料捐为其生命线者，今为市政府所截去，而职员与艺徒又如此之多，所制出成品，成本当然加重，难获微利。又营业基本不足，常致周转不灵。现在无所谓流动金，只有新旧所存之货，约值七千余元（并工具在内），即是其资本。以六百人之工厂而用以资周转者，仅有上存之底货，无米之炊，难为巧妇。倘政府以贫民习艺为原则，第一裁撤职员三分之二，留其薪俸作为扩充该厂之用；第二将肥料捐每年所收入之十余万元，尽量拨归该厂，以作流动资金，不得截扣分文，并希望于城外再购地址，另建一新厂，将一般贫民授以一艺之长，使之自食其力，以维社会安宁。

三、光华电灯公司

光华公司之成立，系发起人鉴于湖南电灯公司垄断，愤而组织光华以与之竞争。当时燃灯界线，市南归湖南公司，市北归光华公司。不意经理不得其人，因亏停顿，为湖南公司收买。其全部作为二十万元，改由湖南电灯公司发给股票，迄今厂址虽存，工作如故，而营业上已不能独立矣。

四、宝华玻璃瓷器公司

在长沙为外省人来湘足资参观之宝华公司，系成立于民国十年，集资仅五千余元。因赖时局平靖，历年颇有盈余。至十三年，购置长沙南门外猴子石地坡千余方，建厂筑炉。十六年，因政局变动，乃将股本悉数发还，以盈余继续工作。十八年，鉴于手工业不克与机械工业竞争，乃添置动力机械，由全手工业进而为半机械工业矣。至二十一年，增加股本为一万元，改为股份有限公司，并加制瓷器。

该公司近日出品已达千余种之多，约分为十四类：

甲、属于玻璃部者有：煤油灯器、各种储瓶、耐热杯瓶、电灯罩盖、理化用品、装饰用品、医药化装瓶缸。

乙、属于瓷器部者有：茶壶杯盘、电用瓷器、各式瓷砖、大小坩埚、卫生器具、高温火砖、马孚炉具。

每年出品最高额，能出四十万元。惟近年来因天灾人祸关系，营业已不及五年以前，现在每年尚可销二十余万之货品。销售地域，国内沪、汉自设有发行所，并已销至南洋一带。所取用原料，系本省出产。技士及粗工，全厂约四百人左右。该厂主持者为萧君利生，惨淡经营，洵为我湖南工厂中之特色。如果时局不起变化，该厂定可发挥而光大之。

五、湖南第一机器面粉有限公司

该公司在民二年，由左桐轩、黄藻奇、陈友梧诸君等所组织。民三年开工，至民八年停业。民十年，由黄藻奇君复业，加兴记以别之，马日前又停业。十八年，由姚菊生君组同心堂合办，共产入城，"劫洗一空"，又停业。民二十一年，又由王镇南等组四明堂复业，不数月又停工。二十二年，由李某组丰记接办，逾年亦解约。二十三年，复由姚菊生等组合接办。至本年七月，亏七万余元，退租停工。现又有人承顶，不日即可恢复工作耳。统观该公司时开时停，可谓厄运已极。

面粉公司原招集商股十六万元，尽用之于厂屋、机器等。历届改组，集资各五六万元不等。机力有二百四十匹马力之蒸汽机一部，大小磨机各四架，每日可出面粉一千四五百包云。

以言现在情形，在去年姚君接办以来，因湘荒无麦，悉购自河南螺河一带，运费过多，征税亦重，以致出品成本加高，入不敷出，损失已达七万余元。今年我湘春季所产之麦，亦已作食粮之用，将来如果恢复工作，其原料势必取之外省。前车之覆，至为可虑。

六、常德鼎新电灯公司

该公司创办于民国十一年，收足股银十七万七千九百元。有发电机三座，内分蒸汽二座，柴油引擎一座，合计九百七十五匹马力，发电总容量六百九十一千瓦。以上年度计算，由厂输出一百一十四万七千六百三十度，实收现者仅四十五万五千五百六十七度，约损失六十九万二千零六十三度。其原因因强用电流者太多，私偷者亦复不少，加之各机关亦多不付电费，实收者不及发电度数百分之四十。该公司近年来不但无红利可言，即支出亦感困难矣。

七、宝庆光明电灯公司

该公司于民国十三年由刘重威君发起，定募全部股金一十五万元，经全县绅商劝募，仅得二万一千元，合发起认股共计实收股金八万七千余元而已。当时所招股金虽相差甚巨，仍积极进行，一面定购电机，一面建筑工厂。于十三年冬，与英商通用洋行订购一百〇交流发电机二部，并柏柏葛横胆水管式锅炉二部，价值八千金磅，外加以零件、电线、工厂、水池、烟筒及运费等，共计用去洋十六万余元。除入股金外，尚不敷洋七万二千余元，不得已重利息借，负债至巨。十四年开灯，不久即遭"共党"之"猖獗"，而公司所受损失亦大，自此以后，负债更大，无法善后，而招商承办之议遂起而实行矣。

该公司自开办至今，从未发息。自光复承包后，至今年六月一日，始有发息之举。惟年来邵阳水旱交灾，商业凋敝，影响及于公司，不特灯支不能推广，电费亦难以收集。光复满期，能否偿还十二万元债务，尚在不可知之数。闻诸该公司人云，现在法律政治对于民营电业不足以资保障，军队既概不给费，用户窃电亦到处皆有，查获后虽诉诸法庭，效力全无，于营业整理实多妨碍。

八、江华上伍堡锡矿局

该局已有三十年之历史，从前雇工采砂，屡有亏折。十七年收没厚生商矿，扩大范围。自十八年起，改为包采收砂制，至今颇有盈余。又因南洋限制锡之产量，锡价高涨，砂民采洗者亦众，产量亦随之增加，每月可收二万斤。但是陈法相因，殊难进展，改良手续，窒碍实多。故建设厅拟定扩充锡矿计划，划全县公矿经营区，组织钻探工程处，从事工作，结果如何，暂难明了。

在二十二年度，共计产砂八万八千七百四十九旧斤。

二十三年度，共计产砂十七万四千九百零八斤新斤。

二十四年一月至六月止，共产砂九万二千五百八十九新斤。

至锡价，每公担由三百一十八元跌至二百二十八元，近日，又回至二百四十四元矣。

九、临武香花岭锡矿局

该矿距临武县城三十里。相传在明万历年间已发现，至清末开采始旺。民二，乃成立官商矿务局，后又改为官矿局。至民八，由矿务总局将官商矿局备价收买，退还商本，合并于官矿局内。民九，因锡价低落，官矿局亏累不堪，遂招商承租，旋又收回委办。民十八年后，由建厅委人自办。

查该矿之地质，有灰黑色石灰岩，有白灰色变质石灰岩，有深灰色薄层状石灰岩，有花岗岩等类。内分采矿部、排水通风部、选矿部、炼锡部。在数年以前，官矿局产额激增，每月出锡至百担之巨。各商公司相继成立者二十余家，亦均获利甚巨，其中以阜成、阜宁两公司获利最多。年来日趋疲落，离客岁锡价高涨，官商各矿亦均无利可图。官矿局自民二十一年至二十三年，亏累至三万余元。二十三年至现在，产量虽有增加，而又值价落，仅能自给自足而已。各商公司因之而停办者达十余家，现存者仅有阜成、阜宁、大康、大成四公司而已。

十、新化锡矿山官矿局

锡矿山位于新化之安集乡，距县城六十里。所产矿质为硫化锑与氧化锑。土人以硫化锑之色白似锡，故名锡矿山。全山面积南北约八里，东西约一里。明季曾经开采，惑于风水之说，旋又禁止。至清末始弛禁，商公司亦相继组织多处。至光绪二十二年始设官矿局，系民采官收，官督商办制。至三十一年，矿务总局始设生锑炼厂，后出砂颇旺，一厂不足以应矿商之用，而商炼厂亦相继成立数处，愤于华昌公司每吨征收二元五角之税，遂仿其法改建土炉以抵制之。民四年，欧战起而锑价陡涨，每吨可值二千余元，工人增至十余万人，官商各矿皆获厚利，极一时之盛也。民五，锑价渐落。民六至八，愈落愈下，每吨跌至五十元。至民十四年，每吨又价至八百元。十五六年，"共党"主政，工人"猖狂"，所有矿山建设概行毁坏，莫可如何。至马日后始平，然已损失不少矣。民十八九年，锑价虽不景气，每月尚可生产达千吨之多，仍无裨益。二十一至二十三年，生产更疲，价亦未涨，获利者甚少。今年淫雨为灾，生产骤减一半，又政府限制生产，每月只准八百吨，支配于该山之数仅得六百吨。幸近来锑价稍涨，各矿商均欣欣然有喜色云。

我湖南产锑占全世界百分之八十，而新化一县又占全湘百分之八十。查该山锑矿公司林立，犬牙相错，除开源宝、大兴数公司矿区约有百亩以上外，其他公司矿区之大者仅数十亩，小者不过数十方丈而已，因之不能作有计划之开采。现在各公司窿巷互相贯通，纠纷时有。窿内废石充塞，窿外堆若小阜。倘各公司能开诚相见，按矿区之大小及生产之情形分别作股，合并成立十余区。整个矿区不仅纠纷可免，废石得有出路，即正式作有规则之施工，改用机力之开发，亦属易举也。惜各公司竟不及此，坐视放废，殊可慨也。

复查该山矿床为冲积层，颇有规则。第一层砂质，经各公司乱采，已成硐老山空硐，而此老尽为废石堆积之场，其较低之处又为全山废水所汇聚，因此坐视观望，苟延残喘。官局十五六处，又与商公司错杂，更无法以善其后矣。设由政府派员考察，拟定合并计划，协同各商公司分别合并，作有计划之探采，如不得各商公司同意，则强迫执行，否则此后逐渐衰疲，难以善后。其他关于采炼、运贩，必须统一，以免互相操纵或倾轧之弊。而维持锑价之标准，则采矿工人庶少受其痛苦耳。现政府只知统制贸易，安定锑价，而炼运贩商仍欲破坏，不知是诚何心哉？

十一、湖南工业试验所

该所自成立以来，为时仅两年，不过内中尚有筹备委员会经过数月之久，至二十二年二月始正式成立。由省府委柳敏为所长，赓续该所筹委会之计划与工作进行。关于改良煤气车方面，注意于长途应用上诸困难问题之解决，先后制就各型煤气发生炉及各式清洁器，装车试用。同时着手试制防毒面具，酿造酒精，并设计蒸溜炉及试验酒精汽车。二十三年春，与湖南大学暨宝华公司共同合作陶瓷、玻璃之研究。而酒精汽车亦获相当功效，即于是年八月装置酒精车五辆，作欢迎经济年会在湘开会会员乘车之用，并编造煤气及酒精车报告书，公诸国人。本年春，奉令与公路局举办长途酒精车之试验，一年为期，计装车三辆，行驶于长衡线，已有数月之久。考其结果，其消耗量确与汽油无其差矣，惟值旱灾、水灾之后，粮食价昂，制造酒精不无价高耳。

十二、湖南炼锌厂

水口山矿藏以铅、银、锌、矿四种为主体，所产黑铅已有黑铅炼厂自行提炼，惟锌砂一种向来售与外人，易受操纵。松柏虽有土法炼锌厂数厂，规模甚小，仍不能消纳如许之出产。政府有鉴于已往之事实，欲图补救，实有自行设厂提炼之必要。惟以锌块关系军用，乃商承军政部拨款十万元开办。民二十一年，委饶湜为总工程师，开始筹备。至二十三年，机械、炉座、厂屋等设备渐次完成，即于是年九月成立炼锌厂矣。

该厂设在长沙市西岸三汉矶，距省城十五公里，前临湘水，交通便利。厂内原动力部均系煤气发动机，计一百四十马力、三十马力煤气引擎各一部，此外六十启罗瓦特、二十启罗瓦特直流发电机各一部，四十马力、二十一马力、五马力摩达各一部，三十马力柴油机一部。至洗砂机件，计夹砂机一部，碾砂机、传递机各二部，圆筛机三部，双叶及单叶离心抽水机各一部，水力分机二组，喊氏洗床机八部，鼓形磁选机二部，以及修理用车床、钻床、钳床等，共费洋约七万元。至炉座，计有烘砂炉、蒸溜炉各二部，反射炉六座，烘罐炉一座，合计值洋七万余元。

该厂在中国与黑铅炼厂同为唯一之工厂，且系创办，一切业务均有待于改进，方足以与舶来品在商场竞争。万一成本过高，则人将舍此而就彼。查冶锌最要之具，莫如炼罐。因锌砂炼获量之多寡，恒以炼罐优劣为转移。故炼罐今后须改用机械压制，方能抵抗高温，且罐质方能紧密。至水口山所产锌砂，杂质极多，含铁常在百分之十以上。为避免提炼时障碍起见，须添购强磁选机，方足将砂内所含之铁质吸出。除锌砂含有硫化铁外，并夹有多量之硫化铅暨岩石。故欲提高锌砂成色，实有洗选净尽之必要。所以添购洗砂机件，亦为不可少之举。此外附产品之硫烟等，亦宜设法收集以作制硫酸之原料，若果听其放弃，殊为可惜。未知饶君以为然否？

十三、湖南汽车公路

汽车公路亦现代工业之一，且为最时髦的建设。我湖南修筑公路始于民二，即前此所谓军路，曾由政府拨款，由长沙修至湘潭九十里。中经变乱，至民十始告厥成功。十一年，华洋义赈会湖南分会以湖南旱灾极重，发起以工代赈，即以北美救灾协会捐款修筑湘潭至湘乡汽车路，及湘乡至永丰路基，工程至十三年完工。十三年，湘西善后督办接收，继续修筑乡永段，及湘乡至虞塘桥梁铺砂工作。在十二年六月，湘南善后督办亦筹划修长衡郴段衡耒区公路，十四年九月完成东阳渡至驷马桥路基工程。自经湘西、湘南两督办提倡筑路后之后，吾湘人士始重视道路建设，于是湘中、湘西、湘南三公路局次第成立。所有筑路费用，均于百货税及田赋项下附加，纯粹是一种民营事业也。十七年，政府欲统一路政，改三路为第一、第二、第三汽车路局。十八年九月，复将三路局取销，成立湖南全省公路局。

自公路收回省办以后，确实较前有进步，一切工程较分办时亦切实，但用人行政不免稍有过滥。照建厅规定，事务费不能超过事业费百分之十，今该局有时竟至百分之三十，平均总在百分之十五至二十之间，而闲员太多，亦须有以整理之处。计自民二至本年六月止，先后完成通车公路，共长一千六百五十公里，又完成洪桥至零陵及太平铺至沅陵段之路基，工程业已土路通车，现正分别铺砂以期晴雨畅行。其正在着手建筑者，有平通、郴资、平龙、常慈、澧石五段，及湘黔公路工程处主修，由沅陵至黔边之湘黔公路，湘境内六段。

湖南公路在民办时期，其资本来源为田赋、盐税、厘金、杂税、特税等项附加为收入。十八年，公路局成立，将上项附加一律取销，以轻人民担负，筑路经费全恃省款补助及特税附加。十九年，又恢复盐税附加。二十一年，再增收田赋三成，公路借款。是年年底，奉令兴修七省联络公路，乃照七省计划所规定之筹措经费方法，向全国经济委员会照章向取百分之四十，其余由政府于附征田赋、盐税、特税等补充之。自上年来，政府有征工筑路命令，今年又有征工铺砂命令。至于征收土地，更属当然。惟征工情形，总难想出适当办法，使不扰民而并乐于从事，若今日之征工办法，窃以为有应修改之处。

该局现有汽车一百九十三辆，分配潭宝、长衡、长浏平、长常、醴茶、衡宜、常澧沅七段。所有车辆均按吨位之大小编成车号，计天字号车载重四分之三吨，地字号车载重一吨，玄字号车载重一又四分之一吨，黄字号车载重一吨半，宇字号车载重一又四分之三吨，宙字号车载重二吨，洪字号车载重二吨半，以资分别云。

十四、岳华皮革公司

岳华公司创始于民国十年五月招集股本，八月开始设备，十月开工。十三年购置厂屋，营业日有发展。陆续收集股本共五万余元。经马日前之变，及十九年长沙沦陷二役，元气大衰。至二十一年底，股本拆合半数，勉强撑持。至现在因商务凋敝，农村破产，营业尚不能回复原状。

该公司开工时仅收股本八千余元，至十年底亦只收集股本二万二千余元，十一年底连红息及续加股本至二万二千元，至十七年始收足五万五千元。二十一年，复损失二万二千元。目下仍此数目也。以言产量，在开厂时，年只产各色皮革三百余担，陆续增至年产一千五百担。目下厂内设备，年可产各色皮二千担以上，惜财力不充，销路不畅也。至该公司机力，仅有十五匹马力电气发动机一具，压皮、磨光、碎槲机各一部。每日约可制皮十担左右。现在市气不振，生意萧条，营业数量不及盛时十分之六，职工由五十余人递减至十余人云。

十五、岳嵩皮革公司

岳嵩公司创始于民国十三年五月，至八月开始设备，十四年二月开工。适值湘西之乱，复经马日之变，股本大半受其影响，周转已感维艰。十七年，与泰记合办，改称泰记岳嵩公司，连续至今，计已八年矣。在此期内略有盈余。至该公司内部情形，资金老股为五万二千余元，继加泰记二万元，共七万余元。有四十匹马力锅炉及发动机各一座，压皮、磨光、切楱、碎楱机各一座，洗鼓二架，抽水机大小三部。就机力而言，每月可产各色皮革三百余担，惟因限于资金及销路，制造产量最旺时未及半数，殊为可惜。

目下，该公司情形与岳华同一病症，营业数量只及盛时之半数，年约十万元左右，职工由八十余人减至三十余人。原因约有下列数种：

（一）市面不景气，各鞋店贱价竞卖，因之多不能用上等皮料。

（二）各小硝皮坊发达，销路日蹙，不问成本，贱价竞销。

（三）军饷不裕，军装皮件只图价廉，不计货之美恶，以至此项生意岳华与岳嵩均绝迹。

根据以上情形，我对皮革经营有三步计划。因为该二公司均是我一手创办，不忍坐视，但时局千变万化，未知能否如愿相偿，姑言之于此。

第一步，供给本省应用，抵制外来货品。民十年以前，本省入口皮革计九十余万元。自岳华、岳嵩两厂先后成立，底皮、带皮二项进口即行绝迹，入口者仅有少数上等面皮而已。第一步可谓之已告成功。

第二步，将本省生皮概制成熟货出口。湘省产皮最盛，据常德老皮商估计，年约二十万担。近来川、贵之皮多不经湘，出省之生皮仍不在少数，以之制成熟货出口，价将增倍，并可免省内皮革业者之竞销，以致众伤而俱败。惟经营出省数量大，需资亦多，岳华、岳嵩两厂有志未逮也。

第三步，出省计划如果成功，则进而经营国外贸易。倘能筹集股本五十万元或一百万元，就上两厂目前制造能力，年可出熟货一万五千担至二万担，四五年后，可占领长江流域皮革市场；再扩大资金至四五百万元，即可将长江流域之出口生皮大多数制成熟货出口，如此可以免同业之竞争倾销，可以使对外贸易发展，但非群策群力不易集事。

余之计画已如上述，然能否实施起来，则在不可必之数，姑妄言之于此，以俟有大企业家出，作为参考材料可也。

湖南全省矿的概括

以上对于湖南全省二十年工业略举于上，惟是矿的问题，除几个官矿外，其余难以列举。而矿又为我湖南出产重要工业之一，又不能略而不书，兹作一概括，以备一格。

当欧战正酣之时，各国军事工业极度发展，各种矿产物需要之量大增。湖南矿业因世界需要之繁，获利甚巨，矿业狂风披靡于三湘七泽之间。大战告终，各种矿产价值骤落千丈，各矿商多告失败。或谓当时矿业之失败，纯由于投机之不中，在表面上观之，此言不无一部分理由。其时，业矿者缺乏投机常识，又不明国际情状，以致一败涂地，不可收拾。湘人受此一番教训，经营矿业方法颇有进步，投机亦比较灵活，不如前此之呆板。迄于今日，本省矿业之进退，已不如欧战前后之剧烈矣。

铅

湖南铅矿分布虽广，而有成效者仅水口山一处，其他如郴县、金船、塘临、湘官、瑕山等处，每年产量甚微，无记录之可言。而水口山之铅矿，自二十一年以后，逐年减少，仅供黑铅炼厂之用，已无余砂输出矣。

锌

本省锌矿常与铅矿共产，而藏量又多于铅矿。但锌矿之价值颇低，交通不便之处，皆不能开采。前此水口山之整碎锌砂，除松柏土法炼厂自炼外，亦有大批售与外人，今则亦复如故，俟西法炼锌厂开工后，当可自炼一大部分，不如前此整个输出矣。

锑

湖南锑矿产于资水流域一带，其他各地蕴藏甚少，产量亦微。在民三以前，完全以生锑出口。民七以后，生锑之产量大减，纯锑起而代之。十三年以后，完全无生锑出口。及至近一二年，又来少量出口矣。二十二年，锑价狂落，不能维持山本，系由供过于求所致。是年冬，遂有锑业联合贸易处之组合，限制生产。然举办不得其法，又不得其人，其成效亦不甚大。

锡

湖南锡矿产于南岭山一带，以江华所产为最佳，临武所产者不如江华之纯。江华锡即昔日所称永州点锡是也。锡之价值变态不剧，故极便于经营。近年国内涨风虽炽，系金银比价关系，非锡之本身问题也。

铁

湖南铁矿以安化、新化、宁乡、邵阳、攸县、永兴、耒阳、沅陵较为丰富，尤以安化、新化一带煤铁并产，采煤即用以冶炼，便利殊多。惟冶铁系用土法，不足以与洋铁竞争，仅能供给各县乡间之用。倘政府从而维持之，亦是提倡我国固有小工业之一法。查十五年以前，湘锅尚有出口，行销于鄂、豫一带。近数年来，盛行熟铁锅，而我湘冶铁事业渐次销沉，可叹也夫！

钨

湖南钨矿产于南岭山脉，在湖南境内之东段。自民三以来，业已发现，惟矿区毗连广东，由粤运输出口较由湘便利。十三年以后，以各种关系，有一大部分仍由湖南出口。今则钨砂价高，采者亦多矣。在中国未发见钨矿以前，钨在世界上之产量甚微，价亦极高。既发见之后，价格仍可维持。嗣因江西境内发见最丰富之钨矿矿藏，其价格从此逐渐低落。在二十二年春，市价低于山本，因之各地钨矿共趋于停工状态。是年秋，又以世界风云紧急，价格渐起。本年六月，实业部以锑、钨两矿有关国防军用品，下令禁止新矿区之设定，而旧有之矿山工作从此紧张矣。

煤

湖南煤矿分布甚广，石灰纪煤田约蕴储三百五十九兆吨，二叠纪煤田约蕴储七百二十一兆吨，侏罗纪煤田约蕴储二十九兆吨。烟煤之储量较少，仅有一百六十一兆吨。储藏虽丰，然每年产量不及一百万吨。而采煤之法，又乏大规模之设备，不但成本加高，而采矿工程浅尝辄止。煤田上部破坏不堪，以致下部煤层采取困难，常被废弃，是可惜也。

硫磺

湖南硫磺殆尽用黄铁矿提炼，黄铁矿在湖南之夹产于湘乡、长沙、醴陵、石门、慈利、桑植、大庸等县石灰纪或侏罗纪之煤系中者，皆成片状，或结接状。产于郴县、常宁等县，伴合他轻金属矿质产出者，皆呈矿脉，或不规则之矿床。储量虽丰，受硝矿公卖局办法之限制，以致不能出省，而沪、汉一带市场反任外货占领，倒行逆施，殊为可叹。

矾石及雄黄

湖南南岭一带，钨锡矿床内大都伴生毒砂，由毒砂升华即得矾石、雄黄，则产于慈利、石门一带，其他各县甚少。

我湖南各种矿质情形已如上述矣，兹将最近两年间各矿区之面积列表比较于次，以为留心矿业者之参考。

矿权别	矿质别	区数			面积（公亩）		
		二十二年	二十三年	增（+）或减（-）	二十二年	二十三年	增（+）或减（-）
采矿权	金	五	六	（+）一	一四〇六七	一七七五二	（+）三六八五
	铅锌矿	六	一一	（+）五	二六六一五二三	二六七九〇八一	（+）一七五五八
	锑	一二一	一三三	（+）一二	七七九九九	八四六一二	（+）六六一三
	锡	一四	一八	（+）四	一七六六六	三八三〇一	（+）二〇六三五
	钨	九	一七	（+）八	三六一七	八七九一四	（+）五一二四八
	砒	六	一二	（+）六	三一二七	一八三五三	（+）一五二二六
	锰	二	二	无增减	五九一〇	五九一〇	无
	硫磺	二	一五	（+）三	九六七	二三八八七	（+）一四二一六
	膏盐	一	五	（+）四	一七〇一四	二六八七六	（+）九八五三
	笔铅	三	六	（+）三	一九〇六六	四一三九三	（+）二二三二七
	火黏土	二	二	无	六〇〇一	六〇〇	无
	煤	六六	一〇三	（+）三七	三二五八五〇	一四五四〇七	（+）二一九五五七
	合计	二四七	二三〇	（+）八三	三一九四〇六五	三五七五八〇五	（+）三八一七四〇

（续表）

矿权别	矿质别	区数			面积（公亩）		
		二十二年	二十三年	增（+）或减（-）	二十二年	二十三年	增（+）或减（-）
小矿业权	煤	二一	三〇	（+）九	一六〇九三	二六一四六	（+）一〇〇五三
	笔铅	一	一	无	一九四	一九四	无
	磁土		一	（+）一		一九三	（+）一九三
	合计	二二	三二	（+）一〇	一六二八七	二六五三三	（+）一〇二四六
采矿权	煤	一二	九	（+）三	五六四六一	四五二二〇	（-）一一二四一
	钨	一	一	无	一七八一三	一七八一二	无
	铅锌		一	（+）一		一六五九	（+）一六五九
	合计	一三	一一	（-）三	七四二七三	七〇〇九一	（-）四一八
全省	总计	二八二	三七三	（+）九一	三二八四六二五	三六七二四二九	（+）八七八〇四

观于上述各项工业，全省建设已过半矣，纵有一二漏列之工厂，大都无关重要。以我湖南之大，仅有上数，实不足以满人意。现政府正在提倡工业之时，屈指成绩卓著者寥如晨星，是所谓徒善不足以为政也。应确定发展之途径与方法，使之循序渐进，刻日计功，庶可免徒托空言之说矣。

我主张宜有下列之设施：

一、宜设立工业设计委员会。目下，政府与民众均知非发展工业无以救贫，然究应从发展何项工业始，其如何筹款设施，如何发展之方法，均属冥索。长此以往，即再过二三十年犹今日也。故首先宜由政府聘集全省有经验之工业专家，组织工业设计委员会，研究全省工业，何者为急需，何者为次需，分别缓急，树立目标；再研究何者需要之数量，确定范围之大小；再研究何者应采取何种合于经济与环境之设备，及何者应由官办，何者应由民办，何者应由官民合办，与夫筹款经营等种种规画，详细设计，编成一种三年或五年之工业施政方针，无论政局如何变动，此种计画志在必行，庶不因人的问题而成为废纸。

二、宜设工业传习所。上项工业设计委员会之计画既择定急需者，聘请有经验专家，指定简而易举者，赴各县设所传习，兼负宣传之任务，使各地民众均晓然何种业宜办，何种工业可办，并得到办理之方法与技术。则不出数年，我省工业如风起云涌，建设遍全省矣。

三、宜设立工业咨询改进委员会。上项传习及宣传之使命成功，则急需或次需之工业基础树立。然初创之资金必不充裕，技术人材一时难臻完善，或时移势易，技术熟悉有及时改善之必要。政府宜聘集各种明了学术演进及优于办厂经验之工业专家，组织一咨询改进委员会，以备各地办工厂者之咨询及指导改良之处。如此则各工厂不致墨守成法而遭失败矣。

兹于本文后附以意见，是否有当，敬希热心工业者教正。

国防建设应如何①

（1937 年）

自"九一八"国难发生以来，全民鉴于祸至之无日，无不大声疾呼，努力于今后之国防建设。盖处于今日之时局，非建设国防并巩固国防，实不足以拒绝外寇之侵略，而保卫吾国固有之疆土。但是今日之谈国防者，往往责之政府，而忽略人民自身之责任，更往往注重于飞机、大炮等，而轻弃非飞机、大炮等之建设。此种见解不无错误之处。国防建设千头万绪，包括甚广，工作甚多。政府不过代表全国人民之总机关，若果人民不为自救而竭蹶以从事，虽上有贤明政府，而下无振作之民众，亦属无可奈何。虽有精新犀利之飞机、大炮等，而民生经济不充实，亦不能与敌作持久之抵抗。所以，欲建设国防，飞机、大炮等固不可少，而其基本工作，则在应如何充实国民经济，使人类生存欲望有以满足之，达到"富庶教"三字之目的，然后集中全国人力、财力，以共赴国防建设。若谓今日强邻压境，时不我与，则一方面筹划国防建设，一方而对基本工作兼而顾之，双方并进。所谓"知所本末，则近道矣"。

资本主义国家如美国罗斯福政策，志在增加人民消耗力，以实现经济主义。而苏俄则为完成第一期计划，不惜饿死人民，而增加生产量。是二者用意相反，亦可谓为国防建设。我国今日谈国防者，不必师美，亦不必师苏俄。盖国家之情形不同，其立场亦异。

---

① 宾步程：《国防建设应如何》，《国防建设》1937 年第 1 卷第 2 期，湖南人民国防建设协进会编印，1937 年 4 月 16 日。

现在我国人民都在死亡线上过生活，其国民经济全部，已被帝国主义者用种种方法压榨饱吸以去。所剩下之残羹余汤，焉能滋养我人之枯腹，在此时期，此惟救死而恐不赡，奚暇及国防建设哉？所以在我国目前时势之下，国防建设固其紧要，而救济民生与充实国民经济，亦即国防建设之普通、重大、基本工作，与飞机、大炮等事殊而同归。天下断未有民生问题不解决而侈谈国防建设者，亦断未有言国防建设而忽略民生问题于不顾者。如果我们多数民众，大家一致辅助政府，于民生问题阔步前进，即是为国家国防建设增加后方莫大实力也。

衣、食、住为民生三大要素，在今日之国防建设问题，衣、住二者容毋置疑。唯食为人生必需要之要品，人一日不食则慌，而米、麦实为其重要品。在国防建设之中，试看我国粮食如何？我国素称以农立国，而农民又占全人口百分之八十以上，每年所需要粮食无不仰给外人，万一国际发生战争，海口封锁，来源断绝。全国民众即不死于炮火之下，也应死于绝粮之中。是充实食粮实为国防后方之基本工作。

兹将近年我国洋米类进口列表于下：

二十年	一〇七三五七七〇公担
二十一年	二二四八六六三九公担
二十二年	二一三六五三一三公担
二十三年	一七四六二三二一公担
二十四年	一二九六四四八一公担

我国粮食尚依赖外人，那能谈到国防问题？据一般学者估计，我国米、麦消费量每年约十一万八千五百万担，生产量约八万六千万担，产销两抵，不足三万二千五百万担。我们在未开口谈国防建设问题之前，先要解决食粮问题。解决食粮问题，即是解决国防问

题一部分。但是此种问题之解决，不必责之政府，全待我们民众自己努力以求解决而已。

我们除解决食粮问题以外，还要来解决工业问题。若果仅有饭吃，而工业不发达，则帝国主义者仍用其恶辣手段，吸收我们的膏脂捆载以去，而促成我国的经济极端恐慌与崩溃，而我国国民经济，就是在列强这种恶劣环境之下，被其摧残殆尽，或至于全国经济破产。要想从死里求生，大家要在工业上共同负起这个重任，看清国民经济破产之原因所在，对着方向迈进，要达到打破此种难关，冲出此种重围。政府走上国防建设前线，我们须用种种方法于国防副线加紧追随，不但于国防上有莫大之裨益，且可救济若干失业人民。如英国政府发表白皮书宣布改善特别区域地位之计划，设立种种军需工厂，减少各区失业人数。德国对于工业则自力更生，锐意实施四年计划，力求自给自足，凡属人民有扩张资本之愿望者，政府皆不惜以各种信用方法予以援助，以达到四年计划之实现。反观我国则何如？不但重工业既未建设，即轻工业建设亦寥如星辰。于是外人挟其资本主义来华，夺取商场，并以剩余之制品运来中国，以为倾消之尾闾，榨取我们的金钱以去。躯体虽存，精神已失。在都市则外货充斥，在农村则经济破产，人为刀俎，我为鱼肉。此情此景，何能谈到国防建设？所以，以后国防建设要先从国民经济入手，而国民经济之充实与否，又要在我们对于各种工业是否逐一实现。挽救此项漏卮，在目前我国对于铁道公路及全国土地之调查等，虽著有成绩可观，究非抵制外货之根本办法。试看我国每年入超，总在三万万至八万万元之间，此种巨大的损失，贫穷如我国国民，何能胜任？罗君敦伟有云："现下我们必须停止一切似必要而非急切必要的建设，而专门集中人力，集中财力，致力于国防和民生为对象的国民经济建设。……"所以，国防建设既不可缓，而国民经济建设更为当今切要之图，务必积极进行，至少亦须同时兼举。

德国戈林将军于访罗马时曾云："德国只求大炮，不求牛油。"而英国艾登部长则云："英国只求牛油，不求大炮。"若我中国在此帝国主义者宰割之下，对外既求大炮，对内又求牛油，其境遇之困难比他国加重数倍。我们需要大炮，固欲求其自给自足，如不以金钱向外人购进，则必须振兴工业，不但可以利济民生，且可以随时替政府制造枪炮。同时对于农业亦须加倍努力，不但米粮不仰赖外人，且可以于农产副产业之下发生许多国防上应需之原料，我们不要附和政府之高调，要就我们各人立场上作各……

由各国竞设国防联想到我国[①]

（1937 年）

　　以我国幅员之广，海岸之长，空间之大，非有精密充实之国防建设，彼协以谋我者，处处有空虚之可虑。因为幅员既广，陆军尚未精练；海岸虽长，舰队尚未强盛；空间虽大，而飞机亦未扩充。纵使我国酷爱和平，一旦国际间发生战事，何所恃而不恐？所以居今之世，欲保全疆土，卫固民族，舍建设国防以外，别无他径可寻，然而此种国防建设事业，非他人任，政府当然挈其大纲，统一计划。而穷而在下者，亦宜群策群力，以为政府后盾，以尽匹夫之责。自力更生宗旨，实为今日谈国防者之开宗明义第一章也。

　　试回忆最近来各国对于国防建设如何努力。英国一九三六至一九三八年之海军造舰程序，本不欲有所变更。据多数专家意见，三万五千吨之主力舰，系以装置十四英寸口径之大炮为宜；至于十六英寸口径之大炮，仅能装置于四万五千吨之主力舰上；但此种主力舰，目前英国不拟加以建造。他日若日本决定建造三万五千吨以上之主力舰，则英国海部或当于一九三八至一九三九年海军造舰程序中，规定建造四万五千吨之主力舰以为应付之计。美国前次在海军会议席上，不顾接受十四英寸之限制，目前认为美国势将在本年七月开始建造之一战舰，若置十六英寸口径之大炮，而日本亦不愿接受一九三六年伦敦海军条约所载之主力舰炮位口径（十四英寸），

---

　　①　宾步程：《由各国竞设国防联想到我国》，《国防建设》1937 年第 1 卷第 4 期，湖南人民国防建设协进会编印，1937 年 6 月 16 日。

仍竞争造舰，不顾一切。后英国将海军部概算书发表，新建各种军舰八十艘。海军将士增一万一千名，其概算书内载共需费一万万零五百零六万五千镑，较上年之数增多二千三百七十七万六千镑，晴天霹雳，致各国均感不安，拼命的对于造舰之竞争，而无法避免。一部海军条约，简直是拉毁无余。而法国对于海军亦在扩充之列，如海军军官由二千一百十二人，增至二千三百四十人；机务军官由四百十六人，增至五百十六人；在彼之后备军官与海军士官候补生，不在此数之内；海军兵士亦由六万一千一百十三人，增至七万零八百十七人，其故可思矣。

海军无条约第一年已开始矣，英、日、美三大海军国以及其他列强即进入自由造舰时代。英国既造海军主力舰，而美国亦为建设世界第一海军力起见，决支出五千万元美金建造费，而着手造三万五千吨之主力舰三艘。当然，日本为霸占西太平洋为目标，亦积极进行。此外，即法、德、意三国不甘寂寞，现正建设二万六千吨之主力舰七艘，共同进入自由造舰时期。此而后世界海军将横行于海上矣。

以言空军，英国一九三七年度空军部预算为七千万镑，较一九三六年约增加一倍，合海陆军三部经费概算计之，共为二万万五千八百万镑，为承平时最高之预算。德国空军上年增加三倍，现有战斗机及轰机二千架以上。查一九三六年德国空军仅有五十队，约有第一线飞机七百五十架，目前则有一百五十七队，共计飞机二千零五十架，尚有预备队飞机多架。至第二线、第三线预备队飞机及储藏中之飞机，尚未计及。据军事家言，目前德国每月可造二百余架，所以英国上院邱夫尔询问政府，能否担保英国之空军实力，在此一年后增强至与目前德国之空军实力相差不至过远，或德国之陆军不至永久维持其对法之侵势云。日本舰于今日之战争，由平面的而趋于立体，而空军实为其战争时重要武器，近来积极扩充空军，由三井决定投资三千万元，创设大规模飞机制造厂，以与各国抗衡。此外如法、如意、如苏联等，亦莫不扩张预算，极端加强空军力量。据美国航空协会秘书威廉埃尼亚最近在欧洲考察回，发表各国飞机数字如下：

苏联	七五〇〇架
德国	四五〇〇架
意国	五〇〇〇架
法国	四〇〇〇架
英国	三〇〇〇架

并谓，目下德国工人与技术制造飞机者，总数当在五万人。

再言日本不但扩充飞机，而对于航空人才亦积极训练。不观日本航空本部为普及国民航空思想及设立大日本青年航空计，促成陆军及递信两省并帝国飞行协会、大日本联合青年团等进行准备，并筹措会金，每年以三万元之预算，教育训练此等航空青年。可见，国防建设，人民已为政府之后援矣。

既有陆海空军之设备，而需用枪炮亦为数甚多。据英国发表之大炮兵工厂概算，本年度为一千六百十六万四千镑，指示英国全国既有新建设或改造之兵工厂十四处。若与上年预算比较，本国共增加一千万又十七万八千镑。政府近来发表白皮书宣布计划，据谓旨在减少各区失业人数，并救济不景气区域，以掩饰设立军需工厂之阴谋。

现在世界经济之活动，系基于军备扩张竞争的军需工业为中枢。日本国民经济近年亦沿此世界的倾向，赓续扩张其军需工业，其有关军事性质之日本重工业，就昭和以后六年（一九三一）以后之足迹即可看出其状况，即重工业生产额逐年增加。在机械器具工业部门，昭和六年度之生产额为四亿一千余万元，昭和十年度为十四亿四千八百万元，增加约三倍半；在金属工业部门，昭和六年度之生产额为四亿三千一百余万元，昭和十年度为十八亿七千九百万元，增加约四倍半；在造船船渠工业部门，昭和六年之生产额为八千七百余万元，昭和九年为一亿五千三百余万元，增加约二倍；在化学工业部门，昭和六年度之生产额为八亿一千三百万元，昭和十年为十八亿二千六百万元，增加约二倍。而自昭和十一年以后更突飞猛进，于前记统计之倾向更当加强。苏联五年计划完成之后，又继之以五年计划。德国实业实施四年计划，一切原料问题，凡今日所采用于外国者，务求以本国之产品代替，遇事力求自给自足，迄今已有美满成绩，所以德国航空部长戈林发表演讲："……德国对于世界和平最大之贡献，厥为自己扩充军备，德国只能树立陆军。盖德国空军现时已能给予侵略者以甚大之威胁。今日德国之海陆空军已可为国牺牲，恢复大国之地位……"基于以上所列举各强备军情形之热狂，即是其国防建设工作之努力。举一反三，时势已届紧张之日，而不许我人徘徊犹豫者也。

环顾我国则如何？我国得天独厚，地大物博，久矣见稍于世界。以言人口，则有四万万五千万人之多，居世界之第一位。以言土地面积，则有四百三十万方英里（人口密度每方英里约有一百人弱）。全世界陆地面积五千二百万方英里，我国约占百分之八，而居世界版图最大之第三位。以当备军而论，据国际军缩会议一九三二年报告，第一为中国，计常备军一百八十万人。但是人口、土地、军队虽多，一遇外侮，不累朝而失却东北四省，奇耻大辱，开有国以来之新纪录。其所以致此者，就是国防未曾建设，不足以抵抗外来之侵略。而国防建设，尤须有极充分之经济为之发动。如经济不充裕，全国膏脂日听外人之席卷捆载以去，虽欲建设国防，亦苦于无法着手。所以，经济建设先于国防建设。试观我国国民经济状况，可怜已极。全国商船总顿数仅有四十万吨。铁矿储藏量全国仅有十一亿三千万吨。全国煤油储藏量估计为三十六亿箱（每桶四十二加仑），而日本所经营之抚顺煤矿已占去大半。全国纱厂业仅一百三十三家，日本人约占锭之半数。而生丝、茶叶、桐油等特产品，出口已一年不如一年，每况愈下，令人心寒。中国以农立国，全国人民所需要之农产品亦多仰给外人，如米粮、木材、棉花、水果、烟酒、面麦等，无不依赖舶来品以生涯，工业品尚需其次。以有限之金钱，那能供外人之搜刮？国民经济无法使之繁盛，即国防建设，在目前亦谈不到。在今日外侮频仍之时，谁不怒发冲冠，灭此朝食？又谁不剑及履及，致力国防建设？俾陆海空军与列强有同等之实力，此非一朝一夕之功也，必须全民一致动员，先努力复兴经济建设，充实民力，由此民力再移动到国防上，一遇建设，所需之经费不难叱咤立办，右有左宜，一呼万诺，夫而后政府统筹于上，人民拥护于下，政府与人民共同站在一条战线上向前迈进，又何患国防之不立即建设起来哉？

军需工业[1]

（1937 年）

在今日谈国防建设之时，舍军需工业以外，无所论国防建设是军需工业，即是国防工业，有了极完全之军需工业，而后各种国防建设乃可以徐图发展。在我国今日外寇深入之时，需要军需工业已不可缓，即指定军需工业为今日中心工作亦无不可，乃环顾我国，尚有未及设计者，殊为可虑，试检阅中外各种报纸所载列强对于军需工业积极进行，有如下述。

据日本银行所公布之统计，银行与公司在今年上半年所决定投资之增加，总额已达惊人之数，即十八万万三千九百五十六万三千元，较去年同期间所增加之资本多九万万七千二百万元，即百分之一百一十六；工业中资本增加数额最大者，第一为机械制造与金属工业，其数为四万万四千五百八十万元，第二为矿业一万万八千五百七十万元，第三为化学工业一万万七千万元。仅上述三项，已占上半年资本增加总数百分之四十四强，足以表示军事工业卓越之扩充。关于日本工业赢利情形，劝业银行公布去年下半年调查之结果，在此期间各工业之平均赢利率为百分之十四点五，与去年上半年比较，减少百分之零点二，但百分之十四点五之平均赢利率，乃毫无疑义证明日本工业尚在自"九一八"事件开始之繁荣阶级，至于利率略为减低之原因，乃一方面由于原料价格之飞涨，另一方面

① 宾步程：《军需工业》，《国防建设》1937 年第 1 卷第 5—6 期合刊，湖南人民国防建设协进会编印，1937 年 8 月 16 日。

因投资之突然巨量增加，以致利率相当减少也。

日本近又以九十亿元完成国防工业，定产业五年计划，为内外政策基础，并希望政府速行审议与决定后即予实行。盖日陆军之产业五年计划试案，即考虑昭和十三年至十八年度之日陆海军整备充实计划，将扩充生产力及确保资源之必要，以数目测定计划者也。其数目的基础，举出以下之诸点：

（一）陆军之国防充实六年计划案，包括海军第三次补充计划案之昭和十三年至十八年度之国防费中，至少约有近五十亿元之资金放出于军需工业及其他方面。为消化此项事业，日本工业生产力须扩大现在之约三倍，即昭和十一年度之日本工业生产力推算的约近一百二十余亿元，但于昭和十八年度前后须增强此数目之三倍。

（二）应增强之生产力，依国防上之要求，以重工业、化学工业为枢纽，于计划年限五年间之前半期，造成由轻工业转换于重工业之基础，即为谋航空工业、汽车工业、船舶机械工业飞跃的发展计，整备约达六亿元之必要的工作器械，因不足原料，须仰给于入口之结果，二三年内相当之入超不可避免。

（三）关于国防上必要的物资及军需品之所能生产总量，以年次的计算，明示生产力培养之限度，即陆军于国防充备十二年计划前半之六年，企图航空、防空之准备，及驻"满"兵力之实现，于后半六年则谋作战资料之整备、兵备之改善及国防力之完成，以具体的数目，要求扩充其必要的生产力及确保原料，如为实行前述之计划，所需资本总额将达九十亿元，在陆军案中，包括于谋重工业部门之飞跃的发展，并中小工商业发展，农村、渔村更生之生产案。

此外，商工省向特别会议提案，其计划预算为二千万元，其中约五成半之一千一百万拨充，为国营养成所设置费，其余九百万元，拨充为道府县自治团，民间社会工业组合之养成所设置费，并以各兵工厂技术人员为各所之教师，其招考军需工人，在国营方面以二千名至三千名为目标，在民间方面以一年养成四千五百名为目标云。

苏俄第一、第二"五年计划"完成之后，而第三"五年计划"开始，查原定第二"五年计划"，较原定期限早九个月，总值达八百七十亿金卢布，并自七月一日起，各种棉麻毛编织物品制成衣服、鞋袜、木器、乐器、留声机件、皮货、化妆品、学校用具、体育用具及玩具等用品，应减价百分之十至二十。第三"五年计划"亦于同时开始实施，其内容大概如下：

一、为完成第三"五年计划"之必要，动员直接工作人员三千八百万人至五千万人。

二、训练飞行人员五百万人。

三、完成远东铁路网。

四、添制国外贸易运输巨轮八十艘。

五、完成每日能制四百架飞机之航空工业。

六、完成每日出产石油十万吨之油区开发（查苏俄全国石油储藏量占全世界百分之四十四至四十六）。

七、每年增加集体农场六万处（现已有二十二万处），每年垦荒地二千万公顷。

八、每年每个苏维埃共和国增加一万至一万五千基罗瓦特电机一座至四座之电厂。

九、于第二"五年计划"所完成重工业之基础下，积极扩张三点：

（甲）全苏联电气化、钢铁化、机械化。

（乙）全苏联每一个人民之生产量，须超过消费量一倍至五倍。

（丙）准备每一个苏联青年，施以一切重工业之技术训练，并以物理、化学、机械、电学、航空技术为苏联教育之基础。

十、添设日用品工厂六万处。

至其他有关国防及军事秘密之计划，则尚未列入云。

英国政府发表白皮书，宣布改善特别区域地位之计划，其中有拨款不逾二百万镑，以充新事业借款之一项；特别区域内，将建设制作军火厂，可安置许多失业工人。例如西威尔司将以数百万镑建造炸药厂，苏格兰亦将以六百万镑建设同类厂所；司考特胡特之阿姆司特朗费特威资厂，添置制造军火设备厂后，可多雇工人数千名。又空军工厂，将需款一百五十万镑。据政府宣称，特别区域内之失业者，在一九三六年中，已减少十一万九千人，即等于百分之二十六。按，所谓特别区域者，即英伦威尔斯、苏格兰特别不景气之区域，而其不景气之故，则由专赖一种工业，而此工业近见衰落所致，是以政府特于一九三四年颁布特别区域法，派定委员，从事经济发展与社会改良以援助之，并拨款二百万镑以充军实，去年拨款三百万镑，本年将特拨三百五十万镑云。

德国国社党在纽伦堡大会上，对于军需工业之宣言有云："德国当于四年以内，完成脱离外国原料之羁绊，凡以本国之能力理化机械矿山所能创造者，无不竭力为之。然其意旨所在，则了然可见。即关于原料问题，凡今日所采用于外国者，皆务求以本国产品代替之。至于某种原料可以某种原料代替，自非以实验求之不可。当欧战期间，德国已向此途迈进，获有相当之经验。"料为德国需要最巨，而同时以他种原因又占出口货中之重原要地位者，厥为煤炭。据华盛顿之世界力学会议，估计德国之煤炭存量足供二千年，焦炭存量足供四百余年之用。由煤炭中提取油质，现已完成成功，无论石炭、焦炭，均可以提出成色最高之宾进油。前鲁尔太管理局宣布提炼煤油工场，已在着手建筑之中，问题不在提炼技术之困难，而在成本之过高，提炼煤油问题之所以重要者，盖以世界动力会议所作估计德国每年约需一百五十万吨宾进油、八十万吨汽油、二十万吨火油，且德国之实业进展，需要油类之量亦愈增，例如全国摩托化之结果，汽车之数量大增，油之销量日巨，当然须先求自足，不至依赖他人，以免遇有政治变化，而使经济界有停滞之虞。与此相类之另一种外国原料是为橡皮，德国人造橡皮业已成功，新造之物使用于汽车轮及机械上，无不咸宜。对于实业计划上，不能不谓技术上之成绩，尚有其他原料品，例如研究成功之织纬棉，将来对于德国纺织工业上或足为重要不可缺之产物也。实业种类中之特足注意者，为化学工业、机械工业与矿山工业，德国对于上项工业，因已不少开放，今后所应检讨者，乃上项工业内部推进力量足为充足，现在所采用之方法是否与将来期待发展相当耳。凡属有扩张资本之愿望者，政府皆不惜以种种信用方法予以援助，"四年计划"之实施，无疑的将使德国对外贸易变更其趋势，然而决非谓德国自此对于一切输入之原料皆图削灭。据纽伦堡宣言，谓德国所预备以本国产品供用者，第一为食料品及本国所缺乏原料品，自二年前实行沙赫特新计划以来，减少制成品之输入，增加原料品输入，已由百分之五十又六，增加百分之五十七又三。据一九三五年之统计，输入总额为四点六兆，其中食品占百分之三十四又五，业已有多种物品，因地理、气候之关系，已达本国增产最高之限额，此项对于德国不能缺少之食料品等输入额，恰为德国输出之基础，德国当然无脱离世界经济体而独立之意，倘平心静气以观察德国"四年计划"，对于世界市场上德国之供给者，转呈有利之现象也。

本年，日内瓦国联委员会讨论世界原料问题，换言之即是军需工业竞争基本问题，其指陈最重要之原料，为煤油、铁、铜、铅、锡、锌、锰、硫磺、橡皮、棉花、羊毛、生丝、植物油等，此种原料之最重要生产者，英、帝、法国及其属地，荷兰及其属地，美国及苏俄。缺乏原料之国家为德、义、日本。论及德国，其自有之原料为碳酸、钾、笔、铅、煤、锌、铁矿苗。至于义国，仅有水银、硫磺、生丝。日本仅有生丝及大豆。又论及目前提出一般解决原料问题之各种方案，英国曾提议以鼓励贸易及其他特别方法来挽救，因原料分配不均所制造之危险情势。其他建议，有主张将殖民地改为委治统治地者，有主张以国际管理来分配全世界原料者，有主张缔结国际交换货物及劳役之协定者，更有主张由消费指派代表以统制国际辛迪克者。该备忘录並载明各种建议，有主张租让者；有主张组开发殖民地之特权公司者；有主张组织国际银行实行详细金融财政方案，俾若干国家皆可染指原料供给者；更有主张组织国际矿产森林大公司，由国际管理，俾保障各国对于原料皆能分得一杯羹，并能保证合理的开发者。

我国地大物博，得天独厚，各种原料无不应有尽有，独惜供他人制造军需之原料，而本国反购他人之军需以为军需。如谓我国经济困难也，则建筑衙署、修治皇陵以及一切不急之土木，无不动辄数十百万，不少吝惜，而于国防上应需之军需工业，迟迟未举。试历计我国之工业，如商轮总吨数，仅有四十万吨。民用航空，仅有欧亚、中国、西南三公司。全国已成铁道，据二十三年统计，尚不过一万八千公里，至今日所新成者，合共不过二万公里。全国工业行将新兴，而无一个大规模钢铁厂以供给各工厂之用。电气为今日最盛行之一种工业，据二十三年建设委员会统计，全国电厂四百六十家，发电容量四十八万瓦特（东三省除外）。我国造船厂仅能制小型之军舰，其稍大者则购自外人，我国军舰仅有三万七千五百吨，尚不及甲午之前有八万三千吨之多。我国汽车据二十三年统计，全国共有五万辆。军用飞机，据姚锡光二十四年统计，共四百三十三架，又海军飞机二十四架（今则不止此数矣）。而汽车与飞机均尽系舶来品，无一架系自造者也。我国新式工业以棉纺织业为最，全国有纱厂一百三十三家，而外人所设立者占去半数。全国矿产最富，如锑、锡、钨、铝、锌、铅等，最为丰富。石油储量，亦有三十六亿桶（每桶四十二加仑）。铁矿虽贫乏，尚有十一亿三千万吨。煤的储量估计为二千四百六十亿吨，居世界第三位，惜多在北部耳。棉花产量则每年约有一千三百万担。生丝产量则有一百四十万担。桐油输出达四千万之巨。我国森林地约占全国面积百分之九，惜世人不去培植，不但童山濯濯，且每年材木输入额达三千万元以上。我国既天赋予优越地位，如果稍为整理，任建设何种军需工业，均不患原料之缺乏。当此世界各国在进行军需工业之时，我国又时时在喊着国防建设，不去努力进行，则所谓国防者何在？

振兴工业方可以立国防，赤手空拳者非国防，国防重实际，要拿出事实来以证明之。标语与宣传实非建设国防者应有之态度，现在强邻逼近北平，大举入寇，运用国防即在此时。我希望当局一方面于拒敌御侮之时，一方面仍不忘军需工业，定为铁的计画，不稍含丝毫之弹性，竭蹶以图之，我知定有达到目的之一日也。

二十六年七月十八日稿